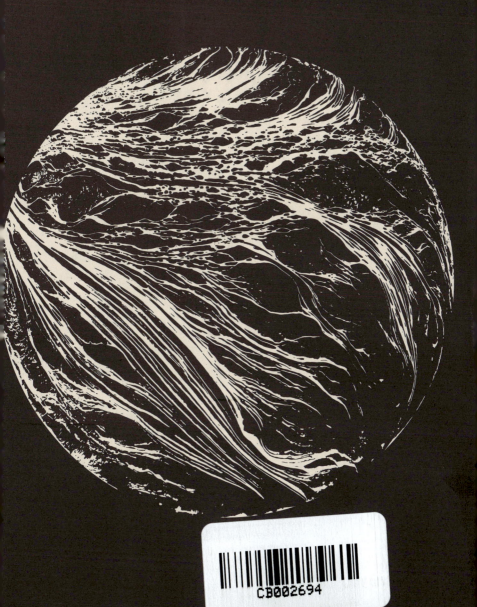

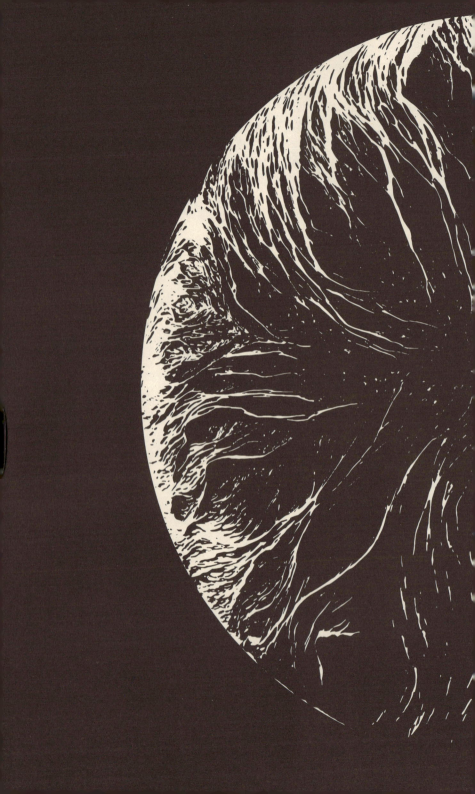

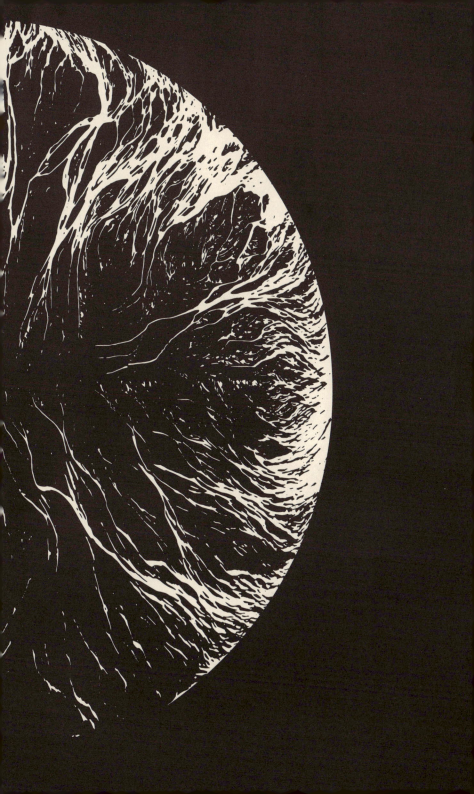

OCTAVIA E. BUTLER

A PARÁBOLA DO SEMEADOR

SEMENTE DA TERRA VOL. 1

TRADUÇÃO
CAROLINA CAIRES COELHO

MORROBRANCO
EDITORA

Copyright © 1993 Octavia E. Butler
Publicado em comum acordo com © Estate of Octavia E. Butler, e Ernestine Walker-Zadnick, c/o Writers House LLC.

Título original: *Parable of the Sower*

Direção editorial: Victor Gomes
Acompanhamento editorial: Giovana Bomentre
Tradução: Carolina Caires Coelho
Preparação: Taissa Reis
Revisão: Mellory Ferraz
Design de capa: Mecob
Projeto gráfico e adaptação da capa: Luana Botelho
Imagens de capa: © Shutterstock.com
Imagens internas: © RuleByArt
Diagramação: Desenho Editorial

Questões para discussão e Entrevista Octavia E. Butler: © 2000 por Octavia E. Butler e Hachette Book Group.

Esta é uma obra de ficção. Nomes, personagens, lugares, organizações e situações são produtos da imaginação do autor ou usados como ficção. Qualquer semelhança com fatos reais é mera coincidência.

Todos os direitos reservados. Proibida a reprodução, no todo ou em partes, através de quaisquer meios. Os direitos morais do autor foram contemplados.

Dados Internacionais de Catalogação na Publicação (CIP)

B985p Butler, Octavia Estelle
A parábola do semeador / Octavia E. Butler ; Tradução: Carolina Caires Coelho. – São Paulo: Morro Branco, 2018.
p. 432; 14x21cm.

ISBN: 978-85-92795-39-9

1. Literatura americana – Romance. 2. Ficção distópica. I. Caires Coelho, Carolina. II. Título.
CDD 813

Todos os direitos desta edição reservados à:
EDITORA MORRO BRANCO
Alameda Santos, 1357, 8º andar
01419-908 – São Paulo, SP – Brasil
Telefone (11) 3373-8168
www.editoramorrobranco.com.br

Impresso no Brasil
2023

2024	10
2025	41
2026	127
2027	186
UMA CONVERSA COM OCTAVIA E. BUTLER	411
QUESTÕES PARA DISCUSSÃO	424

PARA RESSURGIR
DAS PRÓPRIAS CINZAS
UMA FÊNIX
DEVE
PRIMEIRO
QUEIMAR.

— SEMENTE DA TERRA: OS LIVROS DOS VIVOS

rodígio é, em sua essência, uma capacidade de adaptação e obsessão positiva e persistente. Sem persistência, o que sobra é um entusiasmo do momento. Sem capacidade de adaptação, o que sobra pode ser canalizado para um fanatismo destrutivo. Sem obsessão positiva, não existe absolutamente nada.

— SEMENTE DA TERRA: OS LIVROS DOS VIVOS
por Lauren Oya Olamina

1

Tudo o que você toca
Você Muda.
Tudo o que você Muda
Muda você.
A única verdade perene
É a Mudança.
Deus É Mudança.

– **Semente da Terra: os livros dos vivos**

Sábado, 20 de julho de 2024

Tive meu sonho recorrente na noite passada. Acho que era esperado. Ele acontece quando eu reluto – quando me debato dentro de uma prisão pessoal e tento fingir que nada incomum está acontecendo. Ele acontece quando tento ser a filha de meu pai.

Hoje é nosso aniversário – o meu décimo quinto e o quinquagésimo quinto de meu pai. Amanhã, vou tentar deixá-lo contente – ele, a comunidade e Deus. Então, ontem à noite, sonhei com um lembrete de que tudo é mentira. Acho que preciso escrever sobre o sonho porque essa mentira em especial me perturba demais.

Estou aprendendo a voar, a levitar. Não tem ninguém me ensinando. Estou aprendendo sozinha, pouco a pouco, a cada lição de sonho. Não é uma imagem muito sutil, mas sim, persistente. Já fiz muitas aulas, e sou melhor voando do que antes. Agora, confio mais em minha capacidade, mas ainda sinto medo. Ainda não consigo controlar as direções muito bem.

Eu me inclino para a frente em direção à porta. É uma porta como aquela entre meu quarto e o corredor. Parece estar bem longe, mas eu me inclino na direção dela. Mantendo o corpo tenso e rígido, solto o que estiver segurando, o que tem me impedido de subir ou de cair, até agora. E me apoio no ar, me esforçando para subir, não me movimentando para cima, mas também não exatamente caindo. Começo a me mover, como se escorregasse pelo ar, flutuando alguns metros acima do chão, presa entre o terror e a alegria.

Flutuo em direção à porta. Uma luz fria e pálida vem dali. Então deslizo um pouco para a direita, e um pouco mais. Estou vendo que vou errar a porta e bater na parede, mas não consigo parar nem me virar. Eu flutuo para longe da porta, para longe do brilho frio e para dentro de outra luz.

A parede à minha frente arde. O fogo surgiu do nada, atravessou a parede e começou a ir em minha direção, a me buscar. O fogo se espalha. Flutuo para dentro dele. Ele cresce ao meu redor. Eu me debato e tento me afastar, agitando as mãos no ar e no fogo, chutando, ardendo! Escuridão.

Talvez eu desperte um pouco. Às vezes acontece quando o fogo me engole. Isso é ruim. Quando desperto totalmente, não consigo voltar a dormir. Tento, mas nunca consegui.

Dessa vez, não desperto totalmente. Eu entro na segunda parte do sonho – a parte que é comum e real, a parte que realmente aconteceu anos atrás quando eu era pequena, apesar de, na época, não parecer nada demais.

Escuridão.

Escuridão clareando.

Estrelas.

Estrelas lançando sua luz fria, pálida e cintilante.

— Não conseguíamos ver *tantas* estrelas quando eu era pequena — minha madrasta me conta. Ela fala em espanhol, sua língua materna. Permanece imóvel e pequena, olhando para cima, para a amplidão da Via Láctea. Nós saímos depois que escureceu para tirar as roupas do varal. O dia foi quente, como sempre, e nós duas gostamos da escuridão fresca do início da noite. Não há lua, mas conseguimos ver bem. O céu está cheio de estrelas.

O muro do bairro é uma presença enorme, crescente e próxima. Eu o vejo como um animal encolhido, talvez prestes a saltar, mais ameaçador do que protetor. Mas minha madrasta está ali, e ela não sente medo. Me mantenho perto dela. Tenho sete anos.

Olho para as estrelas e para o céu profundo e preto.

— Por que vocês não conseguiam ver as estrelas? — pergunto a ela. — Todo mundo consegue vê-las. — Eu também falo em espanhol, como ela me ensinou. É um tipo de intimidade.

— Luzes da cidade — diz ela. — Luzes, progresso, crescimento, todas as coisas que a temperatura e a pobreza não permite nos preocuparmos. — Ela faz uma pausa. — Quando eu tinha sua idade, minha mãe dizia que as estrelas, as poucas estrelas que conseguíamos ver, eram janelas para o céu. Janelas pelas quais Deus espiava para ficar de olho em nós. Acreditei nela por quase um ano.

Minha madrasta me entrega um monte de fraldas de meu irmão mais novo. Eu as pego, caminho de volta em direção à casa onde ela deixou seu grande cesto de roupas e empilho as fraldas sobre o restante das peças. O cesto está cheio. Olho para saber se ela não está olhando e então me jogo de costas em cima do monte fofo de roupas limpas e endurecidas. Por um instante, cair parece flutuar.

Fico ali, deitada, olhando as estrelas. Escolho algumas constelações e dou nome às estrelas que as compõem. Eu aprendi seus nomes em um livro de astronomia que era da mãe do meu pai.

Vejo o feixe de luz de um meteoro riscar o céu na direção oeste. Olho fixamente para ele, esperando ver mais um. Então, minha madrasta me chama e eu volto para onde ela está.

— Há luzes na cidade agora — digo a ela. — Elas não escondem as estrelas.

Ela balança a cabeça.

— Não há tantas quanto havia antes, nem de perto. As crianças hoje não têm ideia de como as cidades eram brilhantes, e nem faz tanto tempo assim.

— Prefiro ter as estrelas — digo.

— As estrelas são grátis. — Ela dá de ombros. — Eu preferiria ter as luzes da cidade de volta, e quanto antes, melhor. Mas pelas estrelas podemos pagar.

2

Um presente divino
Pode queimar dedos despreparados

— Semente da Terra: os livros dos vivos

Domingo, 21 de julho de 2024

Há pelo menos três anos, o Deus de meu pai deixou de ser o meu Deus. A igreja dele deixou de ser a minha igreja. E ainda assim, hoje, por ser uma covarde, eu me permito ser iniciada naquela igreja. Deixo meu pai me batizar em todos os três nomes daquele Deus que não é mais meu.

Meu Deus tem outro nome.

Levantamos cedo hoje porque tínhamos que atravessar a cidade para ir à igreja. Na maioria dos domingos, meu pai realiza missas na nossa sala de estar. Ele é um ministro batista, e apesar de nem todas as pessoas que vivem dentro dos muros de nosso bairro serem batistas, aqueles que sentem a necessidade de ir à igreja se satisfazem unindo-se a nós. Assim, não precisam se arriscar indo para fora, onde as coisas são tão perigosas e malucas. Já é bem ruim que algumas pessoas – meu pai, por exemplo – tenham que sair para trabalhar pelo menos uma vez por semana. Ninguém mais sai para ir à escola. Os adultos ficam nervosos quando as crianças saem.

Mas hoje foi especial. Para hoje, meu pai combinou algumas coisas com outro ministro, um amigo dele que ainda tem uma igreja de verdade, com um batistério de verdade.

Meu pai já teve uma igreja a poucos quarteirões do muro, do lado de fora. Ele a abriu antes de existirem tantos muros. Mas depois de muitos desabrigados terem dormido nela, e de ter sido roubada e vandalizada tantas vezes, alguém despejou gasolina dentro e ao redor dela e a incendiou. Sete dos desabrigados que dormiram ali na última noite acabaram incendiados também.

Mas, de alguma forma, o amigo de meu pai, o reverendo Robinson, conseguiu impedir que sua igreja fosse destruída. Fomos de bicicleta até lá hoje cedo: eu, dois de meus irmãos, quatro outras crianças do bairro que estavam prontas para serem batizadas, além de meu pai e de alguns outros adultos do bairro, que foram na frente. Todos os adultos estavam armados. Essa é a regra. Saia em grupos e saia armado.

A alternativa era sermos batizados na banheira de casa. Teria sido mais barato, mais seguro e eu não veria problema. Eu disse isso, mas ninguém me deu atenção. Para os adultos, sair e ir a uma igreja de verdade era como voltar aos bons tempos quando existiam igrejas em todos os lugares, além de muitas luzes, e quando a gasolina servia para abastecer carros e caminhões, e não para atear fogo às coisas. Eles nunca perdem uma chance de relembrar os bons tempos e de contar às crianças como vai ser incrível quando o país se reestruturar e os bons tempos voltarem.

Sei.

Para nós, crianças – para a maioria de nós –, a viagem era só uma aventura, uma desculpa para sair de dentro dos muros. Seríamos batizadas por obrigação ou por um tipo de garantia, mas a maioria de nós não liga muito para religião. Eu ligo, mas tenho uma religião diferente.

— Por que se arriscar? — perguntou Silvia Dunn para mim há alguns dias. — Talvez haja sentido nessa coisa toda de religião.

Os pais dela achavam que havia, por isso ela estava conosco.

Meu irmão Keith, que estava conosco, não tinha as mesmas crenças que eu. Simplesmente não se importava. Meu pai queria que ele fosse batizado, então que se danasse. Keith não se importava com muita coisa. Ele gosta de passar tempo com os amigos e fingir ser adulto, evitar o trabalho, evitar as aulas e evitar a igreja. Tem só doze anos, é o mais velho de meus três irmãos. Não gosto muito dele, mas é o preferido da minha madrasta. Três filhos inteligentes e um burro, e é do burro que ela mais gosta.

Keith era o que mais olhava ao redor enquanto pedalávamos. Sua ambição, se podemos chamar assim, é sair do bairro e ir para Los Angeles. Ele nunca fala exatamente o que vai fazer lá. Só quer ir para a cidade grande para ganhar muito dinheiro. De acordo com meu pai, a cidade grande é uma carcaça coberta por um monte de vermes. Acho que ele tem razão, apesar de nem todos os vermes estarem em Los Angeles. Há vermes aqui também.

Mas os vermes não costumam gostar de acordar cedo. Passamos por pessoas deitadas, dormindo nas calçadas, e algumas estavam acabando de acordar, mas elas não nos deram atenção. Vi pelo menos três pessoas que não voltariam a acordar, nunca mais. Uma delas não tinha cabeça. Eu me peguei olhando ao redor à procura da cabeça. Depois disso, tentei não olhar mais ao redor.

Uma mulher jovem, nua e imunda passou cambaleando por nós. Observei sua expressão relapsa e percebi que ela estava atordoada, bêbada ou coisa assim.

Talvez ela tivesse sido estuprada repetidamente, a ponto de enlouquecer. Eu já tinha ouvido histórias de que isso acontecia. Ou talvez só estivesse drogada. Os meninos de nosso grupo quase caíram das bicicletas olhando para ela. Que belos pensamentos religiosos eles teriam por um tempo.

A mulher nua não olhou para nós. Olhei para trás depois de passarmos por ela e vi que havia se sentado no mato, encostada no muro do bairro de alguém.

Grande parte de nosso trajeto foi ao longo de um muro de bairro depois de outro; alguns tinham o tamanho de um quarteirão, outros tinham dois, e outros tinham cinco... Subindo em direção aos montes havia propriedades muradas – uma casa grande e várias pequenas dependências mais simples onde os empregados moravam. Não passamos por nada assim hoje. Na verdade, passamos por alguns bairros tão pobres cujos muros eram feitos de pedras não cimentadas, pedaços de concreto e lixo. E também havia as áreas residenciais sem muros, lamentáveis. Muitas das casas estavam destruídas – queimadas, vandalizadas, infestadas por bêbados ou drogados, ou ocupadas por famílias de sem-teto com filhos imundos, magros e seminus. Seus filhos estavam acordados e nos observaram enquanto passamos. Sinto pena dos pequenos, mas os da minha idade e os mais velhos me deixam nervosa. Descemos pelo meio da rua destruída, e as crianças saem e ficam nas calçadas para nos ver. Só ficam paradas olhando. Acho que se só houvesse um ou dois de nós, ou se não conseguissem ver nossas armas, talvez tentassem nos derrubar e roubar nossas bicicletas, nossas roupas e nossos sapatos, sei lá. E depois? Estupro? Assassinato? Poderíamos acabar como aquela mulher nua, aos tropeços, atordoada, talvez ferida, que certamente chamaria a atenção de pessoas perigosas a menos que roubasse algumas roupas. Eu queria que pudéssemos ter dado algo a ela.

Minha madrasta conta que ela e meu pai pararam para ajudar uma mulher ferida, certa vez, e que os homens que a haviam ferido pularam de trás de um muro e quase mataram os dois.

E estamos em Robledo – a 32 quilômetros de Los Angeles e, de acordo com meu pai, uma cidadezinha que já foi rica, verde e sem muros, da qual ele queria sair desesperadamente quando era jovem. Assim como Keith, queria escapar da chatice de Robledo em busca da agitação da cidade grande. Los Angeles era melhor na época – menos letal. Ele morou lá por 21 anos. Então, em 2010, seus pais foram assassinados e ele herdou a casa deles. Quem os matou havia roubado a casa e destruído a mobília, mas não ateou fogo a nada. Não havia muro de bairros na época.

Que loucura viver sem um muro como proteção. Mesmo em Robledo, a maioria da população da rua – vagabundos, bebuns, drogados, pessoas desabrigadas de modo geral – é perigosa. São desesperados, malucos ou as duas coisas. É o suficiente para tornar as pessoas perigosas.

Para mim, o pior é que eles costumam ter problemas. Cortam as orelhas uns dos outros, os braços, as pernas... São portadores de doenças não tratadas e de ferimentos infeccionados. Não têm dinheiro para gastar com água para banho, por isso até os que não estão com feridas abertas têm problemas de pele. Não têm o que comer, por isso são malnutridos – ou ingerem alimentos estragados e se envenenam. Enquanto eu passava, tentei não olhar para eles, mas não deixei de ver – e de absorver – parte de seu sofrimento, de modo geral.

Consigo tolerar muita dor sem me deixar abater. Tive que aprender a fazer isso. Mas foi difícil, hoje, continuar pedalando e acompanhar os outros quando todo mundo que eu via fazia com que me sentisse cada vez pior.

Meu pai olhava para trás na minha direção de vez em quando. Ele diz: "Você consegue superar isso. Não tem que se envolver". Ele sempre fingiu, ou talvez acreditou, que minha síndrome da hiperempatia fosse algo que eu pudesse deixar de lado e esquecer. Afinal, o partilhamento não é real. Não é uma mágica, nem uma percepção extrassensorial que me permite compartilhar da dor ou do prazer das outras pessoas. É ilusório. Até mesmo eu admito isso. Meu irmão Keith costumava fingir estar machucado só para me enganar e dividir sua suposta dor. Certa vez, ele usou tinta vermelha como sangue falso para me fazer sangrar. Eu tinha onze anos, na época, e o sangue ainda saía pela minha pele quando eu via outra pessoa sangrando. Não conseguia evitar e sempre temi que isso chamasse a atenção de pessoas de fora da minha família.

Não dividi um sangramento com ninguém desde que fiz doze anos e tive minha primeira menstruação. Que alívio. Só queria que todo o resto também tivesse passado. Keith só me enganou para que eu sangrasse daquela vez, e eu bati nele demais por isso. Eu não brigava muito quando era criança porque me doía muito. Sentia cada golpe que dava, como se tivesse atacado a mim mesma. Então, quando decidia que tinha que brigar, eu me preparava para machucar mais do que as crianças costumavam machucar umas às outras. Quebrei o braço de Michael Talcott e o nariz de Rubin Quintanilla. Quebrei quatro dentes de Silvia Dunn. Eles mereciam duas ou três vezes mais do que eu batia. Eu era castigada todas as vezes, e me ressentia disso. Era um castigo duplo, afinal, e meu pai e minha madrasta sabiam disso. Mas saber não os impedia. Acho que eles faziam isso para satisfazer os pais das outras crianças. Mas quando bati em Keith, sabia que Cory, meu pai ou os dois me castigariam por aquilo – era meu pobre irmão menor, afinal de contas. Por isso, eu tinha que cuidar para que meu pobre irmãozinho pagasse com antecedência. O que eu fizesse com ele tinha que valer a pena, apesar do que eles fariam comigo.

E valeu.

Nós dois pagamos por isso com meu pai. Eu, por machucar uma criança menor, e Keith, por arriscar levar "os assuntos da família" a público. Meu pai se importa muito com privacidade e "os assuntos da família". Há uma série de coisas sobre as quais nem sequer pensamos em falar fora da família. Primeiro, entre elas está qualquer coisa a respeito de minha mãe, minha hiperempatia e como as duas estão relacionadas. Para o meu pai, o negócio todo é vergonhoso. Ele é pregador, professor e deão. Uma primeira esposa que era viciada em drogas e uma filha prejudicada por isso não são coisas das quais ele queira se gabar. Sorte minha. Ser a pessoa mais vulnerável que conheço certamente não é algo de que eu queira me gabar.

Não posso fazer nada sobre minha hiperempatia, independentemente do que meu pai pense, queira ou deseje. Sinto o que vejo os outros sentirem ou o que acredito que eles sintam. A hiperempatia é o que os médicos chamam de "síndrome orgânica ilusória". Bela merda. Dói, é só o que sei. Graças ao Paracetco, ao comprimidinho, ao pó de Einstein, a droga da qual minha mãe decidiu abusar antes de morrer em meu parto, sou louca. Sinto muita tristeza que não me pertence e que não é real. Mas dói.

Eu supostamente compartilho *prazer* e *dor*, mas não existe muito prazer por aí hoje em dia. O único que encontrei que gosto de compartilhar é o sexo. Sinto o prazer que o rapaz sente e o meu. E quase gostaria de não sentir. Vivo em uma comunidade minúscula, murada, um aquário no fim do mundo, e sou a filha do ministro. Existe um limite real a respeito do que posso fazer quando o assunto é sexo.

Bem, meus neurotransmissores são bagunçados e continuarão a ser. No entanto, consigo ficar bem desde que as outras pessoas não saibam a meu respeito. Me viro bem dentro dos muros do bairro. Mas nossos percursos de hoje foram terríveis. Na ida e na volta, eles foram as piores coisas que já senti – sombras e fantasmas, beliscões e socos de dor inesperada.

Se eu não passar muito tempo olhando para velhas feridas, elas não me machucam muito. Havia um menininho nu cuja pele era coberta por marcas vermelhas; um homem com uma casca de ferida enorme sobre o toco onde antes ficava sua mão direita; uma menininha, nua, talvez de sete anos, com sangue escorrendo por suas coxas. Uma mulher com o rosto inchado, surrado...

Devo ter parecido assustada. Olhei ao redor como um passarinho, sem deixar meus olhos se demorarem em alguém além do tempo necessário para ver que ele não estava vindo na minha direção, nem mirando nada em mim.

Meu pai deve ter percebido algo do que eu sentia em minha expressão. Tento não deixar meu rosto mostrar o que sinto, mas ele é bom em me analisar. Às vezes as pessoas dizem que pareço séria ou brava. É melhor que elas pensem isso do que saibam a verdade. Prefiro que elas pensem qualquer outra coisa a deixar que saibam como é fácil me machucar.

Meu pai havia insistido em usar água fresca, limpa e potável no batismo. É claro que ele não tinha dinheiro para comprá-la. E quem tinha? Era por isso que havia mais quatro crianças conosco.

Silvia Dunn, Hector Quintanilla, Curtis Talcott e Drew Balter, juntamente com meus irmãos Keith e Marcus. Os pais das outras crianças tinham ajudado com os custos. Eles achavam que um batismo adequado era importante o suficiente para gastarem algum dinheiro e correrem alguns riscos. Eu era a mais velha por cerca de dois meses. Em seguida, vinha Curtis. Por mais que eu detestasse estar ali, odiava ainda mais o fato de Curtis estar ali. Me importo com ele mais do que gostaria. Eu me importo com o que ele pensa de mim. Tenho medo de me revelar em público, qualquer dia, e ele ver. Mas não hoje.

Quando chegamos à igreja-fortaleza, os músculos de minha mandíbula doíam de tanto travar e destravar os dentes, e de modo geral, eu estava exausta.

Havia apenas cinco ou seis dezenas de pessoas na missa – número suficiente para encher as fileiras da frente em casa e fazer parecer uma multidão. Mas na igreja, com o muro ao redor, as barras de proteção, o arame farpado, o enorme vazio por dentro e os guardas armados, a multidão parecia uma meia dúzia de pessoas. E tudo bem. A última coisa que eu queria era uma plateia grande que talvez pudesse me derrubar de dor.

O batizado transcorreu conforme o planejado. Eles mandaram as crianças aos banheiros ("ao masculino", "ao feminino", "por favor, não joguem papel de nenhum tipo nos vasos sanitários", "água para se lavar no balde à esquerda…") para se despirem e vestirem as túnicas brancas. Quando estávamos prontos, o pai de Curtis nos levou a uma antessala de onde pudemos ouvir a pregação – o primeiro capítulo de São João e o segundo dos Atos – e esperar nossa vez.

Minha vez veio por último. Acho que isso foi ideia de meu pai. Primeiro, os filhos do vizinho, depois meus irmãos, e só então eu. Por motivos que não fazem muito sentido para mim, meu pai acha que preciso de mais humildade. Acredito que minha humildade biológica específica – ou humilhação – é mais do que suficiente.

Mas que droga! Alguém tinha que ser o último. Eu só queria ter tido coragem suficiente de fugir daquela coisa toda.

Então, "Em nome do Pai, do Filho, e do Espírito Santo...".

Os católicos se livram dessas coisas quando são bebês. Queria que os batistas também fossem assim. Quase queria poder acreditar que isso é importante do jeito que muitas pessoas parecem fazer, como meu pai. Se não desse, gostaria de não me importar.

Mas me importo. Tenho pensado muito em Deus ultimamente. Tenho prestado atenção no que as outras pessoas acreditam – se acreditam, e nesse caso, no tipo de Deus em que acreditam. Keith diz que Deus é só o modo que os adultos têm de tentar nos assustar para fazermos o que querem. Ele não fala isso perto do meu pai, mas é o que diz. Ele acredita no que vê, e independentemente do que esteja na frente dele, não enxerga muito. Acho que meu pai diria isso sobre mim se soubesse em que acredito. Talvez estivesse certo. Mas não me impediria de ver o que vejo.

Muitas pessoas parecem acreditar em um Deus-paizão, em um Deus-tira-durão ou em um Deus-rei-supremo. Elas acreditam em uma espécie de superpessoa. Algumas acreditam que Deus é outra palavra para natureza. E a natureza acaba sendo qualquer coisa que por acaso elas não compreendem ou sobre a qual não sentem controle.

Algumas pessoas dizem que Deus é um espírito, uma força, uma realidade maior. Pergunte a sete pessoas o que tudo isso significa e receberá sete respostas diferentes. Então, o que é Deus? Só mais um nome para seja lá o que faça você se sentir especial e protegido?

Há uma tempestade fora de temporada atingindo o Golfo do México. Ela se espalhou, matando pessoas da Flórida ao Texas e descendo em direção ao México. Até agora, sabe-se que mais de setecentas morreram. Um furacão. E quantas pessoas ele atingiu? Quantas vão morrer de fome posteriormente devido às plantações destruídas? É a natureza. É Deus? A maioria dos mortos é a população de rua que não tem para onde ir e que só sabe dos alertas quando já é tarde demais para se proteger. Onde está a segurança para eles, afinal? Ser pobre é um pecado contra Deus? Nós somos quase pobres. Há cada vez menos empregos para nós, mais e mais pessoas nascem, mais crianças crescem sem perspectiva. De um jeito ou de outro, todos seremos pobres um dia. Os adultos dizem que as coisas vão melhorar, mas isso nunca acontece. Como Deus – o Deus de meu pai – se comporta conosco quando somos pobres?

Existe um Deus? Se existe, ele (ela? isso?) se importa conosco? Deístas, como Benjamin Franklin e Thomas Jefferson, acreditavam que Deus foi algo que nos criou e então nos deixou sozinhos.

— Enganados — disse meu pai quando perguntei a ele sobre os deístas. — Eles deveriam ter tido mais fé no que a Bíblia deles dizia.

Fico me perguntando se as pessoas na Costa do Golfo ainda têm fé. As pessoas já tiveram fé durante desastres terríveis. Leio muito sobre esse tipo de coisa. Leio muito e ponto. Meu livro preferido da Bíblia é o de Jó. Acho que ele diz mais sobre o Deus de meu pai em especial e sobre os deuses em geral do que qualquer outra coisa que li.

No livro de Jó, Deus diz que criou tudo e que sabe de tudo, por isso ninguém tem direito de questionar o que ele faz com essas coisas. Tudo bem. Pode ser. Aquele Deus do Antigo Testamento não viola o modo que as coisas são agora. Mas esse se parece muito com Zeus – um homem superpoderoso, brincando com seus brinquedos como meus irmãos menores fazem com seus soldadinhos. *Bang, bang!* Sete brinquedos caem mortos. Se eles forem seus, você cria as regras. Quem se importa com o que os brinquedos pensam? Arranque a família de um, depois lhe dê uma família nova. Crianças-brinquedos, assim como os filhos de Jó, são intercambiáveis.

Talvez Deus seja uma espécie de criança grande com seus brinquedos. Se for, que diferença faz se setecentas pessoas forem mortas por um furacão – ou se sete crianças vão à igreja e são mergulhadas em um grande tanque de água cara?

Mas e se tudo isso estiver errado? E se Deus for outra coisa totalmente diferente?

3

Não adoramos a Deus.
O reconhecemos e acompanhamos.
Aprendemos com Deus.
Com premeditação e trabalho,
O moldamos.
Ao fim, nos curvamos perante Deus.
Persistimos e adaptamos,
Pois somos Semente da Terra
E Deus é Mudança.

— **Semente da Terra: os livros dos vivos**

Terça-feira, 30 de julho de 2024

Uma astronauta da mais recente missão a Marte morreu. Algo deu errado com sua roupa de proteção e o restante da equipe não conseguiu levá-la de volta ao abrigo a tempo de salvá-la. As pessoas aqui do bairro andam dizendo que ela não tinha nada que ter ido a Marte, de qualquer modo. Todo aquele dinheiro desperdiçado em outra viagem maluca ao espaço sendo que tantas pessoas na Terra não têm dinheiro para água, comida ou um teto.

O preço da água subiu de novo. E eu soube pelo noticiário de hoje que mais vendedores estão sendo mortos. Os mascates vendem água aos sem-teto e aos moradores de rua – e às pessoas que conseguiram manter suas casas, mas não pagar as contas. Os mascates têm sido encontrados com a garganta cortada, e o dinheiro e seus carrinhos de mão roubados. Meu pai disse que, agora, a água custa muito mais do que a gasolina. Mas, com exceção dos incendiários e dos ricos, a maioria das pessoas desistiu de comprar gasolina. Ninguém que conheço usa um carro, caminhão ou uma bicicleta movida a gasolina. Veículos assim estão enferrujando nas ruas e sendo depredados por quem procura por metal e plástico.

É muito mais difícil abrir mão da água.

A moda ajuda. Agora, o legal é andar sujo. Se você estiver limpo, torna-se um alvo. As pessoas acham que você está se exibindo, tentando ser melhor do que elas. Entre as crianças, estar limpo é uma ótima maneira de se meter em brigas. Cory não nos deixa ficar sujos aqui no bairro, mas todos temos roupas imundas para vestir fora dos muros. Mesmo do lado de dentro, meus irmãos jogam terra em si mesmos assim que se afastam da casa. É melhor do que apanhar o tempo todo.

Hoje à noite, a última Parede-Janela do bairro se apagou para sempre. Vimos a astronauta morta e Marte, rochoso e vermelho, ao redor dela. Vimos um reservatório totalmente seco e três mascates de água mortos com suas pulseiras azuis, parcialmente decapitados. E vimos quarteirões inteiros de construções com tábuas nas janelas pegando fogo em Los Angeles. É claro que ninguém desperdiçaria água tentando apagar aqueles incêndios.

E então, a Janela se apagou. O som vinha falhando há meses, mas a imagem permanecia sempre como o prometido – era como olhar através de uma janela ampla e aberta.

A família Yannis transformou o ato de receber pessoas para olharem pela Janela em um negócio. Meu pai diz que esse tipo de negócio sem licença é ilegal, mas ele nos deixava assistir de vez em quando porque não via nada de ruim nisso e era algo que ajudava os Yannis. Muitos negócios pequenos são ilegais, apesar de não prejudicarem ninguém, e sustentam uma ou outra família. A Janela dos Yannis tem mais ou menos a minha idade e cobre a parede comprida do lado esquerdo da sala de estar da família. Eles deveriam ter muito dinheiro quando a compraram. Mas, nos últimos anos, vinham cobrando ingresso – e só deixavam pessoas do bairro entrarem –, além de venderem frutas, sucos naturais, pão de bolota ou nozes. O que tinham em grande quantidade na horta, eles davam um jeito de vender. Transmitiam filmes da biblioteca da família e nos deixavam assistir ao noticiário e ao que estivesse sendo televisionado. Não tinham recursos para assinar as partes multissensoriais, e, de qualquer forma, a antiga Janela deles não teria como receber a maior parte delas.

Eles não têm trajes de realidade virtual, nem anéis sensíveis ao toque ou fones de ouvido. A estrutura de que dispunham era só uma Janela plana de tela fina.

Tudo o que temos agora são três aparelhos de TV pequenos, antigos e embaçados espalhados pelo bairro, alguns computadores usados para trabalhar e rádios. Cada residência tem pelo menos um rádio funcionando. Muitas das notícias que recebemos diariamente vêm do rádio.

Fico me perguntando o que a sra. Yannis vai fazer agora. Suas duas irmãs foram morar com ela, e estão trabalhando, então pode ser que tudo fique bem. Uma é farmacêutica e a outra, enfermeira. Não ganham muito dinheiro, mas a sra. Yannis é a dona da casa. Era a casa de seus pais.

As três irmãs são viúvas e, ao todo, têm doze filhos, todos mais novos do que eu. Há dois anos, o sr. Yannis, que era dentista, morreu voltando para casa de bicicleta elétrica, ao sair da clínica protegida por muros, onde trabalhava. A sra. Yannis disse que ele foi pego em uma troca de tiros, atingido das duas direções e ainda outra vez à queima-roupa. Sua bicicleta foi roubada. A polícia investigou, cobrou sua taxa, mas não encontrou nada. As pessoas são mortas assim o tempo todo. A menos que aconteça na frente de uma delegacia, nunca há testemunhas.

Sábado, 3 de agosto de 2024

A astronauta morta será trazida de volta para a Terra. Ela queria ser enterrada em Marte. Disse isso quando se deu conta de que estava morrendo. Disse que aquele planeta foi a única coisa que ela quis a vida toda, e que agora faria parte dele para sempre.

Mas o secretário da Astronáutica disse que não. Afirmou que o corpo dela poderia ser um contaminante. Idiota.

Será que ele acha que qualquer micro-organismo presente no corpo dela teria a menor chance de sobreviver e se estabelecer naquela atmosfera fria, fraca e letal? Talvez ache. Os secretários da Astronáutica não têm que saber muito sobre ciência. Têm que saber sobre política. Possuem o departamento mais novo no gabinete, que já está se esforçando para sobreviver. Christopher Morpeth Donner, um dos homens concorrendo à presidência este ano, prometeu acabar com a secretaria se for eleito. Meu pai concorda com Donner.

— Pão e circo — diz meu pai quando surgem notícias do espaço no noticiário. — Os políticos e as grandes corporações ficam com o pão, e nós, com o circo.

— O espaço poderia ser nosso futuro — digo, e acredito nisso.

Até onde sei, a exploração e a colonização do espaço estão entre as poucas coisas que sobraram do último século que podem nos ajudar mais do que nos prejudicar. Mas é difícil fazer alguém ver isso, quando há tanto sofrimento do lado de fora dos nossos muros.

Meu pai balança a cabeça e olha para mim.

— Você não entende — diz ele. — Não tem a menor ideia da perda criminosa de tempo e dinheiro que esse tal de programa espacial é.

Ele vai votar em Donner. É a única pessoa que conheço que vai votar em alguém. A maioria das pessoas desistiu dos políticos. Afinal de contas, os políticos têm prometido trazer de volta a glória, a riqueza e a ordem do século xx desde que me conheço por gente. É ao redor disso que gira o programa espacial atualmente, pelo menos para os políticos. Olha, podemos criar uma estação espacial, uma estação na Lua, e, em breve, uma colônia em Marte. Isso prova que ainda somos uma nação ótima, voltada para o futuro e poderosa, não é mesmo?

Pois é.

Bem, mal somos uma nação agora, mas fico feliz por ainda estarmos no espaço. Temos que ir a algum lugar que não seja ralo abaixo.

E fico triste que aquela astronauta será tirada do paraíso que escolheu. Ela se chamava Alicia Catalina Godinez Leal. Era química. Eu pretendo me lembrar dela. Acho que pode ser uma espécie de modelo para mim. Alicia passou a vida indo para Marte – ao se preparar, ao tornar-se astronauta, quando entrou para uma tripulação rumo a Marte, ao ir de fato para Marte, quando começou a entender como terraformar o planeta, ao criar abrigos onde as pessoas agora podem morar e trabalhar...

Marte é uma rocha – fria, vazia, quase sem ar, morta. Mas, ainda assim e de certo modo, é o paraíso. Nós o vemos no céu noturno, um mundo completamente diferente, mas próximo demais, perto demais do alcance das pessoas que fizeram da vida aqui na Terra um inferno tão grande.

Segunda-feira, 12 de agosto de 2024

A sra. Sims se matou com um tiro hoje – ou melhor, ela se matou com um tiro há alguns dias, e Cory e meu pai a encontraram hoje. Cory deu uma pirada depois disso.

Coitada da velha e beata sra. Sims. Ela estava no nosso salão da igreja todo domingo, com a Bíblia grande na mão e gritando suas respostas: "Sim, Senhor!", "Aleluia!", "Obrigada, Jesus!", "Amém!". No restante da semana, ela costurava, fazia cestos, cuidava de seu pomar, vendia o que podia dele, cuidava de crianças em idade pré-escolar, e falava sobre todo mundo que não era tão santo quanto ela acreditava ser.

Era a única pessoa que já conheci que vivia sozinha. A sra. Sims tinha uma casa grande inteira para si porque ela e a esposa de seu único filho se detestavam. O filho e a família dele eram pobres, mas não queriam morar com ela. Que pena.

Pessoas diferentes a assustavam de um jeito profundo, difícil e feio. Ela não gostava da família Hsu porque eles são chineses e hispânicos, e a geração chinesa mais velha ainda é budista. Ela vivia a algumas casas de distância deles há mais tempo do que eu tenho de vida, mas para ela ainda eram de Saturno.

— Idólatras — dizia para se referir a eles quando não estavam por perto.

Pelo menos, ela se preocupava o suficiente com a política da boa vizinhança para dizer aquilo pelas costas. Eles levaram pêssegos, figos e uma boa metragem de algodão de boa qualidade no mês passado, quando ela foi roubada.

Aquele roubo tinha sido a primeira grande tragédia da sra. Sims. Três homens subiram no muro do bairro, cortando o arame farpado e o laminado no topo. O arame laminado é algo horrível. É tão fino e cortante que decepa as asas ou os pés das aves que não o veem ou que tentam parar em cima dele. Mas as pessoas sempre conseguem encontrar uma maneira de passar por cima, por baixo ou pelo meio.

Todo mundo levou coisas para a sra. Sims depois do roubo, mesmo ela sendo do jeito que é. Era. Alimentos, roupas, dinheiro… Reunimos doações para ela na igreja. Os ladrões a amarraram e a abandonaram – depois de um deles a estuprar. Uma senhora como ela! Levaram toda a comida, as joias que tinham sido de sua mãe, as roupas e, pior de tudo, todo o dinheiro. Parece que ela mantinha o dinheiro – todo ele – em uma tigela de plástico azul em cima do armário da cozinha. Pobre velha maluca. Procurou pelo meu pai, chorando e reclamando depois do roubo, porque agora não podia comprar a comida de que precisava para suplementar o que plantava. Não podia pagar suas contas, nem os impostos da propriedade que iam vencer. Ela acabaria sendo jogada na rua, despejada de casa! Morreria de fome!

Meu pai lhe disse, muitas vezes, que a igreja não permitiria que isso acontecesse, mas ela não acreditou nele. Falava sem parar sobre ter que mendigar, e meu pai e Cory tentavam acalmá-la. O engraçado é que ela também não gostava de nós porque meu pai tinha se casado com "aquela mexicana Cory-ah-zan". Não é tão difícil assim dizer "Corazon", se quiser chamá-la assim. A maioria das pessoas a chama de Cory ou de sra. Olamina.

Cory nunca deixou transparecer que se ofendia por isso. Ela e a sra. Sims eram um doce uma com a outra. Um pouco mais de hipocrisia para manter a paz.

Na semana passada, o filho da sra. Sims, os cinco filhos dele, a esposa, o irmão dela e os três filhos do irmão dela morreram em um incêndio doméstico – um incêndio criminoso. A casa do filho ficava em uma região sem muros a nordeste de onde estávamos, mais perto da base das montanhas. Não era uma área ruim, mas era pobre. Nua. Certa noite, alguém ateou fogo à casa. Talvez tenha sido um incêndio por vingança, causado por algum inimigo de um membro da família, ou talvez um maluco o tenha causado por diversão. Eu soube que existe uma nova droga ilegal que faz as pessoas quererem causar incêndios.

Enfim, ninguém sabe quem fez isso com as famílias Sims/Boyer. Ninguém viu nada, é claro.

E ninguém saiu da casa. Estranho isso. Onze pessoas, e nem uma saiu.

Então, há uns três dias, a sra. Sims atirou em si mesma. Meu pai soube pelos policiais que foi há cerca de três dias. Isso seria só dois dias depois de ela saber da morte do filho. Meu pai foi visitá-la hoje cedo porque ela não foi à igreja ontem. Cory se forçou a acompanhá-lo porque achou que deveria ir. Eu queria que ela não tivesse ido. Para mim, cadáveres são nojentos. Eles fedem e têm vermes, se estiverem muito velhos. Mas e daí? Estão mortos. Não estão sofrendo, e se você não gostava deles quando estavam vivos, por que ficar tão chateado quando morrem? Cory fica chateada. Ela me repreende por compartilhar a dor dos vivos, mas tenta dividi-la com os mortos.

Comecei a escrever isso sobre a sra. Sims porque ela se matou. É o que me chateia. Ela pensava, como meu pai, que se você se mata, vai para o inferno e arde para sempre. Acreditava em uma aceitação literal de todas as coisas da Bíblia. Mas quando as coisas se tornaram pesadas demais, decidiu trocar a dor mundana pela eterna no além-mundo.

Como ela pôde fazer isso?

Será que acreditava em alguma coisa mesmo? Ou era só hipocrisia?

Ou talvez tenha enlouquecido porque seu Deus estava exigindo demais dela. Ela não era Jó. Na vida real, quantas pessoas são?

Sábado, 17 de agosto de 2024

Não consigo me esquecer da sra. Sims. De algum modo, ela e seu suicídio se misturaram com a morte da astronauta e sua expulsão do paraíso. Eu preciso escrever sobre as coisas em que acredito. Preciso começar a unir os versos espalhados que tenho escrito sobre Deus desde que tinha doze anos. A maioria deles não é muito boa. Eles dizem o que eu preciso dizer, mas não o fazem muito bem. Alguns são como deveriam ser. Eles também me pressionam, como as duas mortes. Eu tento me esconder em todo o trabalho que há para ser feito aqui em casa, para a igreja de meu pai, e para a escola que Cory mantém para lecionar às crianças do bairro. A verdade é que não me importo com nenhuma dessas coisas, mas elas me mantêm ocupada e me deixam cansada e, na maior parte do tempo, eu durmo sem sonhar. Além disso, meu pai se ilumina quando as pessoas dizem a ele que sou muito esperta e trabalhadora.

Eu o amo. Ele é a melhor pessoa que conheço, e me importo com a opinião dele. Queria não ligar para isso, mas me importo.

De qualquer forma, aqui estão as coisas em que acredito. Demorei muito tempo até entender, e muito tempo com um dicionário normal e outro de sinônimos para me expressar direito – exatamente como tem que ser. No último ano, esse texto passou por 25 ou 30 reedições incoerentes. Esta é a versão certa, a verdadeira. É a que sempre releio:

Deus é Poder:

Infinito,

Irresistível,

Inexorável,

Indiferente.

E, ainda assim, Deus é maleável:

Trapaceiro,

Professor,

Caos,

Argila.

Deus existe para ser moldado.

Deus é Mudança.

Esta é a verdade literal.

A Deus não se pode resistir nem parar, mas ele pode ser moldado e concentrado. Isso quer dizer que não devemos orar a Deus. As orações só ajudam a pessoa que está orando, e só se fortalecerem e direcionarem a determinação dessa pessoa. Se forem usadas desta forma, podem nos ajudar em nosso único relacionamento de verdade com Deus. Elas nos auxiliam a moldar Deus, e a aceitar e a trabalhar com as formas que Ele impõe a nós. Deus é poder e, no fim, Deus prevalece.

Mas podemos virar o jogo a nosso favor se compreendermos que Deus existe para ser moldado, e que assim o será, com ou sem nosso planejamento, com ou sem a nossa intenção.

É o que eu sei. Uma parte do que sei, pelo menos. Não sou como a sra. Sims. Não sou uma espécie de Jó em potencial, sofredora, de pescoço tenso e, por fim, tornada humilde ou destruída diante de um todo-poderoso onisciente. Meu Deus não me ama, não me odeia, nem me observa e me conhece, e eu não sinto amor nem lealdade por meu Deus. Meu Deus simplesmente é.

Talvez eu seja mais como Alicia Leal, a astronauta. Como ela, acredito em algo que julgo necessário a meu povo morrendo, negando e agindo de modo retrógrado. Ainda não tenho tudo. Nem sei como passar adiante o que possuo. Preciso aprender a fazer isso. Me assusta pensar nas tantas coisas que tenho que aprender. Como vou aprendê-las?

Alguma delas é real?

Pergunta perigosa. Às vezes, não sei a resposta. Eu duvido de mim mesma. Duvido do que acho que sei. Tento esquecer. Afinal, se é real, por que mais ninguém sabe sobre isso? Todo mundo percebe que a mudança é inevitável. Desde a segunda lei da termodinâmica até a evolução darwiniana, da insistência do budismo de que nada é permanente e de que todo o sofrimento resulta de nossas ilusões de permanência, até o terceiro capítulo de Eclesiastes ("Tudo tem o seu tempo"), a mudança faz parte da vida, da existência, da sabedoria comum. Mas eu não acredito que estejamos lidando com tudo o que isso significa. Nem sequer começamos a tratar disso.

Concordamos da boca pra fora, como se a aceitação bastasse. Depois, criamos superpessoas – superpais, super-reis e rainhas, superpoliciais – para serem nossos deuses e cuidarem de nós – para ficarem entre nós e Deus. Ainda assim, Ele esteve aqui o tempo todo, nos moldando e sendo moldado por nós de nenhuma maneira particular ou de muitas de uma vez, como uma ameba – ou como um câncer. Caos.

Ainda assim, por que não posso fazer o que os outros têm feito: ignorar o óbvio? Viver uma vida normal. Já é bem difícil fazer isso neste mundo.

Mas essa coisa (Essa ideia? Filosofia? Nova religião?) não me deixa em paz, não me deixa esquecer, não me larga. Talvez… Talvez seja como o meu compartilhar: mais uma esquisitice; mais uma ilusão maluca e arraigada à qual estou presa. Eu estou realmente presa a isso. E, com o tempo, terei que fazer algo a respeito. Apesar do que meu pai me dirá ou fará comigo, apesar da podridão venenosa para além do muro, para onde poderei ser exilada, terei que fazer algo a respeito.

Essa realidade me assusta demais.

Quarta-feira, 6 de novembro de 2024

O presidente William Turner Smith perdeu a eleição de ontem. Christopher Charles Morpeth Donner é nosso novo presidente – presidente eleito. O que podemos esperar?

Donner já disse que assim que possível, depois de sua posse no ano que vem, ele começará a desmantelar os programas "dispendiosos, inúteis, desnecessários" da Lua e de Marte. Os programas espaciais voltados para as comunicações e à experimentação serão privatizados – vendidos.

Além disso, Donner planeja colocar as pessoas para trabalhar de novo. Ele espera alterar leis, suspender o salário mínimo "excessivamente restritivo" e a legislação de proteção ao trabalho e ao meio ambiente para aqueles empregadores dispostos a aceitar empregados sem teto e dar a eles treinamento e acomodação adequados.

Fico tentando imaginar o que é adequado: Uma casa ou um apartamento? Um quarto? Uma cama em um quarto compartilhado? Um beliche? Um colchão no chão? Só o chão? E as pessoas que têm famílias grandes? Não serão vistas como investimentos ruins? Não fará muito mais sentido para as empresas contratarem pessoas solteiras, casais sem filhos ou, no máximo, pessoas com apenas um ou dois filhos? Fico imaginando.

E essas leis suspensas? Será legal envenenar, mutilar ou infectar pessoas desde que você forneça alimento, água e espaço para que morram?

Meu pai acabou decidindo não votar no Donner. Ele não votou em ninguém. Disse que os políticos lhe davam enjoo.

A inteligência é adaptabilidade individual continuada. As adaptações que uma espécie inteligente pode fazer em uma única geração, outras espécies fazem ao longo de muitas gerações de reprodução e de morte seletiva. Ainda assim, a inteligência é exigente. Se for mal direcionada por acidente ou propositalmente, pode promover suas próprias orgias de procriação e de morte.

— SEMENTE DA TERRA: OS LIVROS DOS VIVOS

4

Uma vítima de Deus pode,

Por aprendizado da adaptação,

Tornar-se parceiro de Deus,

Uma vítima de Deus pode,

Por análise e planejamento,

Tornar-se moldador de Deus.

Ou uma vítima de Deus pode,

Por medo e falta de destreza,

Permanecer vítima de Deus,

O brinquedo de Deus,

Sua presa.

— Semente da Terra: os livros dos vivos

Sábado, 1º de fevereiro de 2025

Houve um incêndio hoje. As pessoas se preocupam tanto com o fogo, mas as crianças pequenas brincam com ele sempre que podem. Tivemos sorte desta vez. Amy Dunn, de três anos, conseguiu incendiar a garagem da família.

Quando o fogo começou a subir pela parede, Amy ficou assustada e correu para dentro da casa. Sabia que tinha feito algo ruim, por isso não contou a ninguém. Ela se escondeu embaixo da cama da avó.

No fundo da casa, a madeira seca da garagem queimou depressa e intensamente. Robin Balter viu a fumaça e tocou o sino de emergência no canteiro da nossa rua. Robin tem só dez anos, mas é uma menina esperta – uma das melhores alunas de minha madrasta. Ela mantém o controle. Se não tivesse alertado as pessoas assim que viu a fumaça, o fogo poderia ter se espalhado.

Ouvi o sino e corri para fora como todo mundo para ver o que estava acontecendo. Os Dunn viviam na frente de nossa casa, por isso não tinha como eu não ver a fumaça.

O plano de incêndio funcionou como deveria. Os homens e mulheres adultos apagaram o fogo com mangueiras de quintal, pás, toalhas molhadas e cobertores. Aqueles sem mangueiras abafavam o fogo rasteiro com batidas e terra. Jovens da minha idade ajudavam onde era preciso e apagavam novos incêndios iniciados por brasas voadoras. Levamos baldes para encher de água, e pás, cobertores e toalhas. Havia muitos de nós, e mantínhamos os olhos abertos. As pessoas muito velhas cuidavam das crianças pequenas e as mantinham longe e fora de perigo.

Ninguém sentiu falta de Amy. Ninguém a tinha visto no quintal dos Dunn, por isso ninguém pensou nela. A avó a encontrou muito depois e conseguiu fazer com que ela falasse a verdade.

A garagem ficou totalmente destruída. Edwin Dunn salvou parte de seu equipamento de jardinagem e carpintaria, mas não muito. A toranjeira ao lado da garagem e os dois pessegueiros atrás dela também foram parcialmente queimados, mas talvez sobrevivam. As cenouras, abóboras, a couve-galega e as batatas foram pisoteadas.

É claro que ninguém chamou os bombeiros. Ninguém pagaria os custos dos bombeiros só para salvar uma garagem desocupada. A maioria das famílias não podia arcar com mais uma conta grande, de qualquer modo. A água gasta para apagar o fogo já seria difícil o suficiente de pagar.

Fico me perguntando o que vai acontecer com a pobre Amy Dunn. Ninguém se importa com ela. A família a alimenta e, de vez em quando, a mantém limpa, mas eles não a amam, nem mesmo gostam dela. A sua mãe, Tracy, tem só um ano a mais do que eu. Tinha treze quando Amy nasceu. Doze quando seu tio de 27 anos, que a vinha estuprando por anos, conseguiu engravidá-la.

Problema: o tio Derek era um cara grande, bonito, engraçado, inteligente e querido. Tracy era – é – comum e sem graça, emburrada e aparenta estar sempre suja. Mesmo quando limpa, parece desleixada, imunda. Alguns de seus problemas podem ter surgido do fato de ter sido estuprada pelo tio Derek por anos. Ele era o irmão mais novo da mãe de Tracy, seu irmão preferido, mas quando as pessoas perceberam o que ele vinha fazendo, os homens do bairro se reuniram e sugeriram que ele fosse morar em outro lugar. Não queriam que ele ficasse perto de suas filhas. Irracional como sempre, a mãe de Tracy culpou a menina pelo exílio dele e por sua própria vergonha. Poucas garotas no bairro têm bebês sem arrastarem um garoto até meu pai para que ele os una em sagrado matrimônio. Mas não havia ninguém para se casar com Tracy, nem dinheiro para pré-natal ou um aborto. E a pobre Amy, conforme ia crescendo, ficava cada vez mais parecida com Tracy: esquelética e suja, com cabelos ralos e duros. Acho que ela nunca vai ser bonita.

O instinto maternal de Tracy não surgiu, e eu duvido que a mãe dela, Christmas Dunn, o tenha. A família Dunn é conhecida por ser doida. São dezesseis pessoas vivendo na casa, e pelo menos um terço delas é maluca. Mas a Amy não é louca. Ainda não. Ela é negligenciada e solitária, e como qualquer menininha que passa muito tempo sozinha, encontra maneiras de se divertir.

Nunca vi ninguém bater na Amy, nem xingá-la ou algo assim. Os Dunn se importam com o que as pessoas pensam deles. Mas ninguém presta atenção nela, tampouco. Amy passa a maior parte do tempo brincando sozinha no chão. Ela também come terra e o que encontrar nela, incluindo insetos. Mas há pouco tempo, por curiosidade, eu a levei para a nossa casa, dei banho nela, ensinei o alfabeto e como escrever seu nome. Ela adorou. Amy tem uma mente faminta e habilidosa, e adora atenção.

Hoje à noite, perguntei a Cory se a Amy podia começar a ter aulas mais cedo. Ela só aceita crianças a partir, ou com quase, cinco anos, mas disse que deixaria Amy entrar se eu cuidasse dela. Eu meio que esperava isso, apesar de não gostar. Já a ajudo com as crianças de cinco e seis anos, de qualquer modo. Cuido das crianças pequenas desde que era uma e estou cansada disso. Mas acho que se alguém não ajudar a Amy agora, um dia ela vai fazer algo muito pior do que incendiar a garagem da família.

Quarta-feira, 19 de fevereiro de 2025

Alguns primos da velha sra. Sims herdaram a casa dela. Eles têm sorte por ainda terem uma casa para herdar. Se não fosse o nosso muro, ela teria sido derrubada, tomada por invasores ou incendiada assim que fosse esvaziada. Mas o que as pessoas fizeram foi tomar de volta coisas que tinham dado à sra. Sims depois de ela ter sido roubada e levarem a comida que tinha em casa. Não fazia sentido deixar que apodrecesse. Não levamos seus móveis, tapetes ou eletrodomésticos. Poderíamos, mas não os levamos. Não somos ladrões.

Wardell Parrish e Rosalee Payne pensam diferente. Os dois são pessoas pequenas e bronzeadas, com cara de poucos amigos, como a sra. Sims. São filhos de uma prima de primeiro grau com quem ela tinha conseguido manter contato e boas relações. Ele ficou viúvo duas vezes, não tem filhos, e ela enviuvou uma vez e tem sete filhos. Eles não só são irmão e irmã, mas gêmeos. Talvez isso os ajude a se darem bem um com o outro. Certamente não o farão com mais ninguém.

Eles vão se mudar hoje. Já estiveram aqui algumas vezes para ver o lugar, e acho que gostaram mais dele do que da casa dos pais, que dividiam com outras dezoito pessoas. Eu estava ocupada no escritório com minha turma de alunos mais novos, então só os conheci hoje, apesar de ter ouvido meu pai falando com eles – eu os ouvi sentar na nossa sala de estar e insinuar que tínhamos "limpado" a casa da sra. Sims antes de eles chegarem.

Meu pai manteve a calma.

— Vocês sabem que ela foi roubada um mês antes de morrer — disse ele. — Podem checar essa informação com a polícia… se ainda não checaram. Desde então, a comunidade tem protegido a casa. Não a usamos, nem a pilhamos. Se quiserem viver conosco, devem entender isso. Nós ajudamos uns aos outros, e não roubamos.

— Não esperaria que você dissesse que rouba — grunhiu Wardell Parrish.

A irmã dele interrompeu antes que ele pudesse dizer mais alguma coisa.

— Não estamos acusando ninguém de nada — mentiu ela. — Só ficamos pensando… Sabíamos que a prima

Marjorie tinha algumas coisas boas... Joias que ela herdou da mãe... Muito valiosas...

— Falem com a polícia — rebateu meu pai.

— Sim, eu sei, mas...

— Somos uma comunidade pequena — disse meu pai. — Todos conhecem uns aos outros aqui. Dependemos uns dos outros.

Fez-se silêncio. Talvez os gêmeos estivessem entendendo a mensagem.

— Não somos muito sociais — declarou Wardell Parrish. — Cuidamos da nossa vida.

Mais uma vez, a irmã entrou no meio antes que ele pudesse continuar.

— Tenho certeza de que tudo vai ficar bem — disse ela. — Tenho certeza de que vamos nos entender.

Eu não gostei deles quando os ouvi. Gostei ainda menos quando os conheci. Olham para nós como se fedêssemos, e eles não. É claro que não importa se eu gosto deles ou não. Há outras pessoas no bairro de quem não gosto. Mas não confio nos Payne-Parrish. As crianças parecem boas, mas os adultos... Não iria querer confiar neles. Nem mesmo para coisas pequenas.

Payne e Parrish. Que belos nomes.

Sábado, 22 de fevereiro de 2025

Encontramos uma matilha de cães ferais hoje. Fomos aos montes praticar tiro ao alvo – eu, meu pai, Joanne Garfield, seu primo e namorado Harold "Harry" Balter, meu namorado Curtis Talcott, seu irmão Michael, Aura Moss e seu irmão

Peter. Outro de nossos guardiões adultos era o pai de Joanne, Jay. Ele é um homem bom e sabe atirar. O meu pai gosta de trabalhar com ele, apesar de às vezes existirem problemas. Os Garfield e os Balter são brancos, e o resto de nós, negros. Isso pode ser perigoso hoje em dia. Na rua, espera-se que as pessoas temam e detestem todo mundo, menos seus semelhantes, mas com todos nós armados e atentos, todos olhavam, mas nos deixavam em paz. Nosso bairro é pequeno demais para fazermos esse tipo de jogo.

De início, tudo correu normalmente. Os Talcott entraram em uma discussão, primeiro uns com os outros, e então com os Moss. Estes estão sempre culpando outras pessoas por tudo o que fazem errado, por isso tendem a ter conflitos duradouros com a maioria de nós. Peter Moss é o pior porque está sempre tentando ser como seu pai, que é um idiota completo. O pai tem três esposas. De uma só vez, Karen, Natalie e Zahra. Todas têm filhos dele, mas até agora, Zahra, a mais nova e mais bonita, tem um só. Karen é a que tem a certidão de casamento, mas permitiu que ele trouxesse a primeira, depois outra mulher, para dentro da casa, e que as chamasse de esposas. Acredito que pelo jeito como as coisas são, ela não achou que poderia se virar sozinha com três crianças quando ele acolheu Natalie, e cinco quando encontrou Zahra.

Os Moss não frequentam a igreja. Richard Moss criou a própria religião, uma combinação do Antigo Testamento e das práticas históricas da África Ocidental. Ele diz que Deus quer que os homens sejam patriarcas, dominadores e protetores de mulheres, e pais do máximo de crianças possível. É engenheiro das grandes empresas de água comercial, por isso consegue escolher mulheres bonitas, jovens e sem teto, vivendo com elas em relacionamentos poligâmicos. Ele poderia escolher vinte mulheres como essas se pudesse pagar pela alimentação delas. Ouço dizerem que tem muita coisa desse tipo acontecendo em outros bairros. Alguns homens de classe média provam que são homens tendo muitas mulheres em relacionamentos temporários ou permanentes. Alguns homens de classe alta provam que são homens tendo uma esposa e um monte jovens servas lindas e descartáveis. Nojento. Quando as moças engravidam, se seus empregadores ricos não as protegerem, as outras esposas deles as colocam para fora e elas passam fome.

Fico me perguntando se é assim que as coisas serão. Será esse o futuro? Muitas pessoas presas ou na versão de escravidão do presidente eleito Donner, ou na de Richard Moss.

Subimos a Rua River de bicicleta, passando pelos últimos muros de bairro, pelas últimas casas em ruínas e sem muro, pela última parte de asfalto esburacado, trapos e cabanas fracas de sem-teto, e moradores de rua que nos encaram daquele jeito horrível, vazio, e subimos mais ainda os montes ao longo de uma estrada de terra. Finalmente, descemos das bicicletas e as levamos a pé pelo caminho estreito até um dos cânions que nós e outros usamos para praticar tiro. Estava tudo bem dessa vez, mas sempre temos que ter cuidado. As pessoas usam os cânions para muitas coisas. Se encontramos cadáveres em um, ficamos longe dele por um tempo. Meu pai tenta nos proteger do que acontece no mundo, mas não consegue. Sabendo disso, ele também tenta ensinar a nos protegermos.

A maioria de nós pratica em casa com armas de pressão em alvos caseiros e em esquilos e aves. Já fiz tudo isso. Minha mira é boa, mas não gosto de praticar com animais. Foi meu pai quem insistiu que eu aprendesse a atirar neles. Ele dizia que alvos móveis seriam bons para a minha mira. Eu acho que havia outras intenções. Acho que queria ver se eu conseguiria – se atirar em uma ave ou em um esquilo acionaria minha hiperempatia.

Não acontecia, não exatamente. Eu não gostava, mas não era doloroso. Parecia um golpe leve, estranho e fantasmagórico, como ser atingida por uma bola enorme de ar, mas sem frieza, sem a sensação do vento. O golpe, apesar de ainda ser leve, era um pouco mais forte com esquilos, e às vezes com ratos do que com aves. Mas os três tinham que ser mortos. Ou eles comiam nossa comida, ou a estragavam. As árvores frutíferas eram suas vítimas especiais: pêssegos, ameixas, figos, caquis, castanhas... E plantações, como morangos, amoras, uvas... Independentemente do que plantássemos, se eles conseguissem alcançar, atacariam. As aves são as piores porque podem voar, mas gosto delas. Invejo a capacidade que têm de voar. Às vezes, eu me levanto e saio de madrugada para poder observá-los sem que ninguém os assuste ou atire neles. Agora que tenho idade para sair para atirar aos sábados, não pretendo matar mais nenhum pássaro, não importa o que meu pai diga. Além disso, o fato de eu conseguir atirar em uma ave ou um esquilo não quer dizer que poderia atirar em uma pessoa – um ladrão como aqueles que roubaram a sra. Sims. Não sei se poderia fazer isso. E se eu o fizesse, não sei o que aconteceria comigo. Será que eu morreria?

É culpa de meu pai o fato de prestarmos muita atenção a armas e tiros. Leva uma pistola automática de nove milímetros sempre que deixa o bairro. Ele a carrega no quadril, onde as pessoas podem vê-la. Meu pai diz que isso desestimula os erros. Pessoas armadas são mortas, sim – principalmente em troca de tiros ou por atiradores –, mas as desarmadas morrem com ainda mais frequência.

Meu pai também tem uma metralhadora nove milímetros com silenciador. Ela fica em casa com Cory, para o caso de alguma coisa acontecer enquanto ele estiver fora. As duas armas são alemãs – Heckler & Koch. Meu pai nunca contou onde conseguiu a metralhadora. É ilegal, é claro, não o julgo por isso. Deve ter custado muito caro, e a tirou de casa poucas vezes, para que ele, Cory e eu pudéssemos senti-la e manuseá-la. Fará a mesma coisa com os meninos quando forem mais velhos.

Cory tem um velho revólver Smith & Wesson .38 e é boa com ele. Ela o tem desde antes de se casar com meu pai. Cory me emprestou o revólver hoje. As nossas armas não são as melhores nem as mais novas no bairro, mas funcionam. Meu pai e Cory as mantém em boas condições. Preciso ajudar com isso agora. E eles passam o tempo que precisam praticando e gastando dinheiro em munição.

Nas reuniões da associação do bairro, meu pai insistia para que os adultos de todas as famílias possuíssem armas, as guardassem e soubessem como usá-las.

— Saibam usá-las bem — disse ele mais de uma vez —, a ponto de serem capazes de se defender às duas da manhã, tão bem quanto às duas da tarde.

No começo, alguns vizinhos não gostaram – os mais velhos que diziam ser trabalho da polícia protegê-los, os mais jovens que temiam que seus filhinhos encontrassem as armas, e os religiosos que não concordavam com um ministro precisar de armas. Isso foi há muitos anos.

— A polícia — meu pai disse a eles — pode conseguir vingá-los, mas não pode protegê-los. As coisas estão piorando. E quanto a seus filhos... Bem, é verdade, existe esse risco. Mas vocês podem deixar as armas fora do alcance deles enquanto forem muito pequenos, e treiná-los conforme crescerem. É o que pretendo fazer. Acredito que terão mais chance de crescer se vocês puderem protegê-los. — Ele fez uma pausa, olhou para as pessoas e então continuou: — Tenho esposa e cinco filhos. Rezarei por todos eles. Também cuidarei para que saibam se defender. E, por quanto tempo puder, eu me colocarei entre minha família e qualquer invasor. — Ele pausou mais uma vez. — É o que preciso fazer. Vocês todos façam o que têm que fazer.

Agora há pelo menos duas armas em cada família. Meu pai diz suspeitar que algumas delas estejam tão bem escondidas – como a arma da sra. Sims – que não estariam disponíveis em uma emergência. Ele está cuidando disso.

Todas as crianças que frequentam a escola em nossa casa recebem instruções sobre como lidar com armas. Quando passam por essa fase e completam quinze anos, dois ou três vizinhos adultos começam a levá-las aos montes para praticar tiro ao alvo. É meio como um rito de passagem para nós. Meu irmão Keith tem implorado para ir junto sempre que alguém organiza um grupo de tiro, mas a regra da idade é rígida.

Eu me preocupo ao ver que Keith quer pegar em armas. Meu pai não parece se preocupar, mas eu sim.

Sempre há alguns grupos de pessoas sem teto e matilhas de cães ferais vivendo além dos últimos casebres da encosta da montanha. Pessoas e cães caçam coelhos, gambás, esquilos e uns aos outros. Ambos se alimentam do que morre. Os cães pertenciam às pessoas – ou pelo menos seus ancestrais. Mas comem carne. Hoje em dia, ninguém da classe pobre ou média que tivesse um pedaço de carne o daria a um cão. As pessoas ricas ainda os têm, por gostarem deles ou porque os usam para guardar propriedades, encraves e negócios. Os ricos possuem muitos outros equipamentos de segurança, mas os cães são um seguro extra. Cães assustam as pessoas.

Dei alguns tiros hoje e estava encostada em um rochedo, observando os outros atirarem, quando percebi que havia um cão ali perto, me observando. Só um cachorro – macho, bege, de orelhas em pé, pelos curtos. Ele não era grande o bastante para me fazer de refeição, e eu ainda segurava o Smith & Wesson, então enquanto me olhava, dei uma boa olhada nele. Era magro, mas não parecia morto de fome. Parecia alerta e curioso. Farejou o ar, e eu me lembrei de que são orientados mais pelo olfato do que pela visão.

— Olha isso — falei para Joanne Garfield, que estava ali perto.

Ela se virou, arfou e levantou a arma para mirar no cachorro. Ele desapareceu no mato seco e nos rochedos. Virando-se, Joanne tentou olhar para todos os lados, como se esperasse ver mais cães de olho em nós, mas não havia nenhum. Ela tremia.

— Sinto muito — falei. — Não sabia que você sentia medo deles.

Ela respirou fundo e olhou para o lugar onde o cão tinha estado.

— Eu também não sabia — sussurrou. — Nunca fiquei tão perto de um cachorro antes. Eu... eu queria ter olhado melhor para ele.

Naquele momento, Aura Moss gritou e atirou com a Llama automática de seu pai.

Eu me afastei do rochedo e me virei. Vi Aura apontando a arma em direção a algumas rochas e falando sem parar.

— Estava ali! — disse ela, atropelando as palavras. — Era um tipo de animal, bege com dentes grandes. Estava com a boca aberta. Era enorme!

— Sua vaca idiota, você quase atirou em mim! — gritou Michael Talcott. Vi que ele tinha se abaixado atrás de uma rocha. Deveria estar na linha de fogo dela, mas não parecia ferido.

— Guarde sua arma, Aura — meu pai disse. Ele manteve a voz baixa, mas estava bravo. Eu percebi, mesmo que Aura não conseguisse notar.

— Era um animal — ela insistiu. — Grande. Pode ser que ainda esteja por perto.

— Aura! — Meu pai falou mais alto e de modo mais firme.

Aura olhou para ele e então pareceu perceber que tinha mais com o que se preocupar do que só o cachorro. Olhou para a arma na mão, franziu o cenho, mexeu para travá-la e a colocou de volta no coldre.

— Mike? — chamou meu pai.

— Estou bem — declarou Michael Talcott. — Não graças a ela.

— Não foi minha culpa — disse Aura, bem naquele momento. — Havia um animal. Ele poderia ter matado você! Ele estava nos observando!

— Acho que era só um cachorro — falei. — Havia um deles nos observando. Joanne se mexeu e ele saiu correndo.

— Você deveria tê-lo matado — disse Peter Moss. — O que quer fazer? Espere só até ele atacar alguém.

— O que ele estava fazendo? — Jay Garfield perguntou. — Só observando?

— Só isso — falei. — Não parecia estar doente, nem faminto. Não era muito grande. Não acho que fosse perigoso para alguém aqui. Há muitos de nós, e somos todos grandes demais.

— O que vi era enorme — Aura insistiu. — Estava com a boca aberta!

Fui até ela porque algo me ocorreu de repente.

— Estava ofegante — falei. — Eles ficam ofegantes quando sentem calor. Não quer dizer que estejam com raiva nem com fome. — Hesitei, olhando para ela. — Você nunca viu um desses, não é?

Ela balançou a cabeça.

— Eles são corajosos, mas não perigosos para um grupo como o nosso. Não se preocupe.

Ela não pareceu ter acreditado em mim, mas relaxou um pouco. As Moss eram perseguidas e protegidas, ao mesmo tempo. Quase nunca podiam deixar o bairro. Elas eram educadas em casa pelas mães de acordo com a religião que o pai delas havia formado, e eram alertadas para se manterem longe do pecado e da contaminação do resto do mundo. Fico surpresa por Aura poder receber instruções sobre como lidar com armas e praticar tiro conosco. Espero que isso seja bom para ela – e que o restante de nós sobreviva.

— Fiquem todos onde estão — pediu meu pai. Ele olhou para Jay Garfield, e então subiu um pouco entre as rochas e arbustos para ver se Aura tinha acertado alguma coisa. Manteve a arma destravada na mão. Sumiu por um minuto, no máximo.

Ele voltou com uma expressão que não pude decifrar.

— Guardem suas armas — disse ele. — Vamos para casa.

— Eu o matei? — Aura quis saber.

— Não. Peguem suas bicicletas.

Meu pai e Jay Garfield conversaram aos sussurros por um instante e Jay suspirou. Joanne e eu os observamos, tentando imaginar o que falavam, mas sabendo que não descobriríamos nada enquanto eles não estivessem prontos para contar.

— Não estamos falando de um cachorro morto — disse Harold Balter atrás de nós. Joanne recuou, posicionando-se ao lado dele.

— Ou tem a ver com uma matilha de cães ou de pessoas — falei —, ou talvez seja um cadáver.

Era, como eu soube mais tarde, uma família de cadáveres: uma mulher, um menininho de cerca de quatro anos e um recém-nascido, todos parcialmente devorados. Mas meu pai só me contou isso quando chegamos em casa. No cânion, só sabíamos que ele estava chateado.

— Se houvesse um cadáver aqui, nós teríamos sentido o cheiro — disse Harry.

— Não se fosse recente — rebati.

Joanne olhou para mim e suspirou como seu pai suspira.

— Se for isso, não sei aonde vamos para atirar da próxima vez. Não sei se haverá uma próxima vez.

Peter Moss e os irmãos Talcott tinham se metido em uma discussão para determinar de quem era a culpa que Aura quase tivesse atirado em Michael, e meu pai precisou se meter. Então, ele falou com Aura para saber se ela estava bem. Disse algumas coisas para ela que eu não consegui ouvir, e vi uma lágrima descer pelo rosto da menina. Ela chora com facilidade. Sempre chorou.

Meu pai se afastou dela com cara de irritado. Ele nos levou pelo caminho para fora do cânion. Carregamos as bicicletas a pé e não parávamos de olhar ao redor. Víamos agora que havia outros cães por perto. Estávamos sendo observados por uma matilha grande. Jay Garfield se posicionou no fim do nosso grupo, cuidando da nossa retaguarda.

— Ele disse que devemos permanecer juntos — Joanne me disse. Ela tinha me visto olhando para seu pai.

— Você e eu?

— Sim, e Harry. Ele disse que devemos cuidar uns dos outros.

— Não acho que esses cães sejam idiotas ou famintos o bastante para nos atacar à luz do dia. Eles irão atrás de algum sem-teto hoje.

— Cale-se, pelo amor de Deus.

A estrada era estreita na subida para fora do cânion. Teria sido um lugar ruim para afugentar os cães. Alguém podia tropeçar e escorregar nas pedras soltas da beirada. Ou ser derrubado lá embaixo por um cão ou um de nós. Com isso, despencaríamos por várias centenas de metros.

Lá embaixo, eu conseguia ouvir cães lutando. Podíamos estar perto da caverna deles ou de onde quer que eles vivam. Achei que talvez estivéssemos perto de onde se alimentavam naquele momento.

— Se eles vierem... — disse meu pai com uma voz calma e estável. — Parem, mirem e atirem. Assim, serão salvos. Nada mais os salvará. Parem, mirem e atirem. Mantenham os olhos abertos e permaneçam calmos.

Repassei as palavras na mente conforme subíamos pela trilha. Não havia dúvida de que meu pai queria que nós as repassássemos. Eu podia ver que Aura ainda estava chorando e borrando o rosto com terra como uma criancinha. Estava envolvida demais na própria tristeza e no próprio medo para nos ser útil.

Chegamos quase ao topo sem que nada tivesse acontecido. Acho que estávamos começando a relaxar. Já não via um cachorro há um tempo. E então, à nossa frente, ouvimos três tiros.

A maioria de nós parou, incapaz de ver o que tinha acontecido.

— Continuem andando — incentivou meu pai. — Está tudo bem. Foi só um cachorro se aproximando demais.

— Você está bem? — perguntei.

— Sim — ele disse. — Só continuem a andar e prestem atenção.

Um a um, observamos o cachorro que tinha sido baleado e passamos por ele. Era um animal maior e mais cinza do que o que eu tinha visto. Tinha certa beleza. Parecia as fotos de lobos que eu já vi. Estava encostado em uma pedra a alguns passos da parede do cânion à nossa frente.

Ele se mexia.

Vi seus ferimentos sangrando enquanto ele se movimentava. Mordi a língua quando a dor que eu sabia que aquela criatura sentia se tornava a minha própria. O que fazer? Continuar andando? Não conseguiria. Mais um passo e eu cairia na terra, impotente contra a dor. Ou eu poderia cair do cânion.

— Ainda está vivo — disse Joanne atrás de mim. — Está se mexendo.

As patas da frente faziam pequenos movimentos de corrida, as garras arranhando a pedra.

Achei que ia vomitar. Minha barriga doeu cada vez mais até eu sentir uma pontada no ventre. Me apoiei na bicicleta com o braço esquerdo. Com a mão direita, peguei a Smith & Wesson, mirei e atirei bem na cabeça do cachorro bonito.

Senti o impacto da bala como um golpe forte e firme – algo além da dor. Em seguida, senti o cachorro morrer. Vi quando ele se retesou, estremeceu, esticou o corpo e então parou. Eu o vi morrer. Eu o senti morrer. Ele se apagou como um fósforo em um repentino desaparecimento da dor. Sua vida se acendeu, e então se apagou. Fiquei um pouco apática. Sem a bicicleta ao meu lado, eu teria caído.

As pessoas tinham se aproximado à minha frente e atrás de mim. Eu as ouvi antes de conseguir vê-las com clareza.

— Está morto — ouvi Joanne dizer. — Coitadinho.

— O quê? — meu pai perguntou. — Outro?

Consegui me concentrar nele. Deve ter se aproximado da beira do abismo na estrada para voltar até onde estávamos. E devia ter corrido.

— O mesmo — respondi, conseguindo me endireitar. — Nós o vimos se mexer.

— Meti três balas nele — disse ele.

— Ele estava se mexendo, reverendo Olamina — insistiu Joanne. — Estava sofrendo. Se Lauren não tivesse atirado nele, alguém teria que atirar.

Meu pai suspirou.

— Bem, não está sofrendo agora. Vamos sair daqui. — E então ele pareceu se dar conta do que Joanne dissera. Olhou para mim. — Você está bem?

Assenti. Não sei como eu estava. Ninguém aparentava reagir a mim apesar de eu parecer estranha, então talvez não tivesse demonstrado tanto o que tinha sentido. Acho que só Harry Balter, Curtis Talcott e Joanne tinham me visto atirar no cachorro. Olhei para eles e Curtis sorriu para mim. Ele se recostou na bicicleta e, num movimento lento e preguiçoso, pegou uma arma imaginária, mirou com cuidado no cão morto e deu um tiro.

— Pou — disse ele. — Como se ela fizesse isso todos os dias, pou!

— Vamos — chamou meu pai.

Começamos a subir o caminho de novo. Deixamos o cânion e descemos para a rua. Não havia mais cachorros.

Caminhei e entrei em um estupor, não totalmente livre do cachorro que havia matado. Eu o senti morrer e, ainda assim, eu não tinha morrido. Senti sua dor como se ele fosse um ser humano. Senti sua vida brilhar e desaparecer, e eu ainda estava viva.

Pou.

5

A fé
Inicia e guia ações...
Ou não faz nada.

— Semente da Terra: os livros dos vivos

Domingo, 2 de março de 2025

Está chovendo.

Ontem à noite, ouvimos no rádio que uma tempestade vinha chegando do Pacífico, mas a maioria das pessoas não acreditou.

— Vai ventar — disse Cory. — Vento e talvez umas gotas de chuva, ou quem sabe um pouco de frio. Seria bom. É o que teremos.

É o que vem acontecendo há seis anos. Eu me lembro da chuva de seis anos atrás, a água batendo na varanda dos fundos, não abundante o suficiente para entrar na casa, mas forte a ponto de atrair meus irmãos, que queriam brincar nela. Cory, sempre preocupada com infecções, não permitiu. Ela disse que eles estariam enfiados em uma sopa de todos os germes de água suja com a qual vínhamos regando nossas hortas há anos. Talvez ela estivesse certa, mas as crianças do bairro todo se cobriram de lama e minhocas naquele dia, e nada de terrível aconteceu com elas.

Mas aquela tempestade fora quase tropical – uma chuva forte e quente de setembro, o fim de um furacão que atingiu a costa do Pacífico no México. A de agora era uma tempestade mais fria, de inverno. Começou pela manhã enquanto as pessoas estavam vindo à igreja.

No coral, cantamos músicas antigas acompanhadas pelo piano de Cory e raios e trovões vindos de fora. Foi maravilhoso. Algumas pessoas perderam parte do sermão, no entanto, porque foram para casa a fim de colocar para fora todos os barris, baldes, bacias e panelas que conseguiram encontrar com a intenção de coletar a água gratuita. Outras voltaram para colocar panelas e baldes dentro de casa, onde havia goteiras no teto.

Não consigo me lembrar de quando um de nós chamou um profissional para consertar o telhado. Todos os nossos são de telhas espanholas, e isso é bom. Suspeito que um telhado desse material seja mais seguro e duradouro do que peças de madeira e de asfalto. Mas o tempo, o vento e os terremotos causaram estrago. Galhos de árvore também geraram certo prejuízo. Mas ninguém tem dinheiro extra para algo tão irrelevante quanto um reparo do telhado. No máximo, alguns dos homens do bairro sobem com qualquer material que consigam recolher e criam retalhos improvisados. Ninguém tem feito nem isso ultimamente. Se só chove uma vez a cada seis ou sete anos, por que se importar com isso?

Nosso telhado está aguentando até agora, e os recipientes que colocamos para fora depois da missa de hoje cedo estão cheios ou se enchendo. Água boa, limpa e gratuita do céu. Podia vir com mais frequência.

Segunda-feira, 3 de março de 2025

Ainda está chovendo.

Sem trovões hoje, mas houve alguns na noite passada. Uma garoa constante e pancadas ocasionais e pesadas o dia todo. O dia todo. Tão diferente e lindo. Nunca me senti tão emocionada com a água. Saí e andei na chuva até ficar encharcada. Cory não queria que eu fizesse isso, mas fiz mesmo assim. Foi tão maravilhoso. Como ela não consegue entender isso? Foi muito incrível e maravilhoso.

Terça-feira, 4 de março de 2025

Amy Dunn está morta.

Três anos de idade, sem amor e morta. Isso não parece razoável nem mesmo possível. Ela conseguia ler palavras simples e contar até trinta. Eu a ensinei. Gostava tanto de receber atenção que se agarrava a mim durante as horas da escola e me deixava maluca. Não me permitia nem ir ao banheiro sem ela.

Morta.

Eu havia me afeiçoado a ela, apesar de ser uma pestinha.

Hoje eu a levei para casa depois da aula. Criei o hábito de levá-la porque os Dunn não mandavam ninguém para buscá-la.

— Ela sabe o caminho — dizia Christmas. — Mande-a vir. Vai chegar bem.

Eu não duvidava que ela pudesse ir. Podia olhar para o outro lado da rua e do canteiro central, e ver a casa dela a partir da nossa, mas Amy costumava vaguear. Se fosse para casa sozinha, podia chegar lá ou acabar no jardim Montoya e ficar andando por ali, ou no viveiro de coelho dos Moss, tentando libertar os animais. Então, eu a levei, feliz por ter uma desculpa para sair na chuva de novo. Amy também adorava a chuva, e permanecemos por um momento embaixo do grande abacateiro no canteiro. Havia um pé de laranja ao fundo, então peguei duas maduras – uma para Amy e outra para mim. Descasquei ambas, e comemos enquanto a chuva molhava e grudava os cabelos ralos e sem cor na cabeça dela, fazendo-a parecer careca.

Eu a levei até a porta e a deixei aos cuidados de sua mãe.

— Você não precisava molhá-la tanto assim — reclamou Tracy.

— É melhor aproveitar a chuva enquanto ela durar — falei, e fui embora.

Vi Tracy levá-la para dentro e fechar a porta. Mas, de algum modo, Amy acabou saindo de novo, indo para perto do portão de entrada do bairro, na frente da casa dos Garfield/Balter/Dory. Jay Garfield a encontrou ali quando saiu para ver o que pensava ser outro saco que alguém havia jogado por cima do portão. As pessoas jogam coisas para nós às vezes – presentes de inveja ou ódio: um animal morto cheio de vermes, um saco de merda, até um membro decepado de uma pessoa ou uma criança morta, de vez em quando. Adultos mortos já foram deixados um pouco além de nosso muro. Mas eram todos pessoas de fora. Amy era uma de nós.

Alguém atirou em Amy através do portão de metal. Deve ter sido um tiro acidental, porque não dá para ver nada pelo nosso portão do lado de fora. Atiraram em alguém que estava na frente do portão ou no portão em si, no bairro, em nós e em nossa suposta riqueza e suposto privilégio. A maioria dos tiros não passariam pelo portão, que é à prova de balas. Mas ele já foi penetrado algumas vezes no alto, perto do topo. Agora temos seis novos furos de bala na parte mais baixa – seis furos e um sétimo amassado, uma marca comprida e lisa por onde uma bala entrou sem atravessar.

Ouvimos muitos tiros, dia e noite, tiros únicos e rajadas aleatórias de armas automáticas, até mesmo estampidos ocasionais de artilharia pesada ou explosões de granada e de bombas maiores. Nos preocupamos mais com estas últimas, mas são raras. É mais difícil roubar armas grandes, e poucas pessoas por aqui têm dinheiro para comprar as ilegais – pelo menos é o que meu pai diz. A questão é que já ouvimos tantos tiros que não os escutamos mais. Dois filhos dos Balter disseram ter ouvido tiros mas, como sempre, não prestaram atenção. Foi do lado de fora, além do muro, afinal. A maioria de nós não escutou nada além da chuva.

Amy completaria quatro anos em algumas semanas. Eu havia planejado fazer uma festinha para ela com meus alunos do jardim de infância.

Deus, como odeio esse lugar.

Ou melhor, eu o amo. É meu lar. Esta é a minha gente. Mas eu o odeio. Parece uma ilha cercada por tubarões – só que eles não perturbam você a menos que entre na água. Mas os tubarões terrestres de nossa ilha estão entrando. É só uma questão de quanto tempo demorarão para sentir fome o suficiente.

Quarta-feira, 5 de março de 2025

Andei na chuva de novo hoje cedo. Estava fria, mas foi bom. Amy já tinha sido cremada. Fico me perguntando se a mãe dela está aliviada. Não parece. Nunca gostou de Amy, mas agora está chorando. Não acho que esteja fingindo. A família gastou um dinheiro que não tinha para envolver a polícia no caso e tentar encontrar o assassino. Acho que a única coisa boa nisso vai ser afastar as pessoas que vivem nas calçadas e nas ruas mais próximas ao nosso muro. Isso é bom? Os sem--teto voltarão, e não vão nos adorar por colocar os policiais atrás deles. É ilegal acampar na rua como eles fazem – como precisam fazer –, então os policiais os atacam, roubam o que houver de valor, e os mandam embora ou os levam para a cadeia. Os miseráveis ficam ainda mais miseráveis. Nada disso pode ajudar Amy. Mas acho que fará com que os Dunn se sintam melhor sobre como a trataram.

No sábado, meu pai vai pregar na missa de Amy. Eu queria não precisar estar presente. As missas de falecimento nunca me incomodaram antes, mas esta sim.

— Você se importava com a Amy — disse Joanne Garfield quando reclamei com ela.

Nós almoçamos juntas hoje. Comemos no meu quarto porque ainda chove e para toda hora, e o resto da casa estava cheio com todas as crianças que não tinham ido para as delas almoçar. Mas meu quarto ainda é meu. É o único lugar no mundo aonde posso ir sem ser seguida por quem eu não convidar. Sou a única pessoa que conheço que tem um quarto para si. Hoje em dia, até mesmo meu pai e Cory batem antes de abrir minha porta. É uma das melhores coisas em ser a única filha da família. Tenho que expulsar meus irmãos daqui o tempo todo, mas pelo menos posso fazer isso. Joanne é filha única, mas divide um quarto com três primas menores – Lisa, a chorona, sempre exigindo e reclamando; Robin, esperta e risonha, com seu QI quase de gênio; e Jessica, a invisível, que sussurra e olha para os pés, e chora quando olhamos para ela de cara feia. As três são da família Balter – as irmãs de Harry e os filhos da irmã da mãe de Joanne. As duas irmãs adultas, seus maridos, os oito filhos, e seus pais, o sr. e a sra. Dory, se apertam todos em uma casa de cinco quartos. Não é a casa mais cheia do bairro, mas fico feliz por não ter que viver assim.

— Quase ninguém se importava com Amy — continuou Joanne. — Mas você se importava.

— Depois do incêndio, passei a me importar — comentei. — Fiquei assustada por ela naquela vez. Antes disso, eu a ignorava como todo mundo.

— Então agora você está se sentindo culpada?

— Não.

— Está, sim.

Olhei para ela, surpresa.

— Estou falando sério. Não mesmo. Detesto o fato de ela estar morta e sinto falta dela, mas não causei sua morte. Só não posso negar o que isso tudo diz sobre nós.

— O que diz?

Eu me senti prestes a contar para ela sobre coisas que nunca tinha falado antes. Eu havia escrito sobre elas. Às vezes faço isso para não enlouquecer. Existe um mundo de coisas sobre as quais não me sinto livre para falar com ninguém.

Mas Joanne é uma amiga. Ela me conhece melhor do que a maioria das pessoas e tem discernimento. Por que não conversar com ela? Mais cedo ou mais tarde, tenho que falar com alguém.

— O que houve? — ela perguntou. Ela tinha aberto um recipiente plástico de salada de feijão e o colocou sobre minha mesa.

— Nunca ficou pensando que talvez Amy e a sra. Sims tenham tido sorte? — perguntei. — Sei lá, nunca se perguntou o que vai acontecer com o restante de nós?

Ouvimos um trovão seco e abafado, e então uma pancada de chuva forte. A previsão do tempo no rádio diz que a chuva de hoje será a última da série de quatro dias de tempestades. Espero que não.

— Claro que já pensei — respondeu Joanne. — Com pessoas atirando em crianças pequenas, como não pensaria?

— As pessoas têm matado criancinhas desde que o mundo é mundo — comentei.

— Aqui, não. Não antes.

— Pois é, não é isso mesmo? Recebemos um sinal de alerta. Outro.

— Do que você está falando?

— Amy foi a primeira de nós a ser morta assim. Não será a última.

Joanne suspirou, e percebi um leve tremor em seu suspiro.

— Então você também acha.

— Acho. Mas eu não sabia que você pensava nisso.

— Estupro, roubo e, agora, assassinato. É claro que eu penso nisso. Todo mundo pensa. Todo mundo se preocupa. Eu queria poder sair daqui.

— Para onde você iria?

— É isso, não é? Não temos para onde ir.

— Pode ser que tenhamos.

— Não para quem não tem dinheiro. Não se você só souber cuidar de bebês e cozinhar.

Balancei a cabeça, negando.

— Você sabe muito mais do que isso.

— Talvez, mas nada disso importa. Não vou conseguir pagar uma faculdade. Não vou conseguir um emprego nem sair da casa de meus pais porque nenhum que eu pudesse ter me sustentaria e não há lugares seguros para os quais nos mudarmos. Mas que inferno, meus pais ainda moram com os pais deles.

— Eu sei — falei. — E por mais ruim que seja, tem mais.

— Quem precisa de mais? Já chega!

Ela começou a comer a salada de feijão. Parecia gostosa, mas achei que estava prestes a acabar com o apetite dela.

— A cólera está se espalhando no sudeste do Mississippi e de Louisiana — falei. — Fiquei sabendo pelo rádio ontem. Há muitas pessoas pobres… analfabetas, desempregadas, desabrigadas, sem saneamento decente ou água limpa. Elas têm muita água lá, mas grande parte dela está poluída. E sabe aquela droga que faz as pessoas quererem causar incêndios?

Ela assentiu, mastigando.

— Está se espalhando de novo. Estava na costa leste. Agora, em Chicago. As notícias dizem que ela faz com que observar um incêndio seja melhor do que sexo. Não sei se a condenam ou fazem propaganda dela. — Respirei fundo. — Os tornados estão acabando com Alabama, Kentucky, Tennessee, e dois ou três outros Estados. Trezentas pessoas mortas até agora. E uma geada está congelando o norte da região central, matando ainda mais gente. E, em Nova York e New Jersey, uma epidemia de sarampo está matando pessoas. Sarampo!

— Eu ouvi sobre o sarampo — comentou Joanne. — Estranho. Mesmo que as pessoas não pudessem pagar pelas vacinas, essa doença não deveria matar.

— Essas pessoas já estão meio mortas — eu disse a ela. — Passaram pelo frio do inverno, famintas e já acometidas por outras doenças. E não, é claro que elas não podem pagar pelas vacinas. Temos sorte que nossos pais tiveram dinheiro para pagar todas as nossas imunizações. Se nós tivermos filhos, não sei como conseguiremos fazer nem mesmo isso por eles.

— Eu sei, eu sei. — Ela parecia quase entediada. — As coisas estão ruins. Minha mãe espera que esse homem novo, o presidente Donner, comece a nos levar de volta ao normal.

— Normal — murmurei. — Fico tentando imaginar o que é isso. Você concorda com sua mãe?

— Não. Donner não tem chance. Acho que ele consertaria as coisas, se pudesse, mas Harry diz que as ideias dele são assustadoras. Ele diz que Donner vai fazer o país voltar cem anos no tempo.

— Meu pai diz algo assim. Estou surpresa por saber que Harry concorda.

— Concorda. O pai dele acha que Donner é Deus. Harry não concorda com ele em nada.

Eu ri, distraída, pensando nos conflitos de Harry com seu pai. Fogos de artifício do bairro – muita fumaça, pouco fogo.

— Por que você quer falar sobre isso? — Joanne perguntou, me levando de volta ao fogo de verdade. — Não podemos fazer nada a esse respeito.

— Temos que fazer.

— Temos que fazer o quê? Temos quinze anos! O que podemos fazer?

— Podemos nos preparar. É o que temos que fazer agora. Precisamos nos preparar para o que vai acontecer, nos preparar para sobreviver a isso, para construir uma vida depois. Temos que nos concentrar em conseguir sobreviver para poder fazer mais do que sermos comandados por pessoas loucas, desesperadas, bandidos e líderes que não sabem o que estão fazendo!

Ela apenas me encarou.

— Não sei do que você está falando.

Eu falava sem parar – depressa demais, talvez.

— Estou falando deste lugar, Jo, deste beco com um muro ao redor. Estou falando do dia em que um grupo grande de pessoas famintas, desesperadas e malucas de fora decidirem entrar. Estou falando do que temos que fazer antes de isso acontecer para podermos sobreviver e reconstruir, ou pelo menos sobreviver e fugir para nos tornarmos algo diferente de mendigos.

— Alguém vai simplesmente derrubar nosso muro e entrar?

— É mais provável que estourem o muro ou o portão para entrar. Vai acontecer algum dia. Você sabe disso tão bem quanto eu.

— Ah, não, não sei — protestou.

Ela sentou-se com as costas retas, quase rígida, esquecendo-se de almoço por um momento. Mordi um pedaço de pão de bolota cheio de frutas secas e castanhas. É um dos meus preferidos, mas acabei mastigando e engolindo o pedaço sem sentir o gosto.

— Jo, estamos com problemas. Você já admitiu isso.

— É claro — disse ela. — Mais tiros, mais invasões. Era a isso que eu me referia.

— E é o que vai acontecer por um tempo. Gostaria de saber até quando. Vamos ser atacados, atacados e atacados, e então o grande ataque virá. E se não estivermos prontos para ele, será como Jericó.

Ela ficou tensa, rejeitando a ideia.

— Você não sabe disso! Não pode prever o futuro. Ninguém pode.

— Você pode — respondi —, se quiser. É assustador, mas depois que vencer o medo, fica fácil. Em Los Angeles, algumas comunidades muradas maiores e mais fortes do que a nossa não existem mais. Não sobrou nada além de ruínas, ratos e invasores. O que aconteceu com eles pode acontecer com a gente. Vamos morrer aqui se não nos ocuparmos agora e encontrarmos maneiras de sobreviver.

— Se você acha isso, por que não diz a seus pais? Alerte-os e veja o que eles dizem.

— Pretendo fazer isso assim que conseguir pensar em uma maneira que os afete. Além disso… acho que eles já sabem. Acho que meu pai sabe, pelo menos. E que a maioria dos adultos sabe. Não querem saber, mas sabem.

— Minha mãe pode estar certa a respeito de Donner. Pode ser que ele faça algo de bom.

— Não, não, Donner não passa de um tipo de corri-mão humano.

— Um o quê?

— Quero dizer que ele é como… um símbolo do passado ao qual podemos nos segurar enquanto somos empurrados para o futuro. Ele não é nada. Não tem conteúdo. Mas tê-lo ali, o mais novo em uma série de dois séculos e meio de presidentes americanos, faz as pessoas sentirem que o país, a cultura com a qual cresceram, ainda existe. Que todos passaremos por esse período ruim e voltaremos ao normal.

— Nós poderíamos — rebateu ela. — Seria possível. Acho que um dia faremos isso.

Não, não achava. Ela era esperta demais para tirar qualquer coisa exceto o conforto mais superficial de sua negação. Mas penso que até mesmo o conforto superficial é melhor do que não ter algum. Tentei outra tática.

— Você já leu sobre a peste bubônica na Europa Medieval? — perguntei.

Ela assentiu. Joanne lê muito, assim como eu, lê coisas de todos os tipos.

— Grande parte do continente foi despovoada — disse ela. — Alguns sobreviventes achavam que o mundo estava acabando.

— Sim, mas quando perceberam que não era o caso, também notaram que havia muita terra não ocupada disponível para ser tomada e, se tinham um negócio, que podiam exigir um pagamento melhor por seu trabalho. Muitas coisas mudaram para os sobreviventes.

— O que quer dizer?

— Estou falando das mudanças. — Pensei um pouco. — Foram mudanças lentas se comparadas a qualquer coisa que possa acontecer aqui, mas foi necessário que uma praga se espalhasse para algumas pessoas perceberem que as coisas *podiam* mudar.

— E daí?

— As coisas também estão mudando agora. Nossos adultos não foram dizimados por uma praga, por isso ainda estão presos ao passado, esperando pela volta dos bons tempos. Mas as coisas mudaram muito, e mudarão mais. Estão sempre mudando. Este é só um dos grandes saltos e não as pequenas mudanças passo a passo, mais fáceis de fazer. As pessoas mudaram o clima do mundo. Agora, esperam pela volta dos bons tempos.

— Seu pai diz não acreditar que as pessoas mudaram o clima, apesar do que os cientistas dizem. Ele diz que só Deus poderia transformar o mundo de modo tão significativo.

— Você acredita nele?

Ela abriu a boca, olhou para mim, e voltou a fechá-la. Depois de um tempo, disse:

— Não sei.

— Meu pai tem seus pontos cegos — falei. — É a melhor pessoa que conheço, mas até mesmo ele tem seus pontos cegos.

— Não faz nenhuma diferença — disse ela. — Não podemos fazer o clima voltar ao que era antes, independentemente do motivo que o tenha levado a se alterar. Você e eu não podemos. O bairro não pode. Não podemos fazer nada.

Perdi a paciência.

— Então vamos nos matar agora e acabar com isso!

Ela franziu o cenho, com o rosto redondo e sério demais beirando a ira. Arrancou pedaços da casca de uma tangerina pequena.

— O que fazer, então? — perguntou. — O que podemos fazer?

Engoli o último pedaço de pão de bolota e dei a volta por ela até minha mesa. Peguei vários livros da última gaveta funda e os mostrei a ela.

— É isso que tenho feito: estou lendo e estudando estas coisas nos últimos meses. Estes livros são velhos como todos os outros nesta casa. Também tenho usado o computador de meu pai quando ele permite, para conseguir coisas novas.

Franzindo o cenho, ela os analisou. Três livros sobre sobrevivência selvagem, três sobre armas e tiro, dois de cada sobre como lidar com emergências médicas, plantas nativas e naturalizadas da Califórnia e seu uso, e sobre coisas básicas da vida: construir casas de madeira, criar gado, cultivar plantações, fazer sabão – coisas assim. Joanne não hesitou.

— O que você está fazendo? — ela perguntou. — Tentando aprender a viver com o que a terra dá?

— Estou tentando aprender tudo o que puder do que talvez me ajude a sobreviver lá fora. Acho que todos nós deveríamos estudar livros como estes. Acho que deveríamos enterrar dinheiro e outras necessidades no chão, onde os ladrões não os encontrem. Acho que precisamos fazer pacotes de emergência, malas prontas com nossas coisas, para o caso de termos que sair daqui depressa. Dinheiro, alimento, roupas, fósforos, um cobertor... Acho que deveríamos estabelecer pontos lá fora onde podemos nos encontrar no caso de sermos separados. Mas que droga, acho muitas coisas. E eu sei... eu sei! Que independentemente de quantas coisas eu ache, não vai ser o suficiente. Sempre que saio, tento imaginar como deve ser viver lá fora sem muros, e percebo que não sei nada.

— Então por que...

— Pretendo sobreviver.

Ela só ficou me olhando.

— Quero aprender tudo o que puder enquanto puder — declarei. — Se eu acabar lá fora, talvez o que aprendi me ajude a viver o suficiente para aprender mais.

Ela me deu um sorriso nervoso.

— Você tem lido muitos livros de aventura — disse ela.

Franzi o cenho. Como poderia convencê-la?

— Não é piada, Jo.

— O que é, então? — Ela comeu a última parte da tangerina. — O que quer que eu diga?

— Quero que você leve isso a sério. Entendo que não sei muito. Nenhum de nós sabe. Mas todos podemos aprender mais. E então, ensinar uns aos outros. Podemos parar de negar a realidade ou esperar que ela desapareça por mágica.

— Não é o que estou fazendo.

Olhei para a chuva por um momento, me acalmando.

— Certo, certo. O que vai fazer?

Ela pareceu desconfortável.

— Ainda não tenho certeza de que podemos fazer algo.

— Jo!

— Me diga o que posso fazer que não me cause problemas ou faça todo mundo me achar maluca. Diga alguma coisa.

Finalmente.

— Você leu todos os livros de sua família?

— Alguns deles. Não todos. Nem todos valem a pena ser lidos. Os livros não vão nos salvar.

— Nada vai nos salvar. Se não nos salvarmos, estaremos mortos. Agora, use sua imaginação. Tem alguma coisa nas estantes de sua família que poderia ajudar se você ficasse presa lá fora?

— Não.

— Você responde depressa demais. Vá para casa e olhe de novo. E como eu disse, use sua imaginação. Qualquer informação de sobrevivência em enciclopédias, biografias, qualquer coisa que te ajude a aprender a viver fora daqui e a se defender. Até mesmo um pouco de ficção pode ser útil.

Ela me olhou de canto de olho.

— Ah, claro.

— Jo, se você nunca precisar dessas informações, elas não serão prejudiciais. Você só vai saber um pouco mais do que antes. E daí? A propósito, você faz anotações enquanto lê?

Olhar defensivo.

— Às vezes.

— Leia isto.

Entreguei a ela um dos livros sobre plantas. Era sobre os índios da Califórnia, os vegetais que eles usavam e como os usavam — um livrinho interessante e divertido. Ela se surpreenderia. Não havia nada nele que a assustasse, ameaçasse ou pressionasse. Eu achava que já tinha feito muito disso.

— Faça anotações — disse a ela. — Vai se lembrar melhor se fizer.

— Ainda não acredito em você — comentou ela. — As coisas não precisam ser tão ruins quanto diz que são.

Coloquei o livro nas mãos dela.

— Cuide das suas anotações — falei. — Preste bastante atenção às plantas que crescem entre aqui e a costa, e entre aqui e Oregon, pela costa. Eu as marquei.

— Eu disse que não acredito em você.

— Não me importo.

Ela olhou para o livro e passou as mãos pela capa preta de tecido e cartolina.

— Então aprendemos a comer grama e a viver nos arbustos — murmurou ela.

— Aprendemos a sobreviver — falei. — É um bom livro. Cuide bem dele. Você sabe como meu pai é em relação aos livros dele.

Quinta-feira, 6 de março de 2025

A chuva parou. Minhas janelas ficam do lado norte da casa, e consigo ver as nuvens se abrindo. Elas são sopradas em direção às montanhas para o deserto. É incrível como se movem depressa. O vento está forte e frio agora. Pode ser que isso nos custe algumas árvores.

Fico me perguntando quantos anos se passarão até vermos a chuva de novo.

6

Aqueles que estão se afogando
Às vezes morrem
Lutando contra o resgate.

— **Semente da Terra: os livros dos vivos**

Sábado, 8 de março de 2025

Joanne contou.

Ela contou à mãe, que contou ao pai, que contou ao meu pai, que teve uma dessas conversas sérias comigo. Maldita. *Maldita!*

Eu a vi hoje na missa que fizemos para Amy e ontem na escola. Não disse nada a respeito do que havia feito. Ela contou para a mãe na quinta. Talvez devesse ser um segredo entre elas ou algo assim. Mas, ah, Phillida Garfield estava tão preocupada comigo, tão apreensiva. E ela não gostava de me ver assustando Joanne. Joanne estava assustada? Não o suficiente para usar a cabeça, ao que parece. Ela sempre pareceu tão sensível. Será que achava que me colocar em apuros faria o perigo ir embora? Não, não é assim. É só mais negação: um joguinho idiota de "Se não falarmos sobre as coisas ruins, talvez elas não aconteçam". Idiota! Nunca mais vou conseguir dizer coisas importantes para ela.

E se eu tivesse sido mais receptiva? E se tivesse falado de religião com ela? Eu queria. Como vou conseguir falar com alguém sobre isso?

O que eu disse teve efeito contrário comigo hoje. O sr. Garfield conversou com meu pai depois do velório. Foi como um telefone sem fio. A mensagem foi de "Estamos em perigo aqui e teremos que nos esforçar para nos salvar" para "Lauren está falando de ir embora porque tem medo de que pessoas de fora se revoltem, derrubem os muros e matem todos nós".

Bem, eu tinha dito *parte* daquilo, e Joanne havia deixado claro que não concordava comigo. Mas eu não havia feito só previsões ruins: "Vamos morrer, ai, ai". De que adiantaria? Mesmo assim, só as coisas negativas voltaram para mim.

— Lauren, o que você disse para a Joanne? — meu pai exigiu saber.

Ele entrou no meu quarto depois do jantar, quando deveria estar terminando o sermão do dia seguinte. Ele se sentou na única cadeira do cômodo e olhou para mim como se dissesse: "O que você tem na cabeça, menina? Qual é o seu problema?". Aquele olhar mais o nome de Joanne me mostraram o que tinha acontecido, sobre o que era aquela conversa. Minha amiga Joanne. *Maldita!*

Eu me sentei na cama e olhei para ele.

— Eu disse a ela que enfrentaríamos momentos ruins e perigosos — respondi. — Avisei que deveríamos aprender o que pudéssemos agora para podermos sobreviver.

Foi quando ele me contou como a mãe de Joanne estava chateada, como Joanne estava chateada, e as duas achavam que eu precisava "conversar com alguém" porque pensava que nosso mundo estava acabando.

— Você acha que nosso mundo está acabando? — perguntou meu pai e, inesperadamente, quase comecei a chorar.

Tive que me esforçar muito para me controlar. O que pensei foi: "Não, eu acho que o *seu* mundo está acabando e talvez você esteja acabando junto com ele". Aquilo era terrível. Não tinha pensado nisso de modo tão pessoal antes. Eu me virei e olhei pela janela até me sentir mais calma. Quando voltei a olhar para ele, respondi:

— Acho. Você não acha?

Ele franziu o cenho. Acho que ele não esperava aquela resposta.

— Você tem quinze anos — disse ele. — Não entende muito bem o que está acontecendo aqui. Os problemas que temos agora têm se acumulado desde muito antes de seu nascimento.

— Eu sei.

Ele ainda franzia a testa. Fiquei tentando imaginar o que queria que eu dissesse.

— O que você estava fazendo, então? — perguntou. — Por que disse aquelas coisas a Joanne?

Decidi que continuaria dizendo a verdade enquanto fosse possível. Detesto mentir para ele.

— O que eu disse era verdade — insisti.

— Você não tem que dizer tudo o que acha que sabe — disse ele. — Ainda não se deu conta disso?

— Joanne e eu éramos amigas — falei. — Pensei que pudesse conversar com ela.

Ele balançou a cabeça.

— Essas coisas assustam as pessoas. É melhor não falar sobre elas.

— Mas, pai, é como... como ignorar um incêndio na sala de estar porque todos estão na cozinha e, além disso, os incêndios domésticos são assustadores demais para serem abordados.

— Não alerte Joanne, ou nenhuma de suas amigas — disse ele. — Não agora. Sei que você acha que está certa, mas não está ajudando ninguém. Só está deixando as pessoas em pânico.

Consegui controlar a onda de ódio mudando um pouco de assunto. Às vezes, a melhor maneira de tocar meu pai é atacá-lo de várias direções.

— O sr. Garfield devolveu seu livro? — perguntei.

— Qual livro?

— Emprestei a Joanne um livro sobre plantas californianas e os modos que os índios as usavam. Era um de seus livros. Sinto muito por tê-lo emprestado a ela. É tão neutro que não achei que poderia causar problemas. Mas acho que causou.

Ele pareceu assustado, e então quase sorriu.

— Sim, vou precisar pegar esse de volta, sim. Você não teria o pão de bolota de que tanto gosta sem aquele, sem falar de algumas outras coisas que não valorizamos.

— Pão de bolota...?

Ele assentiu.

— A maioria das pessoas neste lugar não usa bolotas, sabia? Elas não têm a tradição de comê-las, não sabem prepará-las e, por algum motivo, consideram que comê-las é nojento. Alguns de nossos vizinhos queriam cortar todos os carvalhos e plantar algo útil. Você não acreditaria no quanto sofri fazendo com que mudassem de ideia.

— O que as pessoas comiam antes?

— Pão feito de trigo e outros grãos: milho, cevada, aveia... coisas assim.

— Caro demais!

— Não era. Pegue aquele livro de volta com Joanne. — Ele respirou fundo. — Vamos sair da estrada lateral e voltar para a principal. O que você estava planejando fazer? Tentou convencer Joanne a fugir?

Eu suspirei.

— É claro que não.

— O pai dela disse que você tentou.

— Ele está enganado. Isso tinha a ver com continuar viva, aprender a viver do lado de fora para conseguirmos se um dia fosse necessário.

Ele me observou como se pudesse ler a verdade em minha mente. Quando eu era pequena, achava que ele era capaz.

— Está bem — disse ele. — Sua intenção pode ter sido boa, mas não quero mais que aborde coisas assustadoras.

— Não foi assustador. Precisamos aprender o que pudermos enquanto tivermos tempo.

— Isso não depende de você, Lauren. Não pode tomar decisões por esta comunidade.

Ah, mas que inferno. Se ao menos eu conseguisse encontrar um equilíbrio entre controlar demais e forçar, pressionar.

— Sim, senhor.

Ele se recostou e olhou para mim.

— Conte-me exatamente o que disse a Joanne. Tudo.

Eu contei. Tomei o cuidado de manter a voz tranquila e sem alarde, mas não deixei nada de fora. Queria que ele soubesse, entendesse no que eu acreditava. A parte não religiosa daquilo, pelo menos. Quando terminei, parei e aguardei. Ele parecia esperar que eu dissesse mais. Ficou sentado ali olhando para mim por um tempo. Não entendi o que ele sentia. As outras pessoas não conseguiam entendê-lo quando ele não queria, mas eu consigo, na maior parte do tempo. Porém, naquele momento eu me senti deixada de fora, e não havia nada a fazer a respeito. Esperei.

Por fim, ele soltou a respiração como se a estivesse prendendo.

— Não fale mais sobre isso — disse com uma voz que não deixava espaço para argumentação.

Olhei para ele, sem querer prometer algo que seria uma mentira.

— Lauren.

— Pai.

— Quero que prometa que não vai mais falar sobre isso.

O que dizer? Não prometeria. Não podia prometer.

— Poderíamos fazer malas para terremotos — sugeri. — Kits de emergência que poderíamos pegar no caso de termos que sair de casa depressa. Se nós os chamarmos de malas para terremotos, a ideia pode não perturbar tanto as pessoas. Elas estão acostumadas a se preocupar com terremotos — disse tudo de uma vez.

— Quero que você prometa, filha.

Eu me sobressaltei.

— Por quê? Você sabe que estou certa. Até mesmo a sra. Garfield deve saber. Então, por quê?

Pensei que ele fosse gritar comigo ou me castigar. Sua voz trazia um tom de alerta que meus irmãos e eu tínhamos passado a chamar de chocalho – era como o chocalho de uma cobra. Se ele fosse além do "chocalho" com alguém, era sinal de problema. Se ele nos chamasse de "filho" ou "filha", estaríamos quase em apuros.

— Por quê? — insisti.

— Porque você não faz ideia do que está fazendo — disse. Franziu e coçou a testa. Quando voltou a falar, sua voz estava mais calma. — É melhor ensinar as pessoas do que assustá-las, Lauren. Se assustá-las e nada acontecer, elas perdem o medo e você, parte da autoridade com elas. É mais complicado assustá-las uma segunda vez, mais difícil recuperar a confiança delas. É melhor começar ensinando. — Ele entortou os lábios em um sorrisinho. — É interessante que você tenha escolhido começar seus esforços com o livro que emprestou a Joanne. Já pensou em lecionar com aquele livro?

— Lecionar... para minhas crianças de jardim de infância?

— Por que não? Faça com que comecem com o pé direito. Vocês poderiam até mesmo organizar uma aula para crianças maiores e para adultos. Algo parecido com a aula de entalhe do sr. Ibarra, a de costura da sra. Balter e as palestras sobre astronomia de Robert Hsu. As pessoas estão entediadas. Não desprezariam uma aula informal agora que perderam a televisão dos Yannis. Se conseguir pensar em maneiras de diverti-las e ensiná-las ao mesmo tempo, vai passar a informação. E tudo sem fazer ninguém olhar para baixo.

— Olhar para baixo...?

— Para o abismo, filha. — Mas eu não estava mais em apuros. Não naquele momento. — Você acabou de notar o abismo — continuou ele. — Os adultos nesta comunidade têm se equilibrado à beira dele desde antes de você nascer.

Eu me levantei, fui até ele e peguei sua mão.

— Está piorando, pai.

— Eu sei.

— Talvez esteja na hora de olharmos para baixo. Hora de procurar algo em que nos segurarmos antes de sermos empurrados para lá.

— É por isso que temos treino de tiro toda semana, além de uma cerca elétrica e nosso sino de emergência. Sua ideia de malas de emergência é boa. Algumas pessoas já as têm. Para terremotos. Outras as organizarão se eu sugerir. E, é claro, algumas não farão nada. Sempre há pessoas que não fazem nada.

— Você vai sugerir?

— Sim. Na próxima reunião da associação de bairro.

— O que mais podemos fazer? Nada disso é rápido o suficiente.

— Terá que ser. — Ele ficou de pé, era um homem alto e de costas largas. — Por que não pergunta para as pessoas, a fim de ver se alguém no bairro sabe alguma coisa sobre artes marciais? É preciso de mais do que um ou dois livros para aprender a combater bem sem armas.

Hesitei.

— Está bem.

— Veja com o velho sr. Hsu e com o sr. e a sra. Montoya.

— Com o senhor *e com* a senhora?

— Acho que sim. Converse com eles sobre aulas, não sobre o Apocalipse.

Olhei para ele, que parecia mais alto do que nunca, como um muro, parado, esperando. Ele tinha me oferecido muita coisa. Tudo o que eu poderia ter, acreditava. Suspirei.

— Está bem, pai, prometo. Tentarei não assustar mais ninguém. Só espero que as coisas se mantenham normais por tempo suficiente para fazermos as coisas do seu jeito.

Ele também suspirou.

— Finalmente. Ótimo. Agora, saia comigo. Há algumas coisas importantes enterradas no quintal em caixas fechadas. Está na hora de você saber onde elas estão… só para garantir.

Domingo, 9 de março de 2025

Hoje, meu pai pregou com Gênesis 6, Noé e a arca.

— E Deus viu que a maldade do homem era grande na terra, e que toda a imaginação dos pensamentos e de seu coração era apenas maldade sem fim. E o Senhor se arrependeu por ter feito o homem na terra, e se entristeceu. E o Senhor disse: Destruirei o homem que criei da face da terra, desde o homem até o animal, até o réptil, e até a ave dos céus, porque me arrependo de os haver feito. Mas Noé encontrou graça nos olhos do Senhor.

E então, é claro, mais tarde Deus diz a Noé: "Faze para ti uma arca de madeira de gofer; farás compartimentos na arca e a betumarás por dentro e por fora com betume".

Meu pai se concentrou na natureza dupla dessa situação. Deus decide destruir tudo menos Noé, sua família e alguns animais. *Mas* se Noé quiser ser salvo, tem muito trabalho a fazer.

Joanne me procurou depois da igreja e disse que sentia muito por toda a loucura.

— Tudo bem — falei.

— Ainda somos amigas? — perguntou ela.

E eu respondi:

— Pelo menos não somos inimigas. Devolva o livro de meu pai. Ele o quer de volta.

— Minha mãe está com ele. Não sabia que ela ficaria tão irritada.

— Não é dela. Quero ele de volta. Ou faça seu pai devolvê-lo. Não me importo. Mas ele quer o livro.

— Está bem.

Eu a observei sair da casa. Parece tão confiável – alta, de postura ereta, séria e inteligente – que ainda me sinto inclinada a confiar nela. Mas não consigo. Não confio. Ela não faz ideia de como poderia ter me ferido se eu tivesse dado a ela apenas mais algumas palavras para usar contra mim. Acho que nunca mais vou confiar nela de novo, e detesto isso. Ela era minha melhor amiga. Agora não é mais.

Quarta-feira, 12 de março de 2025

Ladrões de jardim entraram ontem à noite. Eles arrancaram os frutos das árvores cítricas no pomar dos Hsu e dos Talcott. Enquanto faziam isso, pisotearam o que restou dos pomares de inverno e grande parte da plantação da primavera.

Meu pai diz que temos que formar uma guarda regular. Ele tentou convocar uma reunião de associação de vizinhos hoje à noite, mas algumas pessoas trabalham, incluindo Gary Hsu, que dorme no emprego sempre que tem que comparecer pessoalmente. Vamos nos reunir no sábado. Enquanto isso, meu pai reuniu Jay Garfield, Wyatt e Kayla Talcott, Alex Montoya e Edwin Dunn para patrulhar o bairro em turnos de dois em dois, armados. Isso quer dizer que com exceção dos Talcott, que já são um par (e tão revoltado em relação a seu pomar que sinto pena do ladrão que se meter com eles), os outros têm que encontrar parceiros entre os adultos do bairro.

— Encontre alguém de confiança para proteger sua retaguarda — ouvi meu pai dizer ao grupinho.

Cada par tinha que patrulhar por duas horas antes de escurecer ou logo depois do amanhecer. A primeira patrulha atravessaria ou observaria todos os quintais, acostumando a todos à ideia de pessoas de guarda enquanto ainda estivessem despertos o suficiente para entender o que estava acontecendo.

— Cuide para que elas os vejam quando fizerem a primeira ronda — disse meu pai. — Quando virem vocês, se lembrarão de que haverá sentinelas rondando a noite toda. Não queremos que elas confundam vocês com ladrões.

Sensato. As pessoas se deitam logo depois que escurece para economizar eletricidade, mas entre o jantar e a escuridão, elas passam tempo na varanda e no quintal, onde não é tão quente. Algumas ouvem rádio na varanda da frente ou dos fundos. De vez em quando, as pessoas se reúnem para tocar música, cantar, jogar jogos de tabuleiro, conversar ou ir à parte pavimentada da rua para jogar vôlei, futebol, basquete ou tênis. Costumavam jogar beisebol, mas não temos dinheiro para arcar com os custos das janelas. Algumas pessoas simplesmente encontram um canto e leem um livro enquanto ainda está claro. É um momento bom, confortável, recreativo. É uma pena estragá-lo com lembranças da realidade. Mas não tem outro jeito.

— O que fará se pegar um ladrão? — perguntou Cory a meu pai antes que ele saísse. Ele estava no segundo turno, e ele e Cory tomavam uma xícara de café na cozinha, algo raro de fazerem, enquanto ele esperava a hora. A bebida servia para ocasiões especiais. Não deixei de sentir o aroma gostoso dela do meu quarto, onde estava deitada, mas acordada.

Eu ouço conversas. Não coloco copos de vidro contra as paredes nem encosto a orelha nas portas, mas com frequência permaneço acordada muito tempo depois de escurecer, quando as crianças já deveriam estar dormindo. A cozinha fica do outro lado do corredor, a sala de jantar perto do fim dele e o quarto de meus pais bem ao lado do meu. A casa é antiga e tem bom isolamento acústico. Se a porta de um dos quartos estiver fechada, não consigo ouvir muito. Mas à noite, com todas ou a maioria das luzes apagadas, posso deixar minha porta entreaberta e se as outras também estiverem abertas, consigo ouvir muitas coisas. Aprendo muito.

— Vamos botá-lo para correr, espero — disse meu pai.

— Já concordamos com isso. Vamos dar um belo susto nele e mostrar que existem maneiras mais fáceis de conseguir um trocado.

— Um trocado...?

— Sim, pois é. Nossos ladrões não roubaram todo aquele alimento por estarem com fome. Eles limparam as árvores... levaram tudo o que puderam.

— Eu sei — disse Cory. — Levei alguns limões e toranjas para a casa dos Hsu e dos Wyatt hoje e disse que eles podem pegar de nossas árvores quando precisarem de mais. Também levei algumas sementes. Várias plantas novas foram destruídas, de ambos, mas como ainda estamos no início da estação, pode ser que eles consigam reparar o prejuízo.

— Espero que sim. — Meu pai fez uma pausa. — Mas entenda o que quero dizer. As pessoas roubam assim por dinheiro. Não estão desesperadas. Só são gananciosas e perigosas. Pode ser que consigamos assustá-los para que procurem alvos mais fáceis.

— Mas e se vocês não conseguirem? — perguntou Cory, quase sussurrando. Falava tão baixo que eu fiquei com receio de perder alguma parte. — Se não conseguirem, vão atirar neles?

— Sim — disse ele.

—... Sim? — ela repetiu com a mesma voz contida. — Simplesmente "sim"?

Ela estava como Joanne de novo – a negação personificada. Em qual planeta essas pessoas vivem?

— Sim — disse meu pai.

— *Por quê?*

Fez-se um longo silêncio. Quando meu pai voltou a falar, também falou baixinho.

— Amor, se essas pessoas roubarem o suficiente, elas nos forçarão a gastar mais do que podemos em comida, ou passaremos fome. Vivemos no limite, na verdade. Você sabe como as coisas são difíceis.

— Mas... não podemos simplesmente chamar a polícia?

— Para quê? Não podemos pagar pelos serviços deles e, de qualquer modo, só se interessam quando um crime acontece. Mesmo assim, se nós ligarmos para eles, demorarão horas para aparecer. Talvez demorem dois ou três dias.

— Eu sei.

— O que está dizendo, então? Você quer que as crianças passem fome? Quer que os ladrões entrem nas casas depois de limparem as hortas?

— Mas eles não fizeram isso.

— Claro que fizeram. A sra. Sims foi só a vítima mais recente deles.

— Ela morava sozinha. Sempre dissemos que não deveria fazer isso.

— Você quer acreditar que eles não farão nada de mau a você nem às crianças só porque somos sete pessoas? Amor, não podemos fingir que ainda vivemos como há vinte ou trinta anos.

— Mas você pode ser preso! — Ela estava chorando. Não de soluçar, mas com a voz embargada que ela tem de vez em quando.

— Não — disse meu pai. — Se tivermos que atirar em alguém, estaremos juntos nisso. Depois de atirarmos, levaremos a pessoa para dentro da casa mais próxima. Ainda é legal atirar em invasores. Depois disso, faremos um pequeno estrago e combinaremos nossas histórias.

Um longo silêncio se estabeleceu.

— Ainda assim, você pode entrar em apuros.

— Vou correr esse risco.

Mais um silêncio comprido.

— Não matarás — Cory sussurrou.

— Neemias, quatro — disse meu pai. — Versículo 14.

Não se falou mais nada. Alguns minutos depois, eu ouvi meu pai sair. Esperei até ouvir Cory ir para seu quarto e fechar a porta. E então me levantei, fechei minha porta, mudei a luminária de posição para que a luz não aparecesse por baixo da porta, a acendi e abri a Bíblia de minha avó. Ela possuiu muitas Bíblias e meu pai havia me deixado ficar com aquela.

Neemias, capítulo quatro, versículo 14: "Fiz uma rápida avaliação geral da situação e declarei aos nobres, aos oficiais, aos magistrados e ao restante da população: Não os temais de modo algum! Lembrai-vos do Eterno, nosso Deus, grande e poderoso, e lutai com bravura por vossos irmãos, vossos filhos e filhas, vossas esposas e vossas propriedades!".

Interessante. Interessante meu pai ter esse versículo pronto, e Cory tê-lo reconhecido. Talvez eles já tivessem tido aquela conversa antes.

Sábado, 15 de março de 2025

É oficial.

Agora temos rondas no bairro: um apanhado de pessoas, de todas as famílias, que têm mais de dezoito anos, que sabem mexer com armas – com as próprias e com outras – e são consideradas responsáveis por meu pai e pelos que já estavam fazendo a ronda pelo bairro. Como nenhum deles foi policial ou guarda, continuarão atuando em pares, cuidando uns dos outros e também do bairro. Usarão apitos para chamar ajuda se precisarem. Além disso, vão se encontrar uma vez por semana para ler, discutir e praticar artes marciais e técnicas de tiro. Os Montoya darão as aulas de artes marciais, certo, mas não pela minha sugestão. O velho sr. Hsu está com problemas nas costas e não vai ensinar nada por um tempo, mas os Montoya parecem bastar. Eu pretendo assistir às aulas sempre que conseguir tolerar compartilhar das dores da prática de todo mundo.

Meu pai pegou todos os livros dele que estavam comigo hoje cedo. Agora só tenho minhas anotações. Não me importo. Graças aos ladrões de hortas, as pessoas estão se preparando para o pior. Eu quase me sinto grata a eles.

A propósito, eles não voltaram – nossos ladrões. Quando voltarem, poderemos dar a eles algo que não estão esperando.

Sábado, 29 de março de 2025

Nossos ladrões nos visitaram de novo ontem à noite.

Talvez não fossem os mesmos, mas suas intenções eram as mesmas: tirar o que outra pessoa tinha suado para fazer crescer e de que precisava muito.

Dessa vez, eles estavam atrás dos coelhos de Richard Moss. Aqueles animais são a única criação do bairro, com exceção de algumas galinhas que as famílias Cruz e Montoya tentaram criar há alguns anos. Elas foram roubadas assim que cresceram o suficiente para fazer barulho e chamar a atenção das pessoas de fora. Os coelhos dos Moss foram nosso segredo até este ano, quando Richard Moss insistiu em vender carne e o que mais suas esposas conseguissem fazer com couro cru ou curtido de coelhos além do muro. Os Moss vinham vendendo para nós desde sempre, é claro. Carne, couro, fertilizante, tudo, menos coelhos vivos. Estes eram para criação. Mas agora, teimoso, arrogante e ganancioso, ele havia decidido que poderia ganhar mais dinheiro se levasse seus produtos para fora. Agora a notícia sobre os malditos coelhos foi espalhada pelas ruas, e ontem à noite alguém apareceu para pegá-los.

A casa de coelhos dos Moss é uma garagem de três vagas acrescentada à propriedade nos anos 1980, de acordo com meu pai. É difícil de acreditar que uma família já tenha tido três carros, e que eram abastecidos com gasolina. Mas eu me lembro da velha garagem antes de Richard Moss modificá-la. Era enorme, com três grandes manchas de óleo no chão, onde três carros ficavam estacionados. Richard Moss consertou as paredes e o telhado, abriu janelas para ventilação e, de modo geral, deixou o lugar quase adequado como moradia para pessoas. Na verdade, é muito melhor do que os lugares em que as pessoas moram do lado de fora. Ele construiu fileiras de jaulas – viveiros – e instalou mais lâmpadas e ventiladores de teto. Os ventiladores podem funcionar à energia de crianças. Ele os ligou a uma estrutura antiga de bicicleta, e todo filho dos Moss que alcança idade suficiente para pedalar mais cedo ou mais tarde recebe a incumbência de acioná-los. Os filhos dos Moss detestam isso, mas sabem o que acontecerá se não obedecerem.

Não sei quantos coelhos os Moss têm agora, mas parece que estão sempre matando e arrancando o couro deles, e fazendo coisas nojentas com a peliça. Até mesmo um pequeno monopólio vale muito o esforço.

Os dois ladrões tinham conseguido enfiar treze coelhos em sacos de lona quando vigilantes os viram. Os vigilantes naquele momento eram Alejandro Montoya e Julia Lincoln, uma das irmãs de Shani Yannis. A sra. Montoya está cuidando de dois de seus filhos que pegaram gripe, por isso foi tirada da lista de vigilantes por um tempo.

A sra. Lincoln e o sr. Montoya seguiram o plano que o grupo de vigilantes havia armado nas reuniões. Sem palavra de ordem nem de alerta, atiraram para cima duas ou três vezes cada, ao mesmo tempo, tocando os apitos bem alto. Eles se mantiveram escondidos, mas dentro da casa dos Moss alguém acordou e acendeu as luzes do lugar no qual os coelhos ficavam. Isso poderia ter sido um erro letal para os vigilantes, mas eles estavam escondidos atrás dos pés de romã.

Os dois ladrões correram como coelhos.

Deixando para trás sacos, os animais, pés-de-cabra, uma corda comprida, cortadores de fios e até mesmo uma ótima escada de alumínio comprida, eles subiram a escada e pularam o muro em segundos. Nosso muro tem três metros de altura e no topo há cacos de vidro, além do arame farpado e do laminado, quase invisível. O arame inteiro tinha sido cortado, apesar de nossos esforços. Uma pena não termos conseguido deixá-lo eletrificado, nem montar outras armadilhas. Mas pelo menos o vidro – o mais simples e antigo de nossos truques – pegou um deles. Encontramos muito sangue seco escorrido do lado de dentro do muro hoje cedo.

Também encontramos uma pistola Glock 19 onde um dos ladrões a deixou cair. A sra. Lincoln e o sr. Montoya poderiam ter sido atingidos. Se os ladrões não estivessem morrendo de medo, poderia ter ocorrido uma troca de tiros.

Alguém na casa dos Moss ou em alguma casa vizinha poderia ter sido ferido ou morto.

Cory foi falar com meu pai sobre isso quando eles ficaram sozinhos na cozinha hoje à noite.

— Eu sei — disse meu pai. Ele parecia cansado e triste.

— Não ache que não pensamos nessas coisas. É por isso que queremos afastar os ladrões daqui. Nem mesmo atirar para cima é seguro. Nada é seguro.

— Eles fugiram dessa vez, mas não fugirão sempre.

— Eu sei.

— E agora, então? Você protege coelhos ou laranjas, e talvez deixe uma criança morrer?

Silêncio.

— *Não podemos viver assim!* — gritou Cory.

Eu me sobressaltei. Nunca a ouvi falando desse jeito.

— Nós vivemos desse jeito — disse meu pai.

Não havia raiva em sua voz, não havia reação emocional diante de todos aqueles gritos. Não havia nada. Cansaço. Tristeza. Nunca o ouvi tão cansado, tão... quase derrotado. E ainda assim, ele havia vencido. Sua ideia tinha dispersado dois ladrões armados sem precisarmos machucar ninguém. Se eles tinham se ferido, era problema deles.

É claro que eles voltariam, ou que outros viriam. Isso aconteceria de qualquer modo. E Cory tinha razão. Os próximos ladrões poderiam não perder suas armas e fugir. E daí? Deveríamos ficar na cama deixando que eles levassem tudo o que tínhamos e torcendo para que se satisfizessem em limpar nossas hortas? Por quanto tempo um ladrão fica satisfeito? E como é morrer de fome?

— Não conseguiríamos sem você — disse Cory. Não estava mais gritando. — Poderia ter sido você lá fora, enfrentando criminosos. Da próxima vez, pode ser você. Você poderia levar um tiro enquanto protege os coelhos dos vizinhos.

— Você notou que todos os vigilantes que não estavam na ronda atenderam aos apitos ontem? — perguntou meu pai. — Eles saíram para defender sua comunidade.

— Não me importo com eles! É com você que estou preocupada.

— Não — disse ele. — Não podemos mais pensar assim. Cory, não temos ninguém que nos ajude, além de Deus e de uns aos outros. Eu protejo a casa de Moss independentemente do que penso dele, e ele protege a minha, independentemente do que pensa de mim. Todos protegemos uns aos outros. — Ele fez uma pausa. — Tenho um seguro alto. Você e as crianças ficarão bem se...

— Não! — disse Cory. — Você acha que estou pensando nisso? Em dinheiro? Você acha...

— Não, amor. Não. — Ele para de falar por um instante. — Sei como é ficar sozinho. Este mundo não é um lugar onde se pode ficar sozinho.

Fez-se um longo silêncio, e eu pensei que eles não diriam mais nada. Estava deitada na cama, pensando se deveria me levantar e fechar a porta para poder acender a luminária e escrever. Mas houve um pouco mais.

— O que devemos fazer se você morrer? — perguntou ela, e acho que estava chorando. — O que faremos se atirarem em você por causa de uns coelhos idiotas?

— Viver! — respondeu meu pai. — É só o que qualquer pessoa pode fazer no momento. Viver. Segurar a barra. Sobreviver. Não sei se os bons tempos voltarão. Mas sei que isso não vai importar se não sobrevivermos a esse período.

E a conversa deles terminou assim. Eu fiquei deitada no escuro por muito tempo, pensando no que eles tinham dito. Cory tinha razão de novo. Meu pai podia ser ferido. Poderia ser morto. Não sei o que pensar sobre isso. Posso escrever a respeito, mas não quero. No fundo, não acredito nisso. Acho que sou tão boa em negação quanto todo mundo.

Cory tem razão, mas não importa. E meu pai está certo, mas ele não vai muito longe. Deus é Mudança e, no fim, Deus prevalece. Mas Ele existe para ser moldado. Para nós, não basta apenas sobreviver, mancando, fazendo tudo como sempre enquanto as coisas pioram cada vez mais. Se esta é a forma que damos a Deus, então pode ser que um dia nos tornemos fracos demais – pobres demais, famintos demais – para nos defender. E então, seremos eliminados.

Tem que haver mais que possamos fazer, um destino melhor que possamos moldar. Outro lugar. Outro jeito. Alguma coisa!

7

Somos todos Semente de Deus, mas não mais nem menos do que qualquer outro aspecto do universo, a Semente de Deus é tudo o que existe – tudo o que Muda. A Semente da Terra é tudo o que espalha a Vida da Terra a novas terras. O universo é Semente de Deus. Mas nós somos Semente da Terra. E o Destino da Semente da Terra é criar raízes entre as estrelas.

— **Semente da Terra: os livros dos vivos**

Sábado, 26 de abril de 2025

À s vezes, dar nome a algo – dar nome ou descobrir seu nome – ajuda uma pessoa a começar a entendê-lo. Saber o nome de uma coisa *e* saber para que essa coisa serve me dá ainda mais noção a respeito dela.

O sistema de crença Deus é Mudança que me parece certo será chamado de Semente da Terra. Já tentei dar um nome a ele antes. Não consegui, e tentei deixá-lo sem. Nenhum dos esforços me deixou confortável. Nome mais propósito é igual a foco, para mim.

Bem, hoje eu encontrei o nome, encontrei enquanto estava tirando as ervas daninhas do quintal de trás e pensando em como as plantas espalham suas sementes, por meio do vento, dos animais, da água, longe de suas plantas-mães. Elas não têm a habilidade de percorrer grandes distâncias por vontade própria, mas ainda assim, elas viajam. Nem mesmo elas precisam ficar paradas em um lugar esperando serem extintas. Há ilhas a milhares de quilômetros de todos os lugares – as ilhas havaianas, por exemplo, e a Ilha de Páscoa – para onde as plantas espalharam suas sementes e cresceram antes da chegada dos seres humanos.

Semente da Terra.

Eu sou Semente da Terra. Qualquer pessoa pode ser. Um dia, acho que seremos muitos. E acho que teremos que espalhar nossas sementes cada vez mais longe deste lugar moribundo.

Nunca senti que estava inventando nada disso – nem o nome, Semente da Terra, nem nada relacionado. Ou seja, nunca senti que fosse algo diferente da realidade: descoberta em vez de invenção, exploração em vez de criação. Gostaria de poder acreditar que tudo foi sobrenatural e que tenho recebido mensagens de Deus. Mas não acredito nesse tipo de Deus. Só observo e faço anotações, tentando organizar as coisas de modos que sejam tão fortes, simples e diretos quanto eu os sinto. Não consigo fazer isso. Tento, mas não consigo. Não sou tão boa assim como escritora nem poeta, nem com nada que preciso ser para isso. Não sei o que fazer a esse respeito. Às vezes fico desesperada. Estou melhorando, mas muito devagar.

A verdade é que mesmo com meus problemas de redação, sempre que entendo um pouco mais, me pergunto por que demorei tanto – por que já houve um momento em que eu não entendia algo tão óbvio, real e verdadeiro.

Aqui está o único mistério nisso tudo, o único paradoxo, ou raciocínio ilógico e circular, ou o que quer que seja:

Por que há universo?
Para moldar Deus.

Por que há Deus?
Para moldar o universo.

Não consigo me livrar disso. Já tentei mudar ou largar, mas não consigo. *Não consigo*. Parece ser a coisa mais verdadeira que já escrevi. É tão misteriosa e óbvia quanto qualquer outra explicação de Deus ou do universo que já li, mas para mim, as outras parecem inadequadas, no máximo.

Todo o resto da Semente da Terra é explicação – o que Deus é, o que Ele faz, o que somos, o que deveríamos fazer, o que não conseguimos parar de fazer... Pense: Seja você um ser humano, um inseto, um micróbio ou uma pedra, este verso é verdadeiro.

Tudo o que você toca
Você Muda.

Tudo o que você Muda
Muda você.

A única verdade perene
É a Mudança.

Deus
É Mudança.

Vou reler meus antigos diários e reunir os versos que escrevi em um único volume. Vou colocá-los em um dos cadernos de exercícios que Cory entrega às crianças mais velhas agora que temos poucos computadores no bairro. Escrevi muitas coisas inúteis naqueles cadernos, fazendo minha lição do ensino médio. Agora, vou usar um deles para algo melhor. E então, um dia, quando as pessoas conseguirem prestar mais atenção ao que eu digo do que à minha idade, usarei esses versos para libertá-las do passado apodrecido e talvez consiga impulsioná-las para que se salvem e construam um futuro que faça sentido.

Isso se tudo aguentar mais alguns anos.

Sábado, 7 de junho de 2025

Finalmente organizei um pequeno pacote de sobrevivência para mim mesma – um kit de fuga. Tive que tirar algumas das coisas de que preciso da garagem e do sótão para os outros não reclamarem por eu estar pegando coisas de que eles precisam. Peguei uma machadinha, por exemplo, e duas panelas pequenas de metal. Há muitas coisas assim por aí porque ninguém joga nada fora que tenha possibilidade de um dia ser útil ou vendável.

Peguei as centenas de dólares que guardei — quase mil. *Pode ser* que eu consiga me alimentar por duas semanas com essa quantia, se conseguir mantê-la, e se eu tomar muito cuidado com o que e onde comprar. Tenho acompanhado os preços, perguntando a meu pai quando ele e os outros homens do bairro fazem as compras básicas. Os preços dos alimentos são malucos e sempre aumentam, nunca abaixam. Todo mundo reclama deles.

Encontrei um cantil antigo e uma garrafa de plástico para armazenar água, e decidi mantê-los limpos e cheios.

Guardei palitos de fósforo, uma muda de roupas, incluindo sapatos, para o caso de ter que sair correndo à noite, além de pente, sabonete, escova e pasta de dente, absorventes, papel higiênico, faixas para curativo, alfinetes, agulhas e linha, álcool, aspirina, algumas colheres e garfos, um abridor de lata, meu canivete, pacotes de farinha de bolota, frutas secas, castanhas assadas e sementes comestíveis, leite em pó, um pouco de açúcar e sal, minhas anotações de sobrevivência, vários sacos plásticos, pequenos e grandes, muitas sementes plantáveis, meu diário, meu caderno da Semente da Terra e uma corda de varal comprida. Guardei tudo isso dentro de duas fronhas velhas, uma dentro da outra para reforçar. Enrolei as fronhas dentro de um saco de cobertor e amarrei com uma das cordas de varal para poder pegá-la e sair correndo sem perder nada, mas facilitei a abertura na ponta para poder enfiar e tirar meu diário, trocar a água para mantê-la fresca e, com menos frequência, trocar a comida e conferir as sementes. A última coisa que eu queria descobrir era que, em vez de levar sementes plantáveis ou comida em boas condições de consumo, eu estava carregando um monte de insetos e vermes.

Queria poder levar uma arma. Não tenho nenhuma e meu pai não me deixa manter uma das dele em meu quarto. Pretendo pegar uma se tiver problemas, mas pode ser que não consiga. Seria loucura acabar do lado de fora com nada além de um canivete e a cara de medo, mas poderia acontecer. Meu pai e Wyatt Talcott nos levaram para praticar tiro ao alvo hoje, e, depois, eu tentei convencer meu pai a me deixar manter uma das armas em meu quarto.

— Não — disse ele, sentando-se, cansado e sujo, à sua mesa no escritório entulhado. — Você não tem onde mantê-

-la em segurança durante o dia, e os meninos estão sempre entrando e saindo de seu quarto.

Hesitei, e então contei a ele a respeito da bolsa de emergência que eu tinha feito. Ele assentiu.

— Achei que era uma boa ideia quando você sugeriu pela primeira vez — disse ele. — Mas pense, Lauren. Seria como um presente para um bandido. Dinheiro, comida, água, uma arma... A maioria dos bandidos não encontra o que querem reunido e esperando por eles. Acho que deveríamos dificultar um pouco as coisas para os ladrões que vêm aqui conseguirem uma arma.

— Vai ser só um cobertor enrolado com algumas outras roupas de cama enroladas ou dobradas em meu guarda-roupa — falei. — Ninguém vai perceber.

— Não. — Ele balançou a cabeça. — Não, as armas ficarão onde estão.

E foi isso. Acho que ele está mais preocupado com os meninos espiando do que com os ladrões. Meus irmãos aprenderam a se comportar com armas desde sempre, mas Greg tem só oito anos e Ben, nove. Meu pai só não está pronto para colocar tentações no caminho deles. Marcus, aos onze, é mais confiável do que muitos adultos, mas Keith tem quase treze e é uma caixinha de surpresas. Ele não roubaria nada de meu pai. Não ousaria fazer isso. Mas já me roubou – só coisas pequenas, até agora. Mas ele quer uma arma assim como os sedentos querem água. Ele quer ser adulto – para ontem. Então talvez meu pai tenha razão. Detesto a decisão dele, mas talvez esteja certo.

— Para onde você iria? — perguntei a ele, mudando de assunto. — Se fôssemos forçados a sair daqui, para onde nos levaria?

Ele bufou, enchendo as bochechas por um segundo.

— Aos vizinhos ou à faculdade — disse ele. — A faculdade tem acomodações de emergência temporárias para funcionários que são expulsos ou têm as casas incendiadas.

— E depois?

— Reconstruiria, fortificaria, faria qualquer coisa que pudéssemos para viver e estar em segurança.

— Pensaria em sair daqui e seguir para o norte, onde a água não é um problema tão grande e a comida é mais barata?

— Não. — Ele olhou para o horizonte. — Meu trabalho aqui é tão seguro quanto pode ser. Não há empregos no norte. Quem chega trabalha para comer, quando trabalha. A experiência não importa. A educação não importa. Existem muitas pessoas desesperadas. Elas trabalham a vida toda por um saco de feijão e moram nas ruas.

— Ouvi dizerem que era mais fácil lá no norte — falei. — Oregon, Washington, Canadá.

— Fechados — disse ele. — É preciso entrar escondido no Oregon, isso se conseguir. É mais difícil ainda entrar em Washington. As pessoas levam tiros todos os dias tentando entrar no Canadá. Ninguém quer lixo californiano.

— Mas as pessoas vão embora. As pessoas estão sempre indo para o norte.

— Elas tentam. Estão desesperadas e não têm nada a perder. Mas eu tenho. Esta é minha casa. Além dos impostos, não devo um centavo por ela. Você e seus irmãos nunca passaram fome aqui e, se Deus quiser, nunca passarão.

Em meu caderno da Semente da Terra, escrevi:

Uma árvore
Não Pode crescer mais
À sombra de seus pais

É necessário escrever coisas assim? Todo mundo sabe disso. Mas o que querem dizer agora? O que isso significa se você vive em um lugar afastado cercado por um muro? O que significa se você tem muita sorte de viver em um lugar afastado cercado por um muro?

Segunda-feira, 16 de junho de 2025

Foi dado um relatório longo no rádio hoje a respeito das descobertas da estação cosmológica anglo-japonesa na Lua. A estação, com sua ampla série de telescópios e alguns dos equipamentos espectroscópicos mais sensíveis já feitos, detectou mais planetas orbitando estrelas próximas. Essa estação tem detectado planetas novos há uma dezena de anos, e até existe evidência de que alguns podem ser apropriados para vida. Ouvi e li todas as informações que encontrei sobre o assunto, e notei que há cada vez menos argumentos contra a possibilidade de alguns terem vida. A ideia está ganhando aceitação científica. É claro que ninguém sabe se a vida extrassolar é algo além de alguns trilhões de micróbios. As pessoas especulam acerca de vida inteligente, e é divertido pensar nisso, mas ninguém está afirmando ter encontrado alguém com quem conversar lá fora. Não me importo. A vida por si só basta. Eu a considero… mais interessante e mais incentivadora do que sei explicar, mais importante do que consigo explicar. *Existe* vida lá fora. Existem mundos com vida a poucos anos-luz de distância, e os Estados Unidos estão ocupados se afastando até mesmo de nossos mundos mortos próximos, a Lua e Marte. Entendo os motivos, mas gostaria que não o fizessem.

Desconfio que deva ser mais fácil nos adaptarmos e vivermos em um mundo vivo sem um longo e caro cordão umbilical com a Terra. *Mais fácil*, mas não fácil. Ainda assim, já é alguma coisa, porque eu não acho que poderia existir um cordão umbilical de vários anos-luz. Penso que as pessoas que viajassem a mundos extrassolares estariam sozinhas – longe de políticos e de empresários, de economias falidas e ecologias torturadas – e longe de conseguir ajuda. Bem longe da sombra de seu mundo-mãe.

Sábado, 19 de julho de 2025

Amanhã completo dezesseis anos. Só dezesseis. Eu me sinto mais velha. Quero ser mais velha. Preciso ser mais velha. Detesto ser jovem. O tempo não passa, ele se arrasta!

Tracy Dunn desapareceu. Ela estava deprimida desde que Amy foi morta. Quando falava alguma coisa, era sobre morrer, querer morrer e merecer morrer. Todo mundo esperava que ela vencesse seu pesar – ou a culpa – e seguisse com a vida. Talvez não tenha conseguido. Meu pai conversou com ela várias vezes, e sei que estava preocupado. A família maluca dela não ajudou. Eles a tratam como ela tratava a Amy: eles a ignoram.

O boato é que ela saiu ontem em algum momento. Um grupo de filhos dos Moss e dos Payne disse que a viram sair pelo portão assim que eles saíram da escola. Desde então, ninguém mais a viu.

Domingo, 20 de julho de 2025

Aqui está o presente de aniversário que surgiu em minha mente hoje cedo quando acordei. Só duas frases:

O Destino da Semente da Terra
É criar raízes entre as estrelas.

Era isso que eu estava buscando há alguns dias, quando a história da descoberta dos novos planetas chamou minha atenção. É claro que é verdade. É óbvio.

No momento, também é impossível. O mundo está horrível. Nem mesmo os países ricos estão se dando tão bem quanto a história diz que os países ricos se davam bem. O presidente Donner não é o único que está fechando e vendendo projetos científicos e espaciais. Ninguém está expandindo o tipo de exploração que não traga lucro imediato, ou que pelo menos prometa grandes lucros futuros. Não há clima agora para fazer qualquer coisa que pudesse ser considerada desnecessária ou ineficaz. E ainda assim:

O Destino da Semente da Terra
É criar raízes entre as estrelas.

Não sei como vai acontecer nem quando vai acontecer. Há muito a se fazer antes de tudo sequer poder começar. Acho que isso é de se esperar. Sempre há muito a se fazer antes de merecer chegar ao paraíso.

8

Para se entender com Deus,
Pondere as consequências de seu comportamento.

— Semente da Terra: os livros dos vivos

Sábado, 26 de julho de 2025

Tracy Dunn não voltou para casa e não foi encontrada pela polícia. Não acho que será. Ela está desaparecida há apenas uma semana, mas do lado de fora deve ser como uma semana no inferno. As pessoas desaparecem do lado de fora. Elas passam pelo nosso portão, como o sr. Yannis passou, e todo mundo espera por elas, mas elas não voltam nunca – ou voltam dentro de uma urna. Eu acho que Tracy Dunn morreu.

Bianca Montoya está grávida. Não é só fofoca, é verdade, e isso me importa, de certo modo. Bianca tem 17 anos, não é casada e é louca por Jorge Iturbe, que mora na casa dos Ibarra e é irmão de Yolanda Ibarra.

Jorge admite ser o pai do bebê. Não sei por que eles simplesmente não se casaram antes de tudo vir a público. Ele tem 23 anos e, pelo menos, deveria ter um pouco de bom senso. Bem, eles vão se casar agora. As famílias Ibarra e Iturbe estão brigando por causa disso com os Montoya há uma semana. Que idiotas. Quem vê pensa que eles não têm mais nada para fazer. Pelo menos, são famílias latinas. Não há conflito interracial dessa vez. Ano passado, quando Craig Dunn, que é branco e um dos membros mais sensatos da família Dunn, foi flagrado fazendo amor com Siti Moss, que é negra e a filha mais velha de Richard Moss, ainda por cima, pensei que alguém acabaria sendo morto. Foi uma loucura.

Mas não me importa quem está dormindo ou brigando com quem. O que me importa – o que questiono – é como alguém é capaz de se casar e ter filhos com as coisas do jeito que estão agora?

Eu sei que as pessoas sempre se casaram e tiveram filhos, mas agora... Agora não temos para onde ir, não temos nada a fazer. Um casal se casa e, se tiver sorte, consegue um quarto ou uma garagem para viver – sem esperança de nada melhor e todos os motivos para esperar que as coisas piorem.

A vida escolhida por Bianca é uma de minhas opções. Não que eu pretenda escolhê-la, mas é basicamente o que o bairro espera de mim – e de qualquer pessoa da minha idade. Crescer um pouco mais, me casar, ter bebês. Curtis Talcott disse que a nova família Iturbe vai ter uma meia garagem para viver quando se casarem. A irmã de Jorge, Celia Iturbe Cruz, seu marido e o bebê têm a outra metade. Dois casais, sem um único emprego com salário entre eles. O melhor que eles poderiam esperar seria se mudar para a casa de uma família rica como empregados domésticos e trabalhar em troca de teto e comida. Não existe maneira de economizar dinheiro, nem de melhorar de vida.

E se eles quisessem ir para o norte, tentar uma vida melhor em Oregon, em Washington ou no Canadá? Seria muito mais difícil viajar com um ou dois bebês, e muito mais perigoso tentar passar por guardas hostis e cruzar as fronteiras dos estados ou de países com crianças pequenas.

Não sei se Bianca é corajosa ou burra. Ela e a irmã estão ocupadas reformando o velho vestido de casamento da mãe, e todo mundo está cozinhando e se preparando para uma festa como se fossem os bons e velhos tempos. *Como conseguem?*

Gosto muito de Curtis Talcott. Talvez eu o ame. Às vezes, acho que amo. Ele diz que me ama. Mas se minha única perspectiva fosse me casar com ele, ter filhos e viver na pobreza que só piora, acho que me mataria.

Sábado, 2 de agosto de 2025

Tivemos prática de tiro hoje, e pela primeira vez desde que matei o cachorro, encontramos outro corpo. Todos nós o vimos dessa vez – uma senhora, nua, cheia de vermes, já meio devorada e mais do que nojenta.

Para Aura Moss, isso foi a gota-d'água. Ela diz que não vai mais praticar tiro ao alvo. Nunca mais. Tentei conversar com ela, mas diz que é tarefa dos homens nos proteger. Diz que as mulheres não deveriam ter que mexer em armas.

— E se você tiver que proteger suas irmãs e seus irmãos mais novos? — perguntei. Ela tem que cuidar deles com frequência.

— Já sei o suficiente para fazer isso — disse ela.

— Você fica enferrujada se não praticar — falei.

— Não vou sair de novo — insistiu. — Isso não é da sua conta. Eu não sou obrigada a ir!

Não consegui convencê-la. Ela estava com medo, e isso a tornava defensiva. Meu pai disse que eu deveria ter esperado a lembrança do cadáver sumir, para depois tentar convencê-la.

Acho que ele está certo. É a atitude dos Moss que me incomoda. Richard Moss deixa suas esposas e filhas fazerem coisas assim. Ele as trata como escravas em suas hortas, na criação de coelhos e nos serviços de casa, mas deixa fingirem ser "mocinhas" quando se trata de algum esforço comunitário. Se elas não querem fazer a sua parte, sempre as apoia. Isso é perigoso e burro. É terreno fértil para o ressentimento. Nenhuma mulher da família Moss participou das rondas de vigia. Não fui a única pessoa a perceber isso.

Os dois filhos mais velhos dos Payne foram conosco pela primeira vez. Muita falta de sorte. Mas não ficaram assustados, Doyle e Margaret. Eles são durões. São bacanas. O tio deles, Wardell Parrish, não queria que eles fossem. Ele havia feito comentários desprezíveis sobre o ego de meu pai, sobre exércitos e vigilantes particulares, e sobre seus impostos – como havia pagado o suficiente na vida para ter o direito de depender da polícia para protegê-lo. Blá, blá, blá. Ele é um homem estranho, solitário, resmungão. Já ouvi dizer que era rico. Meu pai concorda comigo que ele não é confiável. Mas ele não é o pai de Doyle, nem de Margaret, e a mãe deles, Rosalee Payne, não gosta de ninguém dizendo como ela deve criar seus cinco filhos. O único poder que ela tem no mundo é sua autoridade sobre os filhos e sobre o dinheiro. Ela tem um pouco de dinheiro, herdado de seus pais. Seu irmão perdeu o dele. Por isso, o fato de tentar dizer a ela o que deveria ou não fazer e deixar seus filhos fazerem foi uma atitude tola. Ele deveria ter pensado melhor – mas, pelo bem das crianças, ainda bem que não pensou.

Meu irmão Keith implorou para ir conosco, como sempre. Ele vai completar treze anos daqui a alguns dias – 14 de agosto –, e pensar em esperar mais dois anos até fazer quinze deve parecer impossível para ele. Compreendo. Esperar é terrível. Esperar para ficar mais velho é pior do que outros tipos de espera porque não há nada a fazer para acelerar o processo. Coitado do Keith. Coitada de mim.

Meu pai pelo menos o deixa atirar em pássaros e em esquilos com a arma de pressão da família, mas Keith ainda assim reclama. "Não é justo", disse ele hoje pela vigésima ou trigésima vez. "A Lauren é menina e você deixa ela ir. Sempre deixa ela fazer as coisas. Eu poderia aprender a ajudar na proteção de vocês e a afastar os ladrões..."

Certa vez, ele cometeu o erro de oferecer ajuda para "atirar em ladrões" em vez de assustá-los e meu pai praticamente fez um sermão por causa disso. Ele quase nunca bate na gente, mas sabe ser assustador sem precisar levantar um dedo.

Keith não foi hoje, é claro. E nosso treino foi bom até encontrarmos o corpo. Não vimos nenhum cachorro dessa vez. O mais chato para mim, no entanto, foi encontrar mais choças feitas com trapos, gravetos, papelão e folhas de palmeira pelo caminho da Rua River. Sempre parece haver mais. Os moradores de rua nunca nos perturbam além de pedirem esmolas e xingarem, mas sempre nos encaram. Fica cada vez mais difícil passar por eles. Alguns são esqueletos vivos. Pele, ossos e alguns dentes. Eles comem o que conseguem encontrar ali.

Às vezes sonho com o modo com que eles nos encaram.

Em casa, meu irmão Keith fugiu do bairro – pelos portões da frente e se foi. Roubou a chave de Cory e partiu sozinho. Meu pai e eu só soubemos quando chegamos. Keith ainda não tinha voltado e, naquele momento, Cory sabia que ele devia ter ido para fora. Ela havia perguntado às pessoas no bairro e os dois filhos gêmeos dos Dunn, Allison e Marie, de seis anos, disseram tê-lo visto sair pelo portão. Então Cory foi para casa e descobriu que sua chave tinha sido levada.

Meu pai, cansado, irritado e com medo, decidiu sair de novo para procurá-lo, mas Keith chegou em casa quando ele estava saindo. Cory, Marcus e eu tínhamos ido para a varanda da frente com meu pai, nós três tentando descobrir para onde Keith tinha ido, e Marcus e eu nos oferecemos para ir com meu pai e ajudar na busca. Estava quase escuro.

— Voltem para dentro da casa e fiquem lá — disse meu pai. — Já é bem ruim que um de vocês esteja lá fora.

Ele conferiu a submetralhadora, verificou se ela estava carregada.

— Pai, olha lá — avisei.

Eu tinha visto algo se mexer três casas para baixo – um movimento rápido perto da varanda dos Garfield. Não sabia que era Keith. Fui atraída por sua discrição. Havia alguém se esgueirando, tentando se esconder.

Meu pai foi rápido o bastante para ver o movimento antes de ele ser escondido pela casa dos Garfield. Ele se levantou de uma vez, pegou a arma e foi conferir. Nós ficamos observando e esperando.

Momentos depois, Cory disse ter ouvido um barulho estranho na casa. Eu estava concentrada demais no meu pai e no que estava acontecendo do lado de fora para ouvir o que ela escutou ou para prestar atenção nela. Cory entrou. Marcus e eu ainda estávamos na varanda quando ela gritou.

Marcus e eu nos entreolhamos, e então para a porta da frente. Marcus foi em direção à entrada. Eu gritei chamando meu pai, que estava fora de vista, mas ouvi quando ele respondeu ao meu grito.

— Venha depressa — falei, e corri para dentro da casa.

Cory, Marcus, Bennett e Gregory estavam na cozinha ao redor de Keith, que estava deitado, ofegante, no chão, apenas de cueca. Estava arranhado e cheio de hematomas, sangrando e imundo. Cory se ajoelhou ao lado dele, examinando-o, questionando-o e chorando.

— O que aconteceu com você? Quem fez isso? Por que você saiu? Onde estão suas roupas? O que...?

— Onde está a chave que você roubou? — meu pai interrompeu. — Eles a tomaram de você?

Todos se sobressaltaram, olharam para meu pai e, então, para Keith.

— Não tive como evitar — disse Keith, ainda ofegante. — Não consegui, papai. Eram cinco caras.

— Então eles pegaram a chave.

Keith assentiu balançando a cabeça, evitando olhar nos olhos de meu pai.

Meu pai se virou e saiu da casa, quase correndo. Era tarde demais agora para fazer George ou Brian Hsu trocarem a tranca do portão. Isso teria que ser feito no dia seguinte, e chaves novas teriam que ser feitas e distribuídas. Achei que meu pai tinha saído para avisar as pessoas e colocar mais vigilantes em ronda. Eu quis me oferecer para ajudar a alertar as pessoas, mas não fiz isso. Meu pai parecia bravo demais para aceitar ajuda de um de seus filhos naquele momento. E, quando voltasse, Keith entraria numa fria. E das piores. Tinha perdido uma calça, uma camisa e um *par de sapatos*. Cory nunca nos deixava sair descalços como muitas crianças faziam, só dentro de casa. Suas definições de ser civilizado não envolvia pés sujos e cheios de calos, assim como não envolvia pele suja e doente. Sapatos eram caros, e sempre os perdíamos porque nossos pés cresciam, mas Cory insistia.

Cada um de nós tinha pelo menos um par de sapatos bons para calçar, apesar do preço deles, que era alto. Agora, teríamos que encontrar dinheiro para conseguir mais um par para Keith.

Meu irmão estava deitado no chão, sujando o azulejo com sangue que escorria do nariz e da boca, envolvendo o corpo com os braços e chorando agora que meu pai não estava mais ali. Cory precisou de dois ou três minutos para fazer com que ele se levantasse e para levá-lo ao banheiro. Eu tentei ajudar, mas ela olhou para mim como se eu o tivesse agredido, por isso os deixei em paz. Eu não queria ajudar, na verdade. Só achei que deveria. Keith estava sentindo muita dor, e era difícil para mim aguentar o compartilhamento.

Eu limpei o sangue para que ninguém escorregasse nele, nem o espalhasse pela casa. Depois fiz o jantar, comi, alimentei os três meninos menores e deixei o resto para meu pai, para Cory e para Keith.

Domingo, 3 de agosto de 2025

Hoje cedo, Keith teve que confessar o que fez na igreja. Teve que ficar de pé na frente de toda a congregação e contar tudo, incluindo o que os cinco caras tinham feito com ele. Depois, teve que se desculpar – com Deus, com seus pais, e com a congregação toda a quem colocou em risco e causou transtornos. Meu pai o obrigou a fazer tudo isso, apesar das objeções de Cory.

Meu pai não bateu nele, apesar de provavelmente ter sentindo vontade na noite passada.

— Por que você fez isso? — ele não parava de perguntar.

— Como um filho meu pode ser tão burro? Onde está seu

cérebro, menino? O que pensou que estava fazendo? Estou falando com você! Responda!

Keith respondeu, respondeu e respondeu, mas as respostas pareciam não fazer nenhum sentido para meu pai.

— Não sou mais um bebê — dizia ele, chorando. Ou: — Eu queria mostrar para vocês. Só queria mostrar para vocês! Você sempre deixa a Lauren fazer as coisas! — Ou: — Sou um homem! Não deveria estar escondido dentro de casa, escondido atrás do muro. Sou um homem!

E não terminava nunca porque Keith se recusava a admitir que tinha feito algo errado. Queria mostrar que era um homem, não uma menina medrosa. Não era sua culpa que um grupo de caras o tivesse atacado, agredido e roubado. Ele não fez nada. Não era sua culpa.

Meu pai olhou para ele em completo desgosto.

— Você desobedeceu — disse ele. — Você roubou. Você colocou em risco a vida e a propriedade de todos aqui, incluindo sua mãe, sua irmã e seus irmãos menores. Se você fosse o homem que pensa que é, eu arrancaria seu couro!

Keith ficou olhando para a frente.

— Ladrões entram mesmo sem chave — murmurou ele. — Eles entram e roubam coisas. Não é minha culpa!

Meu pai demorou duas horas para fazer Keith admitir que a culpa era dele, sim, sem desculpas. Ele tinha feito algo errado. Não faria de novo.

Meu irmão não é muito esperto, mas ele compensa na teimosia. Meu pai é esperto e teimoso. Keith não tinha chance, mas fez meu pai suar para vencer. Na manhã seguinte, meu pai se vingou. Não acho que ele pensou na confissão forçada de Keith como vingança, mas estava na cara de meu irmão que ele achava que era, sim.

— Como faço para sair dessa família? — murmurou Marcus enquanto assistíamos.

Eu me solidarizei. Ele tinha que dividir um quarto com Keith, e os dois, com uma diferença de apenas um ano de idade, brigavam o tempo todo. Agora as coisas seriam piores.

Keith é o preferido da Cory. Se você perguntasse, ela diria não ter um filho preferido, mas tem. Ela o trata como bebê e deixa que não faça as tarefas, que minta um pouco, que roube um pouco... Talvez seja por isso que Keith pense que não tem problema fazer besteiras.

O sermão de hoje de manhã foi sobre os dez mandamentos, com ênfase em "Honrar pai e mãe" e "Não roubarás". Acho que meu pai extravasou muita raiva e frustração durante aquele sermão. Keith, de pé, expressão séria, parecendo mais velho do que seus treze anos, manteve a raiva que sentia. Podia ver que ele a mantinha guardada, presa, engasgada.

9

Todas as lutas
São essencialmente
Lutas por poder.
Quem governará,
Quem liderará,
Quem definirá,
refinará,
confinará,
criará,
Quem dominará.
Todas as lutas
São essencialmente lutas por poder,
E a maioria não é mais intelectual
do que dois carneiros
batendo suas cabeças.

— Semente da Terra: os livros dos vivos

Domingo, 17 de agosto de 2025

O bom senso costumeiro dos meus pais falhou esta semana, no aniversário de meu irmão Keith. Eles lhe deram uma arma de pressão. Não era nova, mas funcionava, e parecia muito mais perigosa do que de fato era. E era dele. Ele não tinha que compartilhá-la. Acho que a intenção era fazer com que se sentisse melhor em relação aos dois anos que ainda tinha que esperar até conseguir pegar uma Smith & Wesson, ou melhor ainda, a Heckler & Koch. E, claro, era para ajudá-lo a superar seu desejo idiota de escapar e a humilhação de sua confissão pública.

Keith atirou em mais alguns pombos e corvos, ameaçou atirar em Marcus – que me contou isso hoje à noite – e então, ontem, ele partiu para lugares inexplorados. Levou a arma de pressão consigo, é claro. Ninguém o vê há cerca de dezoito horas, e não resta muita dúvida de que ele saiu de novo.

Segunda, 18 de agosto de 2025

Meu pai saiu para procurar Keith hoje. Ele até chamou a polícia. Diz que não sabe como vai pagar a taxa, mas está com medo. Quanto mais tempo Keith passar longe, maiores são as chances de ele se ferir ou ser morto. Marcus acha que ele saiu à procura dos caras que o agrediram. Não acredito nisso. Nem mesmo Keith sairia à procura de cinco caras – nem mesmo de um cara – com nada além de uma arma de pressão.

Cory está ainda mais preocupada do que meu pai. Está assustada e sobressaltada, com o estômago embrulhado e não para de chorar. Eu a convenci a se deitar e dei as aulas dela em seu lugar. Já fiz isso quatro ou cinco vezes antes, quando ela ficou doente, por isso não foi muito esquisito para as crianças. Usei o planejamento de aula de Cory, e, durante a primeira parte do dia, juntei os alunos maiores com a minha sala de alunos do jardim de infância, em pares, e deixei que todos tivessem um gostinho de como é ensinar ou aprender com alguém diferente. Alguns de meus alunos são da minha idade e mais velhos, e dois deles – Aura Moss e Michael Talcott – se levantaram e foram embora. Eles sabiam que eu entendia o trabalho. Fiz meus últimos trabalhos e as últimas provas do ensino médio quase dois anos atrás. Desde então, tenho feito trabalhos universitários sem crédito (gratuito) com meu pai. Michael e Aura sabem de tudo isso, mas são grandes demais para aprender alguma coisa com alguém como eu. Que se danem. É uma pena, no entanto, que meu Curtis tenha um irmão como Michael – não que alguém possa escolher os irmãos que terá.

Terça-feira, 19 de agosto de 2025

Nem sinal de Keith. Acho que Cory começou a entrar em luto por ele. Eu dei as aulas de novo hoje, e meu pai saiu para procurá-lo outra vez. Voltou para casa com cara de exausto essa noite, e Cory chorou e gritou com ele.

— Você não tentou! — disse ela na minha presença e na de meus irmãos. Tínhamos vindo ver se meu pai havia trazido Keith de volta. — Você poderia tê-lo encontrado se tivesse tentado!

Meu pai procurou se aproximar dela, mas Cory se afastou, ainda gritando.

— Se fosse a sua Lauren preciosa lá fora, sozinha, você já a teria encontrado! Você não se importa com o Keith.

Ela nunca disse nada parecido com isso antes.

Quero dizer, sempre fomos Cory e Lauren. Ela nunca me pediu para chamá-la de "mãe" e eu nunca pensei em fazer isso. Sempre soube que ela era minha madrasta. Mas ainda assim… eu sempre a amei. Sempre fiquei um pouco desconcertada por achar que Keith era seu preferido, mas isso não me fazia amá-la menos. Eu era filha dela, mas não era. Não exatamente. Não realmente. Mas sempre achei que ela me amasse.

Meu pai mandou todos nós irmos para a cama. Ele acalmou Cory e a levou de volta ao quarto deles. Alguns minutos atrás, ele veio falar comigo.

— Ela não estava falando a sério — disse ele. — Ela te ama como se você fosse filha dela, Lauren.

Apenas o encarei.

— Ela quer que você saiba que está arrependida.

Assenti, e depois de mais algumas palavras de conforto, ele se foi.

Ela está arrependida? Acho que não.

Ela estava falando sério. Estava. Ah, mas estava mesmo. Merda.

Quinta-feira, 30 de agosto de 2025

Keith voltou ontem à noite.

Ele simplesmente entrou na casa durante o jantar, como se só tivesse saído para jogar bola, e não desaparecido desde sábado. E dessa vez ele parecia bem. Sem nenhuma marca no corpo. Estava usando roupas novas – até sapatos novos. Tudo era de qualidade muito melhor do que as roupas com as quais saíra, e muito mais caro do que teríamos dinheiro para comprar.

Ainda estava com a arma de pressão, até meu pai pegá-la dele e quebrá-la.

Keith não queria dizer onde esteve, nem como tinha conseguido as coisas novas, por isso meu pai deu uma surra nele.

Só tinha visto meu pai desse jeito uma vez – quando eu tinha doze anos. Cory tentou impedi-lo, tentou afastá-lo de Keith, gritou com ele em inglês, depois em espanhol, e então sem usar palavras.

Gregory vomitou no chão e Bennett começou a chorar. Marcus se afastou da cena e saiu da casa.

E então, acabou.

Keith chorava como uma criança de dois anos e Cory o abraçava. Meu pai estava na frente dos dois, parecendo perturbado.

Segui Marcus pela porta dos fundos, tropecei e quase caí na escada. Eu não sabia o que estava fazendo. Marcus não estava por perto. Eu me sentei nos degraus na escuridão e deixei meu corpo tremer, doer e vomitar em empatia impotente por Keith. Depois, acho que desmaiei.

Voltei a mim algum tempo depois, com Marcus me chacoalhando e sussurrando meu nome.

Eu me levantei com ele segurando meu braço, tentando me manter firme, e fui para o meu quarto.

— Deixe-me dormir aqui dentro — sussurrou ele quando me sentei na cama, atordoada e ainda com dor. — Vou dormir no chão, não me importo.

— Tudo bem — falei, sem me importar onde ele dormiria.

Deitei em minha cama sem nem mesmo tirar os sapatos e encolhi o corpo em posição fetal em cima da roupa de cama. Ou eu adormeci daquele jeito, ou desmaiei de novo.

Sábado, 25 de outubro de 2025

Keith saiu de novo. Ele se foi ontem à tarde. Cory só admitiu à noite que ele não só levou a chave dela, dessa vez, mas também a arma. Ele levou a Smith & Wesson.

Meu pai se recusou a sair à procura dele. Dormiu no escritório a noite passada. Está dormindo lá de novo hoje.

Nunca gostei muito do meu irmão. E agora o odeio pelo que está fazendo com a família – pelo que está fazendo com meu pai. Eu o odeio. Droga, eu o odeio.

Segunda-feira, 3 de novembro de 2025

Keith voltou para casa hoje à noite enquanto meu pai estava visitando a casa dos Talcott. Desconfio de que tenha ficado por perto, observando a casa, esperando até meu pai sair. Ele tinha vindo para ver Cory. Trouxe a ela muito dinheiro num rolo gordo.

Ela ficou olhando para o rolo e depois o pegou, atordoada.

— Tanto dinheiro, Keith — sussurrou. — Onde conseguiu?

— É para você — disse ele. — Tudo para você, não para ele.

Ele pegou a mão dela e a fechou em volta do dinheiro – e ela permitiu que ele fizesse isso, apesar de saber que só podia ser dinheiro roubado, de drogas ou coisa pior.

Keith deu a Bennett e a Gregory barras grandes e caras de chocolate ao leite com amendoim. Só sorriu para Marcus e para mim – um sorriso óbvio de "vão se foder". E então, antes que meu pai pudesse voltar para casa e encontrá-lo aqui, ele se foi de novo. Cory não tinha percebido que estava partindo de novo, e quase gritou e se agarrou a ele.

— Não! Você vai ser morto lá fora! Qual é seu problema? Fique em casa!

— Mãe, não vou deixar que ele me bata de novo — disse ele. — Não preciso que ele me bata, nem que me diga o que fazer. Em breve, vou conseguir ganhar mais dinheiro num dia do que ele consegue em uma semana, talvez em um mês.

— Você vai ser morto!

— Não vou, não. Sei o que estou fazendo. — Ele a beijou e, com grande facilidade, afastou os braços dela. — Volto para te ver. Trarei presentes.

Ele desapareceu pela porta dos fundos, e foi embora.

A civilização é para os grupos o que a inteligência é para os indivíduos. É uma maneira de combinar a inteligência de muitos para conseguir constante adaptação do grupo. A civilização, como a inteligência, pode cumprir bem, cumprir de modo adequado em sua função adaptativa ou falhar. Quando a civilização deixa de servir, deve se desintegrar a menos que ajam sobre ela, unificando forças internas e externas.

— SEMENTE DA TERRA: OS LIVROS DOS VIVOS

10

Quando a estabilidade aparente se desintegra,
– como deve...
Deus é Mudança.
As pessoas tendem a ceder
Ao medo e à depressão,
À ganância e à privação.
Quando nenhuma influência é forte o bastante
Para unificar as pessoas
Elas se dividem.
Elas lutam,
Uma contra a outra,
Grupo contra grupo,
Por sobrevivência, posição, poder.
Elas se lembram de velhos ódios e geram novos,
Criam caos e o alimentam.
Matam, matam e matam,
Até ficarem exaustas e destruídas,
Até serem conquistadas por forças externas
Ou até uma delas se tornar
Um líder
Que a maioria seguirá,
Ou um tirano
Que a maioria teme.

— Semente da Terra: os livros dos vivos

Quinta-feira, 25 de junho de 2026

Keith voltou para casa ontem, maior do que nunca, alto e esguio como meu pai é alto e largo. Ele ainda não tem 14 anos, mas já parece ser o homem que tanto quer ser. Nós, os Olamina, somos assim – altos, fortes e crescemos depressa. Exceto Gregory, que só tem nove anos, todos somos mais altos do que Cory. Ainda sou a mais alta, e isso parece incomodá-la atualmente. Mas ela adora o tamanho de Keith – seu filho grande. Só detesta o fato de ele não morar mais conosco.

— Consegui um quarto — ele me disse ontem.

Conversamos, nós dois. Cory estava com Dorotea Cruz, que é uma de suas melhores amigas e acabou de ter outro bebê. Os outros meninos estavam brincando na rua e no canteiro. Meu pai tinha ido para a faculdade e passaria a noite fora. Agora, mais do que nunca, é mais seguro sair apenas quando amanhece e só tentar voltar para casa no amanhecer do dia seguinte. Isso se for mesmo preciso sair, o que meu pai faz uma vez por semana. Os piores parasitas ficam à espreita à noite e dormem até tarde. Mas Keith mora do lado de fora.

— Consegui um quarto em um prédio com algumas outras pessoas — disse ele.

Tradução: ele e seus amigos tinham invadido um prédio abandonado. Quem eram os amigos dele? Uma gangue? Um grupo de prostitutas? Um monte de *astronautas*, saindo de órbita com as drogas? Uma quadrilha? Todas as opções? Sempre que chegava para nos visitar, ele levava dinheiro para Cory e presentinhos para Bennett e Gregory.

Como ele conseguia o dinheiro? Não existe um jeito honesto.

— Seus amigos sabem quantos anos você tem? — perguntei. Ele sorriu.

— Claro que não. Por que eu diria a eles?

Assenti.

— Às vezes ajuda quando parecemos ser mais velhos — completou ele.

— Quer comer alguma coisa?

— Você vai cozinhar para mim?

— Já cozinhei para você centenas de vezes. Milhares.

— Eu sei. Mas antes era sua obrigação.

— Não seja idiota. Você acha que eu não poderia agir como você agiu? Escapar de minhas responsabilidades se quisesse? Não estou com vontade. Quer comer ou não quer?

— Com certeza.

Fiz ensopado de coelho e pão de bolota – o suficiente para Cory e para todos os meninos quando chegassem. Ele ficou por perto e me observou trabalhar por um tempo, e então começou a falar comigo. Nunca fez isso antes. Nunca, nunca gostamos um do outro, nós dois. Mas ele tinha informação que eu queria, e parecia querer falar. Eu devia ser a pessoa mais segura com quem ele podia conversar. Não tinha medo de me chocar. Não se importava muito com o que eu pensava. E não temia que eu contasse a meu pai nem a Cory as coisas que me diria. É claro que eu não contaria. Por que causar dor neles? Nunca fui muito de fofocar com as pessoas, de qualquer modo.

— É só um prédio velho e feio por fora — disse ele sobre a casa nova. — Mas você precisa ver como é lindo por dentro.

— Prostíbulo ou nave espacial? — perguntei.

— Tem coisas que você nunca viu — disse ele, fugindo da pergunta. — Janelas de TV pelas quais dá para passar em vez de só assistir. Fones de ouvido, cintos e anéis... Você vê e sente tudo, faz qualquer coisa. Qualquer coisa! Há lugares e coisas nas quais é possível entrar com esse equipamento, e elas são demais! Não precisa sair na rua para nada, só para comprar comida.

— E o dono dessas coisas aceitou abrigar você? — perguntei.

— Isso.

— Por quê?

Ele olhou para mim por muito tempo, e então começou a rir.

— Porque sei ler e escrever — disse, por fim. — E nenhum deles sabe. São todos mais velhos do que eu, mas nenhum consegue ler nem escrever nada. Eles roubaram todas essas coisas incríveis e nem sabiam usar. Antes que eu chegasse, eles até quebraram parte das coisas porque não conseguiam ler as instruções.

Cory e eu tínhamos nos esforçado muito para ensinar Keith a ler e a escrever. Ele se entediava, impaciente, tudo menos disposto.

— Então você lê para ganhar a vida, para ajudar seus novos amigos a aprenderem a usar o equipamento roubado — falei.

— Isso.

— E o que mais?

— Mais nada.

Como mentia mal. Sempre mentiu mal. Ele não tem consciência. Simplesmente não é esperto o bastante para contar mentiras convincentes.

— Drogas, Keith? — perguntei. — Prostituição? Roubo?

— Eu disse que não tem mais nada! Você sempre acha que sabe tudo.

Suspirei.

— Você não se cansa de causar dor no pai e na Cory, não é? Nunca se cansa.

Ele fez uma cara como se quisesse gritar comigo ou me atacar. Talvez tivesse feito uma dessas coisas se eu não tivesse falado da Cory.

— Não estou nem aí para ele — disse ele, com a voz baixa e feia. Ele já tinha voz de homem. Tinha tudo, menos um cérebro de homem. — Faço mais por ela do que ele. Trago dinheiro e coisas bacanas para ela. E meus amigos... meus amigos sabem que ela mora aqui, e deixam este lugar em paz. Ele não é nada!

Eu me virei, olhei para ele e vi o rosto de meu pai, com a pele mais clara, mais jovem, mais magro, mas era o rosto de meu pai, inconfundível.

— Ele é você — sussurrei. — Sempre que olho para você, eu vejo ele. Sempre que você olha para ele, você vê a si mesmo.

— Besteira!

Dei de ombros.

Demorou muito para ele voltar a falar. Por fim, perguntou:

— Ele já bateu em você?

— Não bate há cerca de cinco anos.

— Por que ele bateu em você... antes?

Pensei na resposta e decidi contar. Ele já tinha idade suficiente.

— Ele me pegou no arbusto com Rubin Quintanilla.

Keith gritou e riu de repente.

— Você e o Rubin? Sério? Você estava transando com ele? Não pode ser.

— Tínhamos doze anos. O que tem de demais?

— Você teve sorte por não ter engravidado.

— Eu sei. Os doze anos são uma idade idiota.

Ele desviou o olhar.

— Aposto que ele não bateu em você tanto quanto bateu em mim!

— Ele mandou vocês para brincarem com os Talcott.

Servi a ele um copo de suco de laranja gelado e enchi outro para mim.

— Não me lembro — disse ele.

— Você tinha nove anos — falei. — Ninguém te contaria o que estava acontecendo. Eu me lembro de ter dito a você que caí da escada dos fundos.

Ele franziu o cenho, talvez se lembrando. Meu rosto tinha sido inesquecível. Meu pai não tinha batido em mim tanto quanto bateu em Keith, mas eu fiquei pior. Ele deveria se lembrar disso.

— Ele já bateu na mãe?

Neguei com um gesto de cabeça.

— Não. Nunca vi sinal disso. Acho que ele não a agrediria. Ele a ama, sabia? Ama de verdade.

— Desgraçado!

— Ele é nosso pai, e é o melhor homem que conheço.

— Você pensou nisso quando ele bateu em você?

— Não. Mas depois, quando me dei conta de como tinha sido idiota, fiquei feliz por ele ter sido tão rígido. E quando aconteceu, fiquei feliz por ele não ter me matado.

Ele riu de novo – duas vezes em poucos minutos, e em ambas de coisas que eu tinha dito. Talvez estivesse pronto para se abrir um pouco.

— Conte sobre lá fora — falei. — Como você vive lá?

Ele tomou o resto do segundo copo de suco.

— Já disse. Eu vivo muito bem lá fora.

— Mas como viveu assim que saiu... Quando saiu de vez?

Ele olhou para mim e sorriu. Sorriu dessa forma anos antes, quando usou tinta vermelha para me enganar e me fazer sangrar em solidariedade a um ferimento que ele não tinha. Eu me lembro daquele sorriso especialmente malvado.

— Você quer sair, não quer? — perguntou ele.

— Um dia.

— Em vez de se casar com Curtis e ter um monte de bebês?

— Sim, em vez disso.

— Eu estava justamente imaginando por que você estava sendo tão legal comigo.

Pelo cheiro, a comida parecia estar pronta, por isso me levantei, peguei o pão do forno e as tigelas dos armários. Senti vontade de dizer que ele deveria se servir sozinho, mas sabia que pegaria toda a carne do ensopado e só deixaria batatas e legumes para nós. Então, servi a comida para ele e para mim, tampei a panela, deixei o fogo aceso no mínimo e estendi um pano sobre o pão.

Deixei que ele comesse em paz por um tempo, apesar de achar que os meninos entrariam a qualquer momento, morrendo de fome.

Então, senti medo de esperar mais.

— Fale comigo, Keith. Quero muito saber. Como você sobreviveu quando saiu pela primeira vez?

Dessa vez, seu sorriso foi menos malvado. Talvez a comida o tivesse sensibilizado.

— Dormi em uma caixa de papelão por três dias e roubei comida — disse ele. — Não sei por que ficava voltando para aquela caixa. Poderia ter dormido em qualquer canto. Alguns meninos levam um pedaço de papelão sobre o qual dormir, para não terem que se deitar diretamente no chão, sabe? Depois, peguei um saco de dormir de um senhor. Era novo, como se ele nunca o tivesse usado. Então, eu...

— Você o roubou?

Ele olhou para mim com escárnio.

— O que você acha que eu faria? Eu não tinha dinheiro. Só estava com aquela arma, a .38 da mãe.

É verdade. Ele a havia trazido de volta para ela três visitas atrás, junto com duas caixas de munição. Claro que nunca contou como conseguiu a munição – ou a arma que a substituiu: uma Heckler & Koch nove milímetros como a de meu pai. Ele simplesmente aparecia com tudo e dizia que se você tivesse dinheiro, poderia comprar qualquer coisa do lado de fora. Nunca admitiu como conseguiu a grana.

— Certo — eu disse. — Então, você roubou o saco de dormir. E continuou roubando comida? É de surpreender que não tenha sido pego.

— O velho tinha um pouco de dinheiro, que eu usei para comprar comida. Depois, comecei a caminhar em direção a Los Angeles.

Seu antigo sonho. Por motivos que só fazem sentido para ele, Keith sempre quis ir para Los Angeles. Qualquer pessoa em sã consciência se sentiria grata pelos 32 quilômetros que nos separam daquela ferida aberta.

— Tem gente na estrada toda fugindo de Los Angeles — disse ele. — Tem até gente saindo de San Diego. Elas não sabem para onde estão indo. Eu conversei com um cara que disse estar indo para o Alasca. Minha nossa. O Alasca!

— Boa sorte para ele — falei. — Ele tem muita arma para enfrentar até chegar lá.

— Ele não vai chegar lá. O Alasca deve ficar a dois mil quilômetros daqui!

Assenti, concordando.

— Mais do que isso, e com barreiras e fronteiras hostis por todo o caminho. Mas boa sorte para ele, de qualquer modo. É um objetivo que faz sentido.

— Ele tinha 23 mil dólares na mochila.

Eu não disse nada. Só fiquei parada, olhando para ele com nojo e com uma repulsa renovada. Mas era óbvio. Óbvio.

— Você queria saber — disse ele. — É assim que as coisas são lá fora. Com uma arma, você é alguém. Sem arma, você é um merda. E muitas pessoas lá fora não têm armas.

— Pensei que a maioria delas tivesse, menos as pobres demais que não têm nada para ser roubado.

— Também achava isso. Mas armas são muito caras. E é mais fácil consegui-las se você já tiver uma, sabe?

— E se aquele cara do Alasca tivesse uma? Você estaria morto.

— Eu o ataquei enquanto ele dormia. Meio que o segui até ele sair da estrada para dormir. E então o peguei. Mas me afastou de Los Angeles.

— Você atirou nele?

O sorriso malvado de novo.

— Ele conversou com você. Ele foi simpático. E você atirou nele.

— O que eu poderia fazer? Esperar que Deus viesse e me desse dinheiro? O que eu poderia fazer?

— Vir para casa.

— Merda.

— Você não se importa nem um pouco com o fato de ter tirado a vida de alguém… de ter matado um homem?

Ele pareceu pensar naquilo por um tempo. Em seguida, balançou a cabeça.

— Não me incomoda — disse. — Senti medo no começo, mas depois... depois que eu fiz o que fiz, não senti nada. Ninguém me viu. Eu só peguei as coisas dele e o deixei ali. Além disso, talvez ele não estivesse morto. Nem sempre as pessoas morrem quando levam um tiro.

— Você não conferiu?

— Eu só queria as coisas dele. E ele era louco, de qualquer modo. Alasca!

Eu não disse mais nada para ele, não fiz mais nenhuma pergunta. Falou um pouco sobre ter encontrado uns caras e ter se unido a eles, e depois descobrir que apesar de eles serem mais velhos, nenhum sabia ler nem escrever. Ele os ajudou. Tornou a vida deles mais agradável. Talvez por isso não esperaram que dormisse para matá-lo e tomar para si os pertences dele.

Depois de um tempo, notou que eu não estava dizendo mais nada, e riu.

— É melhor você se casar com Curtis e ter bebês — disse ele. — Lá fora, você não duraria um dia. Essa merda de hiperempatia que você tem te destruiria mesmo que ninguém fizesse nada contigo.

— Você acha isso — falei.

— Olha, eu vi um cara tendo os dois olhos arrancados. Depois disso, atearam fogo nele e o observaram correr de um lado a outro, gritando e se incendiando. Você acha que aguentaria ver isso?

— Seus novos amigos fizeram isso? — perguntei.

— Claro que não! Malucos fizeram isso. Os tintas. Eles raspam os cabelos, até as sobrancelhas, e pintam a pele de verde, azul, vermelho ou amarelo. Comem fogo e matam pessoas ricas.

— Eles fazem o quê?

— Usam uma droga que faz com que gostem de ver incêndios. Às vezes, um incêndio em um acampamento, no lixo ou numa casa. E às vezes eles pegam um cara rico e ateiam fogo nele.

— *Por quê?*

— Não sei. Eles são loucos. Ouvi dizer que alguns eram meninos endinheirados, então não sei por que detestam tanto os ricos. Mas aquela droga é ruim. Às vezes, os tintas gostam tanto do fogo que se aproximam demais dele. E seus amigos nem sequer os ajudam. Simplesmente os observam queimar. É tipo... não sei, é como se eles estivessem transando com o fogo e como se fosse a melhor transa do mundo.

— Você nunca experimentou?

— Claro que não! Eu já disse. Aqueles caras são loucos. Até as garotas raspam a cabeça. Nossa! Elas ficam feias!

— A maioria deles é adolescente, então?

— Isso aí. Da sua idade até uns vinte anos. Há alguns velhos, de vinte e cinco, até trinta. Mas eu soube que a maioria deles não vive tanto tempo.

Cory e os meninos entraram naquele momento, Gregory e Bennett animados porque seu time no jogo de futebol tinha vencido. Cory estava feliz e animada, falando com Marcus sobre a bebezinha de Dorotea Cruz. As coisas mudaram quando eles viram Keith, obviamente, mas a noite não foi tão ruim. Ele deu presentes para os meninos, como sempre, e dinheiro para Cory, mas nada para mim e para Marcus. Porém, dessa vez, ele estava meio sem jeito comigo.

— Talvez eu traga alguma coisa para você da próxima vez — disse ele.

— Não, não traga — falei, pensando no viajante rumo ao Alasca. — Não precisa. Não quero nada.

Ele deu de ombros e se virou para conversar com Cory.

Segunda-feira, 20 de julho de 2026

Keith chegou para me ver hoje um pouco antes de escurecer. Ele me viu saindo da casa dos Talcott onde Curtis estava me desejando feliz aniversário. Temos sido muito cuidadosos, Curtis e eu, mas ele conseguiu pegar um estoque de preservativos de algum lugar. São antigos, mas funcionam. E tem um quarto vazio e escuro no canto da garagem dos Talcott.

Keith me assustou, me tirando de um estado de espírito muito tranquilo. Ele saiu de trás de duas casas sem fazer qualquer barulho. Já tinha quase me alcançado quando notei a presença de alguém e me virei para encará-lo.

Ele levantou as mãos, sorrindo.

— Trouxe um presente de aniversário para você — disse ele. Colocou algo em minha mão esquerda. Dinheiro.

— Keith, não, dê isso a Cory.

— Você que entregue a ela. Se quer dar o dinheiro para ela, dê. Eu dei para você.

Fui com ele até o portão, com receio de que um dos vigilantes o visse e atirasse nele. Ele estava muito mais alto do que era quando vivia conosco. Meu pai estava em casa, por isso ele não entraria. Agradeci pelo dinheiro e disse que o entregaria a Cory. Fiz questão de que soubesse disso porque não queria que me desse mais nada, nunca mais.

Ele não pareceu se importar. Beijou meu rosto e disse:

— Feliz aniversário.

E saiu. Ainda estava com a chave de Cory, e apesar de meu pai saber que ele a tinha, não havia trocado a tranca de novo.

Quarta-feira, 26 de agosto de 2026

Hoje, meus pais tiveram que ir ao centro da cidade para identificar o corpo de meu irmão Keith.

Sábado, 29 de agosto de 2026

Não consegui escrever nada desde quarta-feira. Não sei o que escrever. O corpo era de Keith. Eu não o vi, obviamente. Meu pai disse que tentou impedir Cory de vê-lo. As coisas que alguém fez a Keith antes de ele morrer... Não quero escrever sobre isso, mas preciso. Às vezes, escrever sobre algo faz com que fique mais fácil suportá-lo.

Alguém havia cortado e queimado a maior parte da pele de meu irmão. O corpo todo, menos o rosto. Queimaram seus olhos, mas mantiveram o resto do rosto intacto – como se quisessem que ele fosse reconhecido. Cortaram e cauterizaram, cortaram e cauterizaram... Alguns dos ferimentos eram de dias atrás. Alguém sentia um ódio sem fim pelo meu irmão.

Meu pai nos reuniu e descreveu a todos o que tinha sido feito. Ele contou tudo em um tom de voz sério, baixo. Queria nos assustar, queria assustar Marcus, Bennett e Gregory, principalmente. Queria que entendêssemos como lá fora é perigoso.

A polícia disse que os traficantes de drogas torturam as pessoas como Keith foi torturado. Eles torturam as pessoas que roubam deles e as que competem com eles. Não sabemos se Keith fazia alguma dessas coisas. Só sabemos que ele está morto. Seu corpo foi jogado do outro lado da cidade, na frente de um prédio antigo que já tinha sido uma casa de repouso. Foi largado na calçada de concreto quebrada e abandonado várias horas depois de Keith morrer. Poderia ter sido desovado em um dos cânions e só os cachorros o teriam achado. Mas alguém queria que ele fosse encontrado, queria que ele fosse reconhecido. Será que um parente ou um amigo de uma das vítimas dele tinha conseguido dar o troco, finalmente?

A polícia parecia achar que sabíamos quem o havia matado. Senti, pelas perguntas que fizeram, que ficariam felizes em prender meu pai, Cory ou ambos. Mas os dois possuem vidas muito públicas, e nenhum deles têm ausências não explicadas nem outras mudanças na rotina. Dezenas de pessoas podiam servir como seus álibis. É claro que eu não contei nada a respeito do que Keith tinha me dito que andava fazendo. De que adiantaria? Ele estava morto, e de uma maneira horrorosa. Por acidente ou de propósito, todas as vítimas dele estavam vingadas.

Wardell Parrish achou que deveria contar à polícia sobre a briga enorme que meu pai e Keith tiveram no ano passado. Ele tinha escutado, é claro. Metade do bairro tinha escutado. Brigas de família são as novelas do bairro – e justamente com meu pai, o ministro!

Sei que foi Wardell Parrish quem contou à polícia. Sua sobrinha mais nova, Tanya, deixou esse fato escapar. "O tio Ward disse que detestava contar, mas..."

Ah, aposto que ele detestou contar isso. Desgraçado! Mas ninguém o apoiou. Os policiais saíram investigando pelo bairro, mas ninguém mais admitiu saber algo sobre a briga. Afinal, eles sabiam que meu pai não tinha matado Keith. E sabiam que os policiais gostavam de resolver casos "descobrindo" evidências contra quem quer que decidissem que podia ser culpado. Era melhor não dar nenhuma informação a eles. Nunca atendiam quando as pessoas pediam ajuda. Vinham mais tarde e, com frequência, tornavam uma situação ruim ainda pior.

A missa foi realizada hoje. Meu pai pediu ao seu amigo, o reverendo Robinson, para cuidar dela. Meu pai ficou sentado com Cory e conosco, parecendo triste e envelhecido. Muito envelhecido.

Cory chorou o dia todo, a maior parte do tempo sem fazer barulho. Ela chora de tempos em tempos desde quarta-feira. Marcus e meu pai tentaram consolá-la. Até mesmo eu tentei, mas ela me olhou de um jeito... Como se eu tivesse algo a ver com a morte do Keith, como se quase me detestasse. Eu continuo tentando me aproximar dela. Não sei o que mais fazer. Talvez, com o tempo, ela consiga me perdoar por não ser sua filha, por estar viva enquanto seu filho está morto, por ser a filha de meu pai com outra pessoa...? Não sei.

Meu pai não chorou nem uma vez. Nunca o vi chorar na vida. Queria que chorasse. Queria que ele pudesse chorar.

Curtis Talcott meio que ficou por perto hoje, e conversamos muito. Acho que eu precisava conversar e Curtis estava disposto a me ouvir.

Ele disse que eu deveria chorar. Disse que não importava a situação ruim em que as coisas estavam entre Keith e eu, ou entre o Keith e a família, eu deveria me permitir chorar. Esquisito. Até ele dizer isso, eu não tinha pensado na minha ausência de lágrimas. Não tinha chorado nada. Talvez Cory tivesse notado. Talvez meu rosto seco fosse mais uma coisa que ela tinha contra mim.

Eu não estava me controlando, tentando ser durona. É que eu detestava o Keith com a mesma intensidade que o amava. Ele era meu irmão – meio-irmão –, mas também era a pessoa mais sociopata que conheci. Ele teria se transformado num monstro se tivesse vivido até se tornar adulto. Talvez já fosse um. Ele nunca se importava com o que fazia. Se quisesse fazer algo e isso não fosse causar dor física imediata a ele, ia lá e fazia, e o mundo que se fodesse.

Ele bagunçou nossa família, transformou-a em algo menos do que uma família. Ainda assim, eu nunca desejaria que ele morresse. Nunca desejaria que alguém morresse daquele jeito horrível. Acho que ele foi morto por monstros muito piores do que ele próprio. Está além da minha compreensão como um ser humano pode fazer aquilo com outro. Se a síndrome da hiperempatia fosse algo mais comum, as pessoas não fariam essas coisas. Elas poderiam matar, se fosse preciso, e aguentariam a dor disso ou seriam destruídas por ela. Mas se todos pudessem sentir a dor um do outro, quem torturaria? Quem causaria qualquer dor desnecessária a alguém? Nunca antes pensei em meu problema como algo que poderia fazer bem, mas do jeito que as coisas estão, acho que ajudaria. Eu queria poder dar isso às pessoas. Não podendo, gostaria de encontrar outras pessoas que sofrem da mesma coisa, e viver entre elas. Uma consciência biológica é melhor do que nenhuma consciência.

Mas quanto ao choro, se eu fosse chorar, acho que o teria feito quando meu pai bateu no Keith – quando a surra acabou e ele viu o que tinha feito, e todos vimos como Keith e Cory o olharam. Eu soube naquele momento que nenhum dos dois o perdoaria. Nunca. Aquele foi o fim de algo precioso na família.

Queria que meu pai pudesse chorar por seu filho, mas não sinto necessidade nenhuma de chorar por meu irmão. Que ele descanse em paz – em sua urna, no céu, onde for.

11

Toda Mudança pode trazer sementes de benefício.

Procure-as.

Toda Mudança pode trazer sementes de malefício.

Cuidado.

Deus é infinitamente maleável.

Deus é Mudança.

— **Semente da Terra: os livros dos vivos**

Sábado, 17 de outubro de 2026

Estamos sendo destruídos.

A comunidade, as famílias, membros individuais da família… Somos uma corda se rompendo, um fio por vez.

Houve outro roubo ontem à noite – ou uma tentativa de roubo. Queria que tivesse sido só isso. Não foi um ladrão de horta, dessa vez. Três caras pularam o muro e invadiram a casa dos Cruz com pé-de-cabra. A família Cruz, é claro, tem alarmes altos contra ladrões, janelas com barras e portões de segurança em todas as portas, assim como o resto de nós, mas isso não parece importar. Quando as pessoas querem entrar, elas entram. Os ladrões usaram ferramentas simples – pé-de-cabra, macacos hidráulicos, coisas que qualquer pessoa pode conseguir. Não sei como eles desarmaram o alarme. Sei que eles cortaram a eletricidade e as linhas telefônicas da casa. Isso não deveria importar, já que o alarme tinha baterias reservas. Independentemente do que mais fizeram, ou do que possa ter dado errado, o alarme não soou. E depois que os ladrões usaram o pé-de-cabra na porta, entraram na cozinha e o usaram na avó de 75 anos de Dorotea Cruz. A senhora tinha sono leve e havia adotado o hábito de se levantar à noite e preparar uma xícara de chá de capim-limão. A família diz que era o que ela estava indo fazer na cozinha quando os ladrões invadiram.

Então, os irmãos de Dorotea, Hector e Rubin Quintanilla, chegaram correndo, com armas na mão. Eles dormiam no quarto mais próxima da cozinha e ouviram todo o barulho – a invasão em si e a sra. Quintanilla sendo jogada sobre a mesa e as cadeiras da cozinha. Eles mataram dois dos ladrões. O terceiro fugiu, talvez ferido. Havia muito sangue no local. Mas a velha sra. Quintanilla morreu.

Este é o sétimo incidente desde que Keith foi morto. Cada vez mais pessoas estão pulando nosso muro para pegar o que temos, ou o que eles pensam que temos. Sete invasões em casas ou hortas em menos de dois meses em uma comunidade de onze famílias. Se isso é o que tem acontecido conosco, imagino como tem sido para as pessoas que são mesmo muito ricas – apesar de que, talvez, com suas armas grandes, exércitos particulares de guardas e equipamentos de segurança atualizados, eles sejam mais capacitados para se defender. Talvez seja por isso que estejamos recebendo tanta atenção. Temos algumas coisas que podem ser roubadas e não estamos tão bem protegidos. Das sete invasões, três foram bem-sucedidas. Os ladrões entraram e saíram com alguma coisa – alguns rádios, um saco de castanhas, farinha de trigo, milho, joias, uma TV antiga, um computador... Se conseguiam carregar, levavam. Se o que Keith me contou for verdade, estamos com a classe mais pobre de ladrões. Sem dúvida os mais durões, espertos e corajosos entram em lojas e em empresas. Mas nossos bandidos classe baixa estão nos matando aos poucos.

Ano que vem completarei 18 anos – terei idade suficiente, de acordo com meu pai, para passar a noite na ronda. Gostaria de poder fazer isso agora. Assim que eu puder, o farei. Mas não será suficiente.

É engraçado. Cory e meu pai têm usado um pouco do dinheiro que Keith nos trouxe para ajudar as pessoas que foram roubadas. Dinheiro roubado para ajudar as vítimas de roubo. Metade está escondido no nosso quintal dos fundos, para o caso de um desastre. Sempre teve algum dinheiro escondido ali. Agora há o suficiente para fazer uma diferença. A outra metade foi mandada para o fundo da igreja para ajudar nossos vizinhos em situação de emergência. Não será o bastante.

Terça-feira, 20 de outubro de 2026

Algo novo está começando – ou talvez algo velho e nojento esteja renascendo. Uma empresa chamada Kagimoto, Stamm, Frampton, and Company – KSF – assumiu a administração de uma pequena cidade costeira chamada Olivar. Incorporada nos anos 1980, é só mais um bairro de casas de veraneio do subúrbio de Los Angeles, pequeno e próspero. Tem poucas indústrias, muitos montes e terrenos vazios, e uma pequena faixa litorânea em ruínas. Seus moradores, assim como alguns aqui no bairro de Robledo, recebem salários que antes os teriam tornado prósperos e lhes dado uma vida confortável. Na verdade, Olivar é bem mais rica do que nós, mas por ser uma cidade costeira, seus impostos são mais altos, e como uma parte de seu território é instável, tem mais problemas. Partes dele às vezes caem no mar, afetadas ou profundamente saturadas pela água salgada. O nível do mar não para de subir com o clima mais quente e terremotos acontecem ocasionalmente. A praia plana e tomada de areia de Olivar já é só uma lembrança, assim como as casas e os negócios que ficavam naquela praia. Como as cidades costeiras de todo o mundo, Olivar precisa de ajuda especial. É uma comunidade de classe-média alta, branca e alfabetizada de pessoas que já tiveram muita influência. Agora, nem mesmo os políticos que ela ajudou a eleger a defendem. Dizem que o estado todo, o país, o mundo precisa de ajuda. Do que a minúscula Olivar está reclamando?

Comunidades um pouco mais ricas e menos ativas geologicamente estão conseguindo ajuda – fossos, muros, assistência para evacuação, o que for apropriado. Olivar, localizada entre o mar e Los Angeles, recebe um fluxo de água salgada de uma direção e de pessoas pobres e desesperadas de outra. Tem uma planta de dessalinização movida a energia solar na parte mais plana e estável de seu território, e isso oferece à sua gente um fornecimento confiável de água.

Mas ela não consegue se proteger da invasão do mar, da terra instável, da economia trêmula, nem dos refugiados desesperados. Até mesmo ir e voltar do trabalho, para aqueles que não podem trabalhar em casa, estava se tornando tão perigoso para eles quanto é para nossa gente – um tipo de desafio terrível a ser vencido várias vezes.

Foi então que as pessoas da KSF apareceram. Depois de muitas promessas, muita barganha, desconfiança, medo, esperança e disputa judicial, os eleitores e representantes de Olivar permitiram que a cidade fosse tomada, vendida e privatizada. A KSF expandirá muito sua planta de dessalinização. A planta será a primeira de muitas. A empresa pretende dominar a agricultura e a venda de água e de energia solar e eólica em grande parte do sudeste – onde, por uma mixaria, já tinha comprado terrenos grandes de terra fértil e sem irrigação. Até agora, Olivar é um dos menores locais costeiros, mas consegue uma força de trabalho mais disposta e educada, de pessoas um pouco mais velhas do que eu, cujas opções são muito limitadas. E tem toda a terra que antes era pública, agora sob comando da empresa. Eles pretendem tomar posse de grandes indústrias agrícolas, de água e de energia em uma área da qual a maioria das pessoas desistiu. Têm planos de longo prazo, e o povo de Olivar decidiu fazer parte deles – aceitar salários menores do que o grupo socioeconômico do qual fazem parte está acostumado a receber, em troca de segurança, fornecimento garantido de alimentos, empregos e ajuda em sua batalha contra o Pacífico.

Ainda há pessoas em Olivar que estão desconfortáveis com a mudança. Elas sabem de cidades americanas nas quais as empresas enganaram e abusaram das pessoas.

Mas isso tem que ser diferente. As pessoas de Olivar não são vítimas empobrecidas e assustadas. Elas são capazes de cuidar de si mesmas, de seus direitos e de sua propriedade. São pessoas educadas que não querem viver no caos que se espalha pelo resto do condado de Los Angeles. Algumas delas disseram isso no documentário da rádio a que todos nós ouvimos ontem à noite – enquanto fizeram um espetáculo público ao se venderem para a KSF.

— Boa sorte para elas — disse meu pai. — Não que elas terão muita sorte a longo prazo.

— O que você quer dizer com isso? — perguntou Cory.

— Acho que a ideia toda é incrível. É o que precisamos. Agora, uma empresa grande poderia querer fazer a mesma coisa com Robledo.

— Não — disse meu pai. — Graças a Deus, não.

— Você não sabe! Por que eles não desejariam?

— Robledo é grande demais, pobre demais, negra demais e hispânica demais para interessar a alguém, e não é litorânea. O que ela tem são mendigos, locais de desova de corpos e lembranças de um passado abastado, de árvores frondosas, casas grandes, montes e cânions. A maioria dessas coisas ainda existe, mas nenhuma empresa vai nos querer.

No fim do programa, foi anunciado que a KSF estava à procura de enfermeiras formadas, professores credenciados e de alguns outros profissionais capacitados dispostos a se mudar para Olivar e trabalhar em troca de teto e alimento. A oferta não foi feita desse modo, é claro, mas era o que queria dizer. Ainda assim, Cory salvou o número de telefone e ligou na hora. Ela e meu pai eram professores, ambos tinham doutorado. Estava desesperada para se destacar dos outros. Meu pai só deu de ombros e deixou que ela telefonasse.

Teto e alimento. Os salários oferecidos eram tão baixos que se meu pai e Cory trabalhassem, não receberiam tanto quanto meu pai ganha agora com a faculdade. Além disso, eles teriam que pagar o aluguel e também as despesas normais. Na verdade, somando tudo, fica claro que, com nós seis, eles não teriam como receber o suficiente para pagar as despesas. Poderia dar certo se eu conseguisse um emprego qualquer, mas em Olivar eles não precisam de mim. Eles têm centenas de pessoas como eu, no mínimo – talvez milhares. Toda comunidade sobrevivente está cheia de jovens desempregados e em formação ou jovens desempregados e sem formação.

Qualquer pessoa contratada pela KSF teria dificuldade para sobreviver com o salário oferecido. Não demoraria muito e acredito que os novos contratados estariam devendo para a empresa. É um truque antigo de cidades corporativas – deixar as pessoas com dívidas, prendê-las e explorá-las. Escravidão ligada à dívida. Isso poderia funcionar na América de Christopher Donner. Leis trabalhistas, estaduais e federais não são mais o que já foram.

— Poderíamos *tentar* — Cory insistiu com meu pai. — Poderíamos ficar seguros em Olivar. Os jovens poderiam estudar numa escola de verdade e depois conseguir emprego na empresa. Afinal, para onde eles podem ir que não seja para fora daqui?

Meu pai balançou a cabeça.

— Não conte com isso, Cory. Não existe nada de seguro na escravidão.

Marcus e eu ainda estávamos acordados, ouvindo. Os dois meninos menores tinham ido dormir, mas nós quatro ainda estávamos reunidos ao redor do rádio. E Marcus disse:

— Olivar não parece manter escravos — disse ele. — Essas pessoas ricas nunca se permitiriam escravizar.

Meu pai lançou a ele um sorriso triste.

— Não agora — disse ele. — Não a princípio. — Ele balançou a cabeça. — Kagimoto, Stamm, Frampton: japoneses, alemães, canadenses. Quando eu era jovem, as pessoas diziam que chegaria a esse ponto. Bem, por que outros países não comprariam o que sobrou de nós se nos colocarmos à venda? Fico tentando imaginar quantas das pessoas em Olivar fazem ideia do que estão fazendo.

— Acho que poucas sabem — falei. — Não acho que eles ousariam admitir.

Ele olhou para mim, e eu olhei de volta. Ainda estou aprendendo como as pessoas conseguem ser teimosas na negação, mesmo quando sua liberdade ou sua vida está em jogo. Ele tem vivido com isso por mais tempo. Não sei como consegue.

Marcus disse:

— Lauren, você deveria querer ir para algum lugar como Olivar mais do que qualquer pessoa. Você compartilha da dor dos outros sempre que sofrem. Haveria muito menos dor em Olivar.

— E haveria muitos guardas — falei. — Já notei que as pessoas que têm um pouco de poder costumam usá-lo. Todos os guardas que a KSF está trazendo, eles não poderão perturbar os ricos, pelo menos a princípio. Mas os funcionários novos, braçais, que trabalham por teto e alimentos... aposto que eles serão o alvo.

— Não há motivo para acreditar que a empresa permitiria esse tipo de coisa — disse Cory. — Por que você sempre espera o pior de todo mundo?

— Quando o assunto são desconhecidos com armas — falei para ela —, acho que a desconfiança tem mais chances de nos manter vivos do que a confiança.

Ela emitiu um som de nojo agudo e sem palavras.

— Você não sabe nada do mundo. Acha que tem todas as respostas, mas não sabe de nada!

Não discuti. Não fazia muito sentido discutir com ela.

— Duvido que Olivar esteja procurando famílias de negros e de hispânicos, de qualquer forma — disse meu pai. — Os Balter e os Garfield, ou mesmo alguns dos Dunn podem conseguir entrar, mas não acho que nós entraríamos. Ainda que eu confiasse o bastante na KSF para colocar minha família em suas mãos, eles não nos aceitariam.

— Poderíamos tentar — insistiu Cory. — Deveríamos! Não estaríamos piores do que estamos agora se eles nos recusassem. E se conseguíssemos entrar e não gostássemos, poderíamos voltar para cá. Poderíamos alugar a casa a uma das famílias grandes daqui, cobrar pouco deles, e então...

— E então voltar para cá sem emprego e sem dinheiro — disse meu pai. — Não, estou falando sério. Esse negócio parece meio ressurgimento do pré-guerra e meio ficção científica. Não confio nisso. A liberdade é perigosa, Cory, mas também é preciosa. Não dá para simplesmente descartá-la ou permitir que ela escape. Não dá para vendê-la por pão e mingau.

Cory ficou olhando para ele... só o olhou. Ele se recusou a desviar o olhar. Ela se levantou e foi para o quarto deles. Eu a vi ali alguns minutos depois, sentada na cama e a urna com as cinzas de Keith no colo, chorando.

Sábado, 24 de outubro de 2026

Marcus me conta que os Garfield estão tentando entrar em Olivar. Ele tem passado muito tempo com Robin Balter e ela lhe contou. Ela detesta a ideia porque gosta muito mais de sua prima Joanne do que de suas duas irmãs. Teme que se Joanne for embora para Olivar, nunca mais a verão. Suspeito que ela esteja certa.

Não consigo imaginar este lugar sem os Garfield. Joanne, Jay, Phillida... Perdemos pessoas antes, é claro, mas nunca perdemos uma família toda. Quero dizer... todos eles estarão vivos, mas... partirão.

Espero que eles sejam recusados. Sei que isso é egoísta, mas não me importo. Não que faça alguma diferença o que eu espero. Ah, inferno. Espero que eles consigam o que for melhor para sua sobrevivência. Espero que todos fiquem bem.

Aos 13 anos, meu irmão Marcus se tornou a única pessoa na família que eu diria ser bonito. As meninas da idade dele o admiram quando pensam que ele não está vendo. Soltam muitos risinhos perto dele e o perseguem como loucas, mas ele não larga de Robin. Ela não é nada bonita – pele, osso e cérebro –, mas é engraçada e sensata. Daqui a um ou dois anos, ela vai começar a ganhar corpo e meu irmão terá beleza junto com inteligência. E então, se os dois ainda estiverem juntos, a vida deles se tornará muito mais interessante.

Mudei de ideia. Costumava esperar pela explosão, pela batida, pelo caos repentino que destruiria o bairro. Em vez disso, as coisas estão se desdobrando, se desintegrando pouco a pouco. Susan Talcott Bruce e seu marido se candidataram para ir a Olivar. Outras pessoas estão falando sobre se candidatar, pensando no caso. Há uma pequena faculdade em Olivar. Existem equipamentos de segurança letais para manter os bandidos e os mendigos longe. Há mais vagas sendo abertas...

Talvez Olivar seja o futuro – uma face dele. Cidades controladas por grandes empresas são velhas conhecidas na ficção científica. Minha avó deixou para trás uma estante cheia de romances desse tipo. O subgênero da cidade corporativa sempre pareceu apresentar um herói que era mais esperto e que vencia ou escapava "da empresa". Nunca vi nenhuma em que o herói lutava muito para ser aceito e mal pago por ela. Na vida real, é assim que será. É assim que é.

E o que eu deveria estar fazendo? O que posso fazer? Em menos de um ano, completarei 18 anos, uma adulta – uma adulta sem perspectiva exceto viver em nosso bairro que está se desintegrando. Ou na Semente da Terra.

Para começar a Semente da Terra, terei que sair. Sei disso há muito tempo, mas a ideia me assusta tanto quanto sempre assustou.

Ano que vem, quando fizer 18 anos, eu irei. Isso quer dizer que tenho que começar a planejar como vou lidar com isso.

Sábado, 31 de outubro de 2026

Vou para o norte. Meus avós viajavam muito de carro. Eles nos deixaram mapas antigos de estradas de todos os condados do estado, além de várias outras partes do país. O mais novo deles tem 40 anos, mas não importa. As estradas ainda estarão onde estavam. Só que em condições piores do que quando meus avós dirigiram um carro movido a gasolina por elas. Coloquei mapas dos condados da Califórnia ao norte e os poucos que consegui encontrar de condados de Washington e Oregon em minha mala.

Fico me perguntando se haverá pessoas lá fora dispostas a me pagar para ensiná-las a ler e escrever – coisa básica – ou pessoas que me pagarão para ler ou escrever para elas. Keith começou a me fazer pensar nisso. Pode ser que eu até lhes ensine alguns versículos da Semente da Terra com a leitura e a escrita. Se pudesse, escolheria lecionar. Mesmo que eu tenha que realizar outros tipos de trabalho para ter o suficiente para comer, posso lecionar. Se eu fizer isso direito, as pessoas serão atraídas a mim – à Semente da Terra.

Toda vida bem-sucedida é

Adaptável,

Plural,

Obstinada,

Interconectada e

Fecunda.

Compreenda isso.

Use isso.

Molde Deus.

Escrevi esse versículo há alguns meses. É verdadeiro como todos os outros. Parece mais verdadeiro do que nunca agora, mais útil para mim quando sinto medo.

Finalmente encontrei um título para o meu livro de versículos – *Semente da Terra: os livros dos vivos*. Os tibetanos e os egípcios têm Livros dos Mortos. Meu pai tem exemplares deles. Nunca ouvi nada chamado livro dos vivos, mas não me surpreenderia em descobrir que há algum. Não me importo. Estou tentando falar – ou escrever – a verdade. Estou tentando ser clara. Não estou interessada em ser bacana, nem mesmo original. A clareza e a verdade serão abundantes, se eu conseguir alcançá-las. Se acontecer de haver outras pessoas lá fora em algum lugar pregando a minha verdade, vou me unir a elas. Caso contrário, vou me adaptar onde for preciso, aproveitar as oportunidades que encontrar ou criar, seguir em frente, reunir alunos e lecionar.

12

Somos Semente da Terra
A vida que se percebe
Em Mudança.

— **Semente da Terra: os livros dos vivos**

Sábado, 14 de novembro de 2026

O s Garfield foram aceitos em Olivar.

Eles se mudarão no mês que vem. Tão depressa. Eu os conheço a vida toda, e eles vão embora. Joanne e eu tivemos nossas diferenças, mas crescemos juntas. Pensei que de alguma forma, quando eu fosse embora, ela ainda estaria aqui. Que todo mundo ainda estaria aqui, congelado no tempo enquanto eu os deixava. Mas não, isso é fantasia. Deus é Mudança.

— Você quer ir? — perguntei para ela hoje cedo.

Tínhamos nos reunido para pegar alguns limões e laranjas, além de alguns caquis quase maduros e de um tom de laranja brilhante. Nós colhemos em minha casa, e então na dela, aproveitando o trabalho. O clima estava frio. Era bom estar ao ar livre.

— Preciso ir — disse ela. — O que mais resta a mim, a todos? Tudo vai dar errado por aqui. Você sabe.

Olhei para ela. Acho que discutir essas coisas é bom agora que ela tem uma saída.

— Então você vai para outra fortaleza — falei.

— É uma fortaleza melhor. Não haverá pessoas pulando muros, matando senhoras.

— Sua mãe diz que tudo o que terão é um apartamento. Sem quintal. Sem jardim. Terão menos dinheiro, mas terão que usar mais dele para comprar comida.

— Vamos conseguir! — Havia certo tom de instabilidade em sua voz.

Larguei o rastelo velho que estava usando para pegar as frutas. Funcionava bem com os limões e as laranjas.

— Está com medo? — perguntei.

Ela colocou no chão seu colhedor de frutas verdadeiro com o cabo de extensão esquisito e a cesta para recolher as frutas. Era melhor para pegar caquis. Ela envolveu o corpo com os braços.

— Morei aqui, com árvores e hortas, a minha vida toda. Eu... não sei como será ficar fechada em um apartamento. Isso me assusta, mas vamos dar um jeito. Teremos que dar.

— Você pode voltar para cá se as coisas não forem o que você espera. Seus avós e a família de sua tia ainda estarão aqui.

— Harry ainda estará aqui — sussurrou ela, olhando na direção da casa.

Eu teria que parar de pensar nela como a casa dos Garfield. Harry e Joanne eram pelo menos tão próximos quanto Curtis e eu. Eu não tinha pensado que ela o estaria deixando – nem em como seria isso. Eu gosto de Harry Balter. Lembro de ter me surpreendido quando ele e Joanne começaram a sair juntos. Eles tinham vivido na mesma casa a vida toda. Eu considerava Harry quase como seu irmão. Mas eram só primos de primeiro grau, e apesar das improbabilidades, tinham se apaixonado. Ou achei que isso tinha acontecido. Há anos eles não ficavam com mais ninguém. Todo mundo acreditava que acabariam se casando quando ficassem um pouco mais velhos.

— Case-se com ele e leve-o com você — falei.

— Ele não quer ir — respondeu ela com o mesmo sussurro. — Já falamos muito sobre isso. Ele quer que eu fique aqui com ele, para que nos casemos logo e sigamos para o norte. Só... ir sem perspectivas. Nada. É maluco.

— Por que ele não quer ir para Olivar?

— Ele pensa como seu pai. Acha que Olivar é uma armadilha. Ele leu sobre as cidades operárias do século xix e do início do século xx, e diz que independentemente de como os livros de Olivar sejam ótimos, só teremos dívidas e a perda da liberdade no fim.

Eu sabia que Harry tinha alguma noção.

— Jo, você vai completar dezoito anos ano que vem. Poderia ficar aqui com os Balter até lá e se casar. Ou poderia convencer seu pai a permitir que você se case agora.

— E depois disso? Virar moradora de rua? Ficar e enfiar mais bebês naquela casa lotada? Harry não tem emprego, e não existe uma possibilidade real de ele conseguir um que lhe renda um salário. Teremos que viver com o que os pais de Harry recebem? Que tipo de futuro é esse? Nenhum! Nenhum mesmo!

Sensata. Conservadora, sensata, madura e *errada*. Muito típico de Joanne.

Ou talvez eu estivesse errada. Talvez a segurança que Joanne encontrará em Olivar seja o único tipo que qualquer pessoa que não for rica terá. Mas para mim, a segurança em Olivar não é muito mais atraente do que a que Keith finalmente encontrou em sua urna.

Peguei mais alguns limões e laranjas e fiquei pensando no que ela faria se soubesse que eu também estava planejando partir ano que vem. Correria para sua mãe de novo, assustada por minha causa, e disposta a ter alguém para me proteger de mim mesma? Talvez. Ela quer um futuro que possa entender e no qual confiar – um futuro que se parece muito com o presente de seus pais. Não acho que isso seja possível. As coisas estão mudando demais, rápido demais. Quem pode lutar contra Deus?

Colocamos os cestos de fruta para dentro pela porta dos fundos na minha varanda, e então fui até sua casa.

— O que você fará? — perguntou ela enquanto caminhávamos. — Você só vai ficar aqui? Quero dizer... Vai ficar e se casar com Curtis?

Dei de ombros e menti.

— Não sei. Se eu me casar com alguém, será com Curtis. Mas não me decidi sobre casamento. Não quero ter filhos aqui, assim como você. Sei que vamos ficar aqui por mais um tempo, no entanto. Meu pai não vai deixar a Cory nem mesmo se candidatar para ir a Olivar. Fico feliz porque eu não quero ir para lá. Mas haverá outros lugares como Olivar. Quem sabe o que posso acabar fazendo?

Esta última pergunta não me pareceu uma mentira.

— Você acha que haverá mais cidades privatizadas? — perguntou ela.

— É provável que sim, se Olivar tiver sucesso. Este território vai ser cercado como uma fonte de trabalho e terra barata. Quando pessoas como as de Olivar imploram para se vender, nossas cidades sobreviventes acabam destinadas a virar as colônias econômicas de quem puder comprá-las.

— Ah, Deus, lá vem você de novo. Você sempre tem um desastre embaixo da manga.

— Eu enxergo o que há lá fora. Você também enxerga, só que nega.

— Você se lembra de quando achava que multidões famintas pulariam nossos muros e teríamos que fugir para as montanhas e comer grama?

Se *eu lembrava*? Eu me virei para olhar para ela, primeiro irritada – furiosa – e então, para minha surpresa, triste.

— Vou sentir saudade — falei.

Ela deve ter entendido meus sentimentos.

— Sinto muito — sussurrou.

Nós nos abraçamos. Não perguntei pelo que sentia muito e ela não disse mais nada.

Terça-feira, 17 de novembro de 2026

Meu pai não voltou para casa hoje. Ele tinha que ter voltado de manhã.

Não sei o que isso quer dizer. Não sei o que pensar. Estou morrendo de medo.

Cory ligou para a faculdade, para os amigos dele, para os ministros, seus colegas de trabalho, para os hospitais...

Nada. Ele não foi preso, não está doente, nem ferido, nem morto – pelo menos não até onde as pessoas saibam. Nenhum de seus amigos ou colegas o viu desde que ele saiu do trabalho hoje cedo. A bicicleta estava funcionando normalmente. Ele estava bem.

Ele havia ido em direção à nossa casa com três colegas de trabalho que viviam em outros bairros em nossa região. Cada um deles disse a mesma coisa: que eles haviam se separado dele, como sempre, na Rua River, no cruzamento com a avenida Durant. Fica a apenas cinco quarteirões daqui. Estamos no fim da avenida Durant.

Então onde ele está?

Hoje um grupo nosso, todo armado, foi de bicicleta de casa até a Rua River e a descemos até a faculdade. Oito quilômetros no total. Conferimos ruas laterais, vielas, prédios vazios, todos os lugares em que conseguíamos pensar. Eu fui junto. Levei Marcus comigo porque se eu não tivesse levado, ele teria saído sozinho. Eu estava com a Smith & Wesson. Marcus estava apenas com sua faca. Ele é rápido e ágil com ela, e forte para sua idade, mas nunca a usou em nada vivo. Se alguma coisa tivesse acontecido com ele, não acho que teria ousado voltar para casa. Cory já está morrendo de preocupação. Tudo isso depois de perder Keith... Não sei. Todo mundo ajudou. Jay Garfield vai partir em breve, mas isso não o impediu de liderar a busca. Ele é um bom homem. Fez tudo o que pode pensar para encontrar meu pai.

Amanhã vamos para os montes e para os cânions. Temos que ir. Ninguém quer, mas o que mais podemos fazer?

Quarta-feira, 18 de novembro de 2026

Nunca vi mais imundície, restos humanos e mais cães ferozes do que vi hoje. Tenho que escrever. Tenho que despejar isso no papel. Não posso guardar dentro de mim. Ver os mortos me perturbou antes, mas isso...

Estávamos procurando o corpo de meu pai, obviamente, mas ninguém dizia isso. Eu não podia negar essa realidade, nem evitar pensar nela. Cory checou com a polícia de novo, com os hospitais, com todo mundo em quem conseguíamos pensar que conhecia meu pai.

Nada.

Então, tivemos que ir até os montes. Quando saímos para praticar tiro ao alvo, não olhávamos ao redor, só o suficiente para garantir a segurança. Não procurávamos o que preferiríamos não encontrar. Hoje, em grupos de três ou quatro, varremos a área mais próxima à parte de cima da Rua River. Mantive Marcus comigo – o que não foi fácil. O que há com os garotos mais jovens que faz com que eles queiram sair andando sozinhos e serem mortos? Eles têm dois pelos no queixo e ficam tentando provar que são homens.

— Você me protege e eu te protejo — falei. — Não vou permitir que você se machuque. Não me decepcione.

Ele abriu um quase sorriso que indicava que sabia exatamente o que eu estava tentando fazer, e que faria o que quisesse. Fiquei brava e o agarrei pelos ombros.

— Mas que inferno, Marcus, quantas irmãs você tem? Quantos pais você tem?! — Nunca falava nem profanidades leves perto ele, a menos que as coisas fossem muito sérias. E, assim, consegui sua atenção.

— Não se preocupe — disse ele. — Vou ajudar.

Então, encontramos o braço. Foi Marcus quem o viu – algo escuro para fora do caminho pelo qual seguíamos. Estava pendurado nos galhos baixos de um carvalho.

O braço estava inteiro – uma mão, a parte de cima do braço e o antebraço. O braço de um negro, da cor do braço de meu pai, onde era possível ver cor. Estava marcado e tinha cortes em toda sua extensão, mas ainda parecia forte – ossos compridos, dedos longos, mas com músculos e grande... Familiar?

O osso liso e branco saía na ponta que fazia ligação com o ombro. O braço tinha sido cortado com uma faca afiada. O osso não estava quebrado. E sim, poderia ser dele.

Marcus vomitou quando o viu. Eu me obriguei a observar, procurar algo familiar nele, para ter certeza. Jay Garfield tentou me impedir, e eu o empurrei para longe e disse para ele ir pro inferno. Sinto muito por isso, e pedi desculpas mais tarde. Mas eu tinha que saber. E, mesmo assim, ainda não sei. O braço tinha muitos cortes e estava coberto por sangue seco. Eu não sabia ao certo. Jay Garfield colheu as impressões digitais em seu caderno de bolso, mas deixamos o braço ali. Como poderíamos levar aquilo para Cory?

E continuamos procurando. O que mais poderíamos fazer? George Hsu encontrou uma cobra cascavel. Ela não mordeu ninguém e não a matamos. Acho que ninguém estava no clima de matar.

Vimos cães, mas eles se mantiveram distantes. Vi até um gato nos observando por baixo de um arbusto. Os gatos correm demais ou se abaixam e ficam paralisados. Eles são interessantes de se observar, de certo modo. Ou, em qualquer outro momento, seriam interessantes.

Então, alguém começou a gritar. Nunca havia ouvido gritos como aquele antes – sem parar. Um homem, gritando, implorando, rezando.

— Não! Chega! Ah, meu Deus, chega, por favor. Jesus, Jesus, Jesus, *por favor*! — E então, ouvimos gritos sem palavras, altos, e berros estridentes, horríveis.

Era a voz de um homem, não como a do meu pai, mas não muito diferente da dele. Não conseguimos determinar de onde vinha. Os ecos se espalhavam pelo cânion e nos confundiam, primeiro nos mandando em uma direção, depois em outra. O cânion estava cheio de pedras soltas e de plantas cheias de espinhos que nos mantinham nos caminhos onde havia caminhos.

Os gritos pararam, e então começaram de novo como um barulho terrível de gargarejo.

Nesse momento, eu já ocupava o fim da linha que havíamos formado. Eu não estava em apuros. O barulho não aciona meu compartilhamento. Tenho que ver outra pessoa sofrendo para sentir sua dor. E quem emitia aquele barulho era o tipo de pessoa que eu faria *qualquer coisa* para evitar ver.

Marcus se posicionou ao meu lado e sussurrou:

— Você está bem?

— Sim — respondo. — Só não quero saber de nada do que está acontecendo com aquele homem.

— Keith — disse ele.

— Eu sei — concordei.

Levamos nossa bicicleta atrás dos outros, observando o caminho dos fundos. Kayla Talcott voltou ao fim do grupo para ver se estávamos bem. Ela não queria que estivéssemos ali, mas como estávamos, ela também estava, e ficava de olho em nós. Ela é assim.

— Não parece ser seu pai — disse ela. — Não parece mesmo.

Kayla é do Texas, como minha mãe biológica. Às vezes falava como se nunca tivesse saído de lá, e às vezes parecia que ela nunca tinha estado perto de nenhuma parte do sul. Parecia capaz de ligar e desligar o sotaque. Ela costumava ligá-lo para confortar as pessoas e para ameaçar matá-las. Às vezes, quando estou com Curtis, eu a vejo no rosto dele e me pergunto que tipo de parente – que tipo de sogra – ela seria. Hoje acho que Marcus e eu estávamos felizes por ela estar ali. Precisávamos ficar perto de alguém com o tipo de força maternal que ela tinha.

Os barulhos terríveis cessaram. Talvez o pobre homem estivesse morto e livre de seu sofrimento. Espero que sim.

Não o encontramos. Encontramos ossos de pessoas e de animais. Encontramos cadáveres em decomposição de cinco pessoas espalhados entre as rochas. Encontramos um incêndio já apagado e um fêmur e dois crânios humanos entre as cinzas.

Por fim, voltamos para casa, adentramos o muro da comunidade ao nosso redor e nos consolamos em nossas ilusões de segurança.

Domingo, 22 de novembro de 2026

Ninguém encontrou meu pai. Quase todos os adultos do bairro passaram um tempo procurando. Richard Moss não, mas o filho mais velho e a filha dele, sim. Wardell Parrish não, mas sua irmã e o sobrinho mais velho, sim. Não sei o que mais essas pessoas poderiam ter feito. Se eu soubesse, estaria lá fora fazendo.

E ainda assim, nada, nada! A polícia não encontrou nenhum sinal dele. Ele não apareceu em lugar nenhum. Ele desapareceu, sumiu. Nem mesmo as impressões digitais do braço decepado eram dele.

Sonho com os gritos horrorosos todas as noites desde quarta-feira. Já saí mais duas vezes com equipes procurando entre os cânions. Não encontramos nada além dos mortos e dos mais pobres – pessoas que são só olhos saltados e ossos visíveis. Meus ossos doeram em solidariedade. Às vezes, se eu dormir por um tempo sem ouvir os gritos, os vejo, os mortos-vivos. Sempre os vi. Nunca os vi.

Uma equipe com a qual eu não estava encontrou uma criança viva sendo devorada por cães. A equipe matou os cães e então assistiu, impotente, ao menino morrer.

Preguei na missa hoje cedo. Talvez fosse minha obrigação. Não sei. As pessoas foram à igreja, todas intranquilas e tristes, sem saber o que deveriam fazer. Acho que elas queriam se reunir, e tinham anos do hábito de o fazer em nossa casa nas manhãs de domingo. Elas estavam intranquilas e hesitantes, mas foram.

Wyatt Talcott e Jay Garfield se ofereceram para falar. Os dois falaram algumas palavras, em um tributo informal ao meu pai, apesar de nenhum dos dois admitir que estavam fazendo isso. Temi que todos fizessem aquilo e que a missa se tornasse um velório improvisado impossível. Quando me levantei, não foi só para dizer algumas coisas. Queria dar às pessoas algo que elas pudessem levar para casa – algo que pudesse fazer com que sentissem que o suficiente tinha sido dito por hoje.

Agradeci a todas elas pelos esforços ininterruptos – enfatizei o *ininterruptos* – para encontrar meu pai. Depois... Bem, depois eu falei sobre perseverança. Fiz um sermão sobre perseverança, se é que uma pessoa não ordenada pode fazer um sermão. Ninguém me impediria. Cory era a única que poderia ter tentado, mas ela estava em um tipo de coma ambulante. Não fazia nada que não tivesse que fazer.

Então eu preguei a partir de Lucas, capítulo 18, versículos 1 a 8: a parábola da viúva inoportuna. Eu sempre gostei dessa. Uma viúva é tão insistente em seus apelos por justiça que vence a resistência de um juiz que não é temente a Deus, nem aos homens. Ela o cansa.

Moral: os fracos podem vencer os fortes se os primeiros persistirem. Persistir nem sempre é seguro, mas costuma ser necessário.

Meu pai e os adultos presentes tinham criado e mantido nossa comunidade apesar da escassez e da violência do lado de fora. Agora com ou sem meu pai, essa comunidade tinha que continuar, se manter unida, sobreviver. Falei sobre meus pesadelos e sobre a fonte deles. Algumas pessoas talvez não quisessem que seus filhos ouvissem coisas como aquela, mas eu não me importei. Se Keith tivesse sabido mais, talvez ainda estivesse vivo. Mas eu não falei sobre ele. As pessoas podiam dizer que o que aconteceu com o Keith foi culpa dele mesmo. Ninguém podia dizer isso sobre meu pai. Não queria que ninguém fosse capaz de dizer isso sobre a nossa comunidade algum dia.

— Esses meus pesadelos são nosso futuro se fracassarmos uns com os outros — falei, finalizando. — Fome, sofrimento nas mãos de pessoas que não são mais humanas. Desmembramento. Morte. Temos Deus e temos uns aos outros. Temos nossa comunidade ilhada, frágil e, ainda assim, uma fortaleza. Às vezes, parece pequena demais e fraca demais para sobreviver. E como a viúva da parábola de Cristo, seus inimigos não temem a Deus, nem aos homens. Mas também como a viúva, ela persiste. *Nós persistimos.* Esse é nosso lugar, não importa o que aconteça.

Essa foi a minha mensagem. Eu a deixei ali, pairando na frente deles com uma sensação de incompletude. Senti que eles esperavam mais, e quando perceberam que eu não diria mais nada, refletiram sobre o que eu tinha dito.

No momento certo, Kayla Talcott começou a cantar uma canção antiga. Outros acompanharam, cantando lentamente, mas com sentimento. "Não seremos, não seremos levados..."

Acho que isso poderia ter parecido fraco ou até triste, de algum modo, se tivesse sido iniciado por uma voz mais baixa. Acho que eu teria cantado sem força. Não canto bem. Kayla, por outro lado, tem uma voz forte, linda, clara e capaz de fazer tudo o que ela exige.

Mais tarde, enquanto ela saía, eu agradeci.

Ela olhou para mim. Já havia passado a altura dela anos antes, e ela teve que olhar para cima.

— Bom trabalho — disse ela, assentiu e se afastou em direção à sua casa. Eu a amo.

Recebi outros elogios hoje, e acho que foram sinceros. A maioria dizia, de um jeito ou de outro: "Você está certa" e "Eu não sabia que você sabia pregar desse jeito", ou "Seu pai ficaria orgulhoso de você".

Sim, espero que sim. Fiz isso por ele. Ele uniu essas casas em uma comunidade. E agora, provavelmente está morto. Não deixaria que o enterrassem, mas eu sei. Não sou boa em negação e autoengano. Aquele foi o velório de meu pai e eu preguei – o dele e o da comunidade. Porque por mais que eu quisesse que tudo o que eu disse fosse verdade, não é. Seremos levados, sim. É só uma questão de quando, por quem e em quantas partes.

13

Não há fim
Para o que um mundo vivo
Exigirá de você.

— **Semente da Terra: os livros dos vivos**

Sábado, 19 de dezembro de 2026

Hoje o reverendo Matthew Robinson, em cuja igreja fui batizada, veio para realizar o funeral de meu pai. Cory organizou tudo. Não havia corpo, nem urna. Ninguém sabe o que aconteceu com meu pai. Nós não fomos capazes de descobrir, nem a polícia. Temos certeza de que está morto. Ele encontraria uma maneira de vir para casa se estivesse vivo, por isso temos certeza de que está morto.

Não, não temos certeza. Não temos nenhuma certeza. Ele está doente em algum lugar? Ferido? Preso contra sua vontade por sabe-se lá que razão, sabe-se lá por quais monstros?

É pior do que quando Keith morreu. Muito pior. Por mais horrível que tenha sido, nós sabíamos que ele estava morto. Independentemente do que tenha sofrido, sabíamos que não estava sofrendo mais. Não neste mundo, de qualquer modo. *Nós sabíamos*. Agora, não sabemos de nada. Ele está morto. Mas nós não *sabemos!*

Os Dunn devem ter sentido isso quando Tracy desapareceu. Por mais malucos que sejam, por mais maluca que ela fosse, eles devem ter sentido isso. O que sentem agora? Tracy não voltou. Se ela não está morta, o que deve estar acontecendo com ela do lado de fora? Uma garota sozinha só encontra um tipo de futuro lá. Eu pretendo me passar por homem, quando sair.

Como eles se sentirão quando eu me for? Morrerei para eles – para Cory, para os meninos, para o bairro. Eles torcerão para que eu esteja morta, considerando a suposta alternativa. Agradeço a meu pai por ser alta e forte.

Não terei que deixar meu pai agora. Ele já me deixou. Ele tinha 57 anos. Por quais motivos pessoas desconhecidas manteriam um homem de 57 anos vivo? Depois que o roubassem, deixariam que ele fosse embora ou o matariam. Se o deixassem ir, ele voltaria para casa, caminhando, mancando, rastejando.

Então, ele está morto.

É isso.

Tem que ser.

Terça-feira, 22 de dezembro de 2026

Os Garfield partiram para Olivar hoje – Phillida, Jay e Joanne. Um caminhão blindado da KSF veio de Olivar para buscá-los e a seus pertences. Os adultos da comunidade fizeram tudo o que podiam para impedir que as crianças pequenas subissem no caminhão e irritassem os motoristas. A maioria dos meninos da idade dos meus irmãos nunca esteve perto de um caminhão que funciona. Alguns dos filhos menores dos Moss nunca viram um caminhão de qualquer tipo. Eles não podiam nem visitar os Yannis quando a televisão deles ainda funcionava.

Os dois homens da KSF foram pacientes quando notaram que as crianças não eram ladrões nem vândalos. Ambos, com seus uniformes, pistolas, chicotes e porretes, mais pareciam policiais do que funcionários da empresa designados para a mudança. Sem dúvida tinham armas ainda mais pesadas na traseira. Meu irmão Bennett disse ter visto armas maiores montadas dentro do caminhão quando subiu no capô. Mas quando pensamos no preço de um caminhão daquele tamanho e de quantas pessoas podem querer se apossar dele e de seu conteúdo, acho que os armamentos surpreendem menos.

Os dois funcionários contratados para a mudança eram um negro e um branco, e eu vi que Cory achava isso esperançoso. Talvez Olivar não fosse o território isolado de brancos que meu pai pensou que seria.

Cory chamou o negro em um canto para conversar pelo tempo que ele permitiu. Ela vai tentar nos levar para Olivar? Acredito que sim. Afinal, sem o salário de meu pai, ela terá que fazer alguma coisa. Acho que não temos a menor chance de sermos aceitos. A seguradora não vai pagar – ou vai demorar muito. As pessoas de lá escolhem não acreditar que meu pai está morto. Sem provas, ele não pode ser oficialmente declarado morto por sete anos. Eles podem segurar nosso dinheiro por tanto tempo? Não sei, mas não me surpreenderia. Poderíamos morrer de fome muitas vezes em sete anos. E Cory deve saber que sozinha não ganharia o suficiente em Olivar para nos dar comida e casa. Ela espera conseguir trabalho para mim também? Não sei o que vamos fazer.

Joanne e eu choramos juntas na nossa despedida. Prometemos ligar uma para a outra, manter contato. Não acho que conseguiremos. É mais caro ligar para Olivar. Não teremos dinheiro para isso. Acho que ela também não terá. Existe a possibilidade de nunca mais nos vermos. As pessoas com quem cresci estão saindo da minha vida, uma a uma.

Depois que o caminhão partiu, encontrei Curtis e o levei de volta ao quarto escuro para fazermos amor. Não fazíamos há muito tempo, e eu estava precisando. Gostaria de poder me imaginar casando com Curtis, ficando aqui e levando uma vida decente com ele.

Não é possível. Ainda que não existisse a Semente da Terra, não seria possível. Eu quase estaria fazendo um favor à família se partisse agora – uma boca a menos para alimentar. A menos que eu conseguisse um emprego...

— Temos que sair daqui também — disse Curtis enquanto estávamos deitados juntos, demorando, desafiando o destino, sem querer perder o contato um com o outro tão depressa. Mas não era disso que ele estava falando. Eu virei a cabeça para olhar para ele. — Você não quer ir? — perguntou ele. — Não gostaria de sair deste bairro no fim da linha, sair de Robledo?

Assenti.

— Eu estava pensando nisso. Mas...

— Quero que você se case comigo, e quero que saiamos daqui — disse ele num quase sussurro. — Este lugar está morrendo.

Eu me apoiei nos cotovelos e olhei para baixo, para ele. A luz da sala vinha da janela, perto do teto. Nada a cobria, e o vidro estava quebrado, mas, ainda assim, só uma luzinha entrava. O rosto de Curtis estava tomado pelas sombras.

— Aonde você quer ir? — perguntei a ele.

— Não para Olivar — disse ele. — Isso poderia acabar sendo um fim muito pior do que viver aqui.

— Para onde, então?

— Não sei. Oregon ou Washington? Canadá? Alasca?

Acho que não dei nenhum sinal de animação repentina. As pessoas dizem que meu rosto não mostra o que de fato estou sentindo. Meu compartilhamento tem sido um professor duro. Mas ele viu algo.

— Você já anda pensando em ir embora, não é? — perguntou ele. — É por isso que não fala nada sobre casamento.

Pousei a mão em seu peito macio.

— Você estava pensando em ir sozinha! — Ele pegou meu pulso, parecia pronto para afastá-lo. Então, ele o segurou firme. — Você simplesmente partiria daqui e me deixaria.

Eu me virei para que ele não pudesse ver meu rosto porque agora eu tinha a sensação de que minhas emoções estavam todas muito óbvias: confusão, medo, esperança... É óbvio que eu pretendera ir sozinha, e óbvio que não tinha contado a ninguém que partiria. E ainda não tinha decidido como o desaparecimento de meu pai afetaria minha partida. Isso trouxe perguntas assustadoras. Quais são minhas responsabilidades? O que acontecerá com meus irmãos se eu os deixar com Cory? Eles são filhos dela, e ela seria capaz de mover céus e terra para cuidar deles, para mantê-los alimentados, vestidos e abrigados. Mas ela consegue fazer isso sozinha? Como?

— Quero ir — admiti, me remexendo e tentando ficar à vontade no pallet de sacos de dormir velhos que tínhamos colocado no chão de concreto. — Planejei ir. Não conte a ninguém.

— Como contaria se vou com você?

Sorri, amando Curtis. Mas...

— Cory e meus irmãos precisarão de ajuda — falei. — Quando meu pai estava aqui, eu planejava ir ano que vem, quando completasse dezoito anos. Agora... não sei.

— Aonde você pretendia ir?

— Para o norte. Talvez até o Canadá. Talvez não.

— Sozinha?

— Sim.

— *Por quê?* — Ele queria saber por que eu iria sozinha. Dei de ombros.

— Poderia ser morta assim que saísse daqui. Poderia morrer de fome. Os policiais poderiam me prender. Os cães poderiam me alcançar. Eu poderia pegar uma doença. Qualquer coisa poderia acontecer comigo. Pensei nisso. Não listei nem metade das possibilidades ruins.

— É por isso que você precisa de ajuda!

— É por isso que eu não podia pedir a ninguém que se afastasse da comida, do abrigo e do pouco de segurança que existe neste nosso mundo. Simplesmente começar a caminhar para o norte, torcendo para chegar em um bom lugar. Como eu poderia pedir isso para você?

— Não é tão ruim. Mais ao norte podemos conseguir trabalho.

— Talvez. Mas as pessoas estão tomando o norte há anos. Os empregos também são escassos lá. E as fronteiras dos estados estão fechadas.

— Não tem nada lá embaixo!

— Eu sei.

— Então, como você pode ajudar Cory e seus irmãos?

— Não sei. Não decidimos o que fazer. Até agora, nada do que pensei vai dar certo.

— Eles teriam mais de tudo se você fosse embora.

— Talvez. Mas, Curtis, como posso deixá-los? Você seria capaz de ir embora e deixar sua família, sem saber como eles fariam para sobreviver?

— Às vezes acho que sim — disse ele.

Ignorei isso. Ele não se dava muito bem com seu irmão Michael, mas sua família provavelmente era a unidade mais forte do bairro. Se atacasse um, teria que lidar com todos eles. Ele nunca se afastaria se estivessem em apuros.

— Case-se comigo agora — disse ele. — Ficaremos aqui e ajudaremos a sua família a se estabelecer. Depois, vamos embora.

— Agora não — falei. — Não consigo ver solução agora. Tudo está maluco demais.

— E daí? Você acha que vai ficar normal? Nunca foi normal. Temos que seguir em frente e viver, não importa o que aconteça.

Eu não soube o que dizer, por isso o beijei. Mas não consegui distraí-lo.

— Detesto este quarto — disse ele. — Detesto me esconder para estar com você e detesto fazer joguinhos. — Ele fez uma pausa. — Mas amo você. Droga! Às vezes queria não te amar.

— Não diga disso — falei.

Ele sabia tão pouco de mim, e acreditava saber tudo. Eu nunca havia lhe contado sobre meu compartilhamento, por exemplo. Vou ter que contar antes de me casar com ele. Se eu não contar, quando ele descobrir, vai saber que não confiei nele o bastante para ser sincera. E pouco se sabe sobre o compartilhamento. Será que passarei isso aos meus filhos?

E tem a Semente da Terra. Vou ter que contar a ele sobre isso. O que vai achar? Que eu enlouqueci? Não posso contar para ele. Ainda não.

— Poderíamos viver em sua casa — disse ele. — Meus pais ajudariam com a comida. Talvez eu pudesse encontrar um emprego...

— Quero me casar com você — falei.

Hesitei, e fizemos silêncio absoluto. Não acreditava ter me ouvido dizer aquilo, mas era verdade. Talvez eu estivesse só me sentindo perdida. Keith, meu pai, os Garfield, a sra. Quintanilla… As pessoas podiam desaparecer com muita facilidade. Eu queria alguém que se importasse comigo e que não desaparecesse. Mas meu bom senso não tinha desaparecido totalmente.

— Quando a minha família se ajustar, vamos nos casar — falei. — E então poderemos sair daqui. Só preciso saber que meus irmãos ficarão bem.

— Se vamos nos casar de qualquer modo, por que não fazer isso agora?

Porque preciso te contar umas coisas, pensei. Porque se você me rejeitar ou me fizer rejeitar você com suas reações, não quero estar aqui para te ver com outra pessoa.

— Agora não — falei. — Espere por mim.

Ele balançou a cabeça, claramente contrariado.

— O que raios você acha que tenho feito?

Quinta-feira, 24 de dezembro de 2026

É noite de Natal.

Ontem à noite, alguém ateou fogo à casa dos Payne-Parrish. Enquanto a comunidade tentava apagá-lo e depois impedi-lo de se espalhar, três outras casas foram roubadas. A nossa foi uma das três.

Os ladrões levaram toda a nossa comida da despensa: farinha de trigo, açúcar, enlatados, os pacotes de alimentos… Levaram nosso rádio – nosso último rádio. O maluco nisso tudo é que, antes de nos deitar, ouvimos um noticiário de meia hora sobre o aumento dos incêndios criminosos. As pessoas têm causado mais incêndios para encobrir crimes – apesar de não saber por que elas se dão a esse trabalho hoje em dia. A polícia não representa ameaça aos criminosos. As pessoas têm iniciado incêndios para fazer o que nosso incendiário fez a noite passada – induzir os vizinhos vítimas do incêndio a deixarem as próprias casas sem proteção. Causam incêndios para se livrarem de quem elas não gostam, desde inimigos pessoais a qualquer um que pareça estrangeiro ou etnicamente diferente. As pessoas têm causado incêndios porque estão frustradas, bravas, sem esperança. Não têm poder para melhorar a vida, mas conseguem deixar os outros ainda mais arrasados. E o único modo de provar a si mesmo que você tem poder é usando-o.

E também tem aquela droga de fogo com sua dezena de nomes: Blaze, fuego, flash, fogo do sol… O nome mais popular é *piro* – abreviatura de piromania. São todas a mesma droga, e existem há um tempo. Pelo que Keith disse, está se tornando cada vez mais popular. Faz com que observar as labaredas de um incêndio seja melhor, mais intenso e dê um barato mais duradouro do que o sexo. Assim como o Paracetco, a droga usada por minha mãe biológica, a piro estraga a neuroquímica das pessoas. Mas o Paracetco surgiu como um remédio de verdade para ajudar as vítimas de Alzheimer. A piro foi um acidente. Era uma droga caseira – inventada em casa por alguém que estava tentando conseguir uma das mais caras da rua. O inventor cometeu um erro químico muito pequeno, e acabou conseguindo a piro. Isso aconteceu na costa leste e causou um aumento imediato no número de incêndios criminosos sem motivo, grandes e pequenos.

A piro seguiu seu caminho em direção ao oeste sem causar tanto estrago quanto poderia ter causado. Agora, sua popularidade está aumentando. E no sul da Califórnia, um lugar muito seco, ela pode causar uma verdadeira orgia incendiária.

— Meu Deus — disse Cory quando o noticiário acabou. E com uma voz baixa, sussurrada, ela citou uma passagem do Apocalipse. — "Caiu, caiu, a grande Babilônia, e se tornou morada de demônios..."

E os demônios atearam fogo à casa dos Payne-Parrish.

Aproximadamente às duas da madrugada, acordei com o som do sino: Emergência! Terremoto? Fogo? Invasores?

Mas não havia tremor, nenhum barulho não conhecido, nada de fumaça. Eu me levantei, vesti uma roupa, pensei se deveria pegar minha mala de sobrevivência ou não, e a deixei onde estava. Nossa casa não parecia estar correndo perigo imediato. Minha mala de emergência estava segura no armário, em meio a cobertores e trouxas de roupas velhas. Se tivesse que pegá-la, voltaria em segundos.

Corri para fora para ver como precisavam de mim, e vi tudo. A casa dos Payne-Parrish estava totalmente envolvida e cercada pelo fogo. Um dos vigilantes de plantão ainda tocava o alarme. As pessoas saíram de todas as casas e devem ter visto, como eu vi, que a casa dos Parrish estava totalmente avariada. Os vizinhos já molhavam as casas dos dois lados. Um carvalho vivo – um dos enormes, antigos – pegava fogo. Uma brisa leve soprava, agitando pedaços de folhas incendiadas e galhos, espalhando-os. Eu me juntei às pessoas que estavam batendo e molhando as coisas.

Onde estavam os Payne? Onde estava Wardell Parrish? Alguém tinha chamado os bombeiros? Uma casa cheia de pessoas, afinal, não era como uma garagem em chamas.

Perguntei a várias pessoas. Kayla Talcott disse que havia chamado os bombeiros. Eu me senti grata e envergonhada. Não teria perguntado se meu pai ainda estivesse conosco. Um de nós teria chamado. Agora, não podíamos pagar pela ligação.

Ninguém tinha visto nenhum dos Payne. Encontrei Wardell Parrish no quintal dos Yannis, onde Cory e meu irmão Bennett o envolviam em um cobertor. Ele tossia tanto que não conseguia falar, e estava vestindo só a calça do pijama.

— Ele está bem? — perguntei.

— Ele inalou muita fumaça — disse Cory. — Alguém chamou...

— Kayla Talcott chamou os bombeiros.

— Ótimo. Mas não tem ninguém no portão para deixar que eles entrem.

— Eu vou. — Eu me virei para sair, mas seguraram meu braço.

— Os outros? — sussurrou ela. Estava se referindo aos Payne, claro.

— Não sei.

Ela assentiu e me soltou.

Fui até o portão, pegando a chave de Alex Montoya emprestada no meio do caminho. Ele sempre parecia estar com a chave do portão no bolso. Foi por causa dele que não voltei para dentro de casa na possibilidade de interromper um assalto e ser morta por causar problema.

Os bombeiros chegaram sem muita pressa. Eu os deixei entrar, tranquei o portão em seguida e observei enquanto eles apagavam o incêndio.

Ninguém tinha visto os Payne. Concluímos que eles não tinham saído. Cory tentou levar Wardell Parrish para a nossa casa, mas ele se recusou a ir até descobrir o que havia aconteci-do com sua irmã gêmea, com suas sobrinhas e seus sobrinhos.

Quando o fogo estava quase apagado, o sino começou a tocar de novo. Todos olhamos ao redor. Caroline Balter, a mãe de Harry, estava empurrando e balançando o sino, gritando.

— Invasores! — gritou. — Ladrões! Eles invadiram nossas casas!

E todos corremos sem pensar para as casas. Wardell Parrish acompanhou minha família, ainda tossindo e es-pirrando, e tão impotente – e desarmado – como o restante de nós. Poderíamos ter sido mortos, correndo daquele jeito. Mas tivemos sorte. Assustamos nossos ladrões.

Além da comida da despensa e do rádio, os ladrões le-varam algumas ferramentas e equipamentos do meu pai – pregos, fios, parafusos, porcas, coisas assim. Não levaram o telefone, o computador nem nada do escritório. Na verdade, nem entraram no escritório de meu pai. Acredito que nós os tenhamos assustado e eles fugiram antes de conseguir vascu-lhar a casa toda.

Eles roubaram roupas e sapatos do quarto de Cory, mas não entraram no meu, nem no dos meninos. Pegaram um pouco do nosso dinheiro – o dinheiro da cozinha, como diz Cory. Ela o havia escondido em uma caixa de sabão em pó. Pensou que ninguém roubaria algo assim. Na verdade, os ladrões podem ter roubado a caixa para revender sem se dar conta de que não havia só sabão em pó ali. Podia ter sido pior. O dinheiro da cozinha era apenas cerca de mil dólares para emergências pequenas.

Os ladrões não encontraram o resto do dinheiro, uma parte dele escondido perto de nosso limoeiro, e outra parte com nossas duas armas sob o piso do armário da Cory. Meu pai se esforçou muito para conseguir fazer uma espécie de cofre no chão, não trancado, mas totalmente escondido embaixo de um tapete e de uma cômoda velha cheia de apetrechos de costura: retalhos, botões, zíperes, ganchos, coisas assim. A cômoda podia ser afastada com uma mão. Ela deslizava de um lado do armário ao outro se fosse puxada do jeito certo, e em segundos dava para pegar o dinheiro e as armas. O truque para esconder não teria despistado alguém que tivesse tempo para fazer uma busca minuciosa, mas havia despistado nossos ladrões. Eles tinham jogado algumas das gavetas no chão, mas não pensaram em olhar embaixo da cômoda.

Os ladrões levaram a máquina de costura de Cory. Era antiga, compacta e resistente com uma caixa na qual ficava guardada. A caixa e a máquina foram levadas. Isso nos abalou muito. Cory e eu a usamos para fazer, alterar e costurar roupas para a família. Até pensei que podia ganhar um dinheiro com a máquina, costurando para as outras pessoas do bairro. Agora, ela foi levada. A costura das roupas terá que ser feita à mão. Vai demorar muito mais e pode não ficar do jeito com que estamos acostumados. Ruim. Muito ruim. Mas não foi um golpe fatal. Cory chorou a perda da máquina, mas podemos nos virar sem ela. Ela só está sendo afetada pelos golpes que acontecem um atrás do outro.

Vamos nos adaptar. Temos que nos adaptar. Deus é Mudança.

É estranho o quanto lembrar disso me ajuda.

Curtis Talcott acabou de vir à minha janela para contar que os bombeiros encontraram corpos chamuscados e ossos nas cinzas da casa dos Payne-Parrish. A polícia está aqui, fazendo um relatório dos roubos e do incêndio criminoso. Contei a Cory. Ela pode contar a Wardell Parrish ou deixar que os policiais contem. Ele está deitado em um dos sofás da nossa sala de estar. Duvido que esteja dormindo. Apesar de eu nunca ter gostado dele, sinto pena. Ele perdeu a casa e a família. É o único sobrevivente. Como deve ser isso?

Terça-feira, 29 de dezembro de 2026

Não sei quanto pode durar, mas de algum modo que suspeito ser legal, Cory assumiu parte do trabalho realizado por meu pai durante muito tempo. Ela ministrará as aulas que ele dava. Com os computadores que já temos, passará lição de casa, receberá as tarefas e permanecerá disponível para reuniões por telefone e conferências via computador. A parte administrativa do trabalho de meu pai será feita por outra pessoa que vai se beneficiar do dinheiro extra e que esteja disposta a aparecer na faculdade com mais frequência do que uma ou duas vezes por mês. Será como se meu pai ainda estivesse lecionando, mas tivesse passado as outras responsabilidades a um terceiro.

Cory organizou isso pedindo, implorando, chorando, insistindo e recorrendo a todo amigo em quem conseguiu pensar. As pessoas na faculdade a conhecem. Ela lecionou lá antes de Bennett nascer, antes de ver a necessidade de ensinar as crianças do bairro e criar a escola aqui em casa. Meu pai foi totalmente a favor de Cory abrir mão da faculdade por não querer que ela ficasse saindo e voltando para cá, exposta a todos os perigos envolvidos. Os vizinhos pagam uma taxa por criança, mas não é muito. Ninguém conseguiria manter a família com esse dinheiro.

Agora, Cory vai ter que sair de novo. Já está convocando homens e garotos maiores do bairro para escoltá-la quando tiver que sair. Há muitos homens desempregados aqui, e Cory vai pagar um pequeno valor a eles.

Então daqui a alguns dias o novo semestre será iniciado e Cory fará o trabalho de meu pai – e eu farei o trabalho dela. Vou cuidar da escola com a ajuda dela e de Russel Dory, o avô de Joanne e Harry. Ele já foi professor de matemática do ensino médio. Está aposentado há anos, mas ainda é esperto. Não acredito que precisarei de sua ajuda, mas Cory precisa, e ele está disposto, então é isso.

Alex Montoya e Kayla Talcott assumirão a pregação de meu pai e outros trabalhos da igreja. Nenhum dos dois foi ordenado, mas ambos já substituíram meu pai em outras ocasiões. Os dois têm autoridade na comunidade e na igreja. E, é claro, conhecem bem a Bíblia.

É assim que sobreviveremos e nos manteremos juntos. Vai dar certo. Não sei quanto tempo vai durar, mas por enquanto, vai dar certo.

Quarta-feira, 30 de dezembro de 2026

Wardell Parrish finalmente voltou para sua gente – para a parte da família com quem vivia antes de ele e a irmã herdarem a casa dos Sims. Ele estava morando conosco desde que sua irmã e todos os filhos dela foram mortos. Cory deu a ele algumas das roupas de meu pai, que eram grandes demais para ele. Grandes demais mesmo.

Ele andava por aí, sem falar, não parecendo ver nada, sem comer o suficiente... Então ontem ele disse, como um menininho:

— Quero ir para casa. Não posso ficar aqui. Detesto isto tudo. Todo mundo morreu! Tenho que ir para casa.

Então, hoje, Wyatt Talcott, Michael e Curtis o levaram para casa. Coitado. Ele envelheceu anos na última semana. Acho que não deve viver por muito mais tempo.

Somos Semente da Terra. Somos matéria – consciente, direcionada, que resolve problemas. Somos aquele aspecto da Vida da Terra mais capaz de moldar Deus conscientemente. Somos a Vida da Terra amadurecendo, Vida da Terra preparando-se para abandonar o mundo-mãe. Somos a Vida da Terra preparando-se para criar raízes em solo novo, Vida da Terra cumprindo seu propósito, sua promessa, seu Destino.

— SEMENTE DA TERRA: OS LIVROS DOS VIVOS

14

Para ressurgir
Das próprias cinzas
Uma fênix
Deve
Primeiro
Queimar.

— **Semente da Terra: os livros dos vivos**

Sábado, 31 de julho de 2027 — Manhã

Ontem à noite, quando fugi do bairro, ele estava em chamas. As casas, as árvores, as pessoas: em chamas.

A fumaça me despertou, e eu gritei no corredor chamando por Cory e os meninos. Peguei minhas roupas e a mala de emergência, e segui Cory enquanto ela guiava os meninos para fora.

O sino não tocou. Nossos vigilantes devem ter sido mortos antes de conseguirem alcançá-lo.

Tudo estava um caos. Pessoas correndo, gritando, atirando. O portão tinha sido destruído. Nossos agressores tinham passado por ele com um caminhão antigo. Devem ter roubado só para derrubar o portão.

Acho que eles eram viciados em piro – pessoas carecas com as cabeças, os rostos e as mãos pintados. Caras vermelhas, caras azuis, caras verdes, bocas gritando. Olhos ávidos, malucos, brilhando à luz do fogo.

Eles atiraram, atiraram e atiraram. Vi Natalie Moss correr, gritar e então tombar para trás, sem metade do rosto, o corpo ainda impulsionado para a frente. Caiu com tudo de costas e não voltou a se mexer.

Caí com ela, presa em sua morte. Fiquei deitada ali, atordoada, me esforçando para me mexer, para me levantar. Cory e os meninos, que corriam à minha frente, não notaram. Continuaram correndo.

Eu me levantei, procurei minha mala, encontrei e saí correndo. Tentei não ver o que estava acontecendo ao meu redor. Ouvi os tiros e os gritos não me pararam. Um corpo – de Edwin Dunn – não me parou. Eu me abaixei, peguei a arma dele e continuei correndo.

Alguém gritou perto de mim e então me atacou, me empurrando para baixo. Atirei por reflexo e senti o impacto terrível em minha barriga. Vi um rosto verde acima de onde eu estava, a boca aberta e os olhos arregalados, ainda não sentindo toda a dor. Atirei nele de novo, aterrorizada por achar que a dor dele me imobilizaria quando ele a sentisse, realmente. Parecia que ele estava demorando demais para morrer.

Quando consegui me mexer de novo, empurrei o corpo dele para longe do meu. Eu me levantei, ainda segurando a arma, e corri em direção ao portão destruído.

Era melhor ficar na escuridão do lado de fora. Era melhor se esconder.

Subi a Rua Meredith correndo, me afastando da Rua Durant, longe dos incêndios e dos tiros. Eu já tinha perdido Cory e os meninos de vista. Achei que eles subiriam para os montes e não para o centro da cidade. Toda direção era perigosa, mas havia mais riscos onde havia mais pessoas.

Na noite, uma mulher e três crianças poderiam parecer uma cesta de presente de comida, dinheiro e sexo.

Norte em direção aos montes. Norte pelas ruas escuras onde os montes e montanhas escondiam as estrelas.

E depois?

Eu não sabia. Não conseguia pensar. Nunca tinha estado fora dos muros no escuro. Minha única esperança de permanecer viva era ouvir, prestar atenção a qualquer movimento antes que ele chegasse perto demais de mim, ver o que podia à luz das estrelas, manter-me o mais quieta possível.

Desci pelo meio da rua procurando, ouvindo e tentando evitar buracos e partes de asfalto desfeito. Havia pouco lixo. Qualquer coisa que se incendiasse era usado como combustível pelas pessoas. Tudo o que pudesse ser reutilizado ou vendido tinha sido recolhido. Cory costumava comentar sobre isso. A pobreza, segundo ela, havia deixado as ruas mais limpas.

Onde ela estava? Para onde tinha levado meus irmãos? Eles estavam bem? Tinham pelo menos saído do bairro?

Parei. Meus irmãos estavam ali de novo? Curtis também? Eu não o vira – apesar de que, se havia alguém que sobreviveria àquela loucura, seriam os Talcott. Mas não tínhamos como encontrar uns aos outros.

Som. Passos. Duas pessoas correndo. Fiquei onde estava, paralisada no lugar. Nenhum movimento repentino para chamar atenção para mim. Será que já tinham me visto? Era possível que eu fosse vista – uma pessoa de uma escuridão mais escura em uma rua vazia?

O som estava atrás de mim. Ouvi e soube que estava mais para um lado, se aproximando, passando. Duas pessoas descendo uma rua paralela correndo, indiferentes ao barulho que faziam, indiferentes às sombras com formato de mulher.

Soltei um suspiro e voltei a puxar o ar pela boca porque respirava com menos ruído dessa forma. Eu não podia voltar para os incêndios e para a dor. Se Cory e os meninos estivessem lá, estavam mortos ou, pior, presos. Mas eles estavam à minha frente. Devem ter saído. Cory não permitiria que voltassem para me procurar. Havia um brilho forte no ar acima do que já tinha sido nosso bairro. Se ela tivesse tirado os meninos dali, só teria que olhar para trás para saber que não queria voltar.

Ela estava com sua Smith & Wesson? Eu queria ter pego essa com as duas caixas de munição que vinham junto. Só tinha a faca em minha mala e a velha .45 automática de Edwin Dunn. E toda a munição que eu tinha estava dentro dela. Se não estivesse vazia. Eu conhecia a arma. Tinha espaço para sete balas. Eu já atirara duas vezes. Quantas vezes Edwin Dunn tinha atirado antes de alguém acertá-lo? Eu só esperava saber no dia seguinte. Havia uma lanterna em minha bolsa, mas eu não pretendia usá-la, a menos que tivesse certeza de que não seria um alvo.

Durante o dia, o volume dentro de meu bolso bastaria para as pessoas pensarem duas vezes antes de me roubar ou me estuprar. Mas à noite, a arma azul ficaria quase invisível em minha mão. Se estivesse vazia, eu poderia usá-la para dar coronhadas. No momento em que acertasse alguém com ela, poderia me ferir também. Se eu ficasse inconsciente por algum motivo durante uma luta, perderia todos os meus pertences, se não perdesse a vida. Esta noite eu teria que me esconder.

No dia seguinte, eu teria que blefar o máximo possível. A maior parte das pessoas não insistiria para que eu atirasse nelas só para testar se a arma estava carregada ou não. Para os moradores de rua, incapazes de pagar planos de saúde, mesmo um ferimento pequeno pode ser fatal.

Sou um dos moradores de rua agora. Não tão pobre como alguns, mas sem casa, sozinha, cheia de livros e ignorante sobre a realidade. A menos que eu encontre alguém do bairro, não posso confiar em ninguém. Ninguém para me dar apoio.

Cinco quilômetros até os montes. Eu me mantive nas ruas secundárias iluminadas pelas estrelas, prestando atenção aos sons e olhando ao redor. Segurava a arma. Pretendia continuar assim. Ouvia cães latindo e rosnando, brigando em algum lugar não muito longe.

Suava frio. Nunca tinha sentido tanto medo na vida. Mas nada me atacou. Nada me encontrou.

Não cheguei aos montes. Na verdade, encontrei uma casa destruída pelo fogo, sem muros, alguns quarteirões antes do fim da Rua Meredith. O medo de cães havia me feito ficar atenta a qualquer coisa que pudesse servir de abrigo.

A casa era só ruínas, ruínas saqueadas. Não era seguro entrar nela com ou sem luz. Era uma coleção de colunas pretas, sem teto. Mas tinha sido construída acima do nível do solo. Cinco degraus de concreto levavam ao que já tinha sido a varanda da frente. Deveria haver uma maneira de passar por baixo da casa.

E se outras pessoas estivessem embaixo dela?

Eu dei a volta nela, prestando atenção aos sons, tentando enxergar. E então, em vez de me arriscar passar por baixo dela, eu fiquei no que restava da garagem adjacente. Um canto dela ainda estava de pé, e havia entulho suficiente na frente desse lugar para me esconder se eu não acendesse uma luz. Além disso, se eu fosse surpreendida, poderia sair da garagem mais depressa do que poderia sair de baixo da casa. O chão de concreto não cederia sob meu corpo como possivelmente aconteceria com o piso de madeira no que restava da casa. Era o melhor lugar que eu encontraria, e estava exausta. Não sabia se conseguiria dormir, mas tinha que descansar.

Já era manhã. O que deveria fazer? Dormi um pouco, mas despertava toda hora. Todos os barulhos me faziam acordar: o vento, os ratos, insetos, e então os esquilos e os pássaros... Não me sinto descansada, mas estou um pouco menos exausta. Então, o que devo fazer?

Como é possível que nunca tenhamos determinado um local para nos reunirmos fora do bairro – um lugar onde a família pudesse se juntar depois de um desastre? Lembro-me de ter sugerido ao meu pai que fizéssemos isso, mas ele nunca fez nada a respeito e eu não havia insistido na ideia como deveria. (Um molde de Deus mal feito. Falta de planejamento.)

E agora?

Agora, tenho que ir para casa. Não quero. Pensar nisso me assusta muito. Demorei muito só para escrever a palavra: casa. Mas preciso saber sobre meus irmãos, e sobre Cory e Curtis. Não sei como vou poder ajudar se eles estiverem feridos ou presos. Não sei o que pode estar esperando por mim no bairro. Mais rostos pintados? A polícia? Estou em apuros, de qualquer modo. Se a polícia estiver ali, terei que esconder minha arma antes de entrar – minha arma e o pouco dinheiro que tenho. Portar uma arma pode chamar atenção da polícia do modo errado, se eles estiverem de mau humor. Mas todo mundo que tem arma anda armado. O segredo, claro, é não ser pego com a sua.

Por outro lado, se os pintados ainda estiverem lá, não posso entrar. Por quanto tempo essas pessoas ficam sob o efeito da piro e do fogo? Eles ficam juntos depois de se divertirem para roubar o que sobrou e talvez matar mais algumas pessoas?

Não importa. Preciso ver.

Tenho que ir para casa.

Sábado, 31 de julho de 2027 — Noite

Tenho que escrever. Não sei o que mais fazer. Os outros estão dormindo agora, mas não está escuro. Estou montando guarda porque não conseguiria dormir nem se tentasse. Estou agitada e atordoada. Não posso chorar. Quero me levantar e sair correndo e correndo... Fugir de tudo. Mas não há fuga.

Tenho que escrever. Não há nada de familiar para fazer além de escrever. Deus é Mudança. Detesto Deus. Tenho que escrever.

Não havia casas não incendiadas no bairro, apesar de algumas terem sido mais atingidas do que outras. Não sei se a polícia ou se os bombeiros apareceram aqui. Se vieram, foram embora antes da minha chegada. O bairro estava totalmente aberto e cheio de saqueadores.

Fiquei parada na frente do portão, observando enquanto desconhecidos fuçavam entre as estruturas enegrecidas de nossas casas. As ruínas ainda soltavam fumaça, mas os homens, as mulheres e as crianças estavam por todos os lados, mexendo nelas, pegando frutas das árvores, despindo nossos mortos, discutindo e brigando pelas novas aquisições, reunindo as coisas em trouxas ou pilhas... Quem eram aquelas pessoas?

Levei a mão sobre a arma em meu bolso – ainda havia quatro balas nela – e entrei. Eu estava suja por ter passado a noite deitada na terra e nas cinzas. Talvez não fosse notada.

Vi três mulheres de uma parte sem muros da Rua Durant escavando entre os restos da casa dos Yannis. Elas riam e jogavam punhados de serragem e gesso umas nas outras.

Onde estavam Shani Yannis e suas filhas? Onde estavam suas irmãs?

Caminhei pelo bairro sem olhar para os vermes humanos, tentando encontrar algumas das pessoas com quem eu tinha crescido. Encontrei alguns mortos. Edwin Dunn estava caído no lugar onde eu havia pegado sua arma, mas agora sem camisa e sem sapatos. Seus bolsos tinham sido esvaziados.

O chão estava coberto com cadáveres cobertos de cinzas, alguns queimados ou parcialmente estourados por balas de armas automáticas. Sangue seco e quase seco havia se empoçado na rua. Dois homens estavam soltando nosso sino de emergência. A luz forte da manhã ensolarada tornava o cenário todo menos real, de certa forma, mais parecido com um pesadelo. Parei na frente de nossa casa e olhei para os cinco adultos e para a criança que estavam mexendo nas ruínas. Quem eram aqueles abutres? O fogo os havia atraído? É isso que fazem os desabrigados? Correm para onde há fogo e torcem para encontrar um cadáver que possam despojar?

Havia alguém pintado de verde na nossa varanda. Subi os degraus e fiquei parada olhando para ele – para ela. O pintado era uma mulher – alta, esguia, careca, mas do sexo feminino. E do que ela tinha morrido? Qual era o sentido de tudo aquilo?

— Deixe-a em paz. — Uma mulher que segurava um par de sapatos de Cory se aproximou de mim. — Ela morreu por todos nós. Deixe-a em paz.

Nunca na vida senti tanta vontade de matar outro ser humano.

— Saia da porra da minha frente — falei. Não ergui a voz. Não sei como estava minha cara, mas a ladra se afastou.

Passei por cima da cara verde e entrei nas ruínas de nossa casa. Os outros ladrões olharam para mim, mas nenhum deles disse nada. Um par deles, pude ver, era formado por um homem e um menininho. O homem estava vestindo uma calça jeans de meu irmão Gregory no menino. A calça era grande demais, mas o homem apertou o cinto e enrolou a bainha.

E onde estava Gregory, meu irmão menor, engraçado e espertinho? Onde estava? Onde estava todo mundo?

O teto de nossa casa tinha caído. A maioria das coisas tinha se incendiado – a cozinha, a sala de estar, a sala de jantar, meu quarto... Não era seguro andar naquele piso. Vi um dos saqueadores cair, dar um grito surpreso, e então subir de volta, sem ferimentos, apoiando-se em uma viga.

Nada que restara em meu quarto pôde ser recuperado. Cinzas. Uma cabeceira de metal da cama distorcida pelo calor, metal entortado e restos de cerâmica de meu abajur, montes de cinzas do que tinham sido roupas ou livros. Muitos livros não estavam totalmente queimados. Eles estavam inutilizados, mas tinham sido empilhados tão unidos que o fogo havia queimado profundamente a partir das margens e das lombadas. Restaram círculos de papel imaculado, cercado por cinzas. Não encontrei uma única página inteira.

Os dois quartos do fundo tinham aguentado melhor. Era onde estavam os saqueadores, e para onde eu fui.

Encontrei pares de meias enroladas de meu pai, shorts e camisetas dobrados, e um coldre extra que eu poderia usar para a .45. Tudo isso eu encontrei dentro ou embaixo dos restos que não pareciam nada promissores da cômoda e das gavetas de meu pai. A maioria das coisas estava queimada a ponto de não poder ser recuperada, mas enfiei quase tudo do que encontrei na bolsa. O homem com o menino se aproximou para vasculhar ao meu lado e, de algum modo, talvez por causa da criança, porque aquele desconhecido em trapos imundos era o pai de alguém também, eu não me importei. O menininho observava nós dois, com o rostinho negro inexpressivo. Ele se parecia um pouco com Gregory.

Peguei um damasco seco de minha bolsa e o ofereci ao menino. Ele não devia ter mais do que seis anos de idade, mas só pegou o alimento quando o homem o instruiu para que assim fizesse. Boa disciplina. Mas assim que o homem deu permissão, ele pegou o damasco, deu uma mordidinha para experimentar e enfiou todo o resto na boca.

Então, na companhia de cinco desconhecidos, saqueei a casa de minha família. A munição embaixo do piso do armário no quarto de meus pais havia se incendiado, sem dúvida explodido. O armário estava muito chamuscado. Não teria como reaver o dinheiro escondido ali.

Peguei fio dental, sabonete e um pote de vaselina do banheiro de meus pais. Todo o resto já tinha sido levado.

Consegui pegar mudas de roupas para Cory e para meus irmãos. Principalmente, encontrei sapatos para eles. Havia uma mulher procurando entre os sapatos de Marcus, e arregalou os olhos para mim, mas não disse nada. Meus irmãos tinham saído da casa vestindo pijamas. Cory havia vestido um casaco por cima. Eu tinha sido a última a sair porque havia arriscado parar para pegar uma calça jeans, uma blusa de moletom e sapatos, além de minha bolsa para emergências. Eu poderia ter sido morta. Se tivesse pensado no que estava fazendo, se tivesse pensado, sem dúvida teria sido morta. Reagi do modo como havia me treinado a reagir – apesar de meu treinamento estar longe de atualizado –, e fui mais pela lembrança do que por qualquer outra coisa. Há muito tempo não treinava à noite. Apesar disso, esse treinamento autoadministrado havia funcionado.

E se conseguisse levar aquelas roupas para a Cory e para meus irmãos, talvez compensasse pela falta de treinamento deles. Principalmente se pudesse pegar o dinheiro embaixo das pedras perto do limoeiro.

Coloquei as roupas e os sapatos dentro de uma fronha esfarrapada, procurei cobertores ao meu redor e não encontrei nenhum. Provavelmente tinham sido retirados dali antes. Mais um motivo para pegar o dinheiro do limoeiro.

Fui até o pessegueiro e, por ser alta, consegui alcançar dois pêssegos quase maduros que os outros catadores não tinham visto. Em seguida, olhei ao redor como se procurasse mais alguma coisa para levar, e me surpreendi ao quase chorar quando vi a horta grande e bem cuidada de Cory, nos fundos do quintal, toda destruída. Pimentões, tomates, abóboras, cenouras, pepinos, alface, melões, girassóis, feijão, milho... Grande parte ainda não estava madura, mas o que não tinha sido roubado fora destruído.

Peguei algumas cenouras, punhados de sementes de girassol de vasos do chão, e alguns brotos de feijão de vinhas que Cory tinha plantado para subir pelos galhos de girassol e pelas plantações de milho. Peguei o que havia sobrado, como achava que um catador atrasado faria. E caminhei em direção ao limoeiro. Quando me aproximei dele, pesado com os limões pequenos, procurei algum que tivesse uma parte amarela, por menor que fosse. Peguei alguns da árvore e do chão. Cory havia plantado flores de sombra na base da árvore, e elas tinham se desenvolvido ali. Ela e meu pai tinham espalhado pedrinhas redondas entre as flores de um jeito que parecesse nada além de decoração. Algumas delas tinham sido reviradas, amassando as flores por perto. Na verdade, a pedra com o dinheiro embaixo dela tinha sido virada. Mas os cinco ou oito centímetros de terra em cima do pacote de dinheiro (enrolado em três camadas de plástico) estavam intactos.

Peguei o pacote no mesmo tempo em que tinha colhido alguns limões pouco antes. Primeiro, encontrei o esconderijo, então peguei o pacote de dinheiro com um punhado de terra. Depois, na pressa de ir embora, mas morrendo de medo de chamar atenção, peguei mais alguns limões e procurei mais comida.

Os figos estavam duros e verdes e não roxos, e os caquis estavam verde-amarelados e alaranjados. Encontrei uma única espiga de milho na plantação e a usei para enfiar o pacote de dinheiro ainda mais fundo na bolsa. Em seguida, fui embora.

Com a bolsa nas costas e a fronha no braço esquerdo, apoiada no quadril como se fosse um bebê, eu desci até a rua. Mantive minha mão direita livre para segurar a arma ainda em meu bolso. Não tivera tempo para colocá-la no coldre.

Havia mais pessoas dentro dos muros do que quando eu tinha chegado. Tive que passar pela maioria delas para sair. Outras estavam saindo com suas cargas, e eu tentei segui-las sem me unir a nenhum grupo em especial. Isso significava que eu me movimentava mais devagar do que gostaria. Tive tempo de olhar para os cadáveres e ver o que eu não queria ver.

Richard Moss, totalmente nu, caído em uma poça de seu próprio sangue. A casa dele, mais próxima do portão do que a nossa, tinha sido destruída pelo fogo. Só a chaminé se destacava, escurecida e nua em meio aos destroços. Onde estavam as duas esposas sobreviventes, Karen e Zahra? Será que tinham sobrevivido? Onde estavam todos os seus vários filhos?

A pequena Robin Balter, nua, imunda, com sangue entre as pernas, fria, magricela, entrando na puberdade. Ela poderia ter se casado com meu irmão Marcus um dia. Poderia ter sido minha irmã. Sempre tinha sido uma criança ótima e muito esperta, toda séria e sabida. Doze anos, mas alma de trinta e cinco, Cory costumava dizer. Ela sempre sorria quando Cory dizia isso.

Russell Dory, o avô de Robin. Somente seus sapatos tinham sido levados. Seu corpo tinha sido quase destroçado por tiros de armas automáticas. Um senhor e uma criança. O que os pintados tinham ganhado com toda a matança?

"Ela morreu por nós", dissera a catadora sobre a pintada de verde. Um tipo de movimento maluco de "incendiar os ricos", Keith dissera. Nunca tínhamos sido ricos, mas, para os desesperados, parecíamos ricos. Estávamos sobrevivendo e tínhamos nosso muro. Nossa comunidade morrera para que os viciados pudessem fazer um apelo político e ajudassem os pobres?

Havia outros cadáveres. Não olhei com atenção para a maioria deles. Eles enchiam os quintais da frente, a rua e o canteiro. Não havia sinal de nosso sino de emergência agora. Os homens que o quiseram o haviam levado embora – talvez para ser vendido por seu metal.

Vi Layla Yannis, a filha mais velha de Shani. Como Robin, ela tinha sido estuprada. Vi Michael Talcott, com um lado da cabeça afundado. Não procurei por Curtis. Estava amedrontada de encontrá-lo ali perto. Naquela situação, eu já estava quase sem controle, e não podia chamar atenção. Não podia ser nada mais do que outra catadora levando tesouros.

Corpos passaram sob meus olhos: Jeremy Balter, um dos irmãos de Robin, Philip Moss, George Hsu, sua esposa e o filho mais velho, Juana Montoya, Rubin Quintanilla, Lidia Cruz... Lidia tinha só oito anos. Também tinha sido estuprada.

Atravessei o portão de volta. Não me descontrolei. Não tinha visto Cory nem meus irmãos na carnificina. Isso não significava que eles não estavam ali, mas eu não os havia visto. Podiam estar vivos. Curtis podia estar vivo. Onde poderia procurá-los?

Os Talcott tinham parentes morando em Robledo, mas eu não sabia onde. Em algum lugar do outro lado da Rua River. Eu não podia procurá-los, mas Curtis era capaz ter ido atrás deles. Por que ninguém mais tinha ficado para salvar o que fosse possível?

Dei a volta pelo bairro, sempre por onde pudesse ver o muro, e então fiz um círculo maior. Não vi ninguém – ou pelo menos, ninguém que eu conhecia. Vi outros desabrigados que ficavam me encarando.

E então, por não saber mais o que fazer, voltei em direção à minha garagem destruída pelo fogo na Rua Meredith. Não podia telefonar para a polícia. Todos os telefones que eu conhecia eram pó. Nenhum estranho me deixaria usar seu telefone se tivesse um, e eu não conhecia ninguém a quem pudesse pagar para fazer uma ligação e confiar que a pessoa a faria. A maioria das pessoas me evitaria ou acabaria tentada a ganhar meu dinheiro e não ligar. E de qualquer modo, se a polícia ignorou o que foi feito em meu bairro até agora, se um incêndio desses e tantos cadáveres podem ser ignorados, por que eu a procuraria? O que eles fariam? Me prenderiam? Levariam meu dinheiro como taxa? Não me surpreenderia. O melhor era me manter longe deles.

Mas *onde* estava minha família?!

Alguém chamou meu nome.

Eu me virei, com a mão no bolso, e vi Zahra Moss e Harry Balter – a esposa mais jovem de Richard Moss e o irmão mais velho de Robin Balter. Os dois eram um casal improvável, mas estavam juntos, sim. Conseguiam, mesmo sem encostar um no outro, aparentar que faziam tudo menos se apoiar. Os dois tinham manchas de sangue nas roupas rasgadas. Olhei para o rosto inchado e machucado de Harry e me lembrei de que Joanne o amara – ou pensara amar – e que ele não se casou com ela e não a acompanhou até Olivar porque acreditava no mesmo que meu pai a respeito daquele lugar.

— Você está bem? — perguntou ele.

Assenti, lembrando de Robin. Ele sabia? Russell Dory, Robin e Jeremy…

— Eles bateram em você? — perguntei, sentindo-me tola e deslocada. Não queria contar a ele que seu avô, seu irmão e sua irmã estavam mortos.

— Tive que brigar para sair ontem à noite. Tive sorte de eles não terem atirado em mim. — Ele se remexeu, olhou ao redor. — Vamos nos sentar na calçada.

Zahra e eu olhamos ao redor, atentas à presença de outras pessoas. Nos sentamos com Harry entre nós. Eu me sentei em cima da fronha com as roupas. Zahra e Harry estavam totalmente vestidos, apesar da camada de sangue e sujeira, mas não carregavam nada. Será que não tinham nada ou deixaram as coisas em algum lugar – talvez com o que havia sobrado de suas famílias? E onde se encontrava Bibi, a filhinha de Zahra? Ela sabia que Richard Moss estava morto?

— Todo mundo está morto — sussurrou Zahra como se falasse para os meus pensamentos. — Todos. Aqueles imbecis pintados mataram todos eles!

— Não! — Harry negou balançando a cabeça. — Nós saímos! Há outros.

Ele se sentou apoiando o rosto nas mãos, e me perguntei se ele podia estar mais ferido do que tinha pensado. Eu não estava compartilhando nenhuma dor grave dele.

— Vocês viram meus irmãos ou Cory? — perguntei.

— Mortos — sussurrou Zahra. — Como minha Bibi. Todos mortos.

Eu me sobressaltei.

— Não! Não todos eles. Não! Você os viu?

— Vi a maioria da família Montoya — disse Harry. Ele não estava falando comigo, estava mais falando sozinho. — Nós os vimos ontem à noite. Disseram que Juana estava morta. O resto deles ia caminhar até Glendale, onde seus parentes vivem.

— Mas... — comecei.

— E eu vi Laticia Hsu. Ela foi esfaqueada quarenta ou cinquenta vezes.

— Mas você viu meus irmãos? — Eu tive que perguntar.

— Estão todos mortos, já falei — disse Zahra. — Eles saíram, mas os pintados os pegaram, levaram de volta e os mataram. Eu vi. Um deles me dominou, e ele... eu vi.

Ela estava sendo estuprada quando viu minha família ser arrastada de volta e morta? Era isso que estava dizendo? Era verdade?

— Voltei hoje cedo — falei. — Não vi os corpos deles. Não vi nenhum deles. — Ah, não. Ah, não. Ah, não...

— Eu vi. Sua mãe. Todos eles. Eu vi. — Zahra envolveu o corpo com os braços. — Eu não queria ver, mas eu vi.

Permanecemos sentados sem falar. Não sei quanto tempo ficamos ali. De vez em quando, alguém passava por nós e nos olhava, uma pessoa suja com trouxas de roupa. Pessoas mais limpas em pequenos grupos passavam por nós de bicicleta. Um grupo de três passou de moto, com o zunido elétrico e o ronco esquisito na rua silenciosa.

Quando me levantei, os outros dois olharam para mim. Sem qualquer motivo que não fosse por hábito, peguei minha fronha. Não sei o que eu queria fazer com as coisas dentro dela. Tinha me ocorrido, no entanto, que eu deveria voltar para a minha garagem antes que outra pessoa entrasse ali. Eu não estava pensando muito bem. Era como se aquela garagem fosse minha casa agora, e eu só queria estar ali.

Harry se levantou e quase caiu de novo. Ele se curvou para a frente e vomitou no meio-fio. Vê-lo vomitar mexeu comigo, e eu só consegui desviar o olhar a tempo de não vomitar junto. Ele terminou, cuspiu, virou-se de frente para Zahra e para mim e tossiu.

— Eu me sinto péssimo — disse ele.

— Eles o acertaram na cabeça ontem à noite — Zahra explicou. — Ele me tirou do cara que estava... Bom, você sabe. Ele me tirou de perto, mas o feriram.

— Há uma garagem incendiada onde eu dormi ontem à noite — falei. — Fica longe daqui, mas ele pode descansar lá. Todos podemos descansar lá.

Zahra pegou minha fronha e a levou. Talvez algo ali dentro pudesse fazer bem para ela. Caminhamos, uma de cada lado de Harry, e impedimos que ele parasse, saísse do caminho ou tropeçasse demais. De alguma maneira, conseguimos levá-lo para a garagem.

15

Gentileza facilita a Mudança.

— **Semente da Terra: os livros dos vivos**

Domingo, 1 de agosto de 2027

Harry dormiu a maior parte do dia. Zahra e eu nos revezamos para ficar com ele. Ele está com uma concussão, no mínimo, e precisa de tempo para se curar. Não conversamos sobre o que faremos se ele ficar pior em vez de melhorar. Zahra não quer abandoná-lo porque ele lutou para salvá-la. Não quero abandoná-lo porque o conheço desde sempre. Ele é um cara bacana. Quero saber se existe uma maneira de entrar em contato com os Garfield. Eles dariam uma casa a ele, ou pelo menos cuidariam para que recebesse assistência médica.

Mas ele não parece estar piorando. Sai do quintal dos fundos cercado para urinar. Come os alimentos e bebe a água que dou. Sem necessidade de discutir, estamos comendo e bebendo do meu suprimento. Ele é tudo o que temos. Em pouco tempo, vamos ter que arriscar sair para comprar mais. Mas hoje, domingo, é dia de descanso e cura para nós.

A dor da cabeça de Harry e seu corpo agredido e cheio de hematomas são quase bem-vindos para mim. São distrações. Juntamente com o falatório e o choro de Zahra por sua filha morta, eles preenchem minha mente.

A tristeza deles diminui a minha, de certo modo. Ela me dá momentos em que não penso na minha família. Todo mundo está morto. Mas como podem estar? Todo mundo?

Zahra tem uma vozinha tranquila de menina que eu achava forçada. É real, mas ganha um toque áspero quando ela fica contrariada. Parece dolorida, como se arranhasse sua garganta quando ela fala.

Ela tinha visto sua filha morta, viu o cara azul que atirou em Bibi enquanto Zahra corria com ela no colo. Achou que ele estava se divertindo, atirando em todos os alvos móveis. Disse que a expressão dele fazia com que ela se lembrasse de um homem fazendo sexo.

— Eu caí — sussurrou ela. — Pensei que estivesse morta. Pensei que ele tivesse me matado. Vi sangue. Depois, vi a cabeça de Bibi tombar para um lado. Um cara vermelha a arrancou de mim. Não vi de onde ele veio. Ele a pegou e a jogou dentro da casa dos Hsu. A casa estava totalmente incendiada. Ele a jogou no fogo. — Eu enlouqueci naquele momento. Não sei o que fiz. Alguém me segurou, e então eu me livrei, depois alguém me empurrou para baixo e caiu em cima de mim. Não consegui respirar, e ele rasgou minhas roupas. Em seguida, ele estava em cima de mim e eu não consegui fazer nada. Foi quando vi sua mãe, seus irmãos… Aí, Harry chegou e tirou o maldito de cima de mim. Mais tarde, ele me disse que eu estava gritando. Não sei o que estava fazendo. Ele estava batendo no cara que tinha tirado de cima de mim quando um outro pulou em cima dele. Eu agredi o novo cara com uma pedra e Harry derrubou o primeiro. Então, fugimos. Simplesmente corremos. Não dormimos. Nós nos escondemos entre duas casas sem muros no fim da rua, longe do fogo, até um cara aparecer com um machado e nos espantar dali. E então ficamos vagando até encontrar você. Nós nem nos conhecíamos antes. Você sabe, o Richard nunca gostou que tivéssemos muito contato com os vizinhos – principalmente os brancos.

Eu assenti, lembrando de Richard Moss.

— Ele morreu, sabia? — disse. — Eu o vi.

Quis retirar as palavras assim que as disse. Não sabia como dizer a alguém que seu marido tinha morrido, mas devia existir um modo melhor e mais delicado do que aquele.

Ela olhou para mim, abalada. Eu quis me desculpar por minha maneira abrupta, mas achei que não ajudaria. "Sinto muito", eu disse em um tipo de desculpa genérica por tudo. Ela começou a chorar, e eu repeti:

— Sinto muito.

Eu a abracei e deixei que chorasse. Harry acordou, bebeu um pouco de água, escutou enquanto Zahra contava como Richard Moss a havia comprado de sua mãe sem teto quando ela tinha apenas quinze anos – mais jovem do que eu pensei – e a levou para morar na primeira casa que ela conhecera. Ele dava o suficiente para comer e não a agredia, e mesmo quando as outras esposas, suas companheiras, a tratavam mal, era mil vezes melhor do que viver do lado de fora com a mãe e passar fome. Agora, estava do lado de fora de novo. Em seis anos, ela tinha passado do nada para nada.

— Vocês têm para onde ir? — perguntou para nós, finalmente. — Conhecem alguém que ainda tem uma casa?

Olhei para Harry.

— Pode ser que você entre em Olivar se conseguir andar até lá. Os Garfield abrigariam você.

Ele pensou um pouco no que eu disse.

— Não quero — disse ele. — Acho que não tem mais futuro em Olivar do que havia em nosso bairro. Mas pelo menos lá tínhamos as armas.

— Que não nos serviram de nada — murmurou Zahra.

— Eu sei. Mas elas eram nossas armas, não atiradores contratados. Ninguém podia colocá-las contra nós. Em Olivar, pelo que Joanne disse, ninguém pode portar arma, só os seguranças. E quem são eles?

— Pessoas da empresa — falei. — Pessoas de fora de Olivar. Ele assentiu.

— Foi o que ouvi, também. Talvez tudo fique bem, mas não parece certo.

— Parece melhor do que passar fome — disse Zahra. — Vocês nunca pularam uma refeição, não é?

— Estou indo para o norte — falei. — Planejei ir assim que minha família se restabelecesse. Agora não tenho mais família, então vou.

— Onde no norte? — perguntou Zahra.

— Em direção ao Canadá. Pelo modo com que as coisas estão agora, pode ser que eu não consiga chegar tão longe. Mas encontrarei algum lugar onde a água não custa mais do que a comida e onde o trabalho rende um salário. Mesmo que seja pequeno. Não vou passar a vida como um escravo do século XXI.

— Eu também estou indo para o norte — disse Harry. — Não tem nada aqui. Já tentei por mais de um ano conseguir trabalho por aqui, qualquer um que renda dinheiro. Não tem nada. Quero trabalhar para ganhar dinheiro e para fazer uma faculdade. Os únicos empregos que pagam dinheiro de verdade são aqueles que nossos pais tinham, aqueles que exigem diploma universitário.

Olhei para ele, querendo perguntar algo, mas hesitando, demorando.

— Harry, e seus pais?

— Não sei — disse ele. — Não os vi mortos. A Zahra disse que também não viu. Não sei onde todo mundo está. Nós nos separamos.

Engoli em seco.

— Não vi seus pais — falei —, mas vi alguns de seus outros parentes... mortos.

— Quem? — perguntou ele.

Acho que não existe uma maneira de contar às pessoas que seus parentes próximos morreram, exceto dizendo – por mais que a gente não queira.

— Seu avô — falei. — E Jeremy e Robin.

— Robin e Jeremy? Crianças? Crianças pequenas?

Zahra segurou a mão dele.

— Eles matam criancinhas — disse ela. — Aqui fora no mundo, eles matam crianças todos os dias.

Ele não chorou. Ou talvez tenha chorado quando adormecemos. Mas primeiro, ele se retraiu, parou de falar, parou de responder, parou de fazer qualquer coisa até quase escurecer. Naquele momento, Zahra tinha saído e voltado com a camisa de meu irmão Bennett cheia de pêssegos maduros.

— Não perguntem onde eu os peguei — disse ela.

— Imagino que você os tenha roubado — falei. — Não de ninguém aqui, espero. Não faz sentido deixar os vizinhos irritados.

Ela ergueu uma sobrancelha.

— Não preciso que você me diga como viver aqui fora. Eu nasci aqui. Coma seus pêssegos.

Comi quatro deles. Estavam deliciosos e maduros demais para serem levados.

— Por que não experimenta algumas daquelas roupas? — perguntei. — Pegue o que servir.

A camisa de Marcus e a calça jeans dele serviram nela – apesar de ter tido que enrolar as pernas –, e os sapatos dele também serviram. Sapatos são caros. Agora, ela tem dois pares.

— Se você deixar, vou trocar esses sapatinhos por comida. Eu assenti.

— Amanhã. O que você conseguir, vamos dividir. E então eu vou embora.

— Para o norte?

— Isso.

— Só para o norte. Sabe alguma coisa sobre as estradas, cidades e onde comprar coisas ou roubá-las? Tem dinheiro?

— Tenho mapas — falei. — São velhos, mas acho que ainda servem. Ninguém tem construído novas estradas ultimamente.

— Não mesmo. Dinheiro?

— Um pouco. Mas não o suficiente, desconfio.

— Não existe dinheiro suficiente. E ele? — Ela fez um gesto em direção à costas de Harry, que não se mexia. Ele estava deitado. Não sabia se estava adormecido ou não.

— Ele tem que decidir sozinho — falei. — Talvez queira ficar por aqui procurando a família antes de partir.

Ele se virou lentamente. Parecia doente, mas totalmente consciente. Zahra colocou os pêssegos que tinha guardado para ele a seu alcance.

— Não quero esperar nada — disse ele. — Seria bom se pudéssemos começar agora. Detesto este lugar.

— Você vai com ela? — perguntou Zahra, fazendo um gesto com o polegar, apontando para mim.

Ele olhou para mim.

— Pode ser que consigamos ajudar um ao outro — disse ele. — Pelo menos nós nos conhecemos, e... Consegui pegar algumas centenas de dólares ao sair da casa.

Ele estava oferecendo confiança. Queria dizer que podíamos confiar um no outro. Isso não era pouca coisa.

— Eu estava pensando em viajar vestida de homem — disse a ele.

Ele parecia estar controlando um sorriso.

— Vai ser mais seguro para você. Pelo menos, tem altura suficiente para enganar as pessoas. Mas vai ter que cortar os cabelos.

Zahra resmungou.

— Casais de etnias diferentes enfrentam um inferno, sejam héteros ou gays. Harry vai incomodar os negros e você vai incomodar os brancos. Boa sorte.

Eu a observei dizendo isso e percebi o que queria dizer.

— Você quer ir conosco? — perguntei.

Ela fungou.

— Por que deveria ir? Não vou cortar meus cabelos!

— Não precisa — respondi. — Podemos ser um casal negro e o amigo branco deles. Se Harry conseguir um bom bronzeado, talvez possamos dizer que é um primo.

Ela hesitou, e então sussurrou:

— Sim, eu quero ir. — E começou a chorar. Harry olhou para ela surpreso.

— Você achou que íamos simplesmente largar você? — perguntei. — Você só tinha que dizer para sabermos.

— Não tenho dinheiro nenhum — disse ela. — Nem um dólar.

Suspirei.

— Onde pegou esses pêssegos?

— Você tinha razão. Eu os roubei.

— Você tem uma habilidade útil, então, e informações sobre como viver aqui fora. — Olhei para Harry. — O que você acha?

— Não se incomoda por ela ter roubado? — perguntou ele.

— Pretendo sobreviver — respondi.

— Não roubarás — disse ele. — Anos e anos, uma vida inteira de "Não roubarás".

Tive que controlar a raiva antes de conseguir responder. Ele não era meu pai. Não tinha direito de citar as escrituras para mim. Não era ninguém. Não olhei para ele. Não falei nada até ter certeza de que minha voz sairia normal. Então:

— Eu disse que pretendo sobreviver. Você não?

Ele concordou.

— Não foi uma crítica. Só estou surpreso.

— Espero que isso nunca signifique ser pego, nem deixar alguém morrer de fome — falei. E, para minha surpresa, sorri.

— Já pensei nisso. É como me sinto, mas nunca roubei nada.

— Está brincando! — disse Zahra.

Dei de ombros.

— É verdade. Cresci tentando dar um bom exemplo a meus irmãos e satisfazer as expectativas de meu pai. Aquilo parecia algo que eu deveria estar fazendo.

— Filho mais velho — disse Harry. — Eu sei.

Ele era primeiro filho de sua família.

— Mais velho o caramba — disse Zahra, rindo. — Vocês são dois bebês chorões aqui fora.

E isso não foi ofensivo, de algum modo. Talvez porque fosse verdade.

— Sou inexperiente — admiti. — Mas posso aprender. Você vai ser uma das minhas professoras.

— Uma? — perguntou ela. — Quem você tem além de mim?

— Todo mundo.

Ela pareceu desdenhar.

— Ninguém.

— Todo mundo que está sobrevivendo aqui sabe de coisas que eu preciso saber — eu disse. — Vou observá-las, ouvir o que dizem, aprender com elas. Se eu não fizer isso, serei morta. E como eu disse, pretendo sobreviver.

— Eles venderão um monte de merda para você — disse ela.

Assenti.

— Eu sei. Mas vou comprar o mínimo possível.

Ela olhou para mim por muito tempo, e então suspirou.

— Gostaria de ter te conhecido melhor antes de tudo isso acontecer — disse ela. — Você é uma filha de pastor esquisita. Se ainda quiser se disfarçar de homem, posso cortar seu cabelo para você.

Segunda-feira, 2 de agosto de 2027
(de anotações feitas no domingo, 8 de agosto)

Estamos indo.

Hoje cedo, Zahra nos levou a Hanning Joss, o maior complexo de lojas em Robledo. Poderíamos conseguir tudo o que precisamos lá. Os vendedores de Hanning vendem de tudo, desde comida gourmet a hidratante, próteses a kits de parto em casa, de armas até o que há de mais moderno em anéis de realidade virtual, fones e gravadores. Eu poderia passar dias só andando pelos corredores, olhando para todas as coisas que não consigo comprar. Eu nunca tinha ido a uma Hanning, nunca tinha visto nada desse tipo pessoalmente.

Mas tínhamos que entrar no complexo um de cada vez, deixando duas pessoas para cuidar de nossas coisas – incluindo minha arma. Hanning, como eu tinha ouvido muitas vezes no rádio, era um dos lugares mais seguros da cidade. Quem não gostava dos farejadores, detectores de metal, das restrições em relação a bolsas, dos guardas armados e da disposição para revistar qualquer pessoa a quem julgasse suspeita, podia fazer compras em outro lugar. A loja era cheia de pessoas dispostas a lidar com inconvenientes e invasão de privacidade se pudessem comprar as coisas de que precisavam em paz.

Ninguém me revistou, mas tive que provar que não era uma morta de fome.

— Mostre-me seu cartão da Hanning ou dinheiro — um guarda armado exigiu nos portões enormes. Eu fiquei morrendo de medo de que ele roubasse meu dinheiro, mas mostrei as notas que eu pretendia gastar, e ele assentiu. Não chegou a tocá-las. Sem dúvida, nós dois estávamos sendo observados, e nosso comportamento foi registrado. Uma loja tão preocupada com a segurança não deixaria os guardas roubarem o dinheiro de seus clientes.

— Faça suas compras em paz — disse o guarda sem qualquer indício de sorriso.

Comprei sal, um frasco pequeno de mel, e as comidas secas mais baratas – aveia, frutas, castanhas, farinha de feijão, lentilhas e um pouco de carne desidratada – tudo o que eu achei que eu e Zahra conseguiríamos carregar. E comprei mais água e alguns outros itens: tabletes de purificação de água – para garantir – e um protetor solar, que até mesmo Zahra e eu precisaríamos usar, alguma coisa para picadas de insetos e uma pomada que meu pai usava para dores musculares. Teríamos muitas dores musculares. Comprei mais papel higiênico, absorventes e manteiga de cacau para os lábios. Comprei um novo caderno, duas canetas e munição cara para a .45. Eu me senti melhor depois dessa aquisição.

Comprei três dos sacos de dormir baratos e de várias utilidades – sacos grandes e resistentes para guardar coisas, e as roupas de cama preferidas dos desabrigados mais abastados. O país estava cheio de pessoas que podiam comprar ou roubar comida e água, mas que não conseguiam alugar nem uma cama. Elas dormiam na rua e em casebres improvisados, mas se podiam, colocavam um saco de dormir entre seus corpos e o chão. Os sacos, com suas alças, podem ser dobrados e servir como mochilas durante o dia. São leves, resistentes e conseguem aguentar a maioria dos desgastes. São quentes mesmo quando é preciso dormir no concreto, mas finos – mais úteis do que confortáveis. Curtis e eu costumávamos fazer amor em cima de um monte deles.

E eu comprei três jaquetas de tamanho grande do mesmo tecido sintético fino e respirável dos sacos de dormir. Elas completarão a tarefa de nos manter aquecidos à noite enquanto seguirmos para o norte. São baratas e feias, e isso é bom. Provavelmente não serão roubadas.

E assim acabou meu dinheiro – o que eu tinha guardado em minha bolsa de emergência. Não toquei no que peguei da base do limoeiro. Esse dinheiro eu dividi em dois bolos e coloquei em duas meias de meu pai. Eu as mantinha presas dentro de minha calça jeans, invisíveis e indisponíveis para batedores de carteira.

Não é muito dinheiro, mas é mais do que já tive na vida – mais do que qualquer pessoa imaginaria que tenho. Eu o enrolei, cobri com plástico e enfiei nas meias em uma noite de sábado, quando tinha acabado de escrever e ainda não conseguia parar de pensar e de me lembrar, sabendo não haver nada que eu pudesse fazer a respeito do passado.

Então, eu me lembrei de ter pegado o pacote de dinheiro e um monte de terra, e de ter enfiado tudo em minha bolsa. Eu tinha muita energia nervosa que estava se consumindo em tremedeira. Minhas mãos tremiam a ponto de eu mal conseguir encontrar o dinheiro – pelo tato, na escuridão. Exercitei a concentração procurando-o, e também as meias e os alfinetes, dividindo o dinheiro na metade, ou o mais próximo da metade que consegui sem olhar, enfiei as partes nas meias e as prendi no lugar. Conferi quando fui urinar na manhã seguinte. Tinha feito um bom trabalho. Os alfinetes não apareciam por fora. Eu os havia passado pelas barras perto dos tornozelos. Sem nada à mostra, não havia problema.

Levei minhas várias compras até o lugar onde já tinha sido o primeiro andar de um estacionamento, e que no momento era uma espécie de mercado de pulgas semifechado. Muitas das coisas retiradas de montes de cinzas e de lixões acabam à venda aqui. A regra é que se você comprar na loja, pode vender algo de valor parecido na estrutura. Seu recibo, com código e data, é a sua licença de mascate.

A estrutura era patrulhada, mas mais para checar as licenças do que para manter todo mundo em segurança. Ainda assim, a estrutura era mais segura do que a rua.

Encontrei Harry e Zahra sentados em cima de nossas coisas, Harry esperando para entrar na loja e Zahra, a licença. Eles tinham se encostado em uma parede da loja em um lugar longe da rua e do grupo maior de vendedores e compradores. Dei o recibo a Zahra e comecei a separar e a guardar nossas novas compras. Partiríamos assim que Zahra e Harry terminassem as compras e vendas.

Descemos a estrada – a 118 – e viramos na direção oeste. Pegaríamos a 118 até a 23, e a 23 até a U.S.101. A 101 nos levaria até a costa em direção a Oregon. Nos tornamos parte de um amplo rio de gente que caminhava em direção ao oeste na estrada. Só alguns seguiam para o leste contra a corrente – na direção das montanhas e do deserto. Para onde iam as pessoas que caminhavam em direção ao oeste? Para algum lugar ou simplesmente longe daqui?

Vimos alguns caminhões – a maioria deles à noite – montes de bicicletas e motocicletas, e dois carros. Todos eles tinham muito espaço por onde correr pelas estradas de fora, passando por nós. Ficamos mais seguros se nos mantivermos do lado esquerdo, longe das rampas por onde as pessoas sobem e descem. Na Califórnia, é contra a lei andar nas vias expressas, mas ela é arcaica. Todo mundo que caminha passa pelas vias expressas, mais cedo ou mais tarde. As vias expressas oferecem os caminhos mais diretos entre cidades e partes de uma cidade. Meu pai caminhava ou andava de bicicleta nelas com frequência. Algumas prostitutas e mascates de comida, água e outras necessidades vivem ao longo delas em abrigos ou barracos e a céu aberto. Mendigos, ladrões e assassinos também vivem aqui.

Mas nunca tinha andado em uma via expressa antes de hoje. Considerei a experiência fascinante e assustadora. De certo modo, a cena me lembrava um filme antigo que vi uma vez de uma rua na China em meados do século xx – pedestres, ciclistas, pessoas carregando, puxando e empurrando cargas de todos os tipos. Mas as pessoas da via expressa formavam uma massa heterogênea – negras e brancas, asiáticas e latinas – cujas famílias estão se mudando com bebês nas costas ou em cima dos carrinhos lotados, carroças ou cestos de bicicleta, às vezes junto com uma pessoa velha ou com deficiência. Outras pessoas com doença ou deficiência caminhavam da melhor maneira que conseguiam com a ajuda de cajados ou companhias mais adequadas. Muitos se armavam com canivetes em bainhas, rifles e, é claro, armas em coldres, mas visíveis. Os policiais que ocasionalmente passavam ali nem se importavam.

As crianças gritavam, brincavam, saltavam, faziam tudo, menos comer. Quase ninguém comia enquanto caminhava. Vi algumas pessoas bebendo de seus cantis. Eles tomaram goles rápidos e furtivos, como se estivessem fazendo algo vergonhoso – ou perigoso.

Uma mulher ao nosso lado caiu. Não senti dor vinda dela, só o impacto repentino de seu peso sobre os joelhos. Isso me fez tropeçar, mas não cair. A mulher ficou onde tinha caído por alguns segundos, e então se levantou e começou a caminhar de novo, inclinando-se para a frente com sua bolsa enorme.

Quase todo mundo estava imundo. Suas bolsas, pacotes e mochilas estavam imundos. Fediam. E nós, que dormimos no concreto em meio a cinzas e terra, e não tomamos banho há três dias… nos encaixamos muito bem. Só nossos pacotes com sacos de dormir novos denunciavam que ou éramos novos à estrada ou pelo menos tínhamos novas coisas a serem roubadas. Nós deveríamos ter sujado os sacos um pouco antes de começarmos. Vamos sujá-los hoje à noite. Cuidarei disso.

Havia alguns jovens por perto esguios e rápidos, alguns imundos, outros nada sujos. Keiths. Os Keiths de hoje. Aqueles que mais me incomodavam não estavam carregando muita coisa. Alguns não estavam carregando nada, só armas. Predadores. Eles olhavam muito ao redor e encaravam as pessoas, que desviavam o olhar. Eu desviei o olhar. Fiquei feliz por ver que Harry e Zahra fizeram a mesma coisa. Não precisávamos de problemas. Se o problema viesse, eu esperava que pudéssemos matá-lo e continuar caminhando.

A arma estava totalmente carregada, e eu a mantinha no coldre, mas parcialmente coberta por minha camisa. Harry comprou uma faca para si. O dinheiro que ele havia pegado ao correr da casa incendiada não tinha sido o bastante para comprar uma arma. Eu poderia ter comprado uma segunda, mas teria tomado grande parte do meu dinheiro, e temos um longo caminho a percorrer.

Zahra também usou o dinheiro dos sapatos para comprar uma faca, além de algumas coisas pessoais. Eu havia recusado minha parte daquele dinheiro. Ela precisava de alguns dólares no bolso.

O dia em que ela e Harry usarem suas facas, espero que matem. Se não fizerem isso, talvez eu tenha que matar, para fugir da dor. E o que eles pensarão disso?

Eles merecem saber que sou uma compartilhadora. Pela própria segurança, devem saber. Mas nunca contei a ninguém. Compartilhar é uma fraqueza, um segredo vergonhoso. Uma pessoa que sabe o que sou pode me machucar, me trair, me prejudicar com pouco esforço.

Não consigo contar. Ainda não. Terei que fazer isso em breve, eu sei, mas ainda não. Estamos juntos, nós três, mas ainda não somos uma unidade. Harry e eu não conhecemos

Zahra muito bem, nem ela a nós. E nenhum de nós sabe o que vai acontecer quando formos desafiados. Um desafio racista pode forçar nossa separação. Quero confiar nessas pessoas. Gosto delas... são tudo o que tenho. Mas preciso de mais tempo para me decidir. Não é pouco se comprometer com outras pessoas.

— Você está bem? — perguntou Zahra.

Assenti.

— Você está péssima. E quase sempre está com uma maldita expressão indecifrável...

— Estou só pensando — falei. — Tem muita coisa a se pensar no momento.

Ela suspirou e quase assoviou.

— Sim, eu sei. Mas mantenha os olhos abertos. Você fica presa demais em suas ideias e vai perder as coisas que acontecerem. As pessoas são mortas nas estradas o tempo todo.

16

Semente da Terra
Lançada em solo novo
Deve primeiro notar
Que não sabe nada.

— **Semente da Terra: os livros dos vivos**

Segunda-feira, 2 de agosto de 2027
(continuação das anotações de 8 de agosto)

Aqui estão algumas das coisas que aprendi hoje:
Caminhar dói. Nunca tinha caminhado tanto para saber disso antes, mas agora sei. Não só pelas bolhas e pelos pés cansados, apesar de haver isso também. Depois de um tempo, tudo dói. Acho que minhas costas e meus ombros gostariam de fugir para outro corpo. Nada acalma a dor, só o descanso. Apesar de termos começado tarde, paramos duas vezes para descansar hoje. Saímos da estrada, fomos para os montes e arbustos para nos sentar, beber água e comer frutas e frutos secos. E então, seguimos. Os dias são compridos nessa época do ano.

Chupar um caroço de ameixa ou damasco o dia todo nos deixa com menos sede. Zahra nos disse isso.

— Quando eu era criança — disse ela —, havia vezes em que eu colocava uma pedrinha na boca. Qualquer coisa para se sentir melhor. Mas é só para enganar. Se não beber água o suficiente, vai morrer independentemente de como se sentir.

Nós três caminhamos com sementes na boca depois de nossa primeira parada, e nos sentimos melhor. Bebíamos só durante as paradas nos montes. É mais seguro assim.

Além disso, acampamentos gelados são mais seguros do que acampamentos com fogueiras. Mas hoje à noite limpamos um pouco o chão, cavamos na encosta de um monte e fizemos uma pequena fogueira no buraco. Ali, cozinhamos um pouco de minha bolota com castanhas e frutas. Ficou ótimo. Em pouco tempo, ficaremos sem bolotas e vamos ter que sobreviver com feijão, milho, aveias – coisas caras de lojas. Bolotas são comida caseira, e não temos mais casa.

As fogueiras são ilegais. Dá para vê-las brilhando nos montes, mas são ilegais. Tudo é tão seco que sempre há um risco de fogueiras fugirem do controle das pessoas e devastarem uma ou duas comunidades. Realmente acontece. Mas as pessoas que não têm casas fazem fogueiras. Até mesmo as como nós que sabem o que o fogo pode fazer resolvem fazê-las. Elas dão conforto, comida quente e uma falsa sensação de segurança.

Enquanto estávamos comendo, e mesmo depois de termos terminado, as pessoas se aproximaram e tentaram se unir a nós. A maioria era inofensiva e fácil de despistar. Três diziam só querer se esquentar. O sol ainda estava alto e vermelho no horizonte, e não estava nada frio.

Três mulheres queriam saber se dois homens fortes como Harry e eu não precisávamos de mais do que uma mulher. As mulheres que perguntavam isso podiam estar com frio, considerando que vestiam poucas roupas. Vai ser estranho para mim fingir ser homem.

— Será que eu não poderia assar essa batata nas brasas? — perguntou um senhor, mostrando para nós uma batata murcha.

Demos a ele um pouco do fogo e o mandamos embora – e observamos para ver para onde ele ia, já que uma tocha acesa podia ser uma arma ou uma grande distração se ele tivesse amigos se escondendo. É maluquice viver desse jeito, desconfiando de pessoas idosas e inofensivas. Maluquice. Porém, precisamos de nossa paranoia para continuarmos vivos. Mas que inferno, Harry queria deixar o velho se sentar conosco. Zahra e eu tivemos que nos unir para dizer a ele que não ia dar. Harry e eu fomos bem alimentados e protegidos durante toda a vida. Somos fortes, saudáveis e temos uma educação melhor do que a maioria das pessoas da nossa idade. Mas somos idiotas aqui. Queremos confiar nas pessoas. Eu luto contra o impulso. Harry ainda não aprendeu a fazer isso. Nós discutimos sobre isso depois, com a voz baixa, quase sussurrando.

— Ninguém é inofensivo — Zahra disse a ele. — Por mais que as pessoas pareçam ser coitadas, podem roubar até nossas roupas. Criancinhas, magricelas e de olhos grandes, acabarão com seu dinheiro, sua água e seus alimentos! Eu sei. Eu fazia isso com as pessoas. Talvez elas tenham morrido, não sei. Mas eu não morri.

Harry e eu ficamos olhando para ela. Sabíamos muito pouco sobre sua vida. Mas para mim, naquele momento, Harry era nossa dúvida mais perigosa.

— Você é forte e confiante — falei para ele. — Acha que pode cuidar de si aqui fora, e talvez possa. Mas pense no que significaria um ferimento a faca ou um osso quebrado: aleijamento, morte lenta devido a uma infecção ou fome, sem nenhum cuidado médico, nada.

Ele olhou para mim como se não tivesse certeza de que queria que eu soubesse mais.

— O que fazer, então? — perguntou ele. — Todo mundo é culpado até que se prove o contrário? Culpado do quê? E como provam que não são culpados?

— Não estou nem aí se são inocentes ou não — disse Zahra. — Deixem que cuidem de suas vidas.

— Harry, sua mente ainda está no bairro — falei. — Você ainda acha que é um erro quando seu pai grita com você ou quando quebra um dedo, lasca um dente ou coisa assim. Aqui fora, um erro, um erro só, pode te matar. Você se lembra daquele cara de hoje? E se aquilo acontecesse conosco?

Tínhamos visto um homem sendo roubado – um cara gorducho de 35 ou 40 anos, que estava caminhando comendo castanhas que pegava de um saco de papel. Nada esperto. Um menino de 12 ou 13 anos pegou as castanhas e saiu correndo com elas. Enquanto a vítima era distraída pela criança, dois meninos maiores fizeram com que ele tropeçasse, cortaram as alças de sua mochila, arrancaram-na de suas costas e saíram correndo com ela. Tudo aconteceu tão depressa que ninguém conseguiria intervir se quisesse. Ninguém tentou. A vítima não se feriu, com exceção dos hematomas e dos ralados – o tipo de coisa com que eu tinha que lidar todos os dias no bairro. Mas os pertences da vítima foram levados. Se ele tivesse uma casa por perto ou outras coisas, ficaria bem. Caso contrário, sua única maneira de sobreviver seria roubando outra pessoa – se conseguisse.

— Você lembra? — perguntei a Harry. — Não temos que machucar ninguém a menos que eles nos prejudiquem, mas não podemos ousar baixar a guarda. Não podemos confiar nas pessoas.

Harry balançou a cabeça.

— E se eu pensasse assim quando tirei aquele cara de cima da Zahra?

Eu mantive o controle.

— Harry, você sabe que não estou dizendo que não devemos confiar nem ajudar uns aos outros. Nós nos conhecemos. Estabelecemos um compromisso de viajar juntos.

— Não sei bem se nos conhecemos.

— Eu sei. E não podemos negar. Você não pode.

Ele só ficou olhando para mim.

— Aqui fora, você se adapta ao ambiente ou morre — falei. — Isso é óbvio!

Agora ele olhou para mim como se eu fosse uma desconhecida. Eu olhei para trás, esperando conhecê-lo tanto quanto pensava conhecer. Ele era inteligente e tinha coragem. Só não queria mudar.

— Você quer se separar de nós — perguntou Zahra — para continuar sozinho?

Seu olhar se suavizou quando ele olhou para ela.

— Não — disse. — Claro que não. Mas não precisamos nos tornar animais, pelo amor de Deus.

— De certo modo, precisamos — falei. — Somos uma matilha, nós três, e todas as outras pessoas por aí não fazem parte dela. Se formos uma boa matilha e trabalharmos unidos, teremos uma chance. Pode ter certeza de que não somos a única matilha por aí.

Ele se recostou em uma pedra, e disse surpreso:

— Você fala como um machão, mesmo.

Quase bati nele. Talvez Zahra e eu ficássemos em melhor situação sem ele. Mas não, não era verdade. Números importavam. A amizade importava. A presença de um homem de verdade importava.

— Não repita isso — sussurrei, inclinando-me para ele. — Nunca mais diga isso. Há outras pessoas nesses montes.

Você não sabe quem está ouvindo. Se você me entregar, vai se enfraquecer!

Isso o tocou.

— Desculpa — disse ele.

— As coisas são ruins aqui fora — disse Zahra. — Mas a maioria das pessoas consegue sobreviver tomando cuidado. Pessoas mais fracas do que a gente conseguem... se forem cautelosas.

Harry abriu um sorriso tímido.

— Já detesto este mundo — disse.

— Não é tão ruim se as pessoas se unem.

Ele olhou para ela e para mim e para ela de novo. Sorriu para ela e meneou a cabeça. Naquele momento, me ocorreu que ele gostava de Zahra, se sentia atraído por ela. Isso poderia ser um problema para Zahra mais tarde. Ela era uma mulher bonita, e isso eu nunca seria – o que não me incomodava. Os rapazes sempre pareciam gostar de mim. Mas a aparência de Zahra chamava a atenção dos homens. Se os dois se unirem, ela pode acabar tendo que carregar duas cargas pesadas em direção ao norte.

Eu estava perdida em pensamentos a respeito dos dois quando Zahra me cutucou com o pé.

Dois caras grandes e maltrapilhos estavam ali perto e nos observavam, especialmente a Zahra.

Eu me ergui, notando que os outros se levantavam comigo, me cercando. Aqueles caras estavam muito perto de nós. Estavam perto de propósito. Quando me levantei, levei a mão à arma.

— E aí? — perguntei. — O que vocês querem?

— Nada — disse um deles, sorrindo para Zahra. Os dois portavam facas grandes embainhadas, sobre as quais mantinham as mãos.

Peguei a arma.

— Que bom — falei.

O sorriso dos dois desapareceu.

— O que é? Vai atirar porque estamos aqui? — perguntou o mais falante.

Toquei a trava de segurança com o polegar. Atiraria no falante, no líder. O outro fugiria. Ele já queria fugir. Estava olhando, boquiaberto, para a arma. Quando eu caísse, ele já teria fugido.

— Ei, sem problema! — O falante ergueu as mãos, afastando-se. — Vai com calma, cara.

Deixei que partissem. Acho que teria sido melhor atirar neles. Tenho medo de caras assim – caras à procura de problema, à procura de vítimas. Mas parece que não posso atirar em alguém simplesmente por sentir medo dele. Matei um homem na noite do incêndio, e não tenho pensado muito sobre isso. Mas agora era diferente. Era como o que Harry disse sobre roubar. Eu ouvi: "Não matarás" a vida toda, mas quando você tem que matar, você mata. Queria saber o que meu pai diria sobre isso. Mas foi ele quem me ensinou a atirar.

— É melhor ficarmos de guarda essa noite — falei. Olhei para Harry, e fiquei feliz por ver que ele estava com a cara que eu deveria ter feito um minuto antes: irado e preocupado. — Vamos ficar com o relógio e com a minha arma. Três horas para cada um.

— Você teria atirado, não é? — perguntou ele. Parecia ser uma pergunta de verdade.

Assenti.

— Você não?

— Sim. Não queria, mas aqueles caras estavam procurando diversão. A ideia que eles têm de diversão, pelo menos.

Ele olhou para Zahra. Havia tirado um homem de cima dela e apanhado por isso. Talvez a ameaça clara a ela o mantivesse em alerta. Qualquer coisa que o mantivesse em alerta não podia ser muito ruim.

Olhei para Zahra, falando baixo:

— Você nunca saiu para atirar conosco, por isso tenho que perguntar. Sabe usar isto?

— Sim — disse ela. — Richard deixava seus filhos mais velhos saírem, porém não me deixava ir. Mas antes de ele me comprar, eu era boa no tiro.

O passado desconhecido dela me distraiu por mais um instante. Estava esperando para perguntar quanto uma pessoa custa hoje em dia. E ela tinha sido vendida por sua mãe a um homem que não passava de um desconhecido. Podia ser um louco, um monstro. E meu pai se preocupava com a escravidão, ou com a escravidão por dívida no futuro. Será que ele sabia? Não teria como saber.

— Você já usou uma arma como esta? — perguntei. Travei a arma de novo e a entreguei a ela.

— Claro que sim — disse ela, analisando-a. — Gosto dessa. É pesada, mas se atirar em alguém com ela, a pessoa cai. — Ela soltou o pente, olhou, voltou a prendê-lo, apontou e me devolveu. — Queria ter praticado com vocês. Sempre quis.

Inesperadamente, senti uma pontada de saudade do bairro incendiado. Foi quase uma dor física. Eu estava desesperada para ir embora, mas pensei que ele ainda ficaria ali – mudado, mas sobrevivendo. Agora que não existia, havia momentos em que eu não conseguia imaginar como sobreviveria sem ele.

— Vocês precisam dormir — falei. — Estou ansiosa demais para pegar no sono agora. Vou ser a primeira a montar guarda.

— Deveríamos juntar um pouco de madeira para a fogueira primeiro — disse Harry. — O fogo está baixo.

— Vamos deixar que se apague — falei. — É como um holofote em cima de nós e atrapalha nossa visão noturna. Outras pessoas conseguem nos ver muito antes de nós as vermos.

— E ficar aqui no escuro — disse ele. Não era um protesto. No máximo, estava concordando com relutância. — Serei o segundo a montar guarda — disse ele, deitando-se, puxando o saco de dormir para cima e posicionando o restante de seus equipamentos para servirem como travesseiro. Depois, ele tirou o relógio de pulso e o entregou a mim. — Foi um presente de minha mãe.

— Você sabe que serei cuidadosa — disse a ele.

Ele assentiu.

— Tome cuidado — disse e fechou os olhos.

Coloquei o relógio, puxei o elástico de minha manga para que o brilho do mostrador não fosse visto sem querer e me recostei no monte para fazer algumas anotações rápidas. Enquanto ainda houvesse um pouco de luz natural, poderia escrever e montar guarda.

Zahra me observou por um tempo, e então pousou a mão em meu braço.

— Me ensine a fazer isso — sussurrou.

Olhei para ela, sem entender.

— Me ensine a ler e a escrever.

Fiquei surpresa, mas não deveria ter ficado. Onde, em uma vida como a dela, teria havido tempo ou dinheiro para a escola? E quando Richard Moss a comprou, suas coesposas invejosas não teriam lhe dado aulas.

— Richard não permitia. Dizia que eu já sabia o bastante para satisfazê-lo.

Resmunguei.

— Vou te ensinar. Podemos começar amanhã de manhã, se quiser.

— Certo. — Ela abriu um sorriso estranho e começou a organizar sua bolsa e suas poucas coisas, juntando tudo em minha fronha. Deitou-se em seu saco e se virou de lado para olhar para mim. — Não pensei que fosse gostar de você — disse ela. — Filha de pastor, envolvida em tudo, ensinando, dizendo às pessoas o que fazer, enfiando seu nariz em tudo. Mas você não é ruim.

Fui da surpresa à diversão.

— Nem você — falei.

— Também não gostava de mim? — Era a vez de ela se surpreender.

— Você era a mulher mais bonita no bairro. Não, eu não era louca por você. E lembra quando se esforçou muito para me fazer vomitar há alguns anos, enquanto eu estava aprendendo a limpar e a tirar as peles de coelhos?

— Por que você quis aprender aquilo, afinal? — perguntou ela. — Sangue, entranhas, vermes... Fiquei pensando: lá vem ela de novo, metendo o nariz onde não foi chamada. Pois bem, agora ela vai aprender!

— Queria saber que podia fazer aquilo: mexer com um animal morto, tirar sua pele, cortá-lo, cuidar da pele para fazer couro. Queria saber como fazer, e saber que conseguiria sem passar mal.

— Por quê?

— Porque pensei que um dia talvez precisasse. E pode ser que precisemos mesmo. Mesmo motivo pelo qual montei um kit de emergência e o mantive onde podia pegá-lo depressa.

— Fiquei pensando nisso, em você ter todas aquelas coisas dentro de casa, quero dizer. Primeiro, pensei que talvez você tivesse pegado tudo quando voltou. Mas não, estava pronta para os imprevistos. Você previu.

— Não. — Balancei a cabeça, lembrando. — Ninguém poderia estar pronto para aquilo. Mas... achei que algo aconteceria algum dia. Não sabia se seria muito ruim, nem quando aconteceria. Mas tudo estava piorando: o clima, a economia, os crimes, as drogas, sabe como é. Não acreditava que poderíamos ficar sentados atrás de nosso muro, limpos, gordos e ricos em comparação aos famintos, sedentos, desabrigados, sem emprego e imundos do lado de fora.

Ela se virou de novo e deitou de costas, olhando para cima, para as estrelas.

— Eu deveria ter previsto algumas dessas coisas — disse ela. — Mas não previ. Aqueles muros altos. E todo mundo andava armado. Havia rondas todas as noites. Achei... achei que éramos muito fortes.

Larguei o caderno e a caneta, me sentei no saco de dormir, e deixei minha fronha cheia de coisas atrás de mim. Ela era dura e desconfortável para eu me recostar. Queria que fosse desconfortável. Estava cansada. Tudo doía. Se tivesse um pouco de conforto, adormeceria.

O sol estava se pondo agora, e nosso fogo já tinha se apagado, só restavam poucas brasas. Peguei a arma e a mantive em meu colo. Se eu precisasse usá-la, teria que ser rápida. Não éramos fortes o bastante para sobreviver à morosidade ou a erros idiotas.

Fiquei ali durante três horas cansativas e aterrorizantes. Nada aconteceu comigo, mas eu vi e ouvi coisas acontecendo. Havia pessoas andando pelos montes, às vezes suas sombras apareciam conforme corriam ou caminhavam pelos topos. Vi grupos e pessoas sozinhas. Vi cães duas vezes, distantes, mas assustadores. Ouvi muitos tiros – tiros individuais e rajadas de armas automáticas. Isto e os cães me preocuparam, me assustaram. Uma pistola não seria proteção contra uma metralhadora ou um rifle automático. E os cães podiam não saber o bastante para ter medos de armas. Uma matilha continuaria vindo se eu atirasse em dois ou três de seus membros? Fiquei ali, suando frio, desejando muros – ou pelo menos mais um ou dois pentes para a arma.

Era quase meia-noite quando acordei Harry, entreguei a arma e o relógio a ele, e o deixei o mais desconfortável possível avisando sobre os cães, as armas e as muitas pessoas vagando à noite. Ele me pareceu desperto e alerta o suficiente quando me deitei.

Dormi de uma vez. Com dor e exausta. Achei o chão duro tão convidativo quanto minha cama em casa.

Um grito me despertou. E então, ouvi tiros – vários tiros, altos e próximos. Harry?

Algo caiu em cima de mim antes que eu conseguisse sair de meu saco de dormir – algo grande e pesado. Tirou meu fôlego. Eu me esforcei para tirá-lo de cima de mim, sabendo que era o corpo de uma pessoa, morta ou inconsciente. Quando o empurrei e senti a barba grossa e os cabelos compridos, notei que era um homem, e não Harry. Um desconhecido.

Ouvi barulhos de pés e de golpes por perto. Ouvi resmungos e gemidos. Uma briga. Eu os vi no escuro – dois homens lutando no chão. O homem por baixo era Harry.

Ele estava brigando com alguém pela arma, e estava perdendo. O cano estava sendo pressionado contra Harry.

Aquilo não podia acontecer. Não podíamos perder a arma nem Harry. Peguei um pedaço pequeno de granito de nossa fogueira, tranquei a mandíbula e bati com toda a minha força na nuca do invasor. E eu caí.

Não foi a pior dor que já compartilhei, mas foi quase. Fiquei imprestável depois de dar aquele golpe. Acho que fiquei inconsciente por um tempo.

Então, Zahra apareceu do nada, tocando-me, tentando me ver. Não encontrou um ferimento, claro.

Eu me sentei, afastando-a, e vi que Harry também estava ali.

— Eles morreram? — perguntei.

— Não se preocupe com eles — disse ele. — Você está bem?

Eu me levantei, ainda atordoada com o choque do golpe. Sentia-me enjoada e tonta, e minha cabeça doía. Alguns dias antes, Harry havia feito com que eu me sentisse desse jeito e nós dois tínhamos nos recuperado. Isso significava que o homem que eu tinha agredido se recuperaria?

Eu o examinei. Ainda estava vivo, inconsciente, sem dor no momento. O que eu estava sentindo era minha própria reação ao golpe dado.

— O outro está morto — disse Harry. — Este... bem, você afundou a nuca dele. Não sei por que ele ainda está vivo.

— Ah, não — sussurrei. — Inferno. — E disse a Harry: — Passe a arma para mim.

— Por quê? — perguntou.

Meus dedos tinham tocado o sangue e o crânio quebrado, macio e pedaçudo na nuca do desconhecido. Harry tinha razão. Ele deveria ter morrido.

— Me dê a arma — insisti, e estendi a mão cheia de sangue na direção dela. — A menos que você mesmo queira fazer isso.

— Não pode atirar nele. Não pode...

— Espero que você tenha coragem de atirar em mim se eu estiver nessa situação e sem cuidados médicos. Nós atiramos nele ou o deixamos aqui vivo. Quanto tempo acha que ele vai demorar para morrer?

— Talvez ele não morra.

Fui até minha bolsa, me esforçando para agir sem vomitar. Puxei-a para longe do homem morto, procurei dentro dela e encontrei meu canivete. Era um bom canivete, afiado e forte. Eu o abri e cortei a garganta do homem com ele.

Só quando o sangue parou de escorrer que me senti segura. O coração do homem tinha bombeado toda a vida para o chão. Ele não poderia recobrar a consciência e me envolver em sua dor.

Mas é claro que eu não estava nada segura. Talvez as últimas duas pessoas de minha vida antiga estivessem prestes a me deixar. Eu as havia chocado e aterrorizado. Não podia julgá-los se fossem embora.

— Vamos revistá-los — falei. — Pegar o que eles têm, e então os colocaremos nos arbustos no fim do monte, onde pegamos madeira.

Revistei o homem que eu tinha matado, encontrei uma quantia pequena de dinheiro no bolso de sua calça e uma quantia maior dentro de sua meia direita. Palitos de fósforo, um pacote de amêndoas, um de carne seca, e outro de comprimidos pequenos, redondos e roxos. Não encontrei canivete, nenhuma arma de qualquer tipo. Então aquele não era um dos dois que havia nos observado no início da noite. E eu não pensei que fosse. Nenhum deles tinha cabelos compridos. Os dois mortos tinham.

Coloquei os comprimidos dentro do bolso de onde eu os havia tirado. O resto, guardei comigo. O dinheiro ajudaria a nos manter. A comida podia ou não ser comestível. Eu confirmaria quando pudesse ver com clareza.

Virei para ver o que os outros faziam e fiquei aliviada ao vê-los revistando o outro corpo. Harry o virara, e então manteve-se de guarda enquanto Zahra mexia nas roupas, nos sapatos, nas meias e nos cabelos. Ela foi ainda mais detalhista do que eu. Sem qualquer sinal de timidez, ela tirou as roupas do homem e analisou seus bolsos, as barras e as bainhas. Eu tive a sensação de que ela já tinha feito isso antes.

— Dinheiro, comida e um canivete — sussurrou ela, por fim.

— O outro não tinha canivete — falei, agachando-me ao lado deles. — Harry, o que...?

— Ele tinha um — sussurrou Harry. — Ele o puxou quando gritei para que parassem. Provavelmente está no chão em algum lugar. Vamos deixar esses dois perto dos carvalhos.

— Você e eu podemos fazer isso — falei. — Dê a arma a Zahra. Ela pode cuidar da retaguarda.

Fiquei feliz ao vê-lo entregando a arma sem protestar. Ele não havia se mexido para entregá-la a mim quando pedi, mas aquela situação tinha sido diferente.

Levamos os corpos até os arbustos dos carvalhos e os cobrimos para escondê-los. Então, cobrimos o sangue que conseguíamos ver com terra, assim como a urina que um dos homens tinha soltado.

Não bastava. Por consenso geral, levantamos acampamento. Isso não significou nada além de pegar nossos sacos e bolsas e levá-los monte abaixo, longe de vista de onde tínhamos ficado.

Acampando em um monte entre duas das várias colinas baixas, parecidas com costelas, era quase possível ter a privacidade de um quarto grande de três paredes a céu aberto. Ficávamos vulneráveis pelo monte e pelo topo, mas se acampássemos nas bordas, seríamos vistos por muito mais pessoas. Escolhemos um lugar entre duas colinas, nos acomodamos e permanecemos em silêncio por um tempo. Eu me senti isolada. Sabia que tinha que contar, e temia que nada que eu pudesse dizer ajudasse. Eles podiam me deixar. Por nojo, desconfiança ou medo, podiam decidir que não continuariam viajando comigo. Seria melhor me adiantar.

— Vou contar uma coisa sobre mim — falei. — Não sei se isso vai ajudar vocês a me entenderem, mas preciso contar. Vocês têm o direito de saber.

E, sussurrando, eu contei a eles sobre minha mãe – minha mãe biológica – e sobre meu compartilhamento.

Quando terminei, fez-se um longo silêncio. E então, Zahra falou, e eu me assustei tanto com o som de sua voz suave, que me retesei.

— Então, quando você bateu naquele cara — disse ela —, foi como se batesse em si mesma.

— Não — falei. — Não sou prejudicada pelos ferimentos. Só pela dor.

— Mas quero saber se a sensação foi como se tivesse batido em você mesma.

Assenti.

— Quase isso. Quando eu era pequena, eu sangrava com as pessoas se eu as machucasse ou mesmo se as visse machucadas. Isso não acontece há alguns anos.

— Mas se elas estiverem inconscientes ou mortas, você não sente nada.

— Isso mesmo.

— Então foi por isso que você matou aquele cara?

— Eu o matei porque ele era uma ameaça para nós. Para mim, de modo especial, mas para vocês também. O que poderíamos ter feito com ele? Abandoná-los às moscas, às formigas e aos cães? Talvez você estivesse disposta a fazer isso, mas e o Harry? Poderíamos ficar com ele? Por quanto tempo? Para quê? Ou ousaríamos procurar um policial e dizer que vimos um cara ferido sem nos envolvermos? Os policiais não são pessoas confiáveis. Eu acho que eles desejariam nos investigar, nos prender por um tempo, talvez nos acusar de termos atacado o cara e matado seu amigo. — Eu me virei para olhar para Harry, que não tinha dito nada. — O que você teria feito?

— Não sei — disse ele, com a voz tomada por desaprovação. — Só sei que não teria feito o que você fez.

— Não teria pedido para você fazer o que eu fiz — falei. — Não pedi. Mas Harry, eu faria de novo. Talvez tenha que fazer de novo. É por isso que estou contando a vocês. — Olhei para Zahra. — Me desculpe por não ter contado antes. Sei que deveria ter contado, mas falar sobre isso é... difícil. Muito difícil. Nunca contei a ninguém. Agora... — Respirei fundo. — Agora só depende de vocês.

— Como assim? — Harry quis saber.

Olhei para ele, desejando poder ver sua expressão com clareza para saber se aquela pergunta era real. Não achava que era. Decidi ignorá-lo.

— Então, o que vocês acham? — perguntei, olhando para Zahra.

Nenhum dos dois disse nada por um minuto. Então Zahra começou a falar, começou a dizer coisas bem horríveis com aquela voz baixa dela. Depois de um momento, eu já não tinha certeza de que estava falando conosco.

— Minha mãe também usava drogas — disse ela. — Merda, onde eu nasci, a mãe de todo mundo usava drogas, e se prostituía para pagar por elas. E tinham bebês o tempo todo, e os jogavam fora como se fossem lixo quando morriam.

A maioria dos bebês morria devido às drogas, a acidentes, por não terem o suficiente para comer ou por serem deixados sozinhos por tanto tempo... ou porque adoeciam. Eles estavam sempre adoecendo. Alguns deles nasciam doentes. Tinham ferimentos por todo o corpo ou coisas grandes nos olhos, tumores, sabe? Ou nasciam sem pernas, ou tinham ataques ou não conseguiam respirar direito. Muitas coisas. E alguns dos que sobreviviam eram muito burros. Não conseguiam pensar, não conseguiam aprender, tinham nove, dez anos e mijavam na calça, balançando para a frente e para trás o tempo todo, com baba escorrendo pelo queixo. Há muitos assim.

Ela segurou minha mão e a apertou.

— Não há nada de errado com você, Lauren. Nada de se preocupar. Essa porcaria de Paracetco foi leite.

Como era possível que eu não tivesse conhecido essa mulher no bairro? Eu a abracei. Ela pareceu surpresa, e então retribuiu o abraço.

Nós duas olhamos para Harry.

Ele estava parado ali perto, mas afastado de nós duas – de mim.

— O que você faria — perguntou ele — se aquele cara só estivesse com um braço ou uma perna quebrados?

Resmunguei, pensando na dor. Eu já sabia mais do que queria sobre ossos quebrados.

— Acho que deixaria que fosse embora — disse —, e tenho certeza de que sentiria pena dele. Demoraria muito para eu parar de olhar para trás.

— Você não o mataria para fugir da dor?

— Nunca matei ninguém em minha infância para fugir da dor.

— Mas um desconhecido...

— Já disse o que eu faria.

— E se eu quebrasse o braço?

— Então talvez eu não pudesse fazer muito por você. Eu também estaria tendo problemas com meu braço. Mas teríamos dois braços bons se nos uníssemos. — Suspirei. — Crescemos juntos, Harry. Você me conhece. Sabe que tipo de pessoa sou. Posso te decepcionar, mas se pudesse evitar, não o trairia.

— Pensei que conhecia você.

Segurei as mãos dele, olhei para seus dedos grandes, pálidos e grossos. Eles eram muito fortes, eu sabia, mas nunca o vira usando as mãos para incomodar ninguém. Ele valia a pena, o Harry.

— Ninguém é quem pensamos que é — falei. — É o que temos que enfrentar por não sermos telepáticos. Mas você confiou em mim até aqui, e eu confiei em você. Coloquei minha vida em suas mãos. O que você vai fazer?

Ele me abandonaria agora com minha "enfermidade" – em vez de eu talvez abandoná-lo no futuro devido a um hipotético braço quebrado? E pensei: De um filho mais velho para outro, Harry: isso seria um comportamento responsável?

Ele afastou as mãos.

— Bem, eu sabia que você era uma vaca manipuladora — disse ele.

Zahra abafou uma risada. Fiquei surpresa. Nunca o ouvira usar essa palavra antes. Escutei aquilo como uma expressão de frustração. Ele não iria embora. Ele era um último pedacinho do meu lar que eu ainda não tinha que deixar para trás. Como ele se sentia em relação a isso? Estava bravo comigo por quase ter desmanchado o grupo? Acredito que tinha motivos para estar.

— Não entendo como você pode ter sido assim o tempo todo — disse ele. — Como conseguiu esconder seu compartilhamento de todos?

— Meu pai me ensinou a esconder — contei a ele. — Ele tinha razão. Neste mundo, não há espaço para pessoas que ficam dentro de casa, assustadas e melindradas, é o que eu poderia ter me tornado se todo mundo soubesse sobre mim. Todas as outras crianças, por exemplo. As crianças são malvadas. Você nunca notou?

— Mas seus irmãos deviam saber.

— Meu pai fazia com que eles morressem de medo. Ele conseguia fazer isso. Até onde sei, eles nunca contaram a ninguém. Mas Keith costumava fazer "pegadinhas" comigo.

— Então... você mentiu para todo mundo. Deve ser uma baita atriz.

— Eu *tive* que aprender a fingir ser normal. Meu pai ficava tentando me convencer de que eu era normal. Ele estava enganado a esse respeito, mas fico feliz por ter me ensinado como me ensinou.

— Talvez você seja normal. Quero dizer, se a dor não é real, então talvez...

— Talvez esse compartilhamento seja coisa da minha cabeça? Claro que sim! E não consigo tirá-lo de lá. Pode acreditar, eu adoraria tirar.

Fez-se um longo silêncio. Em seguida, ele perguntou:

— O que você escreve em seu livro toda noite?

Mudança de assunto interessante.

— Meus pensamentos — falei. — Os acontecimentos do dia. Meus sentimentos.

— Coisas que não pode contar? — perguntou ele. — Coisas que são importantes para você?

— Sim.

— Então, deixe-me ler alguma coisa. Quero saber algo sobre o seu lado que esconde. Eu sinto como se... você fosse uma mentira. Mostre alguma coisa sua que seja real.

Que pedido! Ou era uma ordem? Eu teria pagado para que ele lesse e digerisse algo das porções de Semente da Terra de meu diário. Mas ele tinha que se acostumar à ideia. Se lesse a coisa errada, só aumentaria a distância entre nós.

— Os riscos que você me pede para correr, Harry... Mas sim, vou mostrar parte do que escrevi. Quero fazer isso. Será outra novidade para mim. Tudo o que peço é que leia o que eu mostrar a você em voz alta para a Zahra poder ouvir. Assim que clarear, vou te mostrar.

Quando clareou, eu mostrei isto a ele:

Tudo o que você toca
você Muda.
Tudo o que você Muda
Muda você.
A única verdade perene
É a Mudança.
Deus
É Mudança.

Ano passado, escolhi essas frases para a primeira página do primeiro livro da *Semente da Terra: os livros dos vivos.* Essas frases dizem tudo. Tudo!

Imagine-o pedindo para ler.

Preciso ser cuidadosa.

17

Aceite a diversidade.

Una...

Ou seja dividido,

roubado,

dominado,

morto

Por aqueles que o veem como presa.

Aceite a diversidade

Ou seja destruído.

— Semente da Terra: os livros dos vivos

Terça-feira, 3 de agosto de 2027
(de anotações de 8 de agosto)

Há um grande incêndio ao leste de onde estamos. Nós o vimos começar como uma coluna escura e fina de fumaça, subindo ao céu até então limpo. Agora, está enorme – uma ou duas encostas? Várias construções? Muitas casas? Nosso bairro de novo?

Ficamos olhando para ele, e então desviamos o olhar. Outras pessoas morrendo, perdendo suas famílias, suas casas.... Mesmo quando passamos por ele, desviamos o olhar.

Os caras pintadas também tinham provocado aquele incêndio? Zahra chorava enquanto caminhava conosco, xingando em uma voz tão baixa que eu só conseguia ouvir algumas palavras amargas.

Hoje, mais cedo, deixamos a estrada 118 para procurar e finalmente tomar a 23. Agora estamos na 23, com mato crescido e queimado de um lado e bairros do outro. Não conseguimos ver o fogo em si agora. Passamos por ele, percorremos um longo caminho depois, colocamos os montes entre ele e nós ao seguirmos em direção ao sul, para a costa. Mas ainda conseguimos ver a fumaça. Só paramos para passarmos a noite quando estava quase escuro, e todos cansados e famintos.

Acampamos longe da estrada, no lado da mata, fora da vista, mas não longe o suficiente para não ouvirmos o movimento dos grupos de pessoas que avançavam. Acredito que será um som que ouviremos durante toda a viagem, independentemente de pararmos no norte da Califórnia ou atravessarmos até o Canadá. Tantas pessoas querendo chegar mais alto, até onde ainda chove todos os anos e com estudo se pode conseguir um emprego que pague em dinheiro em vez de feijões, água, batatas, e talvez um chão onde dormir.

Mas é o fogo que prende nossa atenção. Talvez tenha sido iniciado por acidente. Talvez não. Mas ainda assim, as pessoas estão perdendo o que podem não conseguir substituir. Mesmo que sobrevivam, o seguro não vale muito hoje em dia.

As pessoas na estrada, escondidas pela escuridão, tinham começado a reverter o fluxo, a seguir em direção ao norte para encontrar um caminho até o fogo. É melhor chegar cedo para saquear.

— Devemos ir? — perguntou Zahra, com a boca cheia de carne seca.

Não fizemos uma fogueira esta noite. Para nós, o melhor é desaparecer na escuridão e evitar convidados. Havíamos deixado um monte de árvores e arbustos para trás e torcíamos pelo melhor.

— Você se refere a voltarmos para roubar aquelas pessoas? — perguntou Harry.

— Vasculhar — disse ela. — Pegar o que as pessoas não precisam mais. Um morto não precisa de muita coisa.

— Deveríamos ficar aqui e descansar — falei. — Estamos cansados, e vai demorar muito até as coisas ficarem frias o suficiente ali para que possamos vasculhar. E é bem longe, de qualquer maneira.

Zahra suspirou.

— É mesmo.

— De qualquer modo, não precisamos fazer as coisas desse jeito — disse Harry.

Zahra deu de ombros.

— Cada coisinha ajuda.

— Você estava chorando por causa daquele incêndio há pouco.

— Não — disse Zahra, flexionando os joelhos contra o corpo. — Eu não estava chorando por causa daquele incêndio. Estava chorando por causa do nosso incêndio e de minha Bibi, pensando no quanto detesto pessoas que causam incêndios assim. Queria que elas se incendiassem. Queria poder incendiá-las. Queria poder simplesmente pegá-las e jogá-las no fogo... como fizeram com minha Bibi.

E ela começou a chorar de novo, então ele a abraçou, desculpando-se e, acredito, derramando algumas lágrimas também.

O luto vinha dessa forma. Algo nos fazia lembrar do passado, de casa, de uma pessoa, e então de que nada mais existia. A pessoa estava morta ou provavelmente morta. Tudo o que tínhamos conhecido e valorizado havia desaparecido. Tudo, menos nós três. E quão bem estávamos nos saindo?

— Acho que deveríamos nos mover — disse Harry um pouco depois.

Ele ainda estava sentado com Zahra, com um braço ao redor do corpo dela, e ela parecia gostar do contato.

— Por quê? — perguntou ela.

— Quero ficar mais alto, mais perto do nível da estrada ou acima dela. Quero poder ver o fogo se ele passar para a estrada e se espalhar na nossa direção. Quero vê-lo antes que chegue perto demais. O fogo se movimenta depressa.

Resmunguei.

— Você tem razão — falei —, mas sair daqui agora, que está escuro, é arriscado. Poderíamos perder este lugar e não encontrar nada melhor.

— Espere aqui — disse ele, e levantou-se, caminhando para a escuridão.

Eu estava com a arma, por isso esperava que ele mantivesse o canivete à mão – e esperava que não precisasse usá-lo. Ele ainda estava impressionado com o que tinha acontecido na noite passada. Havia matado um homem. Isso o incomodava. Eu havia matado um homem com muito mais sangue-frio, de acordo com ele, e não me incomodava. Mas meu "sangue-frio" o incomodava. Ele não era um compartilhador. Não entendia que para mim, a dor era o mal. A morte era um fim para a dor. Nenhum verso da Bíblia mudaria isso, até onde eu sabia. Ele não entendia o compartilhamento. E por que entenderia? A maioria das pessoas sabia pouco ou nada sobre isso.

Por outro lado, meus versículos da Semente da Terra o surpreenderam, e, acredito, também o satisfizeram um pouco. Eu não sabia bem se ele gostava do texto ou do raciocínio, mas gostava de ter algo para ler e sobre o qual falar.

— Poesia? — disse ele hoje cedo enquanto analisava as páginas que mostrei a ele. Páginas de meu caderno da Semente da Terra, por acaso. — Não sabia que você gostava de poesia.

— Grande parte disso não é muito poético — falei. — Mas é no que acredito, e escrevi da melhor maneira que pude.

Mostrei a ele quatro estrofes, no total – delicadas e breves, que poderiam envolvê-lo sem que percebesse e viver em sua memória sem que ele pretendesse. Trechinhos da Bíblia tiveram esse efeito em mim, e comigo permaneceram mesmo depois de eu ter parado de acreditar.

Passei a Harry, e por meio dele, a Zahra, pensamentos que eu queria que eles guardassem. Mas não podia impedi-lo de guardar outras coisas também: sua desconfiança em relação a mim, por exemplo, quase seu novo desgosto. Eu não era mais a Lauren Olamina para ele. Vira isso em sua expressão em alguns momentos do dia. Esquisito. Joanne também não gostou dos relances que teve de meu verdadeiro eu. Por outro lado, Zahra não parecia se importar. Mas ela não me conhecia muito bem em casa. O que ficava sabendo agora, conseguia aceitar sem a sensação de que tinha sido enganada. Harry se sentia enganado, e talvez se perguntasse quais mentiras eu ainda estava contando ou vivendo. Só o tempo curaria isso – se ele permitisse.

Nós partimos quando ele voltou. Havia encontrado um novo acampamento para nós, perto da estrada e, ainda assim, reservado. Uma das placas enormes da estrada tinha caído ou sido derrubada, e agora estava no chão, apoiada em dois bordos mortos. Com as árvores, ela formava uma enorme cabana. Os vestígios de pedras e das cinzas de uma fogueira indicavam que o lugar já tinha sido usado antes. Talvez houvesse pessoas ali naquela noite, mas que partiram para ver o que podiam vasculhar e retirar do incêndio. Agora estamos aqui, felizes por termos um pouco de privacidade, uma vista dos montes onde o incêndio está acontecendo, e a segurança, até onde é possível, de pelo menos um muro.

— Ótimo! — disse Zahra, desenrolando o saco de dormir e sentando-se em cima dele. — Farei a primeira guarda desta noite, está bem?

Para mim, tudo bem. Entreguei a ela a arma e me deitei, disposta a dormir. Mais uma vez, fiquei surpresa por sentir tanto conforto em dormir no chão com apenas minhas roupas. Não existe narcótico melhor do que a exaustão.

Em algum momento da noite, eu acordei e ouvi os sons baixinhos de vozes e respiração. Zahra e Harry estavam fazendo amor. Eu virei a cabeça e vi os dois no ato, mas eles estavam muito envolvidos um com o outro para me notar.

E, é claro, ninguém estava de guarda.

Eu fiquei presa no sexo deles, e fiz o que pude para me manter parada e calada. Não conseguia escapar da sensação deles. Não conseguia ficar de guarda direito. Eu podia me contorcer com eles ou me manter rígida. Mantive-me rígida até eles terminarem – até Harry beijar Zahra, e então se levantar para vestir a calça e começar a vigiar.

E permaneci acordada depois disso, irritada e preocupada. Mas que inferno, como poderia conversar com qualquer um deles sobre aquilo? Não era nada da minha conta, exceto o momento que eles escolheram. Bem naquele momento! Nós todos poderíamos ter sido mortos.

Ainda sentado, Harry começou a roncar.

Eu ouvi por alguns minutos, e então me sentei, estiquei a mão sobre Zahra e o chacoalhei.

Ele acordou sobressaltado, olhou ao redor, e então se virou na minha direção. Eu só conseguia ver uma silhueta em movimento.

— Me dê a arma e volte a dormir — eu disse.

Ele ficou ali, sem se mexer.

— Harry, vamos acabar mortos por sua causa. Me dê a arma e o relógio e deite-se. Acordo você mais tarde.

Ele olhou para o relógio.

— Desculpa — disse ele. — Acho que eu estava mais cansado do que pensei. — A voz dele pareceu menos tomada pelo sono. — Estou bem. Acordado. Volte a dormir.

Seu orgulho havia tomado conta. Seria quase impossível pegar a arma e o relógio dele agora. Eu me deitei.

— Lembre-se de ontem à noite — falei. — Se você se importa um pouco com ela, se quer que ela viva, lembre-se de ontem à noite.

Ele não respondeu. Eu esperava tê-lo surpreendido. Acho que também o havia envergonhado. E talvez tivesse o deixado irritado e na defensiva. Independentemente do que eu tivesse feito, não ouvi mais nenhum ronco.

Quarta-feira, 4 de agosto de 2027

Hoje, paramos em uma estação comercial de água e bebemos e enchemos todos os nossos contêineres com água limpa e segura. As estações comerciais são as melhores para isso. Qualquer água comprada dos mascates na estrada tem que ser fervida, e ainda assim pode não ser segura. Ferver a água mata germes que causam doenças, mas pode não ajudar a se livrar dos resíduos químicos – gasolina, pesticida, herbicida, o que mais houver nas garrafas que os mascates usam. O fato de a maioria dos mascates não saberem ler torna a situação pior. Às vezes, eles se envenenam.

As estações comerciais deixam você retirar delas aquilo pelo que paga – e nem uma gota mais – de uma de suas torneiras. Você bebe o que os donos estão bebendo. Pode ser que o gosto, o cheiro e a aparência não sejam bons, mas há a certeza de que não se vai morrer por isso.

Não há estações de água em número suficiente. É por isso que os mascates existem. Além disso, as estações são lugares perigosos. As pessoas que entram têm dinheiro. As que saem têm água, que é como dinheiro. Os mendigos e ladrões ficam nesses lugares – fazendo companhia para as prostitutas e para os traficantes de drogas. O meu pai nos alertava sobre as estações de água, tentando nos preparar para o caso de um dia sairmos e ficarmos longe o bastante de casa para sentir vontade de parar e comprar água. Seu conselho: "Não faça isso. Sofra. Volte para casa".

Pois é.

Três é o menor número confortável em uma estação de água. Dois para montarem guarda e um para encher. E é bom ter três prontos para lidar com os problemas no caminho para a estação e na volta. Três não deteriam bandidos determinados, mas evita oportunistas – e a maioria dos predadores são oportunistas. Eles atacam idosos, mulheres solitárias ou com crianças pequenas, pessoas deficientes... Não querem se ferir. Meu pai os chamava de coiotes. Quando estava sendo educado, ele os chamava os coiotes.

Estávamos voltando com nossa água quando vimos dois

coiotes bípedes pegarem uma garrafa de água de uma mulher que estava carregando uma mochila grande e um bebê. O homem que a acompanhava agarrou o que havia pegado a água, e este a passou a seu parceiro, que correu diretamente até nós.

Eu o derrubei. Acho que foi o bebê que chamou minha atenção, que despertou minha solidariedade. A bolha dura de plástico que armazenava a água não se quebrou. O coiote também não. Travei a mandíbula, compartilhando o baque da queda e a dor de seus braços ralados. Em casa, as crianças menores me agrediam com isso todos os dias.

Dei um passo para trás para me afastar do coiote e levei a mão à arma. Harry se posicionou ao meu lado. Eu estava feliz por tê-lo ali. Parecíamos mais intimidadores juntos.

O marido da mulher tinha frustrado o agressor dele, e os dois coiotes, ao se verem em menor número, fugiram. Babacas magricelas e medrosos prontos para o roubo do dia.

Peguei a bolha plástica de água e a devolvi ao homem.

Ele a pegou e disse:

— Obrigado, cara. Muito obrigado.

Assenti e nós seguimos caminho. Ainda era estranho ser tratada por "homem" ou "cara". Eu não gostava, mas não importava.

— De repente, você se tornou um Deus Samaritano — disse Harry. Mas ele não se importava. Não havia reprovação em sua voz.

— Foi o bebê, não foi? — perguntou Zahra.

— Sim — admiti. — A família, na verdade. Todos juntos.

Todos juntos. Eram um homem negro, uma mulher de aparência hispânica e um bebê que conseguia se parecer um pouco com cada um deles. Dali a mais alguns anos, muitas das famílias do bairro seriam como eles. Caramba, Harry e Zahra estavam agindo para constituir uma família como aquela. E como Zahra já tinha observado, casais de raças diferentes sofrem o inferno aqui fora.

E ali estavam os dois, caminhando tão próximos um do outro que de vez em quando acabavam se tocando. Mas se mantinham em alerta, olhavam ao redor. Estávamos na U.S.101 agora, e havia ainda mais andarilhos. Nem mesmo ladrões atrapalhados teriam dificuldade para se misturarem àquela multidão.

Mas Zahra e eu tínhamos conversado de manhã durante a aula de leitura. Deveríamos nos focar no som das letras e em soletrar palavras simples. Quando Harry foi até os arbustos de nossa área reservada como banheiro, interrompi a aula.

— Você se lembra do que disse para mim há alguns dias? — perguntei a ela. — Minha mente estava divagando e você me alertou? "As pessoas são mortas nas estradas o tempo todo", você disse.

Para minha surpresa, ela logo entendeu o que eu queria dizer.

— Mas que droga — disse ela, olhando para mim e erguendo o olhar do papel que eu havia dado a ela. — Você não dorme pesado o bastante, é isso. — Ela sorriu ao dizer aquilo.

— Se querem privacidade, darei privacidade a vocês — disse. — É só me avisar e vou montar guarda do acampamento a certa distância. Vocês dois podem fazer o que quiserem. Mas nada dessa merda enquanto estiverem vigiando!

Ela pareceu surpresa.

— Não pensei que você dissesse palavras assim.

— E eu não pensei que você fizesse coisas como as que fez ontem à noite. Burrice!

— Eu sei. Mas foi divertido. Ele é um cara grande e forte. — Ela fez uma pausa. — Está com inveja?

— Zahra!

— Não se preocupe — disse ela. — As coisas me pegaram de surpresa ontem à noite. Eu... eu precisava de algo, de alguém. Não vai mais acontecer.

— Certo.

— Está com inveja? — ela repetiu.

Eu me obriguei a sorrir.

— Sou tão humana quanto você — falei. — Mas não acho que me renderia à tentação aqui fora sem perspectiva, sem ideia do que vai acontecer. A ideia de engravidar teria me feito parar na hora.

— As pessoas têm bebês por aí o tempo todo. — Ela sorriu para mim. — E você e aquele seu namorado?

— Nós éramos cuidadosos. Usávamos preservativos.

Zahra deu de ombros.

— Bem, Harry e eu não usamos. Se acontecer, aconteceu.

Aparentemente tinha acontecido ao casal cuja água tínhamos salvado. Agora eles tinham um bebê para carregar para o norte.

Eles ficaram perto de nós hoje, aquele casal. Eu os via de vez em quando. Um homem negro de pele escura, alto, de tronco largo e pele aveludada, levando uma mochila enorme; uma mulher baixinha, bonita, atarracada, de pele morena, carregando um bebê e uma mochila; um bebê negro de pele clara de alguns meses de vida – com olhos enormes e cabelos pretos cacheados.

Eles descansavam quando nós descansávamos. Agora estão acampados não muito para trás de nós. Parecem aliados em potencial em vez de um perigo em potencial, mas ficarei de olho neles.

Quinta-feira, 5 de agosto de 2027

No fim do dia, vimos o mar. Nenhum de nós tinha visto antes, e tivemos que nos aproximar, olhar para ele, acampar perto dele, ouvir seu som e sentir seu cheiro. Quando decidimos fazer isso, caminhamos sem sapatos pelas ondas, com as pernas das calças enroladas. Às vezes, apenas ficávamos parados observando o Oceano Pacífico – o maior e mais profundo corpo de água na Terra, quase meio mundo de água. E, mesmo assim, não podíamos bebê-la.

Harry ficou só de cueca e entrou até a água fria chegar a seu peito. Não sabe nadar, é claro. Nenhum de nós sabe nadar. Nunca vimos água suficiente dentro da qual pudéssemos nadar. Zahra e eu observamos Harry com muita preocupação. Nenhuma de nós se sentia livre para acompanhá-lo. Eu tenho que agir como homem e Zahra atrai atenção do tipo errado o suficiente mesmo totalmente vestida. Decidimos esperar até depois do pôr do sol e entramos de roupa mesmo, para tirar um pouco da sujeira e do fedor. Então, poderíamos trocar de roupas. Nós duas tínhamos sabão e estávamos ansiosas para usá-lo.

Havia outras pessoas na praia. Na verdade, a faixa estreita de areia estava cheia de pessoas, mas elas conseguiam cuidar de suas coisas. Haviam se espalhado e pareciam muito mais tolerantes umas com as outras do que tinham sido durante nossa noite nos montes. Não ouvi nenhum tiro nem briga. Não havia cães, não houve roubos relatados, nenhum estupro. Talvez o mar e a brisa fria os envolvessem. Harry não foi o único a se despir e entrar na água. Algumas mulheres tinham entrado também, vestindo quase nada. Talvez aquele fosse um lugar mais seguro do que qualquer outro que tínhamos visto até então.

Algumas pessoas montaram barracas e muitas tinham feito fogueiras. Nós nos assentamos contra as ruínas de uma pequena construção. Estávamos sempre, ao que parecia, procurando muros para nos proteger. Era melhor tê-los e talvez ficar encurralados ali ou acampar a céu aberto e ficar vulnerável de todos os lados? Não sabíamos. Mas parecia melhor ter pelo menos um muro.

Peguei uma tábua de madeira da construção, me aproximei alguns metros do oceano e comecei a cavar na areia. Cavei até encontrar areia úmida. E então, esperei.

— O que deveria acontecer? — perguntou Zahra.

Até aquele momento, ela havia me observado sem dizer nada.

— Água potável — falei para ela. — De acordo com alguns livros que li, a água deve passar pela areia com a maior parte do sal filtrada.

Ela olhou para dentro do buraco úmido.

— Quando?

Cavei um pouco mais.

— Vamos esperar — falei. — Se der certo, saberemos. Pode salvar nossa vida, um dia.

— Ou nos envenenar e fazer com que fiquemos doentes — disse ela. Olhou para a frente e viu Harry vindo em nossa direção, pingando. Até mesmo seus cabelos estavam molhados. — Ele não fica feio nu.

Ele ainda estava de cueca, claro, mas entendi o que ela quis dizer. Ele tinha um corpo bonito e forte, e acho que não se importava por estarmos olhando. E estava limpo, não fedia.

Eu me sentia ansiosa para entrar na água.

— Podem ir — disse ele. — O sol está se pondo. Vou cuidar de nossas coisas. Podem ir.

Pegamos nossos sabões, demos a arma para ele, tiramos os sapatos e as meias, e fomos. Foi maravilhoso. A água estava fria e era difícil se manter de pé com as ondas e a areia que não parava de escapar sob nossos pés. Mas jogamos água uma na outra e lavamos tudo – roupas, corpos e cabelos –, deixamos as ondas nos derrubarem e rimos como loucas. Foi o melhor momento que tive desde que saímos de casa.

Bastante água tinha entrado no buraco que cavei quando voltamos para perto de Harry. Eu a experimentei – peguei um pouco dela na mão enquanto Harry me criticava.

— Vejam todas essas pessoas deste maldito lugar! — disse ele. — Estão vendo algum banheiro? O que acham que elas fazem por aqui? Você tinha que ter a noção de pelo menos usar um tablete purificador de água.

O que ele disse bastou para que eu cuspisse a água que tinha colocado na boca. Ele tinha razão, obviamente. Mas experimentar tinha me mostrado o que eu precisava saber. A água tinha ficado um pouco salobra, mas não ruim – bebível. Deveria ser fervida ou tínhamos que acrescentar um purificador, como Harry dissera, e, antes disso, de acordo com meu livro, poderia ser passada pela areia para que mais sal saísse. Isso significava que se permanecêssemos perto da costa, poderíamos sobreviver mesmo que ficássemos sem água. Era bom saber disso.

Ainda tínhamos nossas sombras. O casal com o bebê havia acampado perto de nós, e a mulher agora estava sentada na areia amamentando enquanto o homem estava ajoelhado ao lado de sua mochila enorme, procurando por algo dentro dela.

— Você acha que eles querem tomar banho? — eu perguntei a Harry e a Zahra.

— O que você vai fazer? — perguntou Zahra. — Vai se oferecer para cuidar da criança?

Balancei a cabeça, negando.

— Não, acho que isso seria demais. Vocês se incomodam se eu convidá-los para ficarem conosco?

— Você não tem medo que eles nos roubem? — perguntou Harry. — Você tem medo de todo mundo.

— Eles têm equipamentos melhores do que os nossos — respondi. — E não têm aliados naturais por aqui além de nós. Casais ou grupos mistos são raros aqui. Não tenho dúvida de que foi por isso que eles ficaram perto de nós.

— E você os ajudou — disse Zahra. — As pessoas não ajudam muito os desconhecidos por aqui. E você devolveu a água deles. Quer dizer que tem o bastante para não ter que roubar deles.

— Então, vocês se incomodam? — perguntei de novo.

Eles se entreolharam.

— Não me importo — disse Zahra. — Desde que fiquemos de olho neles.

— Por que você quer que eles venham? — perguntou Harry, me observando.

— Eles precisam mais de nós do que precisamos deles — falei.

— Isso não é motivo.

— São possíveis aliados.

— Não precisamos de aliados.

— Agora, não. Mas seríamos muito idiotas se esperássemos e tentássemos nos aproximar deles quando precisarmos. Até lá, pode ser que eles não estejam por perto.

Ele deu de ombros e suspirou.

— Tudo bem. Como a Zahra disse, desde que fiquemos de olho neles.

Eu me levantei e fui até o casal. Vi que se endireitaram e ficaram tensos quando me aproximei. Tomei o cuidado de não me aproximar demais, nem muito rápido.

— Olá — falei. — Se vocês quiserem se revezar para tomarem banho, podem vir ficar conosco. Assim fica mais seguro para o bebê.

— Ficar com vocês? — perguntou o homem. — Está pedindo para nos unirmos a vocês?

— Convidando.

— Por quê?

— Por que não? Somos aliados naturais: o casal misto e o grupo misto.

— Aliados? — repetiu o homem, e riu.

Olhei para ele, tentando entender por que tinha rido.

— O que você realmente quer? — perguntou ele.

Suspirei.

— Fiquem conosco se quiserem. São bem-vindos e, numa situação difícil, cinco é melhor do que dois.

Eu me virei e me afastei para que eles pudessem conversar e decidir.

— Eles virão? — perguntou Zahra quando eu voltei.

— Acho que sim — respondi. — Mas talvez não essa noite.

Sexta-feira, 6 de agosto de 2027

Fizemos uma fogueira e uma refeição quente ontem à noite, mas a família mista não se uniu a nós. Não os julguei. As pessoas permanecem vivas aqui sendo desconfiadas. Mas também não foram embora. E não era por acaso que tinham decidido ficar perto de nós. Para eles, era bom ficar perto de nós. O cenário tranquilo da praia mudou ontem à noite. Cães apareceram na areia.

Eles chegaram durante o meu turno de guarda. Vi movimento mais para baixo na praia e me concentrei nele. E então ouvi gritos, berros. Pensei que fosse uma briga ou um roubo. Só vi os cães quando eles saíram de perto de um grupo de seres humanos e correram para dentro do mato. Um deles estava carregando algo, mas eu não sabia o que era. Eu os observei até sumirem. As pessoas correram atrás dele por uma distância curta, mas os cães foram rápidos demais. A propriedade de alguém tinha sido levada – a comida, sem dúvida.

Fiquei atenta depois disso. Eu me levantei, fui até a beira da mata de nosso muro, fiquei ali, onde podia ver mais da praia. Estava sentada com a arma no colo, quando vi movimento, talvez a um quarteirão longo de distância na praia. Formas escuras contra a areia clara. Mais cães. Três. Eles cheiraram a areia por um momento e então seguiram em nossa direção. Fiquei imóvel, observando. Muitas pessoas dormiam sem montar guarda. Os três cães avançaram pelos acampamentos, investigando o que bem queriam e ninguém tentou afastá-los. Por outro lado, laranjas, batatas e grãos não eram muito tentadores para um cão. Nossa pequena quantidade de carne seca seria algo diferente. Mas nenhum cão a pegaria.

Mas os animais pararam no acampamento do casal misto. Eu me lembrei do bebê e me levantei. No mesmo momento, ele começou a chorar. Eu cutuquei Zahra com o pé e ela acordou na hora. Ela conseguia fazer isso.

— Cães — falei. — Acorde o Harry.

E então, fui até o casal misto. A mulher estava gritando e batendo em um dos cães com as mãos. Um segundo estava se desviando dos chutes do homem e partindo para cima do bebê. Só o terceiro estava longe da família.

Parei, destravei a arma e, quando o terceiro cão foi em direção ao bebê, atirei nele.

O animal caiu sem fazer barulho. Eu também caí, ofegante, sentindo que tinha levado um chute no peito. Fiquei surpresa ao ver como era duro cair na areia.

Quando ouviram o tiro, os outros dois cães partiram para dentro da mata. De minha posição, de bruços, eu os vi correr. Talvez conseguisse acertar mais um deles, mas deixei que se fossem. Já estava com dor suficiente. Não conseguia recuperar o fôlego, aparentemente. Mas enquanto puxava o ar, me ocorreu que a posição de bruços era boa para mim. Compartilhar sensações me deixaria menos incapacitada se eu atirasse com as duas mãos e de bruços. Guardei essa informação para ser usada posteriormente. Além disso, era interessante ver que os cães tinham se assustado com meu tiro. Será que o som os havia assustado ou o fato de um deles ter sido atingido? Gostaria de saber mais sobre eles. Já li livros a respeito de sua inteligência, explicando que são animais leais, mas tudo isso foi no passado. Agora são animais selvagens que comerão um bebê se puderem.

Senti que o cão no qual atirei estava morto. Não se mexia. Mas agora, muitas pessoas estavam despertas e se movimentando. Um cão vivo, ainda que ferido, estaria desesperado para fugir.

A dor de meu peito começou a diminuir. Quando consegui respirar sem dificuldade, fiquei de pé e voltei ao nosso acampamento. A confusão estava armada, e ninguém além de Harry e de Zahra notou minha presença.

Harry avançou para me encontrar. Pegou a arma de minha mão, segurou meu braço e me levou de volta ao saco de dormir.

— Então, você atirou em algo — disse ele enquanto eu estava sentada, ofegante de novo devido ao pequeno esforço.

Assenti.

— Matei um cachorro. Ficarei bem em breve.

— Você precisa de alguém te vigiando — disse ele.

— Os cães iam pegar o bebê!

— Você adotou aquelas malditas pessoas.

Sorri, mesmo sem querer, gostando dele, pensando que também havia adotado Zahra e ele.

— Qual é o problema? — perguntei.

Ele suspirou.

— Deite-se e durma. Vou assumir o próximo turno.

— Algumas pessoas acabaram de vir e levar o cachorro que você matou — disse Zahra. — Nós deveríamos ter ficado com ele.

— Ainda não estou pronto para comer um cachorro — Harry disse a ela. — Durmam.

Os nomes dos membros da família mista são Travis Charles Douglas, Gloria Natividad Douglas e Dominic Douglas, de seis meses, também chamado de Domingo. Eles cederam e se uniram a nós hoje à noite depois de armarmos acampamento. Nós nos afastamos da estrada para montar acampamento em outra praia, e eles nos seguiram. Assim que nos acomodamos, eles se aproximaram de nós, hesitantes e desconfiados, oferecendo pedacinhos de seu tesouro: chocolate ao leite com amêndoas. Chocolate ao leite de verdade, não alfarroba. Foi a melhor coisa que comi desde muito antes de sair de Robledo.

— Foi você ontem? — Natividade perguntou a Harry. A primeira coisa que ela nos disse foi para que a chamássemos de Natividade.

— Foi Lauren — disse Harry, fazendo um gesto na minha direção.

Ela olhou para mim.

— Obrigada.

— Seu bebê está bem? — perguntei.

— Ele ficou com arranhões e caiu areia em seus olhos e na boca por ter sido arrastado. — Ela acariciou os cabelos pretos do bebê adormecido. — Apliquei pomada nos arranhões e lavei os olhos dele. Está bem agora. Ele é tão bonzinho. Só chorou um pouco.

— Quase nunca chora — disse Travis com orgulho contido.

Travis tem a pele negra muito escura, o que não é muito comum de se ver – uma pele tão lisa que não acredito que ele já tenha tido uma espinha na vida. Olhar para ele me dá vontade de tocá-lo e ter a sensação daquela pele perfeita. Ele é jovem, bonito e intenso – um homem forte, musculoso, alto, mas um pouco mais baixo e mais encorpado do que Harry. Natividade também é forte – uma mulher morena com rosto redondo e bonito, cabelos compridos enrolados em um coque no topo da cabeça. Ela é baixa, mas não surpreende que consiga carregar uma mochila e um bebê, e manter um passo constante o dia todo. Eu gosto dela, me sinto inclinada a confiar nela. Terei que ser cuidadosa com isso. Mas não acredito que nos roubaria. Travis ainda não nos aceitou, mas ela, sim. Nós ajudamos seu bebê. Somos amigos.

— Vamos para Seattle — disse ela. — Travis tem uma tia lá. Ela diz que podemos ficar com ela até encontrarmos trabalho. Queremos encontrar um que nos dê dinheiro.

— Não é o que todos queremos? — Zahra concordou. Ela estava sentada sobre o saco de dormir de Harry com ele, que a abraçava. A noite poderia ser cansativa para mim.

Travis e Natividad se sentaram em três sacos de dormir, separados a fim de dar ao bebê espaço para engatinhar quando acordasse. Natividad o havia amarrado a seu punho com um pedaço de tecido.

Eu me senti sozinha ente os dois casais. Deixei que falassem de suas esperanças e sobre os boatos de édens do norte. Peguei meu caderno e comecei a escrever os acontecimentos do dia, ainda saboreando o restinho do chocolate.

O bebê acordou faminto e chorando. Natividad abriu a camisa folgada, deu o peito a ele e se aproximou de mim para ver o que eu estava fazendo.

— Você sabe ler e escrever — disse ela, surpresa. — Pensei que poderia estar desenhando. O que está escrevendo?

— Ela está sempre escrevendo — disse Harry. — Peça para ler os poemas dela. Alguns não são ruins.

Eu me retraí. Meu nome é andrógino, pelo menos na pronúncia – Lauren também soa como Loren, que é um nome mais masculino. Mas pronomes são mais específicos, e ainda são um problema para Harry.

— Ela? — Travis perguntou na hora. — Você disse ela?

— Droga, Harry — comentei. — Nós nos esquecemos de comprar fita para a sua boca.

Ele balançou a cabeça e então lançou a mim um sorriso envergonhado.

— Conheço você desde sempre. Não é fácil me lembrar de trocar todos os pronomes. Mas acho que não tem problema dessa vez.

— Eu te disse! — exclamou Natividad ao marido. E então, pareceu envergonhada. — Eu disse a ele que você não se parecia com um homem. Você é alta e forte, mas... Não sei. Não tem cara de homem.

Eu tinha, praticamente, peito e quadril de homem, então talvez devesse ficar feliz por não ter cara de homem – ainda que isso não me ajudasse na estrada.

— Pensamos que dois homens e uma mulher teriam mais chance de sobreviver do que duas mulheres e um homem — falei. — Aqui fora, o truque é evitar confronto aparentando força.

— Nós três não vamos ajudar você a parecer forte — disse Travis. Parecia amargurado. Será que ele se ressentia do bebê e de Natividad?

— Vocês são nossos aliados naturais — eu disse. — Você riu quando eu disse isso da primeira vez, mas é verdade. O bebê não vai nos enfraquecer muito, espero, e terá mais chance de sobreviver com cinco adultos perto dele.

— Posso cuidar de minha esposa e de meu filho — disse Travis com mais orgulho do que razão. Decidi não ouvi-lo.

— Acho que você e Natividad vão nos fortalecer — falei. — Mais dois pares de olhos, mais dois pares de mãos. Vocês têm canivetes?

— Sim. — Ele tocou o bolso da calça. — Gostaria de ter armas como vocês.

Gostaria que tivéssemos armas – no plural – também. Mas não disse isso.

— Você e Natividad parecem fortes e saudáveis — falei.
— Os predadores verão um grupo como nós cinco e procurarão presas mais fáceis.

Travis resmungou, ainda sem se comprometer. Bem, eu já o havia ajudado duas vezes e agora era uma mulher. Talvez ele demorasse um pouco para me perdoar por isso, por mais grato que fosse.

— Quero ouvir um pouco da sua poesia — disse Natividad. — O homem para quem trabalhávamos tinha uma esposa que escrevia poesia. Às vezes, quando se sentia solitária, ela lia para mim. Eu gostava. Leia um pouco da sua antes que escureça demais.

Era estranho pensar em uma mulher rica lendo para sua empregada – e Natividad tinha sido a empregada. Talvez eu tivesse a ideia errada acerca de mulheres ricas. Mas todo mundo se sente sozinho, eventualmente. Deixei meu diário de lado e peguei o livro de versículos da Semente da Terra. Escolhi versos tranquilos, sem pregação, bons para mentes e corpos cansados da estrada.

18

Uma ou duas vezes
a cada semana
Uma Reunião da Semente da Terra
é boa e necessária.
Extravasa a emoção, e então
aquieta a mente.
Foca a atenção,
fortalece o propósito, e
une as pessoas.

— **Semente da Terra: os livros dos vivos**

Domingo, 8 de agosto de 2027

V ocê acredita nessa história toda de Semente da Terra, não é? — perguntou Travis.

Era nosso dia de folga, nosso dia de descanso. Tínhamos deixado a estrada para encontrar uma praia onde pudéssemos acampar por um dia e uma noite com conforto. A praia de Santa Bárbara, que tínhamos encontrado, incluía um parque parcialmente incendiado onde havia árvores e mesas. Não estava lotado, e poderíamos ter um pouco de privacidade durante o dia. A água ficava perto dali. Os dois casais se revezaram desaparecendo enquanto eu cuidava das bolsas e do bebê. Era interessante ver que os Douglas já confiavam a mim tudo o que tinham de precioso. Não confiamos em deixar que eles vigiassem sozinhos na noite passada ou na anterior a ela, mas fizemos com que montassem guarda também. Não tínhamos muros contra os quais ficar na noite passada, por isso foi útil ter dois guardas ao mesmo tempo. Natividad montou guarda comigo e Travis, com Harry. Por fim, Zahra ficou de guarda sozinha.

Eu organizei as coisas, sentindo que seria o cronograma que ficaria mais confortável para os dois casais. Um não teria que confiar demais no outro.

Agora, entre as mesas ao ar livre, além de fogueiras, pinheiros, palmeiras e bordos, a confiança parece não ser um problema. Vemos um lugar lindo se ignoramos a parte queimada, que é desmatada e feia, e é longe o bastante da estrada para não ser visto pelo fluxo constante de pessoas que se movimenta em direção ao norte. Encontrei o local porque tinha mapas – em especial, um mapa de rua de grande parte do condado de Santa Bárbara. Os mapas de meus avós me ajudaram a explorar para longe da estrada, apesar de muitas placas de rua terem sido retiradas ou caído. Havia mapas em número suficiente para encontrarmos as praias quando chegávamos perto delas.

Existiam moradores da região nessa praia – pessoas que tinham deixado casas de verdade para passar um dia de verão na praia. Escutei alguns trechos de conversas e descobri tudo isso.

Então, tentei conversar com alguns deles. Para a minha surpresa, a maioria estava disposta a conversar. Sim, o par que era lindo, com exceção de alguns lugares onde os idiotas pintados tinham causado incêndios. Os boatos davam conta de que eles faziam isso para lutar pelos pobres, para expor ou destruir os bens acumulados pelos ricos. Mas um parque perto do mar não era um bem. Era aberto a todos. Por que incendiá-lo? Ninguém sabia o motivo.

Ninguém sabia de onde tinha vindo a moda de se pintar e de se drogar tanto com as drogas quanto com o fogo. A maioria das pessoas desconfiava de que havia começado em Los Angeles, onde, de acordo com elas, a maioria das coisas idiotas ou malignas começavam. Preconceito local. Eu não disse a nenhum deles que era da região de Los Angeles. Só sorri e perguntei sobre a situação de emprego na região. Algumas pessoas diziam saber onde eu poderia trabalhar para conseguir uma refeição ou um lugar "seguro" para dormir, mas ninguém sabia onde eu podia receber em dinheiro. Isso não significava que não havia empregos desse tipo, mas que, se havia, eles eram difíceis de se encontrar e mais difíceis ainda ter as qualificações necessárias para ser aceito. Isso será um problema aonde quer que estejamos. Mas nós sabemos muito, nós três, nós cinco. Sabemos como fazer várias coisas. Deve haver uma maneira de unir tudo isso e nos tornarmos mais do que empregados domésticos trabalhando por comida e abrigo. Formamos um grupo interessante.

A água é muito cara aqui – pior do que em Los Angeles ou em Ventura Counties. Todos fomos para uma estação de água hoje cedo. Ainda não iríamos a vendedores.

Na estrada ontem, vimos três homens mortos – um grupo unido, jovem, sem marcas, mas cobertos com o sangue que eles tinham vomitado, seus corpos inchados e começando a feder. Passamos por eles, olhamos para eles, não pegamos nada de seus corpos. Suas mochilas – se as tiveram – já tinham sido levadas. Não queríamos as roupas. E seus cantis – os três ainda estavam com os cantis –, ninguém queria.

Nos reabastecemos ontem em uma loja Hanning Joss da região. Ficamos aliviados e surpresos ao ver um lugar bom e confiável onde podíamos comprar tudo de que precisávamos, desde comida sólida para o bebê até sabão e pomada para a pele queimada pela água salgada, pelo sol e pelas caminhadas. Natividad comprou lençóis novos para o carrinho do bebê e lavou e secou uma sacola de plástico cheia de lençóis imundos. Zahra foi com ela para a área de serviço à parte da loja para que pudessem lavar algumas de nossas roupas imundas. Usávamos nossas roupas lavadas no mar, salgadas, mas não exatamente fedorentas. Lavar as roupas era um luxo pelo qual normalmente não podíamos pagar, mas nenhum de nós achava fácil ser sujo. Não estávamos acostumados com isso. Esperávamos encontrar água mais barata no norte. Até comprei um segundo pente para a arma – além de solvente, óleo e escovas para limpeza. Isso me irritava, não conseguir limpar antes. Se a arma não funcionasse quando precisássemos dela, poderíamos ser mortos. O novo pente foi um conforto também. Ele nos dava a chance de recarregar depressa e continuar atirando.

Agora estávamos à sombra de pinheiros e bordos, aproveitando a brisa do mar, descansando e conversando. Eu escrevi, expandindo minhas anotações do diário da semana. Eu estava terminando de fazer isso quando Travis se sentou ao meu lado e perguntou:

— Você acredita nessa história de Semente da Terra, não é?

— Em cada palavra — respondi.

— Mas... você inventou tudo.

Eu me abaixei, peguei uma pedra pequena e a coloquei sobre a mesa entre nós.

— Se eu pudesse analisar isso e te dizer tudo de que é feito, significaria que eu inventei o conteúdo?

Ele mal olhou para a pedra. Manteve os olhos em mim.

— O que você analisou para chegar à Semente da Terra?

— As outras pessoas — falei. — Eu mesma, tudo o que pude ler, ouvir, ver, toda a história que pude aprender. Meu pai é... era... ministro de igreja e professor. Minha madrasta tinha uma escola no bairro. Pude ver muita coisa.

— O que seu pai achava de sua ideia a respeito de Deus?

— Ele não soube.

— Você nunca teve coragem de contar a ele.

Dei de ombros.

— Ele era a única pessoa no mundo que eu me esforçava para não magoar.

— Morreu?

— Sim.

— Pois é. Meus pais também. — Ele balançou a cabeça. — As pessoas não vivem muito hoje em dia.

Ficamos em silêncio. Depois de um tempo, ele perguntou:

— De onde tirou suas ideias sobre Deus?

— Eu estava procurando por Deus — falei. — Não estava procurando mitologia, nem misticismo, nem mágica. Não sabia se havia um deus a ser encontrado, mas queria saber. Deus teria que ser uma força que não poderia ser desafiada por ninguém nem por nada.

— Mudança.

— Mudança, sim.

— Mas não é um deus. Não é uma pessoa, nem uma inteligência, nem uma coisa. É só... não sei. Uma ideia.

Eu sorri. Será que aquilo era uma crítica tão terrível?

— É uma verdade — respondi. — A mudança é constante. Tudo muda de certo modo: tamanho, posição, composição, frequência, velocidade, raciocínio, o que for. Todo ser vivo, cada pedaço de matéria, toda a energia no universo muda de certa forma. Eu não afirmo que tudo mude de todas as maneiras, mas tudo muda de algum modo.

Harry, que chegou pingando do mar, ouviu essa última parte.

— É meio como dizer que Deus é a segunda lei da termodinâmica — disse ele, sorrindo. Nós já tínhamos tido essa conversa.

— Esse é um aspecto de Deus — falei para Travis. — Você conhece a segunda lei?

Ele assentiu.

— Entropia, a ideia de que o fluxo natural do calor é de algo quente a algo frio, não o contrário, de modo que o universo em si está esfriando, liberando, dissipando sua energia.

Demonstrei surpresa.

— Minha mãe escrevia para jornais e revistas, no começo — disse ele. — Ela me dava aulas em casa. Então, meu pai morreu e ela não conseguia dinheiro suficiente para mantermos a casa. E não conseguia encontrar trabalho que pagasse em dinheiro. Ela teve que aceitar ser cozinheira e morar na casa da família para a qual trabalhava, mas continuou a me ensinar.

— Ela te ensinou sobre entropia? — perguntou Harry.

— Ela me ensinou a ler e a escrever — disse Travis. — Depois, ela me ensinou a ensinar a mim mesmo. O homem para quem ela trabalhava tinha uma biblioteca, uma sala grande cheia de livros.

— Ele deixava você ler todos eles? — perguntei.

— Ele não me deixava chegar perto deles. — Travis olhou para mim e sorriu sem achar graça. — Mas eu os lia mesmo assim. Minha mãe os pegava disfarçadamente para mim.

É claro. Escravos faziam isso duzentos anos antes. Eles entravam nos lugares e se informavam da melhor maneira que conseguiam, às vezes sofrendo chibatadas, venda ou mutilação por seus esforços.

— Ele pegou sua mãe ou você fazendo isso alguma vez? — perguntei.

— Não. — Travis se virou para olhar na direção do mar. — Nós éramos cuidadosos. Era importante. Ela nunca pegava mais de um livro emprestado por vez. Acho que a esposa dele sabia, mas ela era uma mulher bacana. Nunca disse nada. Foi ela quem o convenceu a me deixar casar com Natividad.

O filho da cozinheira se casando com uma das empregadas. Isso era algo de outro tempo também.

— Então minha mãe morreu e Natividad e eu só tínhamos um ao outro, e depois, ao bebê. Eu estava me mantendo como jardineiro-faz-tudo, até que o velho desgraçado para quem trabalhávamos decidiu que queria a Natividad. Ele tentava espiar enquanto ela amamentava o bebê. Não a deixava em paz. Por isso fomos embora. Foi por isso que a esposa dele nos ajudou a partir, nos deu dinheiro. Ela sabia que não era culpa de Natividad. E eu sabia que não queria ter que matar o cara. Por isso fomos embora.

Na escravidão, quando isso acontecia, não havia nada que os escravos pudessem fazer a respeito – ou não havia nada que eles fizessem sem acabar sendo mortos, vendidos ou espancados.

Olhei para Natividad, que estava perto dali, sobre os sacos de dormir estendidos, brincando com seu bebê e conversando com Zahra. Ela tivera sorte. Será que sabia disso? Quantas outras pessoas tinham sido menos sortudas – incapazes de escapar das atenções do senhor ou de ganhar a simpatia da senhora. Até que ponto iam os mestres e as senhoras atualmente para colocar servos pouco submissos em seus devidos lugares?

— Ainda não consigo ver mudança nem entropia como Deus — disse Travis, voltando a falar da Semente da Terra.

— Então, mostre-me um poder mais dominante do que a mudança — falei. — Não tem a ver apenas com a entropia. Deus é mais complexo do que isso. O comportamento humano por si só deveria ensinar isso a você. E existe mais complexidade ainda quando você está lidando com várias coisas de uma vez, como sempre está. Há todos os tipos de mudanças no universo.

Ele balançou a cabeça.

— Talvez, mas ninguém vai adorá-las.

— Espero que não — falei. — A Semente da Terra lida com a realidade constante, não com figuras autoritárias sobrenaturais. A adoração não vale nada sem ação. Com a ação, só é útil se estabilizar você, se for concentrada em seus esforços, se acalmar a mente.

Ele me lançou um sorriso triste.

— A oração faz as pessoas se sentirem melhor mesmo quando não há ação que elas possam tomar — disse ele. — Eu achava que Deus só era bom para isso, para ajudar pessoas como minha mãe a aguentar o que tinham que aguentar.

— Não é para isso que Deus serve, mas há momentos em que a oração serve para isso. E há vezes em que é para isso que servem os versículos. Deus é Mudança e, no fim, Deus prevalece. Mas há esperança em entender a natureza de Deus. Não é punitiva nem invejosa, mas infinitamente maleável. Há conforto em perceber que todos e tudo cede a Ele. Há força em saber que Deus pode ser focado, distraído, moldado por qualquer pessoa. Mas não há vantagem em ter força e inteligência, e ainda assim esperar que Deus conserte as coisas para você ou se vingue por você. Sabe disso. Você sabia quando pegou sua família e saiu da casa de seu chefe. Deus nos molda todos os dias de nossas vidas. É melhor entender isso e retribuir o esforço: Moldar Deus.

— Amém! — disse Harry, sorrindo.

Olhei para ele e me senti dividida entre a irritação e a vontade de rir, mas deixei a vontade de rir vencer.

— Vista algo antes de se queimar, Harry.

— Parecia que você estava precisando de um "amém" — disse ele ao vestir uma camisa azul larga. — Você quer continuar pregando ou quer comer?

Comemos feijão cozido com pedaços de carne seca, tomates, pimentões e cebolas. Era domingo. Havia fogueiras públicas no parque, e tínhamos muito tempo. Comemos até um pouco de pão de farinha branca e o bebê, papinha de verdade com o leite em vez de nossa comida amassada ou mastigada pela mãe.

O dia está sendo bom. De vez em quando, Travis me fazia outra pergunta ou lançava um desafio à Semente da Terra, e eu tentava responder sem pregar, o que era difícil. Acho que consegui, na maior parte do tempo. Zahra e Natividad começaram a discutir para determinar se eu estava falando sobre um deus do sexo masculino ou um deus feminino. Quando eu disse que a Mudança não tinha gênero e que não era uma pessoa, eles ficaram confusos, mas não desdenharam. Só Harry se recusou a levar a conversa a sério. Mas ele gostava da ideia de manter um diário. Ontem, ele comprou um caderno pequeno, e agora está escrevendo também – e ajudando Zahra com as aulas de leitura e de escrita.

Eu gostaria de levá-lo para a Semente da Terra. Gostaria de levar todos eles. Eles poderiam ser o começo de uma comunidade da Semente da Terra. Adoraria ensiná-la a Dominic conforme ele crescer. Eu o ensinaria e ele me ensinaria. As perguntas que as criancinhas fazem nos deixam loucos porque elas não têm fim. Mas também nos fazem pensar. Por enquanto, eu tinha que lidar com as perguntas de Travis.

Eu me arrisquei. Contei a Travis sobre o Destino.

Ele havia me perguntado muitas vezes qual era o propósito da Semente da Terra. Por que personificar a mudança chamando-a de Deus? Como a mudança é só uma ideia, por que não chamá-la assim? Só dizer que a mudança é importante.

— Porque depois de um tempo, não será importante! — disse a ele. — As pessoas se esquecem de ideias. Elas têm mais chance de se lembrar de Deus, principalmente quando estão assustadas ou desesperadas.

— E então elas fazem o quê? — perguntou ele. — Leem um poema?

— Ou se lembram de uma verdade, de um consolo ou de um lembrete à ação — falei. — As pessoas fazem isso o tempo todo. Elas consultam a Bíblia, o Talmude, o Corão ou algum outro livro religioso que as ajuda a lidar com as mudanças assustadoras que acontecem na vida.

— A mudança assusta mesmo a maioria das pessoas.

— Eu sei. Deus é assustador. Melhor aprender a lidar com ele.

— Sua ideia não é muito reconfortante.

— Ela se torna reconfortante depois de um tempo. Eu mesma ainda estou me acostumando. Deus não é bom nem ruim, não favorece nem detesta ninguém e, ainda assim, é melhor estar ao lado dele do que contra ele.

— Seu Deus não se importa nem um pouco com você — disse Travis.

— Ainda mais motivo para me importar comigo mesma e com os outros. Ainda mais motivo para criar as comunidades da Semente da Terra para moldarmos Deus juntos. "Deus é Trapaceiro, Professor, Caos, Argila". Decidimos qual aspecto abraçar, e como lidar com os outros.

— É isso o que você quer fazer? Criar comunidades da Semente da Terra?

— Sim.

— E depois?

Aí estava. A abertura. Eu engoli em seco e me virei um pouco para poder ver a área desmatada pelo fogo. Era tão feia. Era difícil pensar que alguém tinha feito aquilo de propósito.

— E depois? — Travis insistiu. — Um Deus como o seu não teria um paraíso para as pessoas esperarem alcançar, então o que haveria depois?

— Paraíso — falei, voltando a encará-lo. — Ah, sim, Paraíso.

Ele não disse nada. Lançou a mim um olhar desconfiado e esperou.

— O Destino da Semente da Terra é criar raízes entre as estrelas — falei. — Este é o principal objetivo de Semente da Terra e o último recurso humano para driblar a morte. É melhor que persigamos este destino se quisermos ser algo além de dinossauros de pele lisa – aqui hoje, mortos amanhã; nossos ossos misturados com os ossos e cinzas de nossas cidades, e então?

— O espaço? — disse ele. — Marte?

— Além de Marte — falei. — Outros sistemas solares. Mundos vivos.

— Você é louca de pedra — disse ele, mas gosto do modo tranquilo com que diz: com admiração em vez de zombaria.

Sorri.

— Sei que não vai ser possível por muito tempo. Agora é o momento de construirmos bases, comunidades da Semente da Terra concentradas no Destino. Afinal, meu paraíso existe de verdade, e não é preciso morrer para alcançá-lo. "O Destino da Semente da Terra é criar raízes entre as estrelas" ou entre as cinzas. — Meneei a cabeça em direção à área queimada.

Travis ouviu. Ele não disse que uma pessoa caminhando em direção ao norte, vinda de Los Angeles e indo para sabe-deus-onde com todos os seus pertences nas costas não estava em posição de indicar o caminho para Alfa Centauri. Ele ouviu. Riu um pouco – como se sentisse medo de ser flagrado falando muito sério a respeito de minhas ideias. Mas não se afastou de mim. Inclinou-se para a frente. Discutiu. Gritou. Fez mais perguntas. Natividade pediu para ele parar de me incomodar, mas ele continuou. Eu não me importava. Eu compreendia a persistência. E a admiro.

Domingo, 15 de agosto de 2027

Acho que Travis Charles Douglas é meu primeiro convertido. Zahra Moss é minha segunda. Zahra tem ouvido conforme os dias passam, e conforme Travis e eu vamos conversando aqui e ali. Às vezes, ela fazia perguntas ou dizia o que via como inconsistências. Depois de um tempo, ela disse:

— Não me importo com o espaço sideral. Pode ficar com essa parte. Mas se quiser criar uma espécie de comunidade na qual as pessoas cuidam umas das outras e não têm que enfrentar pressões, estou com você. Tenho conversado com Natividade. Não quero viver como ela teve que viver. Também não quero viver como minha mãe teve que viver.

Fiquei me perguntando a diferença que havia entre o ex-empregador de Natividad, que a tratava como se fosse dono dela, e Richard Moss, que comprava garotas para compor seu harém. Era tudo uma questão de análise pessoal, sem dúvida. Natividad havia se ressentido de seu empregador. Zahra havia aceitado e talvez amado Richard Moss.

A Semente da Terra está nascendo bem aqui na U.S.101 – naquela parte da 101 que já foi *El Camino Real*, a estrada da realeza do passado espanhol da Califórnia. Agora é uma estrada, um rio de pobres. Um rio que transborda ao norte.

Comecei a pensar que deveria estar pescando naquele rio enquanto sigo seu fluxo. Deveria observar as pessoas não só para saber as que podem ser perigosas para nós, mas para encontrar aquelas poucas como Travis e Natividad, que se uniriam a nós e seriam bem-vindos.

E depois? Encontrar um lugar para dominar? Agir como um tipo de gangue? Não. Não bem como uma gangue. Não somos pessoas de gangues. Não quero pessoas assim, com sua necessidade de dominar, roubar e aterrorizar. E, ainda assim, talvez tenhamos que dominar. Talvez tenhamos que roubar para sobreviver, e até aterrorizar para assustar ou matar inimigos. Teremos que tomar cuidado com o modo com que permitiremos que nossas necessidades nos moldem. Mas devemos ter terra arável, um fornecimento certo de água e liberdade suficiente para podermos nos estabelecer e crescer.

Talvez seja possível encontrar um lugar isolado dessa forma na costa e fechar um acordo com os habitantes. Se fôssemos um grupo um pouco maior, se estivéssemos mais bem armados, poderíamos oferecer segurança em troca de espaço para viver. Poderíamos também oferecer educação e serviços de leitura e escrita a adultos analfabetos. Poderia haver um mercado para esse tipo de coisa. Tantas pessoas, adultos e crianças, são analfabetas hoje em dia... Talvez conseguíssemos fazer isso – cultivar nossos alimentos, prosperar para que nós e nossos vizinhos nos tornemos algo novo em folha. A Semente da Terra.

19

Mudanças.

As galáxias se movem pelo espaço.

As estrelas se inflamam,

queimam

envelhecem,

esfriam,

Evoluindo.

Deus é Mudança.

Deus prevalece.

— **Semente da Terra: os livros dos vivos**

*Sexta-feira, 27 de agosto de 2027
(de anotações feitas no domingo, 29 de agosto)*

Terremoto hoje.

Ele aconteceu hoje cedo enquanto começávamos a caminhada do dia, e foi forte. O chão roncou baixo e forte, como um trovão abafado. Ele tremeu e chacoalhou, e então pareceu cair. Tenho certeza de que caiu, mesmo sem saber até onde. Quando o tremor parou, tudo parecia igual – exceto por partes repentinas de poeira aqui e ali nos montes de terra ao nosso redor.

Várias pessoas gritaram durante o tremor. Algumas, carregando mochilas pesadas, perderam o equilíbrio e caíram na terra ou no asfalto destruído. Travis, com Dominic em seu peito e uma mochila pesada nas costas, quase foi uma delas. Ele tropeçou, se desequilibrou, mas conseguiu se endireitar. O bebê, que não se feriu, mas assustado pelo tremor repentino, começou a chorar, se juntando ao barulho de duas crianças mais velhas caminhando por perto, ao falatório repentino de quase todo mundo e às arfadas de um senhor que havia caído durante os tremores.

Deixei de lado minhas suspeitas de sempre e fui ver se o senhor estava bem – não que eu pudesse ter feito muito para ajudá-lo, caso ele não estivesse. Peguei o cajado para ele – que havia caído além de seu alcance – e o ajudei a se levantar. Ele era leve como uma criança, magro, desdentado e com medo de mim.

Dei um tapinha em seu ombro e fiz com que seguisse caminho, conferindo, quando ele virou as costas, se não tinha pegado nada. O mundo era cheio de ladrões. Idosos e crianças costumavam ser batedores de carteira.

Nada estava faltando.

Outro homem próximo dali sorriu para mim – um homem negro mais velho, mas ainda não idoso, que ainda tinha dentes e levava seus pertences dentro de duas bolsas de couro penduradas na estrutura de metal resistente de um carrinho. Ele não disse nada, mas eu gostei de seu sorriso. Sorri em resposta. Então, eu me lembrei que deveria ser um homem, e fiquei me perguntando se é possível que ele tenha percebido meu disfarce. Não que isso tivesse importância.

Voltei para meu grupo, onde Zahra e Natividad confortavam Dominic, e Harry pegava algo da beira da estrada. Fui até ele, e vi que tinha encontrado um trapo imundo amarrado bem apertado em formato de bola ao redor de alguma coisa. Harry rasgou o trapo podre e um rolo de dinheiro caiu em suas mãos. Notas de cem dólares. Duas ou três dúzias delas.

— Guarde isso! — sussurrei.

Ele enfiou o dinheiro dentro de um bolso fundo da calça.

— Sapatos novos — sussurrou ele. — Dos bons, e outras coisas. Precisa de alguma coisa?

Eu havia prometido comprar a ele um par novo de sapatos assim que chegássemos a uma loja de confiança. Os deles estavam desgastados. Agora, outra ideia me ocorria.

— Se tiver o suficiente — sussurrei — compre uma arma. Comprarei seus sapatos. Você deve comprar uma arma! — E então, falei com os outros, ignorando a expressão de surpresa dele. — Todo mundo está bem?

Todo mundo estava bem. Dominic estava feliz de novo, nas costas da mãe e mexendo em seus cabelos. Zahra reorganizava a bolsa e Travis estava analisando a pequena comunidade a sua frente. Estávamos na zona rural. Não tínhamos passado por nada além de cidades pequenas e moribundas, comunidades problemáticas de beira de estrada e fazendas durante dias. Parte da mata estava sendo trabalhada, parte estava abandonada e acumulava mato.

Caminhamos em direção a Travis.

— Fogo — disse ele quando nos aproximamos.

Uma casa na base do monte, descendo pela estrada, soltava fumaça de várias de suas janelas. As pessoas da estrada já tinham começado a caminhar em direção ao fogo. Problema. Os donos da casa podiam conseguir apagar o incêndio e ainda assim seriam atacados por vasculhadores.

— Vamos sair daqui — falei. — As pessoas ali ainda estão fortes, e se sentirão sitiadas em breve. Vão retrucar.

— Pode ser que encontremos algo que possamos usar — Zahra contra-argumentou.

— Não há nada ali embaixo que valha a pena os tiros que podemos tomar — falei. — Vamos!

Liderei o caminho para além da pequena comunidade e estávamos quase fora dela quando os tiros começaram.

Ainda havia pessoas na estrada conosco, mas muitas tinham corrido para a pequena comunidade para roubar. A multidão não daria atenção apenas à casa em chamas, e todas as famílias teriam que resistir.

Ouvimos mais tiros atrás de onde estávamos – primeiro individuais, depois uma saraivada estranha de tiros trocados e, depois, o som inconfundível de armas automáticas. Caminhamos mais depressa, torcendo para estarmos fora do escopo de qualquer coisa que fosse mirada em nós.

— Merda! — Zahra sussurrou, me acompanhando. — Eu deveria ter imaginado que isso aconteceria. As pessoas aqui fora, no meio do nada, têm que ser duronas.

— Mas acho que o fato de serem duronas não fará com que se salvem — falei, olhando para trás.

Havia muito mais fumaça subindo naquele momento, e subia de mais de um lugar. Gritos distantes se misturavam aos tiros. Que lugar ruim para assentar uma pequena comunidade desprotegida. Eles deveriam ter escondido suas casas nas montanhas, onde poucos desconhecidos os veriam. Isso era algo de que eu deveria me lembrar. Tudo o que as pessoas daquela comunidade poderiam fazer seria levar alguns dos perturbadores embora junto com elas. Amanhã, os sobreviventes daquele lugar estariam na estrada com alguns dos pertences nas costas.

É estranho, mas não acho que alguém na estrada pensaria em atacar aquela comunidade em massa daquele jeito se o terremoto – ou outra coisa – não tivesse dado início a um incêndio. Um pequeno incêndio era a fraqueza que dava aos vasculhadores permissão de devastar uma comunidade – que, sem dúvida, era o que eles estavam fazendo naquele momento. Os tiros podiam assustar alguns, matar ou ferir outros, e tornar os demais muito irados. Se as pessoas da comunidade escolhiam viver em um lugar tão perigoso, deveriam ter armado grandes defesas – uma fileira de explosivos e incendiários, coisas assim. Só um poder muito forte, muito destrutivo e muito repentino assustaria os agressores e os afastaria com um pânico maior do que a ganância e a necessidade que os havia atraído, para começo de conversa. Se as pessoas da comunidade estivessem sem explosivos, deveriam ter pegado seu dinheiro e seus filhos e fugido como loucos assim que viram a multidão se aproximando. Eles conheciam os montes melhor do que os saqueadores migrantes jamais conheceriam. Deveriam ter esconderijos já preparados ou pelo menos ser capazes de se embrenhar nos montes enquanto os vasculhadores saqueavam suas casas. Mas não tinham feito nada disso. E agora grandes nuvens de fumaça subiam atrás de nós, atraindo ainda mais vasculhadores.

— O mundo todo enlouqueceu — disse uma voz perto de mim, e eu soube, antes de olhar, que era o homem com o carrinho.

Nós tínhamos diminuído a velocidade um pouco, olhando para trás, e ele havia nos alcançado. Também tivera o bom senso de não sair vasculhando a pequena comunidade. Não aparentava ser um saqueador. Suas roupas eram sujas e simples, mas serviam bem nele e pareciam quase novas.

A calça jeans ainda era azul-escuro e tinha pregas pelas pernas. A camisa vermelha, de mangas curtas, ainda tinha todos os botões. Usava sapatos caros e havia cortado os cabelos, não muito tempo antes, com um corte profissional. O que ele estava fazendo ali na estrada, empurrando um carrinho com bolsas de couro? Um pobre rico – ou pelo menos, um pobre que já tinha sido rico. Ele tinha a barba curta, cheia, grisalha. Concluí que gostava da aparência dele tanto quanto antes. Que senhor bonito.

O mundo havia enlouquecido?

— Pelo que eu soube — eu falei para ele — o mundo enlouquece a cada três ou quatro décadas. O segredo é sobreviver até ele ficar são de novo.

Eu estava exibindo minha educação e meu histórico, admito. Mas o senhor pareceu não se impressionar.

— Os anos 1990 foram malucos — disse ele —, mas eram anos de riqueza. Não tão ruim como agora. Acho que nunca foi tão ruim. Essas pessoas, esses animais lá atrás...

— Não acredito que eles possam agir assim — disse Natividad. — Gostaria de poder chamar a polícia, seja a polícia quem for por aqui. Os donos das casas ali deveriam chamar.

— Não resolveria nada — falei. — Ainda que os policiais viessem hoje e não amanhã, eles só aumentariam o número de mortes.

Continuamos caminhando, e o desconhecido caminhava conosco. Parecia satisfeito em nos acompanhar. Poderia ter ficado para trás ou seguido à nossa frente, já que não tinha que carregar sua carga. Contanto que permanecesse na estrada, poderia avançar mais rápido. Mas ficou conosco. Conversei com ele, me apresentei e soube que seu nome era Bankole – Taylor Franklin Bankole. Nossos sobrenomes nos uniram no ato. Nós dois somos descendentes de homens que assumiram sobrenomes africanos durante os anos 1960. O pai dele e o meu avô tinham mudado de sobrenome legalmente, e ambos escolheram substitutos iorubá.

— A maioria das pessoas escolhia nomes suaílis em 1960 — disse Bankole. Ele queria ser chamado de Bankole. — Meu pai teve que fazer algo diferente. Durante toda a vida, ele tinha que ser diferente.

— Não conheço os motivos de meu avô — falei. — Seu sobrenome era Broome antes de ele mudá-lo, e não foi problema. Mas por que escolheu Olamina...? Nem mesmo meu pai sabia. Fez a mudança antes de ele nascer, por isso meu pai sempre foi Olamina, e nós também.

Bankole era um ano mais velho do que meu pai. Ele tinha nascido em 1970 e era, de acordo com ele mesmo, velho demais para estar numa estrada com tudo o que tinha dentro de duas bolsas de couro. Tinha 57 anos. Eu me peguei desejando que ele fosse mais jovem para que pudesse viver por mais tempo.

Velho ou não, ele ouviu, antes de nós, as duas garotas pedindo ajuda.

Havia um caminho, mais terra do que asfalto, correndo abaixo e paralelamente à estrada, e afastava-se dela monte acima. Subindo esse caminho, havia uma casa meio caída, com a poeira de seu colapso ainda alta ao seu redor. Não devia ser uma casa muito boa antes do colapso. Agora, eram só destroços. E assim que Bankole nos alertou, passamos a ouvir gritos abafados vindos dela.

— Parecem mulheres — disse Harry.

Suspirei.

— Vamos lá para ver. Talvez precisemos apenas empurrar algumas madeiras para libertá-las, ou coisa assim.

Harry me segurou pelo ombro.

— Tem certeza?

— Sim. — Peguei a arma e a entreguei a ele para o caso de uma dor alheia me deixar incapacitada. — Fique de olho no que acontece atrás de nós.

Entramos atentos e hesitantes, sabendo que um pedido de ajuda poderia ser falso, poderia atrair as pessoas a seus agressores. Algumas outras pessoas nos acompanharam quando saímos da estrada, e Harry ficou mais atrás, pondo-se entre eles e nós. Bankole levava seu carrinho, mantendo-se ao meu lado.

Havia duas vozes chamando de dentro dos destroços. Ambas pareciam ser de mulheres. Uma estava pedindo socorro e a outra, xingando. Nós as localizamos pelo som de suas vozes e então Zahra, Travis e eu começamos a tirar os destroços – madeira seca e quebrada, gesso, plástico e tijolos de uma chaminé antiga. Bankole permaneceu com Harry, observando e parecendo imponente. Ele tinha uma arma? Eu esperava que sim. Estávamos atraindo uma pequena plateia de vasculhadores com cara de famintos. A maioria das pessoas observava para ver o que estávamos fazendo, e seguiam em frente. Algumas ficavam e olhavam. Se as mulheres ficaram presas desde o terremoto, era surpreendente que ninguém tivesse chegado para roubar seus pertences e incendiar os destroços, deixando-as lá dentro. Eu torcia para que conseguíssemos libertá-las e voltar para a estrada antes que alguém nos surpreendesse. Sem dúvida já teriam feito isso se houvesse algo de valor à vista.

Natividad falou com Bankole, e então colocou Dominic em uma de suas bolsas de couro e pôs a mão sobre o bolso para ver se o canivete ainda estava ali. Não gostei muito disso. Era melhor que ela continuasse carregando o bebê para que pudéssemos sair correndo, se fosse preciso.

Encontramos uma perna pálida, machucada e sangrando, mas não quebrada, presa embaixo de uma viga. Uma parte inteira da parede e do teto, além de parte da chaminé, tinha caído em cima daquelas mulheres. Tiramos as partes soltas e então, juntos, trabalhamos para erguer as pesadas. Por fim, arrastamos as mulheres para fora pelos membros expostos – braço e perna de uma, duas pernas da outra. Eu, assim como elas, não gostei de fazer isso.

Por outro lado, não foi tão ruim. As mulheres tinham perdido um pouco de pele aqui e ali, e uma sangrava pelo nariz e pela boca. Ela cuspia sangue e alguns dentes, xingava e tentava se levantar. Deixei Zahra ajudá-la a ficar de pé. Naquele momento eu só queria dar o fora dali.

A outra, com o rosto banhado em lágrimas, ficou sentada nos observando. Estava calada de um modo inexpressivo, pouco natural. Quieta demais. Quando Travis tentou ajudá-la a se levantar, ela se retraiu e gritou. Ele a deixou em paz. Não parecia muito ferida, tinha só alguns arranhões, mas podia ter batido a cabeça. Podia estar em choque.

— Onde estão suas coisas? — perguntava Zahra à moça ensanguentada. — Teremos que sair daqui depressa.

Esfreguei minha boca, tentando me livrar de uma certeza irracional de que dois de meus dentes tinham caído. Eu me sentia péssima – arranhada, machucada e com dor latejante, mas inteira, sem nada quebrado, sem piores danos, mas queria me esconder em algum lugar até me sentir menos mal. Respirei fundo e fui até a mulher assustada e retraída.

— Você consegue me entender? — perguntei.

Ela olhou para mim e então ao redor, viu a companheira secando o sangue com a mão suja e tentou se levantar e correr até ela. Tropeçou, começou a cair, mas eu a segurei, contente por ela não ser muito grande.

— Suas pernas estão bem — falei —, mas vá com calma. Temos que sair daqui depressa, e você precisa conseguir andar.

— Quem é você? — perguntou ela.

— Um desconhecido — respondi. — Tente andar.

— Houve um terremoto.

— Sim. Ande!

Ela deu um passo trêmulo para longe de mim, e então mais um. Caminhou incerta até a amiga.

— Allie? — disse.

A amiga a viu, ergueu-se na direção dela e a abraçou, sujando-a de sangue.

— Jill! Graças a Deus!

— Aqui estão as coisas dela — disse Travis. — Vamos tirá-las daqui enquanto ainda podemos.

Fizemos as duas caminharem um pouco mais, tentamos fazer com que elas vissem e entendessem o perigo de permanecer onde estávamos. Não podíamos arrastá-las conosco, e qual seria o propósito de tirá-las e então deixá-las à mercê de saqueadores? Elas tinham que caminhar conosco até estarem mais fortes e serem capazes de cuidar de si mesmas.

— Certo — disse a ensanguentada.

Era a menor e mais forte das duas, não que houvesse grande diferença física entre elas. Duas mulheres brancas, de estatura mediana e cabelos castanhos, na casa dos vinte anos. Podiam ser irmãs.

— Certo — repetiu a que estava suja de sangue. — Vamos sair daqui.

Ela já estava caminhando sem mancar nem tropeçar agora, mas sua companheira estava menos firme.

— Me dê as minhas coisas — disse ela.

Travis fez um gesto em direção a duas mochilas empoeiradas com sacos de dormir. Ela colocou uma nas costas, e então olhou para a outra e para sua companheira.

— Consigo levar — disse a outra mulher. — Estou bem.

Não estava, mas tinha que carregar suas coisas. Ninguém carregaria duas mochilas por muito tempo. Ninguém conseguia lutar carregando duas mochilas.

Havia uma dúzia de pessoas ao redor olhando para nós quando saímos com as mulheres. Harry caminhava à nossa frente, com a arma na mão. Algo indicava claramente que ele mataria. Se fosse pressionado, ainda que pouco, mataria. Eu nunca o vira assim antes. Era impressionante, assustador e errado. Certo para a situação e para o momento, mas errado para Harry. Ele não era o tipo de cara que deveria dar essa impressão.

Quando eu tinha começado a pensar nele como um homem e não mais como um garoto? Que inferno. Somos todos homens e mulheres agora, não mais crianças. Merda.

Bankole caminhava atrás, parecendo ainda mais imponente do que Harry, apesar dos cabelos e da barba grisalhos. Segurava uma arma. Eu havia olhado para ela ao passar por ele. Outra automática – talvez uma nove milímetros. Esperava que ele fosse bom com ela.

Natividad empurrava o carrinho à frente dele com Dominic ainda em uma das bolsas. Travis caminhava ao lado, cuidando dela e do bebê.

Eu andei com as duas mulheres, temendo que uma delas caísse, ou fosse pega por um tolo. A moça chamada Allie ainda sangrava, cuspia sangue e limpava o nariz ensanguentado com o braço também ensanguentado. E a moça chamada Jill ainda parecia perdida e trêmula. Allie e eu mantivemos Jill entre nós.

Antes de o ataque começar, eu sabia que ele aconteceria. Ajudar as duas mulheres presas havia nos tornado alvos. Poderíamos já ter sido atacados se a comunidade da estrada não tivesse matado tantas das pessoas mais violentas e desesperadas. Os fracos seriam atacados hoje. O terremoto havia criado o clima. E um ataque podia acionar outros.

Podíamos apenas tentar estar prontos.

Do nada, um homem agarrou Zahra. Ela é pequena e, além de bonita, deve ter parecido fraca.

Um instante depois, alguém me agarrou. Fui virada para trás, tropecei e comecei a cair. Foi idiota assim. Antes que pudessem me bater, eu tropecei e caí. Mas como meu agressor havia me puxado em direção a ele, caí em cima dele. Eu o puxei para baixo comigo. De algum modo, consegui pegar meu canivete. Abri e o enfiei de baixo para cima no corpo de meu agressor.

A lâmina de quinze centímetros entrou inteira. E então, com um desespero empático, eu o puxei de volta.

Não consigo descrever a dor.

Os outros me contaram depois que eu gritei como eles nunca tinham ouvido ninguém gritar. Não me surpreende. Nada nunca me doeu tanto quanto aquilo.

Depois de um tempo, o desespero em meu peito diminuiu e passou. Ou seja, o homem em cima de mim sangrou e morreu. Só então comecei a perceber algo além da dor.

A primeira coisa que ouvi foi o choro de Dominic.

Entendi naquele momento que também tinha ouvido tiros – muitos tiros. Onde estava todo mundo? Estavam feridos?

Mortos? Estavam sendo feitos reféns?

Mantive meu corpo imóvel embaixo do morto. Ele era muito pesado como peso morto e o odor de seu corpo, nauseante. Ele havia sangrado em cima de meu peito e, se meu olfato estivesse certo, havia urinado em mim ao morrer. Ainda assim, não ousei me mexer até entender a situação.

Abri um pouco os olhos.

Antes que eu conseguisse entender o que estava vendo, alguém tirou o morto fedorento de cima de mim. Eu me vi diante de dois rostos preocupados: Harry e Bankole.

Tossi e tentei me levantar, mas Bankole me manteve no chão.

— Está com algum machucado? — perguntou ele.

— Não, estou bem — falei. Vi Harry olhando para o sangue todo e acrescentei: — Não se preocupe. O cara sangrou, não eu.

Eles me ajudaram a levantar, e eu descobri que tinha razão. O morto tinha urinado em mim. Eu estava quase desesperada, precisando arrancar minhas roupas imundas e me lavar. Mas isso teria que esperar. Por mais nojenta que estivesse, não me despiria à luz do dia onde eu pudesse ser vista. Já tivera problemas suficientes para um dia.

Olhei ao redor, vi Travis e Natividad confortando Dominic, que ainda gritava. Zahra estava com as duas moças novas, de pé e de guarda ao lado delas, ambas sentadas no chão.

— As duas estão bem? — perguntei.

Harry assentiu.

— Estão assustadas e abaladas, mas estão bem. Todo mundo está bem, menos ele e seus amigos. — Ele fez um gesto na direção do morto. Havia mais três mortos caídos ali perto.

— Havia alguns feridos — disse Harry. — Deixamos que fossem embora.

Eu assenti.

— É melhor vasculharmos esses mortos e partirmos também. Ficamos em evidência aqui para quem nos vê da estrada.

Fizemos um trabalho rápido e meticuloso, revistando tudo, menos as cavidades dos corpos. Ainda não éramos necessitados o suficiente para fazer isso. E então, por insistência de Zahra, fui para trás da casa destruída para trocar de roupa depressa. Ela pegou a arma de Harry e montou guarda para mim.

— Você está toda suja de sangue — disse ela. — Se as pessoas pensarem que você está ferida, podem te atacar. Hoje não é um bom dia para aparentar fraqueza.

Desconfiei de que ela estivesse certa. De qualquer maneira, foi um prazer deixar que ela me convencesse a fazer algo que eu já queria muito fazer.

Coloquei minhas roupas imundas e molhadas em um saco plástico, fechei e as enfiei em minha bolsa. Se algum dos mortos tivesse roupas que me servissem e que ainda estivessem em boas condições para serem usadas, eu teria jogado as minhas fora. Mas, naquele caso, eu as guardaria para lavar na próxima vez em que chegássemos a uma estação de água ou a uma loja onde fosse possível fazer isso. Tínhamos pegado dinheiro dos cadáveres, mas seria melhor usá-lo para outras necessidades.

Tiramos cerca de 2.500 dólares, ao todo, dos quatro corpos – com dois canivetes que podíamos vender ou passar para as duas meninas, e uma arma puxada por um homem em quem Harry tinha atirado. A arma era uma Beretta vazia e suja de nove milímetros. Seu dono não tinha munição, mas podemos comprar – talvez de Bankole. Para isso, gastaremos dinheiro. Eu havia encontrado algumas joias dentro do bolso do homem que me atacou – duas alianças de ouro, um colar de pedras azuis polidas que pensei serem lápis-lazúli, e um brinco que na verdade era um rádio. Ficaríamos com o rádio. Ele poderia nos dar informações a respeito do mundo para além da estrada. Seria bom não estar mais sem contato.

Fiquei tentando imaginar quem meu agressor tinha roubado para conseguir aquilo.

Todos os quatro cadáveres tinham caixinhas plásticas de comprimidos escondidas em algum lugar deles. Duas caixas continham dois comprimidos cada. As outras duas estavam vazias. Então, essas pessoas que não levavam alimentos, nem água, nem armas adequadas levavam comprimidos quando conseguiam roubá-los ou roubar dinheiro suficiente para comprá-los. Viciados. Fiquei tentando imaginar qual droga usavam. A piro? Pela primeira vez em dias, eu me peguei pensando em meu irmão Keith. Será que ele tinha vendido os comprimidinhos redondos e roxos que sempre encontrávamos em quem nos atacava? Sua morte tinha sido causada por eles?

Alguns quilômetros depois, mais adiante na estrada, vimos alguns policiais dentro de carros, seguindo para o sul em direção ao que agora podia ser uma massa incendiada de uma comunidade com muitos cadáveres. Talvez os policiais prendessem alguns saqueadores atrasados. Talvez fossem vasculhar um pouco para si mesmos. Ou talvez eles dessem uma olhada e saíssem de perto. O que os policiais tinham feito pela minha comunidade quando estava pegando fogo? Nada.

As duas mulheres que tiramos dos escombros querem ficar conosco. Se chamam Allison e Jillian Gilchrist. São irmãs, têm 24 e 25 anos, são pobres, fugindo de uma vida de prostituição. O cafetão era o pai delas. A casa que havia desabado estava vazia quando elas se abrigaram lá na noite anterior. Parecia abandonada há muito tempo

— Construções abandonadas são armadilhas — disse Zahra para elas enquanto caminhávamos. — Aqui, no meio do nada, elas são alvos para todos os tipos de pessoas.

— Ninguém nos incomodou — disse Jill. — Mas então a casa desabou em cima de nós, e ninguém nos ajudou também, até vocês chegarem.

— Vocês tiveram muita sorte — Bankole disse. Ele ainda estava conosco, e caminhava ao meu lado. — As pessoas não ajudam muito umas às outras aqui.

— Sabemos disso — Jill admitiu. — Somos gratas. Quem são vocês, afinal?

Harry abriu um sorriso esquisito para ela.

— Semente da Terra — disse ele, e olhou para mim. É preciso ficar atento com Harry quando ele sorri desse jeito.

— O que é Semente da Terra? — perguntou Jill, na mesma hora. Ela havia deixado Harry direcionar seu olhar para mim.

— Compartilhamos algumas ideias — falei. — Pretendemos seguir para o norte, e fundar uma comunidade.

— Onde no norte? — perguntou Allie.

Sua boca ainda doía, e eu sentia mais quando prestava atenção nela. Pelo menos o sangramento já tinha quase parado.

— Estamos procurando empregos que paguem salários e de olho nos preços da água — falei. — Queremos nos assentar onde a água não seja um grande problema.

— A água é um problema em todas as partes — disse ela. E então: — O que vocês são? Um tipo de seita ou coisa assim?

— Acreditamos em algumas das mesmas coisas — falei.

Ela se virou para olhar para mim com o que parecia ser hostilidade.

— Eu acho que religião é uma pilha de merda — disse ela. — É tudo mentira ou loucura.

Dei de ombros.

— Vocês podem viajar conosco ou podem ir embora.

— Mas o que vocês defendem, afinal? — perguntou ela.

— Para que oram?

— Para nós mesmos — falei. — O que mais haveria?

Ela me deu as costas, enojada, e então virou-se para mim de novo.

— Temos que entrar em sua seita se viajarmos com você?

— Não.

— Então, ótimo!

Ela virou as costas e caminhou na minha frente como se tivesse ganhado alguma coisa.

Falei mais alto, o suficiente para sobressaltá-la. Eu disse:

— Nós nos arriscamos por vocês hoje.

Ela se retesou, mas se recusou a olhar para trás.

Continuei.

— Vocês não nos devem nada por isso. Não é algo que poderiam comprar de nós. Mas se viajarem conosco, e se tivermos problemas, vocês ficarão conosco, nos defenderão. Concordam ou não?

Allie se virou, tensa de raiva. Parou na minha frente e ali ficou.

Não parei, nem me virei. Não era o momento de ceder. Eu precisava saber o que seu orgulho e sua raiva podiam levá-la a fazer. Quanto daquela aparente hostilidade era real, e quanto podia ser devido à sua dor? Ela daria mais trabalho do que valia?

Quando notou que eu pretendia passar por cima dela, se fosse preciso, e que faria isso, me deixou passar e caminhou ao meu lado como se sua intenção tivesse sido essa desde o começo.

— Se não tivessem nos retirado, não nos preocuparíamos com vocês. — Ela respirou fundo, controlando-se. —

Sabemos nos cuidar. Podemos ajudar nossos amigos e lutar contra nossos inimigos. Fazemos isso desde a infância.

Olhei para ela, pensando no pouco que ela e a irmã tinham nos contado sobre sua vida: prostituição, pai cafetão... Uma baita história, se fosse verdade. Sem dúvida, os detalhes seriam ainda mais interessantes. Como elas tinham escapado do pai? Teríamos que ficar de olho, mas talvez elas tivessem algum valor.

— Bem-vindas — falei.

Ela olhou para mim, assentiu e caminhou à minha frente com passadas rápidas e amplas. A irmã, que havia passado a caminhar perto de nós enquanto conversávamos, agora caminhava mais depressa para acompanhá-la. E Zahra, que havia ficado atrás para ficar de olho na outra irmã, sorriu para mim e balançou a cabeça. Ela se uniu a Harry, que liderava o grupo.

Bankole apareceu ao meu lado de novo, e vi que ele havia saído de perto assim que viu uma tensão entre Allie e eu.

— Uma briga por dia basta para mim — disse ele quando viu que eu o observava.

Sorri.

— Obrigada por nos proteger lá atrás.

Ele deu de ombros.

— Fiquei surpreso ao ver que mais alguém se importava com o que acontecia a duas desconhecidas.

— Você se importou.

— Pois é. Esse tipo de coisa ainda vai me matar, qualquer dia. Se não se incomodar, eu também gostaria de viajar com seu grupo.

— Está viajando. É bem-vindo.

— Obrigado — disse ele, e sorriu para mim.

Tinha olhos claros com íris castanho-escuras – olhos atraentes. Já gosto demais dele. Terei que ser cuidadosa.

No fim do dia chegamos a Salinas, uma cidade pequena que parecia ter sido pouco afetada pelo terremoto e por suas consequências. O solo estremeceu de tempos em tempos durante o dia. Além disso, Salinas parecia não ter sido afetada pelos montes de vasculhadores que tínhamos visto desde a primeira comunidade em chamas de hoje cedo. Isso foi uma surpresa. Quase todas as comunidades menores pelas quais passamos tinham sido incendiadas e estavam lotadas de vasculhadores. Era como se o terremoto tivesse dado aos pobres calados e vagarosos de ontem uma permissão para se tornarem ferozes e atacarem aqueles que ainda vivem em uma casa.

Eu desconfiava que a maior parte dos vasculhadores predadores ainda estava atrás de nós, ainda matando e morrendo, brigando pelos restos. Nunca me esforcei tanto para não ver o que acontecia ao meu redor como fiz hoje. A fumaça e o barulho ajudaram a encobrir essas coisas para meus olhos. Eu já estava bem ocupada lidando com a mandíbula e a boca latejantes de Allie, e também com a situação de miséria da estrada.

Estávamos cansados quando chegamos a Salinas, mas decidimos continuar caminhando depois de nos reabastecermos e de nos lavarmos. Não queríamos estar na cidade quando o maior número de vasculhadores chegasse. Eles podiam estar calmos e cansados depois do dia de incêndios e de roubos, mas eu duvidava. Achava que eles estariam embriagados de poder e famintos por mais. Como Bankole disse:

"Quando as pessoas passam a achar que não há problema em pegar o que querem e destruir o resto, como saber quando elas vão parar?".

Mas Salinas parecia bem armada. Os policiais tinham parado ao longo da beira da estrada, olhando para nós, alguns segurando suas armas ou fuzis automáticos parecendo que adorariam ter uma desculpa para usá-los. Talvez eles soubessem o que estava por vir.

Precisávamos nos reabastecer, mas não sabíamos se teríamos permissão para isso. Salinas parecia uma cidade do tipo "mantenha-se na estrada" – daquelas que queriam que as pessoas não residentes da região partissem até o pôr do sol. Naquela semana e na anterior, tínhamos visto algumas cidadezinhas assim.

Mas ninguém nos impediu quando saímos da estrada em direção a uma loja. Só havia algumas pessoas na estrada, e os policiais conseguiram observar todos nós. Percebi que eles olhavam principalmente para nós, mas não nos pararam. Estávamos quietos. Éramos mulheres, um bebê e também homens, e três de nós eram brancos. Acho que, pela visão deles, nada disso nos prejudicava.

Os seguranças das lojas estavam tão bem armados quanto os policiais – revólveres e fuzis automáticos, algumas metralhadoras em tripés em cubículos acima de nós. Bankole disse que se lembrava de uma época em que os seguranças tinham revólveres ou nada além de cassetetes. Meu pai dizia essas coisas.

Alguns dos guardas também não eram muito bem treinados – ou eram quase tão sedentos por poder quanto saqueadores. Eles apontaram as armas para nós. Foi maluco. Dois ou três de nós entramos em uma loja e duas ou três armas foram apontadas na nossa direção. A princípio, não soubemos o que estava acontecendo. Ficamos paralisados, olhando e esperando para ver o que aconteceria.

Os caras portando as armas riram. Um deles disse:

— Comprem alguma coisa ou caiam fora daqui!

Saímos. Aquelas eram lojas pequenas. Havia muitas delas entre as quais escolher. Dentro de algumas, havia guardas normais. Eu não conseguia parar de imaginar quantos acidentes os guardas malucos causavam com suas armas. Acho que, depois do ocorrido, todo acidente virava um assalto à mão armada e a vítima, um assaltante com tendências homicidas claras.

Os guardas na estação de água pareciam calmos e profissionais. Mantinham as armas abaixadas e se limitavam a xingar as pessoas para fazer com que andassem depressa. Nos sentimos seguros o suficiente não só para comprar água e para lavar e secar nossas roupas depressa, mas também para alugar alguns cubículos – separados por gênero – a fim de podermos nos lavar em uma bacia com esponja. Isso pôs fim a qualquer especulação entre as pessoas novas que ainda não sabiam qual era meu sexo.

Por fim, mais limpos, reabastecidos com alimentos, água, munição para as três armas e, a propósito, preservativos para meu futuro, saímos da cidade. Enquanto seguíamos, passamos por uma pequena feira de rua à beira da cidade. Havia apenas algumas pessoas com suas mercadorias – a maioria era lixo – espalhadas sobre mesas ou trapos imundos estendidos no asfalto. Bankole viu o rifle em uma das mesas.

Era antigo – um Winchester, vazio, obviamente, com capacidade para cinco balas. Seria, como Bankole admitia, lento. Mas ele gostou da arma. Analisou o objeto com os olhos, e os dedos, e pechinchou com o homem e a mulher bem armados que o colocaram à venda. Eles tinham uma das mesas mais limpas, com produtos expostos de modo organizado – uma máquina de datilografar pequena e manual; uma pilha de livros; algumas ferramentas manuais, usadas, mas limpas; dois canivetes em bainhas de couro; algumas panelas e o rifle com alça e telescópio.

Enquanto Bankole conversava com o homem sobre o rifle, eu comprei as panelas da mulher. Eu as daria para Bankole levar em seu carrinho. Eram grandes o suficiente para preparar sopa, ensopado ou cereal quente para todos nós de uma vez. Éramos nove pessoas agora, e fazia sentido comprar panelas maiores. Então, me aproximei de Harry diante da pilha de livros.

Não havia nenhum de não ficção. Comprei uma antologia volumosa de poesia e Harry comprou um romance de faroeste. Os outros, ou por falta de dinheiro ou por falta de interesse, ignoraram os livros. Eu teria comprado mais, se pudesse carregá-los. Minha mochila já estava bem pesada para o que eu me julgava capaz de carregar e, ainda por cima, caminhar o dia todo.

Nossa negociação terminou e nos afastamos da mesa para esperar por Bankole. E ele nos surpreendeu.

Ele conseguiu um preço que o senhor parecia julgar justo, e então nos chamou.

— Alguém de vocês sabe como lidar com uma relíquia dessas? — perguntou.

Bem, Harry e eu sabíamos, e ele pediu que analisássemos o rifle. No fim, todo mundo o analisou, alguns com estranheza clara e outros com familiaridade. No bairro, Harry e eu tínhamos praticado com as armas de outras famílias – rifles e pistolas, além de revólveres. Tudo o que era legal foi dividido, pelo menos nas sessões de treino. Meu pai queria que nos familiarizássemos com todas as armas que podiam estar disponíveis. Harry e eu éramos atiradores bons e competentes, mas nunca tínhamos comprado uma arma usada. Eu gostei do rifle. Gostei da aparência e de manuseá-lo, mas isso não significava muita coisa. Harry pareceu gostar também. Mesmo problema.

— Venham aqui — disse Bankole. Ele nos afastou para que o casal idoso não nos ouvisse. — Vocês deveriam comprar essa arma. Conseguiram dinheiro suficiente daqueles quatro viciados para pagar o preço com o qual eu disse ao senhor que concordava. Vocês precisam de pelo menos uma arma certeira de longo alcance, e essa é boa.

— Com esse dinheiro, compraríamos muita comida — disse Travis.

Bankole assentiu.

— Sim, mas só pessoas vivas precisam de comida. Se vocês comprarem a arma, ela se pagará na primeira vez em que precisarem usá-la. Se alguém não souber como, posso ensinar. Meu pai e eu costumávamos caçar veados com armas como essa.

— É antiga — disse Harry. — Se fosse automática...

— Se fosse automática, vocês não poderiam comprá-la. — Bankole deu de ombros. — Esta é barata porque é antiga e legal.

— E é lenta — disse Zahra. — E se acha que o preço do velho é baixo, está louco.

— Sei que sou nova aqui — disse Allie —, mas concordo com Bankole. Vocês são bons com suas armas, mas, mais cedo ou mais tarde, vão encontrar alguém que esteja fora do alcance do revólver e que vai derrubar vocês. Vai derrubar todos nós.

— E esse rifle vai nos salvar? — perguntou Zahra.

— Duvido que nos salvaria — falei. — Mas com um atirador decente manuseando-a, pode nos dar uma chance. — Olhei para Bankole. — Você acertou algum veado?

Ele sorriu.

— Um ou outro.

Não sorri para ele.

— Por que você mesmo não compra o rifle?

— Não tenho dinheiro para isso — disse ele. — Tenho dinheiro suficiente para me manter e cuidar das necessidades por um tempo. Todo o resto que eu tinha foi roubado de mim ou incendiado.

Eu não acreditava muito nele. Mas, na verdade, ninguém sabia quanto dinheiro eu tinha. De certo modo, acho que ele estava perguntando sobre nossa situação financeira. Tínhamos dinheiro suficiente para gastar uma grana inesperada em um rifle antigo? E o que ele pretendia fazer se tivéssemos? Não pela primeira vez, torci para que ele não fosse apenas um ladrão charmoso. Mas gostei da arma, e precisamos dela.

— Harry e eu também sabemos atirar — falei ao grupo. — Gosto de manuseá-la, e é o melhor que podemos comprar no momento. Alguém viu algum problema nela?

Eles se entreolharam. Ninguém respondeu.

— Só precisa ser limpa e de balas calibre 30-06 — disse Bankole. — Está guardada há um tempo, mas parece ter sido bem mantida. Se vocês a comprarem, acho que consigo comprar um kit de limpeza e um pouco de munição.

Quando ele disse isso, eu falei antes que outra pessoa falasse.

— Se comprarmos, estamos combinados. Quem mais sabe usar o rifle?

— Eu sei — disse Natividade. E quando as pessoas olharam para ela com surpresa, ela sorriu. — Eu não tive irmãos. Meu pai teve que ensinar alguém.

— Nunca pudemos atirar — disse Allie. — Mas podemos aprender.

Jill assentiu.

— Eu sempre quis aprender — disse ela.

— Terei que aprender também — Travis admitiu. — Onde eu cresci, as armas eram trancadas ou portadas apenas por guardas contratados.

— Vamos comprá-lo, então — falei. — E sair daqui. O sol vai se pôr em breve.

Bankole cumpriu sua palavra e comprou material para limpar a arma e muita munição – insistiu em comprá-la antes de sairmos da cidade porque, como ele disse:

— Ninguém sabe quando vamos precisar dela, nem quando encontraremos pessoas com munição para vender.

Depois de tudo ser acertado, deixamos a cidade.

Enquanto partíamos, Harry levava o rifle novo e Zahra, a Beretta, ambas vazias e precisando de cuidados antes de receberem munição. Só Bankole e eu tínhamos armas totalmente carregadas. Liderei o grupo e ele foi na retaguarda. Estava escurecendo. Atrás de nós, a distância, ouvimos tiros de armas de fogo e o ressoar abafado de explosões pequenas.

20

Deus não é nem bom
nem mau,
nem amoroso
ou odioso.
Deus é Poder.
Deus é Mudança.
Encontrar o que precisamos é nosso dever genuíno:
dentro de nós mesmos,
dentro uns dos outros,
em nosso Destino.

— **Semente da Terra: os livros dos vivos**

Sábado, 28 de agosto de 2027
(de anotações feitas na terça-feira, 31 de agosto)

Hoje ou amanhã deveria ser um dia de descanso, mas concordamos em não descansar. A noite passada foi tomada por tiros distantes, explosões e fogo. Vimos incêndios atrás de nós, mas não à frente. Seguir adiante parece sensato, apesar de nosso cansaço.

Hoje cedo, limpei o radiozinho preto auricular com o álcool que levo em minha bolsa, liguei e o coloquei em minha orelha. Tive que retransmitir o que ele dizia, já que seu som não chegava às outras pessoas.

O que ele disse nos mostrou que além de esquecer o descanso, tínhamos que mudar de planos.

Pretendíamos pegar a U.S.101 até São Francisco e atravessar a ponte Golden Gate. Mas o rádio nos alertou para ficarmos longe da Baía de São Francisco. De San Jose até São Francisco, Oakland e Berkeley, o caos impera. O terremoto atingiu a área com força, e os vasculhadores, predadores, policiais e exércitos particulares de seguranças pareciam dispostos a destruir o que sobrou. E é claro que, além disso, a piro está fazendo sua parte. Naquela região do norte, os repórteres abreviam o nome para "pro" ou "ro", e dizem haver muitos viciados.

Os viciados estão à solta, incendiando áreas que o terremoto não atingiu. Grupos de moradores de rua caminham à frente deles ou os seguem, pegando o que podem de lojas e dos territórios isolados por muros dos ricos e do que sobrou da classe média. Pois é.

Em alguns lugares, os ricos estão fugindo em helicópteros. As pontes que ainda estão intactas – e a maioria está – são protegidas pela polícia ou por gangues. Ambos os grupos estão ali para roubar pessoas desesperadas em fuga e pegar suas armas, dinheiro, alimentos e água – no mínimo. O castigo por ser pobre demais para ser roubado é uma surra, um estupro e/ou morte. A Guarda Nacional foi ativada para restaurar a ordem, e acredito que possa fazer isso. Mas desconfio de que, a curto prazo, só aumentará o caos. O que outro grupo de pessoas bem armadas poderia fazer em uma situação insana como essa? Os mais conscientes poderiam levar suas armas e outros equipamentos e desaparecer para ajudar suas famílias. Outros poderiam se ver em guerra com seu próprio povo. Eles estarão confusos, assustados e serão perigosos. Obviamente, alguns descobrirão gostar do novo poder – o poder de fazer os outros se submeterem, o poder de tomarem o que querem: propriedade, sexo, vidas...

Situação ruim. Essa será uma região para se evitar por muito tempo.

Espalhamos mapas no chão, estudamos todos eles enquanto tomávamos café da manhã e decidimos sair da U.S.101 hoje cedo. Vamos seguir por uma estrada menor, e sem dúvida mais vazia, para a pequena cidade de San Juan Bautista, e então para o leste pela rota estadual 156. Da 156 à 152 até a interestadual 5. Usaremos a I-5 para dar a volta pela área da baía. Por um tempo, subiremos até o centro do estado em vez de seguirmos pela costa. Talvez tenhamos que contornar a I-5 e ir mais ao leste, até a estadual 33 ou a 99. Gosto da área vazia que envolve grande parte da I-5. As cidades são perigosas. Até mesmo as pequenas podem ser mortais. Mas temos que conseguir nos reabastecer. Em especial, temos que conseguir pegar água. Se para isso precisarmos ir às áreas mais populosas ao redor de uma das outras estradas, faremos isso. Enquanto isso, teremos cuidado, vamos reabastecer sempre que pudermos, nunca perderemos uma chance de conseguir água e comida, não desperdiçaremos nada. Mas que inferno, os mapas são antigos. Talvez a área ao redor da I-5 esteja mais povoada agora.

Para chegar à I-5, passaremos por um grande lago de água doce – o reservatório San Luis. Pode ser que esteja seco agora. Nos últimos anos, muitas coisas se secaram. Mas haverá árvores, sombra fresca, um lugar para descansar e ficar à vontade. Talvez haja pelo menos uma estação de água. Nesse caso, acamparemos lá e descansaremos por um ou até dois dias. Depois de escalarmos e vencermos muitos dos montes, vamos precisar de mais descanso.

Por enquanto, suspeito que logo teremos vasculhadores levados em direção ao norte a partir de Salinas, e refugiados levados ao sul em nossa direção, fugindo da região da baía. A melhor coisa que podemos fazer é sair do caminho.

Começamos cedo, fortalecidos pela comida boa que tínhamos comprado no Salinas – algumas coisas a mais que Bankole havia transportado em seu carrinho, apesar de todos termos contribuído com dinheiro. Fizemos sanduíches – carne seca, queijo, tomates fatiados – em um pão feito de farinha de trigo. E comemos uvas. É uma pena que tivemos que sair correndo. Não comíamos nada tão saboroso há muito tempo.

A estrada em direção ao norte estava o mais vazia que eu já vi. Éramos o maior grupo por perto – oito adultos e um bebê – e as outras pessoas se mantinham longe de nós. Vários dos outros andarilhos eram indivíduos e casais com crianças. Todos eles pareciam ter pressa – como se soubessem o que estava vindo atrás deles. Será que também sabiam o que podia estar à frente – o que haveria à frente se eles permanecessem na 101? Antes de sairmos dessa estrada, tentamos alertar algumas mulheres que viajavam sozinhas com crianças para evitar a região da baía de São Francisco. Contei a elas que havia muita confusão por lá – incêndios, revoltas, estragos feitos pelo terremoto. Elas só abraçaram seus filhos e se afastaram de mim.

Então, saímos da 101 e pegamos nosso atalho, uma estrada pequena e montanhosa, até San Juan Bautista. Ela estava pavimentada e não muito estragada. E vazia. Por trechos longos não víamos ninguém. Ninguém havia nos seguido saindo da 101. Passamos por fazendas, pequenas comunidades e cortiços, e as pessoas que viviam ali saíam com as armas para nos encarar. Mas nos deixaram em paz. O atalho funcionou. Conseguimos chegar e passar por San Juan Bautista antes de escurecer. Acampamos a leste da cidade.

Estamos todos exaustos, com dor no pé, no corpo, mal-estar e bolhas. Quero muito um dia de descanso, mas ainda não. Ainda não.

Deixei meu saco de dormir ao lado do saco de Bankole e me deitei, já parcialmente adormecida. Tiramos nos gravetos para decidir a ordem da guarda, e a minha vez seria só de manhãzinha. Comi castanhas e frutas secas, pão e queijo, e dormi como uma pedra.

Domingo, 29 de agosto de 2027
(de anotações de terça-feira, 31 de agosto)

Hoje cedo, acordei com o som de tiros, próximos e altos. Rajadas curtas de armas automáticas. E havia luz vinda de algum lugar.

— Fiquem parados — alguém disse. — Fiquem abaixados e calados.

A voz era de Zahra. Ela fez a guarda antes de mim.

— O que foi? — uma das Gilchrist perguntou. — Precisamos sair daqui!

— Fique! — sussurrei. — Fique parada e vai passar.

Vi que os dois grupos estavam fugindo da estrada – da 156 –, um atrás do outro, os dois atirando como se eles e seus inimigos fossem as únicas pessoas no mundo. Só podíamos permanecer abaixados torcendo para que eles não atirassem em nós por acidente. Se ninguém se mexesse, os acidentes tinham menos probabilidade de acontecer.

A luz veio de um prédio em chamas a certa distância de onde estávamos. Não prédios. Não tínhamos acampado perto de prédios. Mas alguma coisa estava em chamas. Concluí que era um caminhão grande de algum tipo. Talvez fosse esse o motivo para os tiros. Alguém, algum grupo, havia tentado sequestrar um caminhão na estrada e as coisas tinham ido mal. Agora, independentemente do que o caminhão estivesse levando – comida, imaginei –, o fogo o consumiria. Nem os sequestradores, nem os defensores venceriam.

Nós venceríamos se conseguíssemos ficar longe da briga. Estiquei a mão e procurei Bankole, esperando ter a confirmação de que ele estava bem.

Ele não estava ali.

Seu saco de dormir e suas coisas ainda estavam, mas ele, não.

Com o mínimo de movimento possível, olhei em direção ao local que definimos como nosso banheiro. Ele devia estar ali. Não conseguia vê-lo, mas onde mais ele estaria? Escolheu o momento errado. Semicerrei os olhos, tentando localizá-lo, sem saber se deveria ficar feliz ou com medo por não conseguir. Afinal, se eu pudesse vê-lo, outras pessoas também poderiam.

O tiroteio continuou enquanto permanecíamos parados, em silêncio e com medo. Uma das árvores embaixo das quais acampamos levou dois tiros, mas bem acima de nossa cabeça.

E então, o caminhão explodiu. Não sei o que explodiu dentro dele. Não parecia um caminhão antigo – um daqueles movidos a diesel, mas talvez fosse. Diesel explodia? Não soube dizer.

A explosão pareceu acabar com o tiroteio. Mais alguns tiros foram trocados, e então, mais nada. Avistei pessoas, visíveis à luz dos fogos, caminhando de volta em direção ao caminhão. Algum tempo depois, vi outras – muitas em um grupo – caminhando em direção à cidade. Os dois grupos estavam se afastando de nós, e isso era bom.

Mas onde estava Bankole? Bem baixinho, falei com os outros:

— Alguém está vendo o Bankole?

Nenhuma resposta.

— Zahra, você o viu se afastar?

— Sim, alguns minutos antes de o tiroteio começar — respondeu ela.

Certo. Se ele não aparecesse logo, teríamos que sair à sua procura. Engoli em seco, tentei não pensar que poderia encontrá-lo ferido ou morto.

— Está todo mundo bem? — perguntei. — Zahra?

— Estou bem.

— Harry?

— Sim — disse ele. — Tudo bem.

— Travis? Natividade?

— Estamos bem — disse Travis.

— E o Dominic?

— Nem sequer acordou.

Que bom. Se ele tivesse acordado, seu choro poderia ter feito com que todos morrêssemos.

— Allie? Jill?

— Estamos bem — disse Allie.

Eu me sentei, me movimentando lenta e cuidadosamente. Não conseguia ver ninguém nem ouvir nada além dos insetos e do fogo à distância. Não levei um tiro, então os outros também se sentaram. Apesar de o barulho e a luz não terem despertado Dominic, o movimento da mãe dele conseguiu fazer com que acordasse. Começou a resmungar, mas Natividade o segurou e ele se acalmou.

Mas ainda assim, nada de Bankole. Eu queria me levantar e sair à procura dele. Tinha duas imagens mentais que o envolviam: em uma delas, ele estava ferido ou morto; na outra, agachado atrás de uma árvore segurando sua Beretta nove milímetros. Se a segunda fosse verdade, eu poderia assustá-lo e, com isso, ele atiraria em mim. Também poderia haver outras pessoas por ali com armas preparadas e nervos à flor da pele.

— Que horas são? — perguntei a Zahra, que estava segurando o relógio de Harry.

— Três e quarenta — disse ela.

— Me deixe ficar com a arma — falei. — Seu turno de guarda já está quase no fim mesmo.

— E o Bankole? — Ela passou o relógio e a arma para mim.

— Se ele não voltar em cinco minutos, vou sair à procura dele.

— Espere um pouco — disse Harry. — Você não vai fazer isso sozinha. Eu vou com você.

Quase não deixei. Acho que ele teria ignorado se eu tivesse dito não, mas não cheguei a dizer. Se Bankole estivesse ferido e consciente, eu seria inútil assim que o visse. Teria sorte se conseguisse me arrastar de volta ao acampamento. Outra pessoa precisaria trazê-lo de volta.

— Obrigada — eu disse a Harry.

Cinco minutos depois, ele e eu fomos primeiro até a área do nosso "banheiro", depois demos a volta por ela, observando. Não havia ninguém, ou melhor, não conseguíamos ver ninguém. Ainda assim, podia haver outras pessoas por perto – passando a noite, envolvidas no tiroteio ou à espreita… Ainda assim, chamei o nome de Bankole uma vez, alto. Toquei Harry como se quisesse alertá-lo e ele se sobressaltou, relaxou e então se sobressaltou de novo quando chamei o nome. Nós dois ficamos prestando atenção em absoluto silêncio.

Ouvimos um farfalhar à nossa direita onde havia várias árvores cobrindo as estrelas, criando um espaço de escuridão impenetrável. Podia haver qualquer coisa ali.

O farfalhar surgiu de novo, e com ele, um resmungo – um resmungo de criança. E então, a voz de Bankole:

— Olamina!

— Sim! — respondi, quase mole de alívio. — Aqui!

Ele saiu da escuridão, uma sombra alta e ampla que parecia maior do que deveria. Estava carregando alguma coisa.

— Estou com uma criança órfã — disse ele. — A mãe morreu com uma bala perdida. Acabou de morrer.

Suspirei.

— A criança está machucada?

— Não, só assustada. Vou levá-lo de volta ao nosso acampamento. Um de vocês pega as coisas dele?

— Nos leve ao acampamento dele — eu disse.

Harry pegou as coisas da criança, e eu peguei as da mãe e revistei o corpo. Juntamos tudo. Quando terminamos, o menininho, que devia ter três anos de idade, estava chorando. Isso me assustou. Deixei que Harry empurrasse a bolsa da mulher morta junto com o carrinho de bebê e Bankole levou a criança chorosa. Eu só levei a arma, pronta, na mão. Mesmo quando voltamos ao nosso acampamento, não consegui relaxar. O menininho não se calava e Dominic se uniu a ele com gritos ainda mais altos. Zahra e Jill trataram de confortar a nova criança, mas ele estava cercado de desconhecidos no meio da noite, e queria a mãe!

Vi um movimento perto da carcaça incendiada do caminhão. O fogo ainda ardia, mas estava mais baixo agora, apagando-se. Ainda havia pessoas perto dele. Elas tinham perdido seu caminhão. Por que se importariam com uma criança chorando? E se por acaso se importassem, elas desejariam ajudá-la ou só fazer com que ela se calasse?

Uma pessoa se afastou do caminhão e deu vários passos em nossa direção. Naquele momento, Natividad pegou a criança nova e, apesar da idade do menino, colocou-o em seu seio, e Dominic no outro.

Deu certo. As duas crianças se calaram quase de uma vez. Fizeram mais alguns barulhos, mas então se acalmaram para mamar.

O indivíduo saído do caminhão ficou parado, talvez confuso por não ser mais guiado pelo barulho. Depois de um momento, ele se virou, caminhou para além do caminhão e sumiu de vista. Sumiu. Não nos viu. Nós conseguíamos ver para além da escuridão sob as árvores que abrigavam nosso acampamento pela luz do fogo e do luar. Mas os outros só podiam seguir o barulho que o bebê fazia para nos encontrar.

— Precisamos nos mexer — sussurrou Allie. — Ainda que eles não possam nos ver, sabem que estamos aqui.

— Fique de guarda comigo — falei.

— O quê?

— Fique acordada e monte guarda comigo. Deixe os outros descansarem um pouco mais. Tentar se mexer no escuro é mais perigoso do que ficar parado.

—... está bem. Mas não tenho uma arma.

— Tem alguma faca?

— Tenho.

— Isso vai ter que bastar até conseguirmos limpar e preparar as outras armas. — Estávamos cansados demais e com pressa demais, por isso não tínhamos feito isso ainda. Além disso, não quero que Allie e Jill fiquem com armas. Ainda não. — Fique de olhos abertos.

A única defesa real contra o fuzil automático é se esconder e fazer silêncio.

— Uma faca é melhor do que uma arma agora — disse Zahra. — Se tiver que usá-la, não faz barulho.

Concordei assentindo.

— Os outros devem tentar descansar um pouco mais. Vou acordar vocês quando amanhecer.

A maioria se deitou para dormir, ou pelo menos para descansar. Natividad manteve as duas crianças consigo. Mas no dia seguinte, um de nós teria que cuidar do menininho. Não precisávamos do transtorno de ter uma criança tão grande por perto – uma que tinha atingido o estágio de "correr por todos os lados e pegar tudo". Mas estávamos com ele e não tínhamos com quem deixá-lo. Nenhuma mulher acampada na estrada com seu filho teria outros parentes por perto.

— Olamina — disse Bankole em meu ouvido. Sua voz estava baixa, suave, e reagi a ela.

Eu me virei, e ele estava tão perto que senti sua barba raspar em meu rosto. Uma barba macia, cheia. De manhã, ele a penteava com mais cuidado do que os cabelos. Ele é a única pessoa entre nós que tem espelho. Um homem vaidoso, muito vaidoso. Me movimentei quase por reflexo na direção dele.

Eu o beijei, curiosa para saber qual seria a sensação de beijar tanta barba. Beijei a barba primeiro, errando a boca por pouco no escuro. E então a encontrei e ele se mexeu um pouco, envolveu meu corpo com os braços e ficamos assim por um tempo.

Foi difícil para mim fazer com que ele se afastasse. Eu não queria. Ele não queria me deixar.

— Eu ia agradecer por ter ido atrás de mim — disse ele. — Aquela mulher ficou consciente quase até morrer. A única coisa que pude fazer por ela foi permanecer ao seu lado.

— Fiquei com medo de você ter levado um tiro.
— Fiquei deitado no chão até ouvir a mulher gemer. Suspirei.
— Tudo bem — falei. — Descanse.

Ele se deitou ao meu lado e acariciou meu braço – que formigava onde ele me tocava.

— Precisamos conversar logo — disse ele.
— Pelo menos isso — concordei.

Ele sorriu – consegui ver seus dentes – e se virou para tentar dormir.

O nome do menino era Justin Rohr. Sua mãe morta era Sandra Rohr. Justin tinha nascido em Riverside, Califórnia, três anos antes. Sua mãe o havia levado até aquela região do norte saída de lá. Ela havia salvado sua certidão de nascimento, algumas fotos de bebê e a de um homem atarracado, sardento, ruivo que era, de acordo com uma anotação nas costas da foto, Richard Walter Rohr, nascido em 9 de janeiro de 2002, e falecido em 20 de maio de 2026. O pai do menino – que só tinha 24 anos quando morreu. Fiquei tentando imaginar do que poderia ter morrido. Sandra Rohr havia salvado sua certidão de casamento e outros documentos importantes. Tudo isso estava enrolado em um saco plástico que eu havia tirado de seu corpo. Em outro ponto dele, encontrei milhares de dólares e um anel de ouro.

Não havia nada sobre parentes ou um destino específico. Parecia que Sandra simplesmente estava seguindo em direção ao norte com o filho em busca de uma vida melhor.

O menininho nos tolerou bem o bastante hoje, apesar de ter se frustrado porque não entendíamos o que ele dizia logo de cara. Quando ele chorava, exigia que trouxéssemos sua mãe.

Allie, quem diria, foi quem ele escolheu para substituí-la. Resistiu a ele no começo. Ela o ignorava e o afastava. Mas quando ele não estava sendo levado no carrinho, escolhia caminhar com ela ou insistia para ser levado por ela. No fim do dia, ela já tinha se rendido. Os dois tinham escolhido um ao outro.

— Ela tinha um menininho — disse Jill, para mim enquanto percorríamos a estadual 156 com os poucos outros andarilhos que tinham escolhido aquele caminho. Estava vazia. Havia momentos em que não conseguíamos ver ninguém, ou quando, conforme seguíamos em direção ao leste e ao norte, só conseguíamos ver pessoas seguindo em direção ao oeste e ao sul em nossa direção, em direção à costa.

— Ela chamava o menininho de Adam — Jill continuou contando. — Ele tinha só alguns meses de vida quando... morreu.

Olhei para ela. Havia um enorme hematoma roxo e inchado no meio da testa, como um terceiro olho disforme. Acho que não machucava muito. Não me doía muito.

— Quando ele morreu — repeti. — Quem o matou?

Ela desviou o olhar e passou a mão no hematoma.

— Nosso pai. Por isso fomos embora. Ele matou o bebê. O bebê chorou. Meu pai deu socos até ele parar.

Balancei a cabeça e suspirei. Não era novidade para mim que os pais de outras pessoas pudessem ser monstros. Eu havia ouvido essas coisas a vida toda, mas nunca tinha conhecido pessoas que eram, tão claramente, vítimas de seus pais.

— Incendiamos a casa — sussurrou Jill. Eu a ouvi dizendo isso, e sabia, sem precisar perguntar, o que ela não estava dizendo. Mas parecia estar falando consigo mesma, esquecendo que havia pessoas escutando. — Ele estava no chão, desmaiado de tanto beber. O bebê estava morto. Pegamos nossas coisas e nosso dinheiro, porque suamos para consegui-lo! E botamos fogo no lixo do chão e no sofá. Não esperamos para ver. Não sei o que aconteceu. Fomos embora correndo. Talvez o fogo tenha se apagado. Talvez ele não tenha morrido. — Ela se concentrou em mim. — Pode ser que ainda esteja vivo.

Ela parecia mais assustada do que qualquer outra coisa. Não esperançosa, nem arrependida. Assustada. Talvez o demônio ainda estivesse vivo.

— De onde vocês fugiram? — perguntei. — De qual cidade?

— Glendale.

— Bem ao sul no condado de Los Angeles?

— Isso.

— Então deixaram quase quinhentos quilômetros para trás.

—... isso.

— Ele bebia muito, não bebia?

— O tempo todo.

— Então não teria condições físicas de seguir vocês mesmo que o fogo nunca o tenha atingido. O que você acha que aconteceria a um bêbado na estrada? Ele nunca sairia de Los Angeles.

Ela assentiu.

— Você fala como a Allie. Vocês estão certas. Eu sei. Mas... às vezes sonho com ele, que ele está vindo, que ele nos encontrou... Sei que é maluquice. Mas acordo encharcada de suor.

— Sei como é — eu disse, lembrando meus próprios pesadelos durante a busca pelo meu pai. — Pois é.

Jill e eu caminhamos juntos por um tempo sem conversar. Estávamos seguindo devagar porque Justin exigia caminhar de vez em quando. Ele tinha energia demais para passar horas e horas sentado e brincando. E, é claro, quando podia andar, queria correr para todos os lados, investigar tudo. Eu tive tempo para parar, pegar minha mochila e tirar dela um pedaço de corda para varal, que entreguei a Jill.

— Diga a sua irmã para tentar amarrá-lo com isto — falei. — Pode ser que salve a vida dele. Uma ponta fica ao redor da cintura dele, e a outra, ao redor do braço dela.

Ela pegou a corda.

— Já cuidei de crianças de três anos — falei — e posso dizer que ela vai precisar de muita ajuda com esse menininho. Se ela não sabe disso agora, vai saber.

— Vocês vão deixar todo o trabalho com ela? — perguntou Jill.

— Claro que não.

Observei Allie e Justin caminhando conosco — uma mulher esguia e magra, e uma criança rechonchuda e curiosa. O menino correu para mexer em um arbusto perto do acostamento, e então, assustado com a aproximação de estranhos, voltou correndo até Allie e se agarrou ao jeans da calça dela até que segurasse sua mão.

— Parece mesmo que um está adotando o outro — eu disse. — E cuidar de outras pessoas pode ser uma boa cura para pesadelos como o seu, e talvez o dela.

— Você fala como se soubesse.

Assenti.

— Eu também vivo neste mundo.

Passamos por Hollister antes do meio-dia. Nós nos reabastecemos ali, sem saber quando veríamos lojas bem equipadas de novo. Já tínhamos descoberto que várias das comunidades pequenas mostradas nos mapas não existiam mais – havia anos. O terremoto causou muitos danos em Hollister, mas as pessoas não tinham se tornado animais. Pareciam estar ajudando umas às outras com reparos e cuidando de seus desabrigados. Imagine só.

21

O Eu deve criar
Seus próprios motivos para ser.
Para moldar Deus,
Molde o Eu.

— **Semente da Terra: os livros dos vivos**

Segunda-feira, 30 de agosto de 2027

Ainda há um pouco de água no reservatório San Luis. É mais água doce que já vimos em um lugar só, mas pelo tamanho do reservatório, dá para perceber que é pouco comparado com o que deveria ter – o que costumava ter.

A estrada passa pela área recreativa por vários quilômetros. Isso nos deu uma chance de seguir até vermos uma área que poderia ser um bom lugar para passarmos um dia acampados, descansando, e que não estava ocupado.

Havia muitas pessoas na região – pessoas que montaram acampamentos permanentes com todo tipo de material, desde barracas de trapos e plástico até casebres de madeira que parecem quase adequados para moradia. Onde tantas pessoas vão ao banheiro? A água do reservatório é limpa? Sem dúvida, as cidades que a usam purificam a água quando ela chega. Se fazem isso ou não, acho que está na hora de usar os tabletes purificadores de água.

Ao redor de várias das barracas e tendas, há jardins pequenos e irregulares – novos plantios e restos de hortas de verão. Há poucas coisas que restaram para cultivo: abobrinhas grandes, alguns tipos de abóbora, cenouras, pimentões, verduras e um pouco de milho. Alimentos bons, baratos e substanciais. Não era proteína suficiente, mas talvez as pessoas cacem. Deve haver animais de caça por aqui, e vi muitas armas. As pessoas as usam em coldres ou levam rifles ou pistolas. Os homens em especial saem armados.

Todos eles nos encararam.

Conforme passávamos, as pessoas paravam de cuidar de suas hortas, de cozinhar ao ar livre e de fazer o que estivessem fazendo para nos observar. Tínhamos nos esforçado, estávamos ansiosos para chegar antes da multidão que acredito que logo virá da região da baía. Então, não chegamos com o mesmo rio de pessoas de sempre. Mas, apesar disso, só nós já formamos um grupo grande suficiente para deixar os invasores intranquilos. No entanto, eles nos deixaram em paz. Exceto naquelas maluquices induzidas pelo desastre como as que passamos depois do terremoto, a maioria das pessoas fica na sua. Acho que Dominic e Justin estão facilitando as coisas para que nos adaptemos. Justin, agora amarrado ao punho de Allie, corre por aí olhando para os sem-teto até ficar incomodado. Em seguida, ele corre de volta até Allie e exige ser carregado no colo. É um menininho muito bonitinho. Pessoas magras de rosto sujo costumam sorrir para ele.

Ninguém atirou em nós, nem nos desafiou enquanto caminhávamos. Ninguém nos incomodou mais tarde quando deixamos a estrada e seguimos por dentro das árvores em direção ao que pensávamos que seria uma boa área. Encontramos acampamentos antigos e locais para usarmos como banheiro, e os evitamos. Não queríamos ficar visíveis para quem estivesse na estrada, nem para quem nos visse de alguma tenda ou barraco. Queríamos privacidade, não muitas pedras para podermos dormir e uma maneira de chegar à água que não nos deixasse tanto em exposição. Procuramos por mais de uma hora até encontrarmos um acampamento antigo e isolado, abandonado há muito, e em um ponto mais inclinado do que os outros que havíamos visto. Era bom para todos nós. E então, com ainda algumas horas de luz do dia, descansamos com muito conforto e preguiça, sabendo que tínhamos o resto do dia e o seguinte todo para não fazer quase nada. Natividad alimentou Dominic e os dois adormeceram. Allie seguiu seu exemplo com Justin, apesar de ter sido um pouco mais complicado preparar uma refeição para ele. As duas mulheres tinham mais motivos para estarem cansadas e precisarem dormir do que o resto de nós, por isso as deixamos de fora ao organizar nosso cronograma para a guarda – um para o dia e um para a noite. Não deveríamos ficar confortáveis *demais*. Além disso, estabelecemos que ninguém deveria partir para explorar ou pegar água sozinho. Pensei que logo os casais começariam a se afastar juntos – e achei que já estava na hora de Bankole e eu termos aquela conversa.

Eu me sentei com ele e limpei nossa pistola enquanto ele limpava o rifle. Harry estava de guarda e precisava de minha arma. Quando me aproximei para entregá-la, ele me disse que via o que estava rolando entre Bankole e eu.

— Cuidado — sussurrou ele. — Não dê um ataque cardíaco no velho.

— Direi a ele que você está preocupado — falei.

Harry riu, e então passou a falar mais sério:

— Cuidado, Lauren. Bankole provavelmente é bacana. Parece ser. Mas bem... Grite se algo der errado.

Pousei a mão no ombro dele por um momento e disse:

— Obrigada.

O mais bacana de se sentar e trabalhar ao lado de alguém que não conhecemos muito bem, alguém que gostaríamos de conhecer melhor, é que podemos falar com essa pessoa ou ficar em silêncio. Podemos ficar à vontade com ela e com a consciência de que logo faremos amor.

Bankole e eu ficamos em silêncio por um tempo, um pouco tímidos. Olhei de relance para ele algumas vezes e o flagrei olhando de relance para mim. Então, para minha surpresa, comecei a conversar com ele sobre a Semente da Terra — sem pregar, só conversando, acho que eu o estava testando. Precisava ver sua reação. A Semente da Terra é a coisa mais importante da minha vida. Se Bankole riria disso, eu precisava saber agora. Não esperava que ele concordasse ou que se interessasse muito. Ele é um homem velho. Eu acreditava que provavelmente estivesse satisfeito com a religião que tinha. E me ocorreu enquanto eu falava que não fazia a menor ideia de qual religião era. Perguntei a ele.

— Nenhuma — disse ele. — Quando minha esposa era viva, frequentávamos uma igreja metodista. A religião era importante para ela, por isso ia junto. Via que a confortava e eu queria acreditar, mas nunca consegui.

— Éramos batistas — falei. — Eu não conseguia acreditar, e não contava a ninguém. Meu pai era o ministro. Fiquei quieta e comecei a entender a Semente da Terra.

— Começou a inventar a Semente da Terra — comentou ele.

— Comecei a descobrir e a entendê-la — corrigi. — Encontrar a verdade não é a mesma coisa que inventar coisas.

Eu me perguntava quantas vezes e de quantas maneiras eu teria que dizer isso às pessoas novas.

— Parece uma combinação de budismo, existencialismo, sufismo e não sei o que mais — disse ele. — O budismo não endeusa a mudança, mas a impermanência de tudo é um princípio budista básico.

— Eu sei — falei. — Fiz muitas leituras. Algumas outras religiões e filosofias têm ideias que se encaixariam na Semente da Terra, mas nenhuma delas *é* a Semente da Terra. Elas seguem uma direção própria.

Ele assentiu.

— Certo. Mas diga, o que as pessoas têm que fazer para serem bons membros da Comunidade da Semente da Terra?

Uma boa pergunta para abrir portas.

— O básico — respondi — é aprender a moldar Deus com premeditação, cuidado e trabalho; educar e beneficiar sua comunidade, sua família e a elas mesmas; e contribuir com a realização do Destino.

— E por que as pessoas deveriam se preocupar com o Destino, improvável como é? O que espera por elas?

— Uma vida unificadora e com propósito aqui na Terra, e a esperança de paraíso para elas e para seus filhos. Um verdadeiro paraíso, não mitologia nem filosofia. Um paraíso que seja delas para que moldem.

— Ou um inferno — disse ele. Entortou os lábios. — Os seres humanos são bons em criar infernos para si, mesmo com riquezas. — Ele pensou por um momento. — Parece simples demais, sabe?

— Você acha que é simples? — perguntei, surpresa.

— *Parece* simples demais.

— Parece complexo demais para algumas pessoas.

— Quero dizer que é muito... direto. Se conseguir fazer com que as pessoas aceitem, elas a tornarão mais complicada, mais aberta à interpretação, mais mística e reconfortante.

— Não enquanto eu estiver por perto! — falei.

— Com ou sem você por perto, elas farão isso. Todas as religiões mudam. Pense nas grandes. O que você acha que Cristo seria hoje em dia? Um batista? Um metodista? Um católico? E o Buda, você acha que ele seria um budista agora? Que tipo de budismo ele praticaria? — Ele sorriu. — Afinal, se "Deus é Mudança", com certeza a Semente da Terra pode mudar, e se durar, mudará.

Desviei o olhar porque ele estava sorrindo. Isso tudo não era nada para ele.

— Eu sei — eu disse. — Ninguém pode parar a Mudança, mas todos A moldamos quer tenhamos a intenção ou não. Pretendo guiar e moldar a Semente da Terra no que ela deve ser.

— Talvez. — Ele continuou sorrindo. — Até que ponto você leva isso a sério?

A pergunta me fez mergulhar fundo em mim mesma. Eu falei, quase sem saber o que diria.

— Quando meu pai... desapareceu — comecei —, foi a Semente da Terra que me fez continuar. Quando a maior parte de minha comunidade e o resto de minha família foram levados e eu fiquei sozinha, eu ainda tinha a Semente da Terra. O que eu sou agora, tudo o que eu sou agora é a Semente da Terra.

— O que você é agora — disse ele depois de um longo silêncio — é uma jovem muito incomum.

Passamos um tempo sem conversar depois disso. Fiquei me perguntando o que ele estava pensando. Ele não parecia estar achando engraçado *demais*. Não mais do que eu havia esperado. Ele havia sido capaz de acompanhar as necessidades religiosas de sua esposa. Agora, no mínimo, permitiria as minhas.

Fiquei pensando na esposa dele. Ele não havia falado dela antes. Como ela tinha sido? Como tinha morrido?

— Você saiu de casa porque sua esposa morreu? — perguntei.

Ele largou uma haste fina e comprida de limpeza e recostou-se na árvore atrás dele.

— Minha esposa morreu há cinco anos — disse ele. — Três homens invadiram nossa casa: viciados, traficantes, não sei. Eles a agrediram, tentaram fazê-la dizer onde estavam as drogas.

— Drogas?

— Eles decidiram que nós devíamos ter algo que pudessem usar ou vender. Não gostaram das coisas que ela pôde dar a eles, por isso continuaram com as agressões. Ela tinha um problema de coração. — Ele respirou fundo, e então suspirou. — Ainda estava viva quando cheguei em casa e conseguiu me contar o que tinha acontecido. Tentei ajudá-la, mas os desgraçados tinham levado seus remédios, tinham levado tudo. Liguei para uma ambulância, que chegou uma hora depois de ela morrer. Tentei salvá-la, e então reanimá-la. Eu tentei tanto, mas tanto...

Olhei monte abaixo a partir de nosso acampamento onde só um brilho de água estava visível a distância em meio às árvores e aos arbustos. O mundo está repleto de histórias dolorosas. Às vezes, parece que são o único tipo de histórias que existe e, ainda assim, me peguei pensando em como era linda aquela gota de água entre as árvores.

— Eu deveria ter seguido em direção ao norte quando a Sharon morreu — disse Bankole. — Pensei em fazer isso.

— Mas você ficou. — Eu desviei o olhar da água e olhei para ele. — Por quê?

Ele balançou a cabeça.

— Eu não sabia o que fazer, então, por um tempo, não fiz nada. Os amigos cuidaram de mim, cozinharam para mim, limparam a casa. Fiquei surpreso por terem feito isso. A maioria dessas pessoas era da igreja. Vizinhos. Mais amigos dela do que meus.

Pensei em Wardell Parrish, arrasado depois de perder a irmã e os filhos… e sua casa. Será que Bankole tinha sido uma espécie de Wardell Parrish da comunidade?

— Você morava em uma comunidade murada? — perguntei.

— Sim. Mas não era rica. Nem perto de ser rica. As pessoas mantinham seus pertences e alimentavam suas famílias. Nada muito além disso. Não tinham empregados. Nem segurança particular.

— Parece meu antigo bairro.

— Acho que parece muitos bairros antigos, que não existem mais. Eu fiquei para ajudar as pessoas que tinham me ajudado. Não podia me afastar delas.

— Mas você se afastou. Você partiu. Por quê?

— Fogo… e saqueadores.

— Você também? Sua comunidade toda?

— Sim. As casas foram incendiadas, a maioria das pessoas foi morta… O resto se espalhou, procurou familiares ou amigos em outros lugares. Vasculhadores e invasores tomaram tudo. Eu não decidi ir embora. Eu fugi.

Familiar demais.

— Onde você morava? Em qual cidade?

— San Diego.

— Longe assim?

— Pois é. Como eu disse, deveria ter partido anos atrás. Se tivesse feito isso, poderia ter conseguido dinheiro para um voo e para me restabelecer.

Dinheiro para um voo *e* para se restabelecer? Talvez ele não considerasse isso como ser rico, mas nós teríamos considerado.

— Aonde está indo agora? — perguntei.

— Para o norte. — Ele deu de ombros.

— Qualquer lugar do norte ou algum lugar específico?

— Qualquer lugar onde eu possa receber por meus serviços e viver entre pessoas que não queiram me matar por causa de minha comida ou da minha água.

Ou por drogas, pensei. Olhei para o rosto barbado e juntei as pistas que tinha reunido hoje e nos últimos dias.

— Você é médico, não é?

Ele pareceu um pouco surpreso.

— Eu era, sim. Clínico geral. Parece que faz muito tempo.

— As pessoas sempre precisarão de médicos — falei. — Você vai ficar bem.

— Minha mãe costumava me dizer isso. — Ele me deu um sorriso torto. — Mas cá estou.

Sorri de volta porque, olhando para ele, não consegui evitar, mas ao falar, concluí que ele tinha me dito pelo menos uma mentira. Ele podia estar tão deslocado e atormentado quanto parecia, mas não estava simplesmente caminhando em direção ao norte. Não estava procurando só um lugar qualquer onde pudesse receber por seus serviços e não ser roubado nem morto. Ele não era o tipo de homem que vagava. Sabia aonde estava indo. Tinha um porto seguro em algum lugar – a casa de um parente, outra casa de sua propriedade, a casa de um amigo, *alguma coisa* – algum destino definido.

Ou talvez simplesmente tivesse dinheiro para comprar uma casa em Washington, no Canadá ou no Alasca. Ele tivera que escolher entre fazer uma viagem de avião, rápida, segura e cara, e ter dinheiro para se estabelecer quando chegasse aonde estava indo. E escolhera ter dinheiro para se estabelecer. Nesse caso, eu concordava com ele. Estava correndo o tipo de risco que permitiria que tivesse um novo começo o mais rápido possível – se sobrevivesse.

Por outro lado, se eu tivesse razão em alguma dessas coisas, talvez ele desaparecesse numa noite qualquer. Ou talvez ele fosse mais sincero em relação a isso – talvez simplesmente se afastasse de mim um dia, entrando em uma rua paralela, acenando em despedida. Eu não queria que isso acontecesse. Depois que dormisse com ele, quereria muito menos.

Mesmo agora, eu queria mantê-lo comigo. Detestei que ele já estivesse mentindo para mim – ou eu achar que estava. Mas por que ele deveria me contar tudo? Ainda não me conhecia muito bem e, como eu, ele pretendia sobreviver. Talvez eu pudesse convencê-lo de que poderíamos sobreviver bem juntos. Enquanto isso, era melhor aproveitar sua presença, mesmo sem confiar muito nele. Talvez eu estivesse enganada acerca de tudo isso, mas acho que não. Uma pena.

Terminamos de limpar as armas e de carregá-las, e fomos até a água para nos lavarmos. Era possível ir até a água, pegar um pouco dela em uma panela e levá-la embora. Era gratuita. Eu não parava de olhar ao redor, pensando que alguém viria nos impedir, nos cobrar, alguma coisa assim. Achei que poderíamos ser roubados, mas ninguém prestava atenção em nós. Vimos outras pessoas pegando água em garrafas, cantis, panelas e sacos, mas o lugar parecia tranquilo. Ninguém nos incomodava. Ninguém prestava atenção em nós.

— Um lugar assim não vai durar — eu disse a Bankole.

— Uma pena. A vida poderia ser boa aqui.

— Acho que é proibido viver aqui — disse ele. — Esta é uma Área Recreativa Estadual. Deve haver algum tipo de limite no tempo em que se pode permanecer. Tenho certeza de que deveria haver, ou costumava haver, um grupo policiando o local. Fico me perguntando se oficiais de alguma organização vêm cobrar propina de vez em quando.

— Não enquanto estivermos aqui, espero. — Sequei as mãos e os braços e esperei que ele secasse os dele. — Está com fome?

— Ah, sim — disse ele. Olhou para mim por um tempo, e então esticou os braços para me alcançar. Ele me segurou pelos dois braços, me puxou para perto, me beijou e disse em meu ouvido: — Você não está?

Eu não disse nada. Depois de um tempo, segurei a mão dele e voltamos ao acampamento para pegar um de seus cobertores. E então fomos a um lugarzinho isolado que nós dois tínhamos notado mais cedo.

Pareceu natural e simples me deitar com ele e explorar seu corpo macio, firme e grande. Ele havia se mantido em forma. Sem dúvida, caminhar centenas de quilômetros nas últimas semanas havia queimado qualquer gordura que ele tivesse. Ele ainda era grande – o peito era largo e alto. O melhor foi ele ter sentido muito prazer simplesmente com meu corpo, e eu pude compartilhar com ele. Não é sempre que eu consigo aproveitar o lado bom da minha hiperempatia. Deixei a sensação tomar o controle, intensa e selvagem. Talvez eu corresse mais perigo de ter um ataque do coração do que ele. Como eu tinha passado tanto tempo sem isso?

Houve um momento esquisito, nada romântico, em que nós dois procuramos os preservativos no meio das roupas amassadas. Foi engraçado pelo modo com que nós dois pensamos nisso ao mesmo tempo, e rimos, e então nos entregamos ao trabalho sério de amar e de dar prazer um ao outro. Aquela barba penteada e aparada com a qual é tão vaidoso faz muitas cócegas.

— Eu sabia que não deveria ter me metido com você — disse ele para mim depois de fazermos amor duas vezes e ainda não estarmos com disposição para nos levantarmos e nos unirmos aos outros. — Você vai me matar. Sou velho demais para isso.

Eu ri e apoiei a cabeça em seu ombro.

Depois de um momento, ele disse:

— Preciso falar sério sobre um assunto, garota.

— Está bem.

Ele respirou fundo, soltou o ar, hesitou.

— Não quero abrir mão de você — disse ele.

Eu sorri.

— Você é uma menina. Eu não deveria estar fazendo isso. Quantos anos tem, afinal?

Eu disse a ele.

Ele se sobressaltou e então me afastou de seu ombro.

— Dezoito? — Ele se afastou como se minha pele queimasse seu corpo. — Meu Deus! Você é um bebê! Sou um pedófilo!

Eu não ri, mas senti vontade. Só fiquei olhando para ele.

Depois de um tempo, ele franziu o cenho e balançou a cabeça. Depois de mais um tempo, voltou a se aproximar de mim, tocando meu rosto, meus ombros, meus seios.

— Você não tem só dezoito anos — disse ele.

Dei de ombros.

— Quando você nasceu? Em qual ano?

— Dois mil e nove.

— Não. — Ele disse, e depois prolongou a palavra: — Nããão.

Eu o beijei e disse no mesmo tom de voz:

— Siiim. Agora pare de bobagem. Você quer ficar comigo e eu quero ficar com você. Não vai se afastar por causa da minha idade, certo?

Depois de um tempo, ele balançou a cabeça.

— Você deveria ter um jovem legal como o Travis — disse ele. — Eu deveria ter o bom sènso e a força de mandar você procurar um assim.

Com isso, pensei em Curtis, e me retraí por pensar nele. Eu vinha pensando o mínimo possível em Curtis Talcott. Ele não é como meus irmãos. Pode ser que esteja morto, mas nenhum de nós viu seu corpo. Eu vi o irmão dele, Michael. Morria de medo de ver Curtis, mas nunca vi. Talvez ele não estivesse morto. Ele está perdido para mim, mas espero que não esteja morto. Deveria estar aqui comigo, na estrada. Espero que esteja vivo e bem.

— De quem você se lembrou? — perguntou Bankole, com a voz suave e profunda.

Balancei a cabeça.

— De um garoto que conheci no bairro. Nós íamos nos casar este ano. Não sei se ele ainda está vivo.

— Você o amava?

— Sim! Íamos nos casar e sair de casa, caminhar em direção ao norte. Tínhamos decidido ir nesse outono.

— Que coisa maluca! Vocês pretendiam caminhar por essa estrada mesmo sem terem que fazer isso?

— Sim. E se tivéssemos saído mais cedo, ele estaria comigo. Gostaria de saber se ele ficou bem.

Ele se deitou de barriga para cima e me puxou para deitar ao lado dele.

— Todos nós perdemos alguém — disse ele. — Parece que você e eu perdemos todo mundo. É um laço, acredito.

— Um laço terrível — falei. — Mas não é o único.

Ele balançou a cabeça.

— Você tem mesmo dezoito anos?

— Sim. Completei mês passado.

— Você parece mais velha e age como se fosse mais velha também.

— Eu sou assim — falei.

— Você era a irmã mais velha na sua família, certo?

Assenti.

— Tive quatro irmãos. Todos estão mortos.

— Sim — ele suspirou. — Sim.

Terça-feira, 31 de agosto de 2027

Passei o dia todo falando, escrevendo, lendo e fazendo amor com Bankole. Parece um grande luxo não ter que levantar, fazer malas e caminhar o dia inteiro. Todos ficamos espalhados pelo acampamento descansando os músculos doloridos, comendo e não fazendo nada. Mais pessoas chegaram até ali vindas da estrada e fizeram seus acampamentos, mas ninguém nos incomodou.

Comecei a aula de leitura de Zahra, e Jill e Allie pareceram estar interessadas. Eu as incluí como se esta fosse minha intenção desde o começo. No fim das contas, elas conseguiam ler um pouco, mas não tinham aprendido a escrever. Na parte final da aula, eu li alguns versículos da Semente da Terra para elas, apesar de Harry reclamar. Mas quando Allie disse que nunca oraria para nenhum deus da mudança, foi Harry quem a corrigiu. Zahra e Travis sorriram quando escutaram isso, e Bankole nos observou com aparente interesse.

Depois disso, Allie começou a fazer perguntas em vez de fazer afirmações sarcásticas e, na maior parte do tempo, os outros responderam a ela – Travis e Natividad, Harry e Zahra. Bankole respondeu uma vez, falando mais sobre algo que disse a ele ontem. Então, ele se interrompeu e pareceu um pouco envergonhado.

— Eu ainda acho muito simples — disse a mim. — Grande parte disso é lógica, mas nunca vai funcionar sem um toque de confusão mística.

— Deixarei isso para os meus descendentes — falei, e ele se ocupou, tirando um saco de amêndoas da bolsa, despejando algumas na mão e passando o resto para as outras pessoas.

Um pouco antes de anoitecer, um tiroteio teve início em direção à estrada. Não conseguimos ver nada de onde estávamos, mas paramos de conversar e nos deitamos. Com balas voando, parecia melhor nos manter abaixados.

O tiroteio começou e parou, foi para longe e voltou para perto. Eu estava de guarda, por isso tive que me manter alerta, mas naquela barulheira, nada se aproximou de nós, exceto as árvores à brisa da noite. Parecia tão calmo, mas as pessoas ali tentavam matar umas às outras mesmo assim e, sem dúvida, estavam conseguindo. É estranho como tem se tornado normal para nós deitar no chão e ficar prestando atenção enquanto, não muito longe, as pessoas tentam se matar.

22

Como vento,

Como água,

Como fogo,

Como vida,

Deus

É criativo e destrutivo,

Exigente e generoso,

Escultor e argila.

Deus é Potencial Infinito:

Deus é Mudança.

— **Semente da Terra: os livros dos vivos**

Quinta-feira, 9 de setembro de 2027

Tivemos mais de uma semana de caminhadas cansativas, assustadoras e de deixar os nervos à flor da pele. Alcançamos e atravessamos a cidade de Sacramento sem grandes problemas. Conseguimos comprar alimentos e água, e encontrar muitos lugares nos montes onde pudemos montar acampamento. Mas nenhum de nós teve a sensação de conforto ou de bem-estar ao longo do trecho da rodovia interestadual 5, que acabamos de percorrer.

A I-5 é muito menos percorrida do que a U.S.101, apesar do caos dos terremotos. Houve momentos em que as únicas pessoas que conseguíamos ver éramos nós mesmos, uns aos outros. Nenhum desses momentos durou muito, mas aconteceram.

Por outro lado, havia mais caminhões na I-5. Tivemos que tomar cuidado porque os caminhões percorriam a estrada durante o dia e também à noite. Além disso, havia mais ossos humanos ali. Não era difícil passar em meio a crânios, mandíbulas ou ossos da pelve e do torso. Ossos de braços e pernas eram mais raros, mas de vez em quando também os víamos.

— Acho que são os caminhões — disse Bankole. — Quando atropelam alguém, não param. Não ousariam parar. E os viciados e alcoólatras não tomam muito cuidado por onde andam.

Acho que ele está certo, apesar de, naquele trecho todo da estrada, termos visto só quatro pessoas que eu acreditava não estarem sóbrias, nem sãs.

Mas vimos outras coisas. Na terça, acampamos em um pequeno vale nos montes a oeste da estrada, e um cachorro grande, preto e branco, desceu em direção ao nosso acampamento com uma mão e um braço sangrentos de uma criança, aparentemente frescos, na boca.

O cão nos viu, parou, virou-se e correu de volta na direção de onde tinha saído. Mas todos vimos muito bem antes de ele partir, e todos vimos a mesma coisa. Naquela noite, fizemos uma guarda dupla. Dois guardas, duas armas, nenhuma conversa desnecessária, nada de sexo.

No dia seguinte, decidimos não tirar outro dia de descanso enquanto não atravessássemos Sacramento. Não havia garantias de que as coisas estariam melhores do outro lado de Sacramento, mas queríamos ir embora daquele trecho horroroso.

Naquela noite, à procura de um lugar para montar acampamento, encontramos quatro garotos desgrenhados e sujos reunidos ao redor de uma fogueira. A imagem deles ainda está clara em minha mente. Meninos da idade dos meus irmãos – doze, treze, talvez catorze anos, três meninos e uma menina. A menina estava grávida, e a barriga tão grande que era óbvio que ela daria à luz muito em breve. Dobramos uma esquina em um leito seco de rio e ali estavam os meninos, assando uma perna humana decepada, mexendo nela na posição em que a haviam colocado, no meio do fogo, acima da lenha em chamas, girando-a pelo pé. Enquanto observávamos, a menina puxou uma fatia de carne chamuscada da coxa e enfiou na boca.

Eles não nos viram. Eu estava na frente, e parei os outros antes de todos dobrarem a esquina. Harry e Zahra, que estavam logo atrás de mim, viram tudo o que eu vi. Fizemos os outros se virarem e se afastarem, e só contamos para eles o motivo quando já estávamos longe daqueles meninos e de seu banquete canibal.

Ninguém nos atacou. Ninguém nos incomodou. O campo pelo qual passamos era até bonito em alguns pontos – árvores e montes verdejantes; grama seca e dourada e comunidades minúsculas; fazendas, muitas com mato alto e abandonado, e casas abandonadas. Uma área bacana e, em comparação com o sul da Califórnia, rica. Mais água, mais alimento, mais espaço...

Então, por que as pessoas estavam comendo umas às outras?

Havia muitas construções incendiadas. Era claro que ali também houvera problemas, mas muito menos do que na costa. Apesar disso, estávamos ansiosos para voltar à costa.

Sacramento era um bom lugar onde podíamos nos reabastecer e sair depressa. A água e a comida eram baratas em comparação com o que podíamos comprar no acostamento, claro. As cidades eram sempre um alívio no que dizia respeito aos preços. Mas também perigosas. Mais gangues, mais policiais, mais pessoas desconfiadas e nervosas com armas. É preciso atravessar as cidades nas pontas dos pés. Você mantém um ritmo constante, os olhos abertos, e tenta parecer intimidante demais para se importar e, ao mesmo tempo, invisível. Um bom truque. Bankole disse que as cidades têm sido assim há muito tempo.

Por falar em Bankole, não o deixei descansar muito nesse dia de descanso. Ele não pareceu se importar. Mas disse algo que eu deveria registrar. Ele disse que queria que eu deixasse o grupo com ele. Como eu suspeitava, ele tem mesmo um porto seguro – ou tão seguro quanto um lugar pode ser sem estar cercado por equipamentos de segurança de alta tecnologia e guardas. Fica nos montes na costa perto do Cabo Mendocino, talvez a duas semanas de caminhada daqui.

— Minha irmã e a família dela estão morando lá — disse ele. — Mas a propriedade pertence a mim. Tem espaço para você lá.

Posso imaginar como a irmã dele ficaria feliz em me ver. Será que ela tentaria ser educada ou me encararia e depois a Bankole, exigindo saber onde ele estava com a cabeça?

— Você ouviu o que eu disse? — perguntou ele.

Olhei para ele, interessada na raiva que percebi em sua voz. Por que raiva?

— O que está acontecendo? Estou te entediando? — ele insistiu.

Segurei a mão dele e a beijei.

— Se você me apresentar à sua irmã, ela vai tirar suas medidas para fazer uma camisa de força.

Depois de um tempo, ele riu.

— Eu sei. Não me importo.

— Pode ser que se importe, mais cedo ou mais tarde.

— Então virá comigo.

— Não. Gostaria de ir, mas não .

Ele sorriu.

— Sim, você virá.

Eu o observei. Tentei entender o sorriso, mas é difícil entender a expressão de um rosto barbado. É mais fácil dizer o que eu não vi – ou não reconheci. Não vi condescendência ou aquele tipo de olhar de desprezo que alguns homens reservam para as mulheres. Ele não estava decidindo que meu "não" era um "sim" secreto. Tinha alguma outra coisa acontecendo.

— Tenho 121 hectares — disse ele. — Comprei a propriedade anos atrás como investimento. Haveria uma vasta construção de residências lá, e os especuladores como eu ganhariam muito dinheiro vendendo a terra aos desenvolvedores. O projeto fracassou por algum motivo, e eu fiquei com terras que podia vender e ter prejuízo, ou manter. Eu mantive. A maior parte dela é boa para cultivo. Tem umas árvores e uns tocos grandes. Minha irmã e o marido dela construíram uma casa e alguns anexos.

— Deve haver dezenas ou centenas de vasculhadores nessa terra agora — falei.

— Acho que não. O acesso é um problema. Não é conveniente por nenhuma estrada e fica bem longe das principais. É um ótimo lugar para se esconder.

— Água?

— Há poços. Minha irmã diz que a área está ficando mais seca, mais quente. Isso não surpreende. Mas a água do solo parece de boa qualidade, por enquanto.

Achei que entendia o que queria dizer, mas ele teria que chegar lá sozinho. Sua terra; sua escolha.

— Não há muitos negros lá, não é? — perguntei.

— Não muitos — ele concordou. — Mas minha irmã não tem tido muitos problemas.

— O que ela faz da vida? Cultiva a terra?

— Sim, e seu marido faz "bicos" para conseguir dinheiro, o que é perigoso porque ela e as crianças ficam sozinhas por dias, semanas, até meses de uma só vez. Se conseguirmos nos manter sem esgotar os poucos recursos que ela tem, poderemos ser úteis. Poderemos dar mais segurança a ela.

— Quantos filhos?

— Três. Vamos ver... onze, treze e quinze anos agora. Ela tem só quarenta. — Ele entortou os lábios. *Só*. É... Até mesmo a irmã mais nova dele tinha idade suficiente para ser minha mãe. — Ela se chama Alex. Alexandra. Casada com Don Casey. Os dois odeiam cidades. Eles acharam que minha terra era um presente de Deus. Poderiam criar filhos que talvez se tornassem adultos. — Ele assentiu. — E os filhos deles estão bem.

— Como vocês mantiveram contato? — perguntei. — Por telefone?

— Isso foi parte do nosso acordo — disse ele. — Eles não têm telefone, mas quando Don vai a uma das cidades para conseguir trabalho, ele telefona para mim e me conta como todos estão. Ele não sabe o que aconteceu comigo. Não estará à minha espera. Se tentou me ligar, ele e Alex ficaram preocupados.

— Você devia ter ido de avião. Mas ainda bem que não foi.

— Ainda bem mesmo? Eu também acho. Olha, você vai comigo. Não consigo pensar em nada que eu queira tanto quanto quero você. Há muito tempo não quero nada. Muito tempo mesmo.

Eu me recostei em uma árvore. Nosso acampamento não era tão reservado como o de San Luis, mas havia árvores, e os casais puderam se separar. Cada casal tinha uma arma, e as irmãs Gilchrist estavam cuidando de Dominic e também de Justin. Nós as havíamos colocado no meio de um triângulo e lhes entregado minha arma. Na I-5, elas e Travis tiveram a chance de praticar tiro. Era nossa obrigação olhar ao redor de vez em quando para ter certeza de que nenhum desconhecido entraria na área. Eu olhei ao redor.

Sentei-me e vi Justin correndo de um lado a outro, perseguindo pombos. Jill estava de olho nele, mas não tentava acompanhá-lo.

Bankole me segurou pelos ombros e me virou para ele.

— Não estou entediando você, estou? — perguntou pela segunda vez.

Eu estava tentando não olhar para ele. Olhei naquele momento, mas ele ainda não tinha dito o que precisava dizer se quisesse me manter com ele. Será que ele sabia? Eu acreditava que sim.

— Quero ir com você — falei. — Mas levo a Semente da Terra muito a sério. Não poderia levar mais a sério do que levo. Você tem que entender isso.

Por que isso me parece esquisito? Era a maior verdade, mas era estranho dizer.

— Conheço minha rival — disse ele.

Talvez por isso tenha parecido esquisito. Eu estava dizendo a ele que havia outra pessoa – outra coisa. Talvez tivesse sido menos estranho se a outra coisa fosse outro homem.

— Você poderia me ajudar — falei.

— Ajudar com o quê? Tem alguma ideia a respeito do que quer fazer?

— Começar a primeira Comunidade Semente da Terra. Ele suspirou.

— Você poderia me ajudar — repeti. — Este mundo está ruindo. Você poderia me ajudar a começar algo com propósito e construtivo.

— Vai consertar o mundo, é? — perguntou ele, divertindo-se.

Olhei para ele. Por um momento, estava brava demais para falar. Quando consegui controlar minha voz, disse:

— Tudo bem se você não acredita, mas não ria. Você sabe o que significa ter algo em que acreditar? Não ria.

Depois de um tempo, ele disse:

— Está bem.

Depois de mais tempo, eu disse:

— Consertar o mundo não é o propósito da Semente da Terra.

— As estrelas. Eu sei.

Ele se deitou de costas, mas virou a cabeça para olhar para mim em vez de olhar para cima.

— Este mundo seria um lugar melhor se as pessoas vivessem de acordo com a Semente da Terra — falei. — Mas, na verdade, este mundo seria melhor se as pessoas vivessem de acordo com os ensinamentos de quase qualquer religião.

— É verdade. Por que você acha que elas viverão de acordo com os ensinamentos da sua?

— Alguns vão. Vários milhares? Várias centenas de milhares? Milhões? Não sei. Mas quando eu tiver uma base, darei início à primeira comunidade. Na verdade, já comecei.

— É para isso que você precisa de mim?

Ele não se deu ao trabalho de sorrir nem de fingir que era brincadeira. Não era. Eu me aproximei ainda mais dele e me sentei ao seu lado para poder olhar em seu rosto.

— Preciso que você me entenda — falei. — Preciso que me tome como sou ou que vá para a sua terra sozinho.

— Você precisa que eu tire você e todos os seus amigos da rua para que possam dar início a uma igreja.

Mais uma vez, ele estava falando totalmente sério.

— É isso ou é um não — respondi com a mesma seriedade.

Ele sorriu para mim, mesmo sem achar graça.

— Então, agora sabemos o que esperamos.

Alisei sua barba e vi que ele queria se afastar da minha mão, mas que não se mexeu.

— Tem certeza absoluta de que quer Deus como seu rival? — perguntei.

— Não parece que tenho muitas opções, não é? — Cobriu minha mão com uma das suas. — Me diga uma coisa: você perde a paciência, grita e chora?

— É óbvio.

— Não consigo imaginar. Sinceramente, não consigo.

E isso me fez lembrar de algo que eu não tinha dito a ele, e era melhor contar antes que ele descobrisse e se sentisse enganado ou decidisse que eu não confiava nele – e eu ainda não confiava, exatamente. Mas não queria perdê-lo para a estupidez, nem para a covardia. Não queria perdê-lo de modo algum.

— Ainda me quer com você? — perguntei.

— Ah, sim — disse ele. — Pretendo me casar com você assim que nos estabelecermos.

Ele havia conseguido me surpreender. Fiquei olhando para ele boquiaberta.

— Uma verdadeira reação pelo calor do momento — disse ele. — Vou ter que me lembrar disso. A propósito, quer se casar comigo?

— Ouça o que tenho a dizer primeiro.

— Já chega. Traga sua igreja. Traga sua congregação. Duvido que eles se importem mais com as estrelas do que eu, mas traga-os. Gosto deles, e há espaço para eles.

Se eles viessem. Meu esforço seguinte seria convencê--los. Mas este esforço ainda não tinha terminado.

— Não terminou ainda — falei. — Deixe-me dizer mais uma coisa. E depois, se você ainda me quiser, caso com você quando você escolher. Eu quero. Você precisa saber que eu quero.

Ele esperou.

— Minha mãe tomava... abusava de um remédio controlado quando engravidou de mim. A droga era o Paracetco. Por causa dela, tenho a síndrome da hiperempatia.

Ele ouviu aquilo sem esboçar reação para que eu soubesse o que achava. Sentou-se e olhou para mim – olhou para mim com muita curiosidade, como se esperasse ver um sinal de minha hiperempatia em meu rosto ou corpo.

— Você sente a dor de outras pessoas? — perguntou ele.

— Compartilho da dor e do prazer das outras pessoas — falei. — Não tem havido muito prazer a compartilhar ultimamente, só com você.

— Você compartilha de sangramento?

— Não mais. Mas compartilhava quando era pequena.

— Mas você... Vi você matar um homem.

— Sim. — Balancei a cabeça, me lembrando do que ele tinha visto. — Tive que fazer isso, caso contrário, ele me mataria.

— Eu sei disso. É só que... fico surpreso por você ter conseguido.

— Eu já disse, precisei matar.

Ele balançou a cabeça.

— Já li sobre a síndrome, é claro, apesar de nunca ter visto um caso. Lembro de ter pensado que não seria tão ruim se a maioria das pessoas tivesse que enfrentar todas as dores que elas causam. Não médicos ou pessoas da área da saúde, obviamente, mas a maioria das pessoas.

— Ideia ruim — falei.

— Não sei se é.

— Pode acreditar que é. Ideia ruim, muito ruim. A auto-defesa não deveria ter que ser uma dor ou um assassinato, ou ambos. Eu posso acabar incapacitada pela dor de uma pessoa ferida. Atiro muito bem porque nunca senti que podia apenas ferir uma pessoa. Além disso... — Parei, olhei além dele por um momento e respirei fundo, e então me concentrei nele de novo. — O pior de tudo é que se você se machucar, pode ser que eu não consiga te ajudar. Posso acabar tão incapacitada por seu ferimento, pela sua dor, quero dizer, quanto você.

— Imagino que você encontraria uma maneira. — Ele deu um sorriso.

— Não imagine isso, Bankole. — Parei e procurei pa-lavras que o fariam compreender. — Não estou à procura de elogios e nem mesmo de solidariedade. Quero que você entenda: se você quebrasse sua perna gravemente, se levasse um tiro, se qualquer coisa séria e debilitante acontecesse com você, eu também poderia acabar incapacitada. Você deve sa-ber como a dor de verdade pode ser debilitante.

— Sim, sei um pouco sobre você também. Não, não me diga de novo que não está procurando elogios. Eu sei. Vamos voltar ao acampamento. Tenho remédio para dor na minha bolsa. Vou te ensinar como e quando usá-los em mim ou em quem precisar. Se conseguir se controlar e agir normalmente tempo o bastante para utilizá-los, poderá fazer o que mais for necessário.

—... certo. Então... você ainda quer se casar comigo?

Fiquei surpresa ao ver que não queria fazer a pergunta. Eu sabia que ele ainda me queria. Mas ali estava eu, perguntando, quase implorando para que ele dissesse. Precisava ouvir.

Ele riu. Uma risada alta e forte que parecia tão real que eu não consegui me ofender.

— Vou ter que me lembrar disso — disse ele. — Você consegue achar por um minuto, menina, que eu te deixaria escapar?

23

Seus professores
Estão todos ao seu redor.
Tudo o que você percebe,
Tudo o que você vivencia,
Tudo o que lhe é dado
ou tirado de você,
Tudo o que você ama ou detesta,
precisa ou teme
Ensinará você...
Se quiser aprender.
Deus é seu primeiro
e seu último professor.
Deus é o professor mais rígido:
sutil,
exigente.
Aprenda ou morra.

— **Semente da Terra: os livros dos vivos**

Sexta-feira, 10 de setembro de 2027

Tivemos outra dificuldade para tentar dormir direto até antes do amanhecer hoje cedo. Começou ao sul de onde estávamos, perto da estrada, e subiu na nossa direção e depois se afastou de nós.

Conseguíamos ouvir pessoas atirando, berrando, xingando, correndo... A mesma coisa de sempre – cansativa, perigosa e idiota. Os tiros continuaram por mais de uma hora, aumentando e diminuindo. Houve uma saraivada final que pareceu envolver mais armas do que nunca. E então, o barulho parou.

Consegui dormir por um tempo enquanto tudo acontecia. Superei o medo, superei até a raiva que senti. No fim, só fiquei cansada. Pensei: "se os imbecis vão me matar, não vou conseguir impedi-los me mantendo acordada." Ainda que isso não fosse totalmente verdade, não me importei. E dormi.

E de algum modo, durante ou depois da batalha, apesar da guarda, duas pessoas entraram em nosso acampamento e se deitaram entre nós. E dormiram também.

Acordamos cedo como sempre para que pudéssemos começar a andar enquanto o calor não estivesse muito forte. Aprendemos a acordar sozinhos à primeira luz da manhã. Hoje, nós quatro acordamos quase ao mesmo tempo. Eu estava saindo de meu saco de dormir para poder urinar quando vi as pessoas a mais – dois montes cinza à lua da alvorada, um grande e um pequeno, um encostado no outro, dormindo no chão duro. Braços e pernas finos se estendiam como gravetos de dentro de trapos e montes de roupas.

Olhei ao redor para os outros e vi que eles também estavam olhando para aquilo – todos eles, menos Jill, que tinha que estar de guarda. Começamos a confiar nela para a guarda noturna desde semana passada, com um parceiro. Aquela era sua segunda guarda solitária. E para onde ela estava olhando? Para as árvores. Nós duas teríamos que conversar.

Harry e Travis já estavam reagindo às pessoas no chão. Em silêncio, os dois saíram de dentro do saco de dormir em roupas de baixo, e ficaram de pé. Mais vestida, eu os acompanhei a cada movimento e nós três cercamos os dois invasores.

O maior dos dois acordou de uma vez, sobressaltado, levantou-se e deu dois ou três passos na direção de Harry, e então parou. Era uma mulher. Conseguíamos vê-la melhor agora. Ela tinha a pele negra e cabelos lisos, compridos e despenteados. Era tão escura quanto eu, mas toda cheia de partes pontudas – uma mulher magra, de rosto sério como uma águia, que precisava de umas boas refeições e um bom banho. Ela se parecia com muitas pessoas que eu via andando na estrada.

O segundo invasor acordou, viu Travis de pé perto, em sua roupa íntima, e gritou. Isso chamou a atenção de todo mundo. Era o grito estridente e alto de uma criança – uma menininha que parecia ter cerca de sete anos. Ela era uma cópia pequena e esquelética da mulher – sua mãe ou irmã, talvez.

A mulher correu de volta até a criança e tentou pegá-la no colo. Mas a pequena estava em uma posição fetal e a mulher, tentando erguê-la, não conseguiu segurá-la. Tropeçou, caiu e, em um instante, também estava no chão. Nesse momento, todo mundo já tinha se reunido para vê-las.

— Harry — falei, e esperei que ele olhasse para mim. — Você e Zahra podem ficar de guarda… para garantir que nada mais nos surpreenda?

Ele assentiu. Ele e Zahra se afastaram das pessoas, separados, e assumiram posições de lados opostos do acampamento, com Harry mais perto do acesso à autoestrada e Zahra no acesso da estrada menor e mais próxima. Nós tínhamos nos escondido da melhor maneira que conseguimos em uma área deserta que Bankole disse que devia já ter sido um parque, mas não precisávamos nos enganar achando que estávamos sozinhos. Nós tínhamos seguido pela I-5 até uma cidade pequena perto de Sacramento, longe da pior parte do local, mas ainda havia muitas pessoas pobres por ali – pobres da região e refugiados como nós. De onde haviam surgido aquelas duas pessoas desgrenhadas, assustadas e imundas?

— Não vamos machucar vocês — disse a elas enquanto ainda estavam deitadas e encolhidas no chão. — Levantem-se. Vamos, levantem-se. Vocês entraram em nosso acampamento sem pedir. Podem pelo menos conversar conosco.

Não encostamos nelas. Bankole parecia querer fazer isso, mas parou quando eu segurei seu braço. Elas já estavam muito assustadas. Um homem desconhecido tocando-as poderia deixá-las histéricas.

Tremendo, a mulher se desenrolou e olhou para nós. Notei, naquele momento, que ela parecia ser asiática, apesar de sua cor. Ela abaixou a cabeça e sussurrou algo para a criança. Depois de um momento, as duas se levantaram.

— Não sabíamos que este lugar era de vocês — sussurrou ela. — Vamos embora. Nos deixem ir embora.

Suspirei e olhei para o rosto assustado da menininha.

— Podem ir — falei. — Ou se quiserem, podem comer conosco.

Elas queriam fugir. Pareciam cervos, paralisados de terror, prestes a correr. Mas eu havia dito a palavra mágica. Duas semanas atrás, eu não a teria dito, mas disse naquele dia para as duas pessoas com cara de famintas: "Comer".

— Comida? — sussurrou a mulher.

— Sim. Vamos dividir um pouco de comida com vocês.

A mulher olhou para a menininha. Tive certeza, naquele momento, de que elas eram mãe e filha.

— Não podemos pagar — disse ela. — Não temos nada.

Percebi isso.

— Peguem o que estamos oferecendo e nada além do que dermos a vocês — falei. — Isso será pagamento suficiente.

— Não vamos roubar. Não somos ladras.

Claro que eram ladras. De que outra maneira conseguiam viver? Roubando um pouco, vasculhando, talvez se prostituindo... Elas não eram muito boas nisso ou teriam uma aparência melhor. Mas pela menininha, eu quis ajudá-las ao menos com uma refeição.

— Esperem, então — falei. — Vamos fazer uma refeição.

Elas ficaram sentadas onde estavam e nos observaram com olhos muito famintos. Havia mais fome naqueles olhos do que éramos capazes de saciar com nossos alimentos. Pensei que provavelmente tinha cometido um erro. Aquelas pessoas estavam tão desesperadas que eram perigosas. Não importava nem um pouco que parecessem inofensivas. Ainda estavam vivas e fortes o bastante para correrem. Não eram inofensivas.

Foi Justin quem acalmou um pouco da tensão daqueles olhos famintos e profundos. Totalmente nu, ele deu passinhos até a mulher e a menina e as observou. A menininha só olhou de volta, mas depois de um momento, a mulher começou a sorrir. Disse algo a Justin, e ele sorriu. Em seguida, ele correu até Allie, que o manteve perto dela por tempo suficiente para conseguir vesti-lo. Mas ele havia feito seu trabalho. A mulher nos observava com olhos diferentes. Observou Natividad amamentando Dominic, e então Bankole penteando a barba. Isso pareceu engraçado para ela e para a criança, porque as duas riram.

— Você é um sucesso — disse a Bankole.

— Não sei o que tem de tão engraçado em um homem penteando a barba — disse ele, e guardou o pente.

Tirei peras doces de minha bolsa e dei uma à mulher e outra à menina. Eu as havia comprado dois dias antes, e tinha só mais três. Outras pessoas entenderam a ideia e começaram a dividir o que podiam. Nozes com casca, maçãs, uma romã, laranjas, figos... coisas pequenas.

— Guardem o que puderem — Natividad disse à mulher ao entregar a elas as amêndoas embrulhadas em um pedaço de tecido vermelho. — Enrolem as coisas aqui e amarrem as pontas.

Todos compartilhamos a broa de milho feita com um pouco de mel e ovos cozidos e duros que compramos e cozinhamos ontem. Assamos a broa nas brasas da fogueira da noite passada para que pudéssemos parti-la hoje cedo. A mulher e a menina comeram como se a comida simples e fria fosse a melhor coisa que já tinham provado, como se não conseguissem acreditar que alguém a havia dado a elas. Se curvavam sobre o alimento como se tivessem medo de que o arrancássemos de suas mãos.

— Precisamos ir — falei por fim. — O sol está esquentando.

A mulher olhou para mim, com o rosto estranho e magro, faminto, mas agora com uma fome que não era de comida.

— Deixe-nos ir com você — disse ela, as palavras se sobrepondo. — Vamos trabalhar. Vamos pegar lenha, fazer fogueira, limpar os pratos, qualquer coisa. Levem-nos com vocês.

Bankole olhou para mim.

— Imagino que você já estava esperando.

Assenti. A mulher estava olhando de um para outro de nós.

— Qualquer coisa — sussurrou ela. Ou choramingou. Seus olhos estavam secos e esturricados, mas as lágrimas corriam dos olhos da menininha.

— Esperem um pouco para decidirmos — falei. Eu queria dizer "Vão embora para que meus amigos possam gritar comigo em particular", mas a mulher pareceu não entender. Ela não se mexeu.

— Esperem ali — falei, apontando na direção das árvores mais próximas da estrada. — Vamos conversar. Depois, vamos falar com vocês.

Ela não queria fazer isso. Hesitou, e então se levantou, ergueu sua filha ainda mais relutante e seguiu para as árvores que eu tinha indicado.

— Ah, Deus — murmurou Zahra. — Vamos levá-las, não vamos?

— É o que temos que decidir — falei.

— E aí? Nós a alimentamos e então dizemos para irem embora e morrerem de fome? — Zahra fez um barulho indicando que não concordava.

— Se ela não for uma ladra — disse Bankole. — E se não tiver nenhum outro hábito perigoso, podemos conseguir levá-las. Aquela menininha...

— Sim — falei. — Bankole, tem espaço para elas na sua casa?

— Na casa dele? — perguntaram os outros três.

Eu não tivera chance de contar. Tampouco tivera coragem.

— Ele tem muita terra no norte e perto da costa — falei. — Tem uma casa de família na qual não podemos morar porque a irmã dele e a família dela vivem lá. Mas tem espaço, árvores e água. Ele disse... — Hesitei, olhei para Bankole, que estava sorrindo um pouco. — Ele disse que podemos iniciar a Semente da Terra ali, construir o que pudermos.

— Há empregos? — Harry perguntou a Bankole.

— Meu cunhado mexe com jardinagem e tem empregos temporários. Está criando três filhos assim.

— Mas os empregos rendem dinheiro?

— Sim, ele recebe dinheiro. Não muito, mas recebe. É melhor esperarmos um pouco para falar sobre isso. Estamos torturando aquela jovem ali.

— Ela vai roubar — disse Natividade. — Ela diz que não, mas vai. Dá para saber só de olhar para ela.

— Ela apanhou — disse Jill. — Dá para saber pelo modo com que se encolheram quando as vimos. Estão acostumadas a serem agredidas, chutadas, derrubadas.

— Sim. — Allie parecia assombrada. — As pessoas tentam evitar pancadas na cabeça, tentam proteger os olhos e... o rosto. Ela pensou que nós as agrediríamos. Ela e a criança também.

Era interessante que Allie e Jill compreendessem tão bem. Que pai terrível tinham tido. E o que havia acontecido com a mãe delas? Nunca falaram sobre ela. Era incrível que tivessem escapado com vida e sãs o suficiente para viver.

— Devemos deixar que ela fique? — perguntei a eles.

As duas moças assentiram.

— Mas acho que ela vai ser um problema por um tempo — disse Allie. — Como Natividade disse, ela vai nos roubar. Não vai conseguir se controlar. Vamos ter que observá-la muito bem. Aquela menininha também vai roubar. Vai roubar e fugir como louca.

Zahra sorriu.

— Faz com que eu me lembre de mim mesma nessa idade. As duas serão um baita problema. Sou a favor de testarmos. Se elas tiverem modos ou se puderem aprender a ter, nós permitiremos que fiquem. Se forem burras demais para aprender, nós as mandaremos embora.

Olhei para Travis e para Harry, juntos.

— O que vocês dizem?

— Digo que você está ficando mole — disse Harry. — Você teria feito da nossa vida um inferno se tivéssemos tentado ajudar uma mendiga e seu filho há algumas semanas.

Assenti.

— Tem razão. Teria mesmo. E talvez seja essa a atitude que deveríamos manter. Mas essas duas… Acho que elas podem valer alguma coisa, e não penso que sejam perigosas. Se eu estiver enganada, podemos expulsá-las.

— Pode ser que elas não aceitem serem deixadas de lado — disse Travis. E então, deu de ombros. — Não quero ser a pessoa responsável por mandar aquela menininha embora para que se torne mais uma ladra-mendiga-prostituta. Mas pense, Lauren. Se permitirmos que elas fiquem e se não der certo, pode ser muito difícil nos livrarmos delas. E se no fim das contas elas tiverem amigos por aqui, amigos para quem estejam fazendo um reconhecimento, podemos ter que matá-las.

Harry e Natividad começaram a reclamar. Matar uma mulher e uma criança? Não! Não era possível! Nunca!

O restante de nós deixou que eles falassem. Quando terminaram, eu disse:

— Pode ser que chegue a ficar ruim assim, acho, mas não acredito que ficará. Aquela mulher quer viver. Acima de tudo, quer que a filha viva. Acho que ela já lidou com muita coisa pelo bem da menina, e não acho que a colocaria em perigo agindo para uma gangue. As gangues são mais diretas aqui fora, de qualquer modo. Não precisam de ninguém fazendo reconhecimento por elas.

Silêncio.

— Vamos testar? — perguntei. — Ou vamos recusá-las agora?

— Não sou contra elas — disse Travis. — Deixem que fiquem, pelo bem da menina. Mas vamos voltar a colocar dois guardas por vez durante a noite. Como aquelas duas entraram aqui, do nada, por falar nisso?

Jill se retraiu um pouco.

— Elas poderiam ter entrado a qualquer momento ontem à noite — disse ela. — A qualquer momento.

— O que não vemos pode nos matar — eu disse. — Jill, você não as viu?

— Talvez elas estivessem ali quando eu comecei a montar guarda!

— Ainda assim, você não as viu. Elas poderiam ter cortado seu pescoço. Ou o de sua irmã.

— Mas não cortaram.

— Mas pode acontecer da próxima vez. — Eu me inclinei para ela. — O mundo está cheio de pessoas malucas e perigosas. Vemos sinais disso todos os dias. Se não tomarmos cuidado e não nos cuidarmos, eles vão nos roubar, matar e talvez nos comer. É um mundo perdido, Jill, e só temos uns aos outros para nos mantermos longe dele.

Silêncio ressentido.

Estiquei o braço e peguei a mão ela.

— Jill.

— Não foi minha culpa! — disse ela. — Vocês não podem provar...

— Jill!

Ela se calou e olhou para mim.

— Olha, ninguém vai te agredir, pelo amor de Deus, mas você fez algo errado, algo perigoso. E sabe disso.

— E então o que você quer que ela faça? — perguntou Allie. — Que fique de joelhos e peça perdão?

— Quero que ela ame a vida dela o bastante e a sua também para não ser descuidada. É o que eu quero. É o que vocês deveriam querer, agora mais do que nunca. Jill?

Jill fechou os olhos.

— Ah, droga — disse ela. — Certo, certo! Eu não as vi. Não mesmo. Vou vigiar melhor. Ninguém mais vai passar por mim.

Segurei a mão dela por mais um momento, e então soltei.

— Certo. Vamos sair daqui. Vamos pegar aquela mulher assustada e a filhinha aterrorizada dela e sair daqui.

As duas pessoas assustadas acabaram sendo as pessoas mais miscigenadas que eu já tinha conhecido. A história delas é esta, reunida de fragmentos que nos contaram durante o dia e a noite de hoje. A mulher tinha um pai japonês, uma mãe negra e um marido mexicano, todos mortos. Só sobraram ela e a filha. O nome dela é Emery Tanaka Solis. A filha é Tori Solis. Tori tem nove anos, não sete como eu pensei. Desconfio de que ela raramente teve o suficiente para comer na vida. Ela é pequenina, quietinha e tem olhos famintos. Escondeu pedacinhos de comida nos trapos sujos até fazermos para ela um vestido novo com uma das camisetas de Bankole. Então, escondeu comida nele também. Apesar de Tori ter nove anos, sua mãe tem só vinte e três. Aos treze, Emery se casou com um homem muito mais velho que prometeu cuidar dela. Seu pai já tinha morrido, numa troca de tiros entre outras pessoas. Sua mãe estava doente, morrendo de tuberculose. A mãe forçou Emery a se casar para salvá-la da vitimização e da fome nas ruas.

Até aquele ponto, a situação era péssima, mas normal. Emery teve três filhos ao longo dos três anos seguintes – uma filha e dois filhos. Ela e seu marido cuidavam da terra em troca de comida, abrigo e roupas de segunda mão. Então, a fazenda foi vendida a um grande conglomerado do agronegócio, e os trabalhadores caíram em mãos diferentes. Os salários eram pagos, mas em moeda da empresa, não em dinheiro de verdade. O aluguel era cobrado dos barracos dos funcionários. Os trabalhadores tinham que pagar pelos alimentos, pelas roupas – novas ou usadas –, por tudo de que precisavam, e, é claro, só podiam gastar o pagamento na loja da empresa. Os salários, que surpresa!, nunca bastavam para pagar as contas. De acordo com novas leis que podiam ou não existir, as pessoas não podiam deixar um empregador a quem devessem dinheiro. Eram obrigadas a trabalhar para pagar a dívida quase como escravas ou detentas. Ou seja, se elas se recusassem a trabalhar, podiam ser presas, encarceradas e, no fim, enviadas a seus empregadores.

De qualquer modo, tais escravos das dívidas podiam ser forçados a trabalhar mais tempo por menos dinheiro, podiam ser "disciplinados" se fracassassem e não conseguissem cumprir as metas, podiam ser trocados e vendidos com ou sem consentimento, com ou sem suas famílias, para empregadores distantes que tinham necessidade temporária ou permanente deles. Pior, as crianças podiam ser forçadas a pagar as dívidas de seus pais se estes morressem, se tornassem incapacitados ou se fugissem.

O marido de Emery ficou doente e morreu. Não havia médico, nem remédio além de alguns preparados caros e prontos, e as ervas que os trabalhadores cultivavam em suas hortinhas. Jorge Francisco Solis morreu com febre e dor no chão de terra de seu barraco sem ter passado por um médico. Bankole disse que parece que ele morreu de peritonite causada por uma apendicite não tratada. Uma coisa tão simples. Mas não existe nada mais substituível do que trabalho não capacitado.

Emery e seus filhos se tornaram responsáveis pela dívida dele. Aceitando isso, ela trabalhou e aguentou até que um dia, de repente, seus filhos foram levados. Eles tinham só um e dois anos a menos do que a filha, e eram pequenos demais para ficarem sem os pais. Mas ainda assim, foram levados. Não pediram para Emery abrir mão deles, nem contaram para ela o que seria feito com eles. Ela teve suspeitas terríveis quando se recuperou das drogas que eles deram a ela para que "se acalmasse". Ela chorou e exigiu a volta dos filhos, e só voltou a trabalhar quando seus senhores ameaçaram levar sua filha também.

Então, ela decidiu fugir, levar a filha e desbravar as estradas com seus ladrões, estupradores e canibais. Elas não tinham nada para ser roubado, e não conseguiam escapar do estupro por serem escravas. Quanto aos canibais... bem, talvez eles fossem apenas ilusões – mentiras contadas para assustar os escravos para que aceitassem sua carga.

— Há canibais — disse a ela enquanto comíamos, naquela noite. — Nós os vimos. Mas eu acho que eles são vasculhadores, não assassinos. Eles aproveitam aos mortos das estradas, esse tipo de coisa.

— Vasculhadores matam — disse Emery. — Se você ficar doente ou se parecer doente, eles vão atrás de você.

Eu assenti, e ela prosseguiu com sua história. Certa noite, bem tarde, ela e Tori passaram pelos guardas armados e pelas cercas eletrificadas, pelos detectores de som e de movimento e pelos cães. Elas sabiam ser silenciosas, sabiam passar de uma cobertura a outra, sabiam ficar paradas por horas. Ambas eram muito rápidas. Os escravos aprendiam coisas assim – os que sobreviviam pelo menos. Emery e Tori devem ter tido muita sorte.

Emery tinha a ideia de encontrar os filhos e levá-los de volta, mas não sabia para onde eles tinham sido levados. Foram em um caminhão; ela sabia disso. Mas não sabia nem sequer para que lado o caminhão virara ao chegar à estrada. Com os pais, ela aprendeu a ler e a escrever, mas não havia visto nada escrito sobre os filhos. Teve que admitir depois de um tempo que só poderia salvar a filha.

Vivendo de plantas selvagens ou do que conseguiam "encontrar" ou pedir, elas seguiram em direção ao norte. Foi isso que Emery disse: elas encontravam as coisas. Bem, se eu estivesse no lugar dela, também teria encontrado algumas coisas.

Uma briga de gangues a levou a nós. As gangues são sempre um perigo especial nas cidades. Quando alguém se mantém na estrada enquanto está em territórios de gangues individuais, pode ser que consiga escapar sem chamar a atenção delas. Até agora, conseguimos. Mas o parque com mato alto onde acampamos ontem à noite estava, de acordo com Emery, em disputa. Duas gangues trocaram tiros, além de ofensas e acusações. De vez em quando, elas paravam para atirar em caminhões que passavam. Durante um desses intervalos, Emery e Tori, que tinham acampado perto do acostamento, conseguiram escapar.

— Um grupo estava se aproximando de nós — disse Emery. — Eles atiravam e fugiam. Quando fugiam, aproximavam-se de nós. Tínhamos que fugir. Não podíamos deixar que eles nos ouvissem ou nos vissem. Encontramos nossa clareira, mas não vimos vocês. Vocês sabem se esconder.

Acho que isso foi um elogio. Tentamos desaparecer na paisagem quando é possível. Na maior parte do tempo, não é. Esta noite, não é. E esta noite, montaremos guarda com dois por vez.

Domingo, 12 de setembro de 2027

Tori Solis encontrou mais dois companheiros para nós hoje: Grayson Mora e sua filha Doe. Doe era só um ano mais nova do que Tori, e as duas menininhas, indo juntas pelo mesmo caminho, tornaram-se amigas. Hoje, viramos a oeste na rodovia estadual 20 e estávamos seguindo de volta em direção à U.S.101. Passamos muito tempo falando sobre nos estabelecermos na terra de Bankole, a respeito de empregos e plantações, e o que poderíamos construir ali.

Enquanto isso, as duas menininhas, Tori e Doe, estavam fazendo amizade e unindo seus pais. Eles eram suficientemente parecidos para chamar minha atenção. Tinham aproximadamente a mesma idade – o que significava que o homem havia se tornado pai quase tão jovem quanto a mulher havia se tornado mãe. Isso não era incomum, mas ele tomar conta de seu filho, sim.

É um latino negro, alto e magro, calado, protetor em relação ao filho, mas atencioso, de alguma maneira. Gosta de Emery. Percebi isso. Ainda assim, de certo modo, ele queria se afastar dela – e de nós. Quando deixamos a estrada para montar acampamento, ele seguiria em frente se sua filha não tivesse implorado e depois chorado para que ficassem conosco. Ele tinha os próprios alimentos, então eu disse que poderia acampar perto de nós, se quisesse. Duas coisas me ocorreram enquanto eu conversava com ele.

Primeiro, ele não gostou de nós. Isso era óbvio. Não gostou nada, nada de nós. Pensei que pudesse se ressentir de nossa presença porque éramos unidos e estávamos armados. Costumamos nos ressentir das pessoas que tememos. Eu disse a ele que fazíamos guardas, e que se ele pudesse lidar com isso, era bem-vindo. Ele deu de ombros e disse de seu modo suave e frio:

— Ah, sim.

Ele vai ficar. Sua filha quer e uma parte dele também, mas tem algo errado. Algo além da cautela do viajante comum.

A segunda coisa é apenas minha desconfiança. Acredito que Grayson e Doe Mora também eram escravos. Mas Grayson agora é um indigente rico. Ele tem dois sacos de dormir, comida, água e dinheiro. Se eu estiver certa, ele os pegou de alguém – ou do cadáver de alguém.

Por que eu acho que ele era escravo? Aquela estranha hesitação dele se parece muito com a de Emery. E Doe e Tori, apesar de não serem nada parecidas, entendem uma à outra como irmãs. Crianças pequenas conseguem isso às vezes, sem que queiram dizer qualquer coisa. Simplesmente ser crianças juntas basta. Mas nunca vi nenhuma, além de essas duas, mostrar a tendência de cair no chão e rolar em posição fetal quando assustadas.

Doe fez exatamente isso quando tropeçou e caiu, e Zahra se aproximou para ver se ela estava ferida. O corpo de Doe virou uma bola trêmula. Será que era isso, como Jill e Allie imaginavam, o que as pessoas faziam quando esperavam ser agredidas ou chutadas? Uma postura de proteção e submissão de uma vez?

— Tem alguma coisa errada com aquele cara — disse Bankole, olhando para Grayson enquanto nos deitávamos lado a lado. Tínhamos comido e ouvido mais sobre a história de Emery, e conversado um pouco, mas estávamos cansados. Eu tinha que escrever, e Travis e Jill estavam de guarda. Bankole, que tinha que montar guarda logo cedo com Zahra, só queria conversar. Ele se sentou ao meu lado e falou em meu ouvido com uma voz tão baixa, que se eu me afastasse dele, perderia suas palavras.

— Mora é muito assustado — disse ele. — Ele se retrai quando alguém se aproxima.

— Acho que é outro ex-escravo — falei com a voz igualmente baixa. — Pode ser que esse não seja o único problema dele, mas é o mais óbvio.

— Então, você também percebeu isso. — Ele passou o braço ao redor do me corpo e suspirou. — Concordo. Tanto ele quanto a criança.

— E ele não nos ama.

— Ele não confia em nós. E por que confiaria? Teremos que vigiar os quatro por um tempo. Eles são... esquisitos. Podem ser tolos o bastante para tentar pegar algumas de nossas coisas e fugir qualquer noite dessas. Ou pode ser só uma questão de coisas pequenas começarem a desaparecer. É mais provável que crianças acabem fazendo isso. Mas se os adultos ficarem, será pelo bem delas. Se pegarmos leve com as crianças e as protegermos, acho que os adultos serão leais conosco.

— Então nos tornamos a versão moderna de um grupo de *underground railroad*[1] — comentei.

Escravidão de novo – pior ainda do que meu pai pensava, ou pelo menos mais cedo. Ele acreditava que demoraria um pouco.

---

1 Rede clandestina pela qual escravizados fugiam para o norte dos Estados Unidos ou para o Canadá com o auxílio de abolicionistas. Posteriormente o termo se tornou emblemático na militância afroamericana. [N. E.]

— Nada disso é novo. — Bankole se acomodou contra mim. — No inicio dos anos 1990, enquanto eu estava na faculdade, ouvi a respeito de casos de agricultores fazendo isso: prendendo as pessoas contra sua vontade e forçando-as a trabalhar sem receber salário. Latinos na Califórnia, negros e latinos no sul... De vez em quando, alguém ia preso por isso.

— Mas a Emery disse que há uma nova lei... que diz que forçar as pessoas ou seus filhos a trabalharem para pagar dívidas que eles não conseguem evitar é legal.

— Talvez. É difícil saber em que acreditar. Eu acho que os políticos podem ter aprovado uma lei que poderia ser usada para apoiar a escravidão por dívida. Mas não soube nada a esse respeito. Qualquer pessoa suja o suficiente para ter escravos é suja o bastante para contar um monte de mentiras. Você percebe que os filhos daquela mulher foram vendidos como gado, e sem dúvida foram vendidos para prostituição.

Concordei.

— Ela também sabe.

— Sim. Meu Deus.

— As coisas estão ruindo cada vez mais. — Eu fiz uma pausa. — Mas garanto que se conseguirmos convencer ex-escravos de que eles podem ter liberdade conosco, ninguém vai lutar mais para mantê-la. Mas precisamos de armas melhores. E precisamos tomar muito cuidado... Não para de ficar cada vez mais perigoso aqui fora. Será ainda mais perigoso com aquelas menininhas por aí.

— Aquelas duas sabem ser quietas — disse Bankole.

— São coelhinhas, rápidas e silenciosas. É por isso que ainda estão vivas.

24

Respeite Deus:

Ore trabalhando.

Ore aprendendo,

planejando,

fazendo.

Ore criando,

ensinando,

ajudando.

Ore trabalhando.

Ore para focar seus pensamentos,

parar seus medos,

fortalecer seu propósito.

Respeite Deus.

Molde Deus.

Ore trabalhando.

— **Semente da Terra: os livros dos vivos**

Sexta-feira, 17 de setembro de 2027

Lemos alguns versículos e falamos sobre a Semente da Terra durante um tempo hoje cedo. Foi algo calmante de fazer – quase como a igreja. Precisávamos de algo calmante e reconfortante. Até mesmo as novas pessoas participaram, fazendo perguntas, pensando alto, aplicando os versículos às suas experiências.

Deus *é* Mudança e, no fim, Deus vence, *sim*. Mas temos algo a dizer a respeito dos quandos e porquês desse fim.

Pois é.

Tem sido uma semana péssima.

Tiramos tanto o dia de hoje quanto o de ontem para descansar. Talvez tiremos amanhã também. Preciso disso independentemente dos outros precisarem. Estamos todos doloridos e doentes, pesarosos e exaustos – mas ainda assim, triunfantes. É estranho sentir-se triunfante. Acho que é porque a maioria de nós ainda está viva. Somos uma colheita de sobreviventes. Mas isso é o que sempre fomos.

Vou contar o que aconteceu.

Em nossa parada de meio-dia na terça, Tori e Doe, as duas menininhas, se afastaram do grupo para urinar. Emery foi com elas. Ela meio que havia assumido a responsabilidade por Doe como sua filha também. Na noite anterior, ela e Grayson Mora tinham se afastado do grupo e passaram mais de uma hora longe. Harry e eu ficamos de guarda, e vimos quando eles se foram. Agora, eles eram um casal – um em cima do outro o tempo todo, mas afastados de todo o resto. Pessoas esquisitas.

Então, Emery levou as meninas para urinar, não muito longe. Do outro lado da encosta do monte e longe da vista, atrás de um monte de arbustos mortos e mato alto e seco. O restante de nós permaneceu comendo, bebendo e suando à pouca sombra que conseguimos encontrar num bosque de carvalhos que pareciam meio mortos. Muitos galhos tinham sido arrancados das árvores, certamente por pessoas que precisavam de lenha. Eu estava olhando para as feridas nas copas quando os gritos começaram.

Primeiro, vieram os altos, estridentes e finos das menininhas, depois ouvimos Emery gritando por socorro. E então, escutamos a voz de um homem, xingando.

A maioria de nós se sobressaltou sem pensar e correu em direção ao barulho. Enquanto eu me movimentava, peguei Harry e Zahra pelos braços para chamar a atenção deles. Em seguida, fiz um gesto para que voltassem para cuidar de nossas bolsas e de Natividad e Allie, que tinham ficado com as crianças. Harry estava com o rifle e Zahra segurava uma das Berettas, e naquele momento, os dois se ressentiram demais de mim. Não importa. Na hora, fiquei feliz por vê-los voltar. Eles poderiam nos cobrir, se fosse preciso, e impedir que fôssemos surpreendidos.

Encontramos Emery brigando com um homem grande e careca que havia agarrado Tori. Doe já estava correndo de volta para nós, gritando. Ela correu direto para os braços do pai. Ele a pegou no colo e correu em direção à estrada, e então se virou de volta em direção ao bosque de carvalhos e a nós. Havia outras pessoas carecas vindo da estrada. Como nós, elas corriam em direção aos gritos. Vi o metal brilhando entre elas – talvez fossem apenas facas. Talvez fossem armas. Travis também viu o grupo e gritou um alerta antes que eu pudesse fazê-lo.

Fiquei para trás, me apoiei em um dos joelhos, mirei minha .45 com as duas mãos e esperei ter a visão clara para atirar no agressor de Emery. O homem era muito mais alto do que ela, e sua cabeça e seus ombros estavam expostos, exceto onde Tori o cobria, recostada nele. A menininha parecia uma boneca que ele estava segurando com um dos braços. Emery era o problema. Ela, pequena e rápida, estava agredindo o homem, pulando em seu rosto, tentando alcançar seus olhos. Ele estava tentando proteger os olhos e derrubá-la ou jogá-la para longe dele. Com as duas mãos livres, poderia ser rápido o bastante para afastá-la, mas não soltaria Tori, que se debatia, e Emery não se deixava derrubar.

Por um instante, conseguiu afastar Emery dele. Naquele breve período, com meus ouvidos zunindo pelo golpe que ele deu, eu atirei.

Na hora eu percebi que o havia acertado. Ele não caiu, mas eu senti sua dor e fiquei imprestável por um tempo. Então, ele desabou, e eu caí com ele. Mas ainda conseguia enxergar e escutar, e permanecia com a arma.

Ouvi gritos. A gangue dos carecas da estrada estava quase nos alcançando – seis, sete, oito pessoas. Eu não podia fazer nada enquanto lidava com a dor, mas os vi. Instantes depois, quando o homem em quem atirei perdeu a consciência ou morreu, eu fiquei livre – e precisavam de mim.

Bankole estava com a única outra arma que tínhamos longe do acampamento.

Eu me levantei antes do que deveria, quase caí de novo, e então atirei em um segundo agressor para que se afastasse de Travis, que carregava Emery.

Caí de novo, mas não perdi a consciência. Vi Bankole agarrar Tori e quase lançá-la a Jill. Mas Jill a segurou, virou e correu de volta em direção ao acampamento com ela.

Bankole me alcançou, e eu pude me levantar e ajudá-lo a cobrir nossa retirada. Só tínhamos as árvores chamuscadas nas quais nos abrigar, mas elas possuíam troncos grossos e sólidos. Um agressor atirou várias vezes nelas quando as alcançamos.

Precisei de vários segundos para entender que alguém estava atirando em nós. Quando me dei conta, me joguei atrás das árvores com os outros e procurei a arma.

Nosso rifle foi usado atrás de mim antes que eu conseguisse ver qualquer coisa. Harry em ação. Ele atirou mais duas vezes. Eu mesma atirei duas vezes, mas mal consegui mirar, mal consegui me controlar. Acho que Bankole atirou. Então, fiquei perdida, não servia para mais nada. Morri com alguém. O tiroteio parou.

Morri com outra pessoa. Alguém pousou as mãos em mim e eu quase apertei o gatilho mais uma vez.

Bankole.

— Seu idiota! — sussurrei. — Quase matei você.

— Você está sangrando — disse ele.

Fiquei surpresa. Tentei me lembrar se eu tinha sido ferida. Talvez eu só tivesse caído em um pedaço de madeira pontiagudo. Não tinha noção de meu próprio corpo. Sentia dor, mas não sabia exatamente onde – nem mesmo se a dor era minha ou de outra pessoa. A dor era intensa, mas difusa, de algum modo. Eu me sentia... fora do corpo.

— Todo mundo está bem? — perguntei.

— Fique parada — disse ele.

— *Terminou, Bankole?*

— Sim. Os sobreviventes fugiram.

— Pegue minha arma, então, e entregue-a a Natividade... para o caso de eles decidirem voltar.

Acho que o senti pegar a arma de minha mão. Ouvi uma conversa abafada que não entendi muito bem. Foi quando percebi que estava perdendo consciência. Certo. Pelo menos, eu havia aguentado o suficiente para fazer algo bom.

Jill Gilchrist está morta.

Ela levou um tiro nas costas enquanto corria em direção às árvores, carregando Tori. Bankole não me disse, não queria que eu soubesse antes que fosse necessário porque, no fim, eu estava ferida. Tive sorte. Meu ferimento foi pequeno. Doía, mas, tirando isso, não importava muito. Jill não teve sorte. Eu soube de sua morte quando voltei a mim e ouvi o choro alto e rouco de Allie.

Jill havia levado Tori de volta às árvores, colocou-a no chão e então, sem emitir qualquer som, encolheu-se no chão como se buscasse proteção. Emery agarrou e abraçou Tori, chorando com ela de terror e alívio. Todas as outras pessoas estavam ocupadas, primeiro se protegendo, depois atirando e direcionando os tiros. Travis foi o primeiro a ver o sangue formar uma poça ao redor de Jill. Gritou para Bankole, então virou Jill de barriga para cima e viu o sangue saindo de um ferimento em seu peito. Bankole afirma que ela morreu antes que pudesse alcançá-la. Nenhuma palavra final, nem uma última olhada para a irmã, nem mesmo a confirmação de que ela havia salvado a menininha. E tinha mesmo. Tori estava com hematomas, mas bem. Todo mundo estava bem, menos Jill.

Meu ferimento, para ser sincera, foi um grande arranhão. Uma bala havia atravessado minha carne do lado esquerdo, causando um machucado pequeno, com muito sangue, alguns furos na minha camisa e muita dor. A ferida latejava mais do que uma queimadura, mas não me deixava incapacitada.

— Um machucado de nada — disse Harry quando ele e Zahra se aproximaram.

Estavam sujos e acabados, mas Harry tentou se animar por mim. Eles tinham acabado de ajudar a enterrar Jill.

O grupo, com suas mãos, gravetos e nossa machadinha, havia cavado uma cova rasa para ela enquanto eu estava inconsciente. Eles a colocaram entre as raízes das árvores, cobriram-na e rolaram pedras pesadas em cima da cova. As árvores poderiam tê-la, mas não os cães e os canibais.

O grupo havia decidido se deitar para passar a noite onde estávamos, apesar de os carvalhos não serem um bom acampamento para a noite por estarem perto demais da estrada.

— Você é muito tola e grande demais para carregar — Zahra me disse. — Então, descanse aí e deixe Bankole cuidar de você. Não que alguém pudesse impedi-lo.

— Você só está com um machucado de nada — Harry repetiu. — Naquele livro que comprei, as pessoas sempre levam tiros de raspão no braço ou no ombro, e não é nada demais, apesar de Bankole dizer que uma boa parte deles teria morrido de tétano ou alguma outra infecção.

— Obrigada pelo incentivo — falei.

Zahra fez cara feia para ele, e então deu um tapinha em meu braço.

— Não se preocupe — disse ela. — Nenhum germe vai passar por aquele velho. Ele está bem bravo com você por ter se machucado. Disse que se você tivesse juízo, teria ficado aqui nos fundos com as crianças.

— O quê?

— Olha, ele é velho — disse Harry. — O que se pode esperar?

Suspirei.

— Como está Allie?

— Chorando. — Ele balançou a cabeça. — Não deixa ninguém chegar perto dela além de Justin. Até mesmo ele fica tentando consolá-la. Ele se sente incomodado por ela estar chorando.

— Emery e Tori também estão meio abaladas — disse Zahra. — Eles são o outro motivo pelo qual não vamos sair daqui. — Ela fez uma pausa. — Ei, Lauren, você já notou alguma coisa esquisita nessas duas? Em Emery e Tori? E naquele cara, o Mora?

Alguma coisa se encaixou para mim, e eu suspirei de novo.

— Eles são compartilhadores, não são?

— Sim, todos eles, os adultos e as crianças. Você sabia?

— Só soube agora. Notei algo esquisito: a hesitação e a sensibilidade, não querer ser tocado, é a isso que me refiro. E todos eram escravos. Meu irmão Marcus me disse, certa vez, que compartilhadores dariam bons escravos.

— Aquele tal de Mora quer ir embora — disse Harry.

— Então, deixe-o ir — respondi. — Ele tentou escapar de nós antes dos tiros.

— Ele voltou. Até ajudou a cavar a cova de Jill. Ele quer que todos nós vamos embora. Disse que aquela gangue que afastamos vai voltar quando escurecer.

— Ele tem certeza?

— Sim. Está enlouquecendo, querendo tirar o filho daqui.

— Emery e Tori conseguem ir?

— Eu levo a Tori no colo — disse uma nova voz. — Emery consegue.

Grayson Mora, é claro. Visto pela última vez abandonando o barco.

Eu me levantei devagar. A lateral de meu corpo doía. Bankole havia limpado e enfaixado a ferida enquanto eu estava inconsciente, e isso tinha sido sorte. Mas agora, eu me sentia meio consciente, meio desgarrada de meu corpo. Sentia tudo, menos dor, como se estivesse protegida por uma camada grossa de algodão. Só que a dor era forte e real. Eu quase me senti grata por ela.

— Consigo andar — falei depois de tentar dar alguns passos. — Mas não muito bem. Não sei se consigo manter o ritmo de sempre.

Grayson Mora se colocou ao meu lado. Olhou para Harry como se quisesse que ele sumisse. Harry só olhou para ele.

— Quantas vezes você morreu? — perguntou Mora.

— Três, pelo menos — respondi, como se fosse uma conversa normal. — Talvez quatro. Nunca passei por isso assim antes, tantas vezes seguidas. Maluco. Mas você parece estar bem.

A expressão dele ficou mais séria, como se eu o tivesse estapeado. Claro, eu o havia insultado. Dissera "Onde você estava, homem e compartilhador, enquanto sua mulher e seu grupo estavam em perigo?" Era engraçado. Eu estava ali, falando uma língua que não tinha percebido que sabia.

— Precisei tirar Doe de uma situação perigosa — disse ele. — E estava sem arma, de qualquer modo.

— Você sabe atirar?

Ele hesitou.

— Nunca atirei antes — admitiu, falando baixo, num resmungo.

Mais uma vez, eu o havia envergonhado, mas agora, sem intenção.

— Quando te ensinarmos a atirar, você fará isso para proteger o grupo?

— Sim!

Mas, naquele momento, acho que ele teria preferido atirar em mim.

— Dói pra diabo — avisei.

Ele deu de ombros.

— A maioria das coisas dói.

Olhei em seu rosto magro e bravo. Será que todos os escravos eram tão magros – malnutridos, sobrecarregados e ensinados que a maioria das coisas dói?

— Você é desta área?

— Nasci em Sacramento.

— Então todos precisamos da informação que você pode nos dar. Mesmo sem uma arma, precisamos de você para nos ajudar a sobreviver aqui.

— Minha informação é que temos que sair daqui antes que aquelas coisas nos montes se pintem e comecem a atirar em pessoas e a colocar fogo nas coisas.

— Ah, merda — falei. — Então é isso que eles são.

— O que você achou que eles eram?

— Não tive chance de pensar neles. Não teria importado, de qualquer modo. Harry, vocês saquearam os mortos?

— Sim. — Ele deu um sorriso contido. — Pegamos outra arma, uma .38. Coloquei algumas coisas daqueles que você matou na sua bolsa.

— Obrigada. Não sei se ainda consigo levar minhas coisas. Talvez Bankole...

— Ele já colocou no carrinho dele. Vamos.

Nós saímos em direção à estrada.

— É assim que vocês fazem? — perguntou Grayson Mora, caminhando ao meu lado. — Quem mata, leva?

— Sim, mas não matamos a não ser que alguém nos ameace — falei. — Não caçamos pessoas. Não comemos carne humana. Lutamos juntos contra inimigos. Se um de nós estiver em perigo, o resto ajuda. E não roubamos uns dos outros. *Nunca*.

— Emery disse isso. A princípio, não acreditei nela.

— Vocês viverão como vivemos?

—... Sim. Acho que sim.

Hesitei.

— O que mais está acontecendo? Estou vendo que vocês não confiam em nós, nem mesmo agora.

Ele caminhou mais perto de mim, mas não me tocou.

— De onde veio aquele homem branco? — perguntou ele.

— Eu o conheço desde sempre — falei. — Ele, eu e os outros temos mantido uns aos outros vivos há muito tempo.

— Mas... ele e aqueles outros não sentem nada. Você é a única que sente.

— Chamamos de compartilhamento. Eu sou a única.

— Mas eles... Você...

— Nós ajudamos uns aos outros. Um grupo tem força. Uma ou duas pessoas são mais fáceis de roubar e matar.

— Pois é.

Ele olhou ao redor para os outros. Não havia muita confiança nem interesse em sua expressão, mas ele parecia mais relaxado, mais satisfeito. Parecia ter resolvido um problema.

Testando-o, eu me deixei tropeçar. Foi fácil. Eu ainda tinha aquela sensação leve nas pernas e nos pés.

Mora deu um passo para o lado. Ele não me tocou, nem ofereceu ajuda. Cara legal.

Deixei Mora, fui até Allie e caminhei com ela por um tempo. Seu pesar e seu ressentimento eram como um muro contra mim – contra todos, acredito, mas eu a estava incomodando no momento. E eu estava viva e a irmã dela, morta, que era o que restava de sua família, e por que eu simplesmente não sumia da sua frente?

Ela não disse nada. Só fingiu que eu não estava ali. Empurrou Justin no carrinho e secou as lágrimas do rosto rígido de vez em quando com um movimento rápido, como uma chicotada. Ela estava machucando a si mesma ao fazer aquilo. Esfregava o rosto forte e rápido demais, até ficar em carne viva. Ela também estava me machucando, e eu não precisava de mais dor. Mas permaneci com ela até suas defesas começarem a ruir sob uma nova onda de pesar paralisante. Ela parou de se ferir e simplesmente deixou as lágrimas descerem pelo rosto, deixou que caíssem em seu peito ou no asfalto rachado. Pareceu sobrecarregada por um peso repentino.

Nesse momento, eu a abracei. Apoiei as mãos em seus ombros e parei seu caminhar zonzo. Quando ela se virou para olhar para mim, hostil e magoada, eu a abracei. Ela poderia ter se afastado. Eu estava longe de me sentir forte naquele momento, mas depois de uma primeira tentativa de se afastar com raiva, segurou-se a mim e gemeu. Nunca ouvi ninguém gemer daquele jeito. Ela chorava e gemia ali no acostamento, e os outros pararam e nos esperaram. Ninguém disse nada. Justin começou a resmungar e Natividad voltou para confortá-lo. A mensagem sem palavras foi a mesma para a criança e para a mulher: "Apesar de sua perda e de sua dor, você não está sozinha. Você ainda tem pessoas que se importam com você e que querem que fique bem. Você ainda tem uma família".

Depois de um tempo, Allie e eu nos soltamos. Ela não é muito falante, principalmente na dor. Pegou Justin de Natividad, alisou os cabelos dele e o abraçou. Quando começamos a caminhar de novo, ela o carregou por um tempo, e eu empurrei o carrinho. Caminhamos juntas, e parecia não haver nada a ser dito.

Na estrada, havia uma quantidade enorme de pessoas caminhando em ambas as direções. Ainda assim, eu temi que um grupo grande como o nosso seria notado e localizável, independentemente do que acontecesse. Eu me preocupei porque não entendia o modo de agir de nossos agressores.

Algum tempo depois, quando Allie colocou Justin de novo no carrinho e o tirou de mim, eu comecei a caminhar com Bankole e Emery. Emery foi quem me explicou as coisas, e foi ela quem viu a fumaça do primeiro incêndio – sem dúvida por estar à procura dela. Não sabíamos com certeza, mas parecia que o fogo tinha começado lá atrás, onde tínhamos parado, no bosque de carvalhos.

— Eles incendiarão tudo — sussurrou Emery a Bankole e a mim. — Só vão parar depois de usarem toda a piro que têm. Durante toda a noite, vão incendiar as coisas. As coisas e as pessoas.

Piro, piromania. Aquela maldita droga do fogo de novo.

— Eles vão nos seguir? — perguntei.

Ela deu de ombros.

— Somos muitos, e você matou alguns deles. Acho que eles se vingarão de outros viajantes mais fracos. — Deu de ombros de novo. — Para eles, são tudo a mesma coisa. Um viajante é um viajante.

— Então, a menos que sejamos pegos por um dos incêndios deles…

— Estaremos bem, sim. Eles detestam todo mundo que não for eles. Teriam vendido minha Tori para comprar um pouco de piro.

Olhei para seu rosto marcado e inchado. Bankole havia lhe dado algo para a dor. Eu me senti grata por isso, e meio irada com ele por se recusar a me dar qualquer coisa. Ele não compreendeu meu entorpecimento e minha zonzeira no bosque, e isso o incomodou. Bem, pelo menos tinha passado. Que ele morresse três ou quatro vezes para ver como se sentiria. Não, fico feliz porque ele nunca vai saber como é. Não faz sentido. Aquela agonia breve e sem fim, sem parar. Não faz o menor sentido. Eu não paro de me perguntar como é possível que eu ainda esteja viva.

— Emery? — disse, mantendo a voz baixa.

Ela olhou para mim.

— Você sabe que sou uma compartilhadora.

Ela assentiu, e então olhou de soslaio para Bankole.

— Ele sabe — eu garanti a ela. — Mas... olha, você e Grayson são os primeiros compartilhadores que conheci que tiveram filhos. — Não havia motivos para dizer que ela, Grayson e os filhos deles eram os primeiros compartilhadores que eu tinha conhecido na vida. — Espero ter filhos um dia, por isso preciso saber... eles sempre herdam o compartilhamento?

— Um dos meus meninos não tinha — disse ela. — Alguns sentidores... compartilhadores... não podem ter filhos. Não sei por quê. E eu conheci alguns que tiveram dois ou três que não sentiam nada. Mas os chefes gostam de saber que sentimos.

— Aposto que sim.

— Às vezes... — ela continuou: — Às vezes eles pagam mais pelas pessoas que têm. Principalmente as crianças.

Os filhos dela. Mas apesar disso, eles levaram um menino que não era um compartilhador e deixaram uma menina que era. Quanto tempo teria demorado para que eles voltassem para pegar a menina? Talvez tivessem uma oferta lucrativa para os meninos como um par, por isso os venderam primeiro.

— Meu deus — disse Bankole. — Este país regrediu duzentos anos.

— As coisas eram melhores quando eu era pequena — disse Emery. — Minha mãe sempre dizia que elas voltariam a ficar boas. Que os bons tempos voltariam. Ela dizia que eles sempre voltavam. Meu pai balançava a cabeça e não dizia nada.

Ela olhou ao redor para ver onde Tori estava e a viu nos ombros de Grayson Mora. Então, viu outra coisa, e arfou, surpresa.

Acompanhamos seu olhar e vimos o fogo aparecendo acima dos montes atrás de nós – bem mais atrás, mas não muito. Era um incêndio novo, espalhando-se na brisa da noite seca. Ou as pessoas que tinham nos atacado havia nos seguido, ateando fogo, ou alguém as estava intimidando, imitando-as.

Continuamos em frente, movendo-nos mais depressa, tentando ver aonde poderíamos ir para ficar em segurança. Dos dois lados da estrada, havia grama seca e árvores vivas e mortas. Até aquele momento, o fogo estava apenas no lado norte.

Nós nos mantivemos no lado sul, torcendo para que fosse seguro. Havia um lago à frente, de acordo com meu mapa da região – Clear Lake era seu nome. O mapa mostrava que era grande, e a estrada o acompanhava pela costa norte por alguns quilômetros. Nós chegaríamos a ele logo. Em quanto tempo?

Calculei enquanto caminhávamos. No dia seguinte. Deveríamos conseguir acampar perto dele no dia seguinte à noite. Ainda ia demorar.

Passei a sentir o cheiro da fumaça. Era sinal de que o vento estava soprando o fogo na nossa direção?

Outras pessoas começaram a correr e a se manter do lado sul da estrada, seguindo para oeste. Ninguém seguia para o leste nesse momento. Ainda não havia caminhões, mas estava ficando tarde. Eles apareceriam em breve. E em breve deveríamos montar o acampamento para a noite. Será que nos arriscaríamos?

O lado sul ainda parecia livre de incêndios atrás de nós, mas no lado norte o fogo se esgueirava, não se aproximava mais, mas se recusava a ficar para trás.

Seguimos por um tempo, todos olhando para trás com frequência, cansados, alguns com dor. Pedi para pararmos e fiz um gesto para que saíssemos da estrada ao sul em um local onde havia espaço para nos sentarmos e descansarmos.

— Não podemos ficar aqui — disse Mora. — O fogo pode passar para a estrada a qualquer momento.

— Podemos descansar aqui por uns instantes — falei. — Podemos observar o fogo, e ele nos dirá quando é melhor começarmos a andar de novo.

— É melhor começarmos agora! — disse Mora. — Se esse fogo pegar velocidade, vai avançar mais depressa do que conseguimos correr! É melhor nos mantermos bem à frente dele!

— Melhor termos a força para nos mantermos à frente dele — falei, e peguei uma garrafa de água de minha bolsa e bebi. Estávamos à vista da estrada e estabelecemos como regra não comer nem beber em locais tão expostos, mas hoje a regra teve que ser suspensa. Ir para os montes, longe da estrada, poderia significar ser afastado da estrada pelo fogo. Não sabíamos quando nem onde um destroço em chamas soprado pelo vento poderia aterrissar.

Outros seguiram meu exemplo, beberam água e comeram um pouco de frutas secas, carne seca e pão. Bankole e eu dividimos com Emery e Tori. Mora parecia querer partir apesar de estarmos ali, mas a filha dele, Doe, estava meio adormecida no chão, apoiada em Zahra. Ele se abaixou ao lado dela e fez com que bebesse um pouco de água e comesse frutas.

— Pode ser que tenhamos que avançar a noite toda — disse Allie, com a voz quase suave demais para ser ouvida.

— Pode ser que seja o único descanso que tenhamos. — Se virou para Travis: — É melhor você colocar Dominic no carrinho com Justin quando ele terminar de comer.

Travis assentiu. Ele havia levado Dominic no colo até ali. Naquele momento, ele o acomodou com Justin.

— Vou empurrar o carrinho por um tempo — disse ele.

Bankole examinou meu ferimento, refez o curativo e, dessa vez, me deu algo para a dor. Enterrou os curativos cheios de sangue que havia retirado, cavando um buraco raso com uma pedra chata.

Emery, com Tori adormecida ao seu lado, olhou para ver o que Bankole estava fazendo comigo, e então se sobressaltou e desviou o olhar, levando a mão à lateral do próprio corpo.

— Não sabia que você tinha se ferido tanto — sussurrou.

— Não me feri tanto assim — falei, e me esforcei para sorrir. — Parece pior do que é com todo o sangue, mas não está ruim. Tenho muita sorte, comparada com a Jill. E não me impede de caminhar.

— Você não compartilhou nenhuma dor comigo enquanto estávamos caminhando — disse ela.

Assenti, feliz por saber que conseguia enganá-la.

— Está feio — falei —, mas não dói muito.

Ela pareceu se sentir melhor. Sem dúvida, estava mesmo. Se eu gemesse e resmungasse, os quatro gemeriam e resmungariam também. As crianças talvez até sangrassem comigo. Eu teria que tomar cuidado e continuar mentindo pelo menos enquanto o fogo fosse uma ameaça – ou enquanto eu conseguisse.

A verdade é que aqueles curativos empapados de sangue me assustaram muito e o ferimento doía mais do que nunca. Mas eu sabia que tinha que seguir em frente ou morrer incendiada. Depois de alguns minutos, os comprimidos de Bankole começaram a aliviar minha dor, e isso tornou o mundo todo mais fácil de tolerar.

Tivemos um descanso de cerca de uma hora antes de o fogo nos deixar nervosos demais para ficarmos parados. Então, nós nos levantamos e caminhamos. Naquele momento, em algum lugar atrás de nós, o fogo já tinha ido para a estrada. Agora, nem o lado norte nem o lado sul pareciam seguros. Até escurecer, só conseguimos ver fumaça nos montes atrás de nós. Era um muro aterrorizante, enorme, e que se movimentava.

Mais tarde, depois de escurecer, conseguimos ver o fogo subindo em nossa direção. Havia cães correndo pela estrada conosco, mas eles não prestaram atenção a nós. Gatos e veados nos ultrapassavam, e um gambá passou correndo. Era viver e deixar viver. Nenhum humano e nenhum animal era tolo o suficiente para perder tempo com ataques. Atrás de nós e ao norte, o fogo começou a ganhar força.

Colocamos Tori no carrinho e Justin e Dominic entre as pernas dela. Os bebês não acordaram enquanto nós os transportávamos. A própria Tori dormiu a maior parte do trajeto. Fiquei preocupada pensando que o carrinho poderia quebrar com o peso extra, mas ele aguentou. Travis, Harry e Allie se revezaram empurrando.

Colocamos Doe em cima das bolsas no carrinho de Bankole. Ela não estava confortável ali, mas não reclamou.

Passou mais tempo acordada do que Tori e havia andado sozinha a maior parte do trajeto desde nosso encontro com os supostos sequestradores. Era uma criança forte – filha de quem era, mesmo.

Grayson Mora ajudou a empurrar o carrinho de Bankole. Na verdade, quando Doe foi colocada ali, Mora o empurrou a maior parte do tempo. O cara não era simpático, mas em seu amor pela filha ele era admirável.

Em algum momento na noite sem fim, mais fumaça e cinzas do que nunca começaram a tomar o ambiente ao nosso redor, e me peguei pensando que talvez não conseguíssemos vencer. Sem parar, molhamos camisas, lenços, tudo o que tínhamos, e os amarramos sobre narizes e bocas.

O fogo aumentou e nos ultrapassou ao norte, chamuscando nossos cabelos e nossas roupas, fazendo com que a respiração se tornasse um esforço terrível. Os bebês acordaram e gritaram de medo e de dor, e então engasgaram e quase me derrubaram. Tori, chorando com a dor deles e com a própria, os abraçava e não deixava que tentassem sair do carrinho.

Pensei que fôssemos morrer. Acreditava que não havia como sobrevivermos àquele mar de fogo, de vento quente, de fumaça e de cinzas. Vi pessoas – desconhecidas – caindo, e nós as deixamos na estrada, esperando para serem tomadas pelo fogo. Parei de olhar para trás. Em meio ao rosnado do fogo, não conseguia ouvir se eles gritavam. Vi os bebês antes de Natividad cobri-los com trapos molhados. Sabia que eles estavam gritando. Depois, não consegui mais vê-los, o que foi uma benção.

Começamos a ficar sem água.

Não havia nada a fazer exceto continuar em movimento ou morrer queimado. O barulho terrível e ensurdecedor do fogo aumentava, depois diminuía e aumentava de novo, e então diminuía. Parecia que o fogo se afastava ao norte, para longe da estrada, e então chicoteava de novo na nossa direção.

Ele nos provocava como algo vivo e maligno, decidido a causar dor e terror. Nos conduzia à frente como cães perseguindo um coelho. Mas, apesar disso, não nos alcançou. Poderia ter alcançado, mas não alcançou.

No fim, a pior parte dele soprou para noroeste. Tempestade de fogo, Bankole a chamou depois. Sim. Como um tornado de fogo, rugindo naquela região, não nos levando por pouco, brincando conosco e então nos deixando viver.

Não podíamos descansar. Ainda havia fogo. Incêndios pequenos que podiam se tornar grandes, fumaça, uma fumaça que nos cegava e sufocava... Nenhum descanso.

Mas conseguimos diminuir o ritmo. Conseguimos emergir do pior da fumaça e das cinzas, e escapar das rajadas de vento quente. Conseguimos parar no acostamento por um momento e tossir em paz. Tossimos muito. Tossimos, engasgamos e ficamos com caminhos de fuligem no rosto marcados pelas nossas lágrimas. Foi inacreditável. Íamos sobreviver. Ainda estávamos vivos e juntos – chamuscados e arrasados, precisando muito de água, mas vivos. Nós conseguiríamos passar por aquilo.

Mais tarde, quando tivemos coragem, saímos da estrada, descarregamos minha bolsa no carrinho de Bankole e pegamos sua garrafa extra de água. Ele a puxou para fora. Nos disse que tinha aquela garrafa, sendo que poderia tê-la guardado para si.

— Vamos chegar ao Clear Lake em algum momento amanhã — falei. — Amanhã cedo, acho. Não sei até onde chegamos nem onde estamos agora, então imagino que chegaremos lá cedo. Mas está lá, esperando por nós amanhã.

As pessoas resmungavam, tossiam e tomavam goles da garrafa extra de Bankole. Era preciso tomar cuidado para que as crianças não bebessem demais. Dominic engasgou e começou a chorar de novo.

Acampamos onde estávamos, à vista da estrada. Dois de nós tinham que ficar acordados, de guarda. Eu me ofereci para fazer o primeiro horário porque estava sentindo dor demais para dormir. Peguei minha arma de volta com Natividad, conferi para ver se ela a tinha recarregado – tinha – e procurei ao redor por um parceiro.

— Vou montar guarda com você — disse Grayson Mora.

Isso me surpreendeu. Eu teria preferido alguém que soubesse usar uma arma – alguém em quem eu confiasse com uma arma.

— Não vou conseguir dormir enquanto você não dormir — disse ele. — Simples. Então, vamos colocar nossa dor para fazer algo útil.

Olhei para Emery e para as duas meninas para ver se elas tinham ouvido, mas pareciam já estar dormindo.

— Está bem — falei. — Temos que ficar atentos a desconhecidos e a incêndios. Dê um grito se vir algo incomum.

— Me dê uma arma — disse ele. — Se alguém se aproximar, posso pelo menos usá-la para assustar a pessoa.

No escuro? Até parece.

— Sem arma — falei. — Ainda não. Você ainda não sabe o suficiente.

Ele ficou olhando para mim por vários segundos, e então foi até Bankole. Ficou de costas para mim enquanto conversava com ele.

— Olha, você sabe que eu preciso de uma arma para fazer a guarda em um lugar como este. Ela não sabe como é. Pensa que sabe, mas não sabe.

Bankole deu de ombros.

— Se não puder fazer isso, cara, vá dormir. Um de nós fará a guarda com ela.

— Merda. — Mora repetiu a palavra de um jeito demorado e nojento. — Meeeerda. Assim que a vi, soube que ela era um homem. Só não sabia que ela era o único homem daqui.

Silêncio absoluto.

Doe Mora salvou a situação até onde podia ser salva. Naquele momento, ela apareceu atrás do pai e deu um tapinha em suas costas. Ele se virou, mais do que pronto para brigar, com tanta velocidade e fúria que a menininha gritou e deu um pulo para trás.

— O que diabos você está fazendo de pé? — ele gritou. — O que você quer?

Assustada, a menininha só ficou olhando para ele. Depois de um momento, ela estendeu o braço, oferecendo uma romã.

— Zahra disse que a gente pode comer isto — sussurrou ela. — Pode cortar?

Boa ideia, Zahra! Não me virei para olhar, mas sabia que ela estava observando. Nesse momento, todo mundo que ainda estava acordado estava observando.

— Todo mundo está cansado e todo mundo está dolorido — eu disse a ele. — Todo mundo, não só você. Mas conseguimos nos manter vivos trabalhando juntos sem fazer ou dizer coisas idiotas.

— E se isso não é bom o suficiente para você — acrescentou Bankole, com uma voz baixa e feia, tomada pela raiva —, amanhã você pode ir embora e encontrar um grupo com quem possa ficar. Um grupo machão demais para perder tempo salvando a vida de sua filha duas vezes num dia só.

Devia haver algo que valesse a pena em Mora. Ele não disse nada. Pegou sua faca e cortou a romã em quatro pedaços para Doe, e então ficou com metade dela porque a menina insistiu que era para ele comer. Eles se sentaram juntos e comeram a fruta suculenta, vermelha e cheia de sementes, e então Mora aconchegou Doe de novo e se ajeitou em um ponto onde, sem uma arma, deu início ao seu primeiro turno de guarda.

Não disse mais nada sobre armas e não pediu desculpas. Claro que não nos deixou. Para onde iria? Era um escravo fugido. Nós éramos a melhor coisa que ele tinha encontrado até então – o melhor que ele encontraria enquanto tivesse Doe consigo.

Não chegamos a Clear Lake na manhã seguinte. Para dizer a verdade, já era a manhã seguinte quando fomos dormir. Estávamos cansados e doloridos demais para acordar ao amanhecer – que chegou depressa no segundo turno. Só a necessidade de encontrar água nos fez partir naquele horário – às onze horas de uma manhã quente e esfumaçada.

Encontramos o cadáver de uma jovem quando voltamos para a estrada. Não havia nenhuma marca nela, mas estava morta.

— Quero as roupas dela — sussurrou Emery.

Ela estava perto de mim, caso contrário eu não a teria ouvido. A mulher morta tinha aproximadamente o tamanho dela e usava uma camisa de algodão e uma calça que pareciam quase novas. Estavam sujas, mas bem menos do que as roupas de Emery.

— Tire as roupas dela, então — falei. — Eu te ajudaria, mas não estou me sentindo muito bem hoje.

— Vou ajudá-la — sussurrou Allie.

Justin estava dormindo em seu carrinho com Dominic, por isso ela ficou livre para ajudar com as coisas comuns e indizíveis que agora fazíamos para viver.

A mulher morta não tinha nem sequer defecado ao morrer. Isso tornou o trabalho menos nojento do que poderia ter sido. Mas o *rigor mortis* já havia acontecido, e despi-la foi uma tarefa para duas pessoas.

Não havia ninguém além de nós naquele trecho da estrada, por isso Emery e Allie puderam fazer as coisas com calma. Não havíamos visto outros andarilhos naquela manhã.

Emery e Allie pegaram todas as peças de roupa, incluindo meias, roupas de baixo e botas, apesar de Emery achar que ficariam grandes nela. Não importa. Se ninguém pudesse usá-las, ela poderia vendê-las.

Na verdade, foram as botas que renderam a Emery o primeiro dinheiro que ela já tinha conseguido na vida. Na fazenda onde tinha sido escrava, ela apenas recebia em moeda da empresa, que só tinha valor na fazenda, e mesmo assim quase nenhum.

Costuradas do lado de dentro da língua de cada bota da mulher morta havia cinco notas de cem dólares – mil dólares no total. Tivemos que dizer a ela que aquilo era muito pouco. Se ela fosse cuidadosa e só fizesse compras nas lojas mais baratas, sem comer carne, trigo ou derivados de leite, talvez conseguisse se alimentar por duas semanas. Talvez alimentasse a ela e a Tori por uma semana e meia. Ainda assim, parecia uma fortuna para Emery.

Mais tarde naquele dia, quando chegamos ao Clear Lake – um lago muito menor do que eu esperava – encontramos uma loja bem pequena e cara, funcionando na parte de trás de um caminhão antigo perto de um monte de casebres meio incendiados e tombados. Vendia frutas, legumes, castanhas e peixe defumado. Todos tínhamos que comprar algumas coisas, mas Emery gastou muito em peras e castanhas para todo mundo. Ela se alegrava distribuindo esses itens, por poder ser capaz de nos dar algo em troca. Ela é bacana. Vamos ter que ensinar sobre compras e sobre o valor do dinheiro, mas ela tem valor, a Emery. E decidiu que é uma de nós.

Domingo, 26 de setembro de 2027

De algum modo, chegamos à nossa casa nova – à terra de Bankole nos montes costeiros do condado de Humboldt. A estrada – U.S.101 – fica ao leste e ao norte de nós, e Cabo Mendocino e o mar ficam a oeste. Alguns quilômetros ao sul existem parques estaduais repletos de sequoias gigantes e hordas de vasculhadores. Mas a terra que nos cerca é mais vazia e selvagem do que qualquer outra que vimos. Ela está toda coberta por mato seco, árvores e tocos de árvores, todos muito distantes de qualquer cidade, e a uma longa caminhada das cidadezinhas que pontuam a estrada. Há cultivo por aqui, árvores e pessoas vivendo isoladas. De acordo com Bankole, é melhor cuidar da própria vida e não prestar muita atenção a como as pessoas em lotes vizinhos de terra ganham as delas. Se eles sequestram caminhões na 101, se plantam maconha, se destilam uísque ou produzem substâncias ilegais mais complexas... Bem, viva e deixe viver.

Bankole nos guiou por uma rua estreita de asfalto que logo se tornou uma de terra. Vimos alguns campos cultivados, algumas cicatrizes deixadas por incêndios do passado ou pelo desmatamento, e muitas terras que pareciam sem uso. A estrada tinha quase desaparecido quando chegamos ao final dela. Boa para o isolamento. Ruim para trazer e levar coisas. Ruim para ser percorrida de um lado a outro para conseguirmos trabalho. Bankole dissera que seu cunhado tinha que passar muito tempo em diversas cidades, longe da família. Agora ficava mais fácil de entender. Não existe a possibilidade de vir para casa a cada dois dias. Então, o que fazer para economizar dinheiro? Dormir nas portas de casas ou em parques da cidade? Talvez valesse a inconveniência se fosse possível manter a família unida e segura – longe dos malucos, desesperados e viciados.

Ou foi o que pensei quando chegamos à encosta onde ficava a casa da irmã de Bankole e onde os anexos deveriam estar.

Não havia casa nenhuma. Não havia anexo nenhum. Não havia quase nada: uma mancha escura e ampla na encosta; algumas tábuas chamuscadas saindo dos destroços, umas recostadas nas outras; e uma chaminé alta de tijolos, escura e solitária como um túmulo na foto de um cemitério de estilo antigo. Um túmulo em meio aos ossos e às cinzas.

25

Não crie imagens de Deus.
Aceite as imagens
que Deus ofereceu.
Elas estão em todas as partes,
Em tudo.
Deus é Mudança...
Semente para a árvore,
árvore para a floresta;
Chuva para o rio,
rio para o mar;
Larvas para abelhas,
abelhas para a colmeia.
De uma, muitas;
de muitas, uma;
Para sempre unidas, crescendo, se dissolvendo...
sempre Mudando.
O universo
é o autorretrato de Deus.

— Semente da Terra: os livros dos vivos

Sexta-feira, 1º de outubro de 2027

Temos discutido a semana toda se devemos ou não ficar aqui com os ossos e as cinzas.

Encontramos cinco crânios – três no que sobrou da casa e dois do lado de fora. Havia outros ossos espalhados, mas não um esqueleto completo. Os cães os atacaram – cães e canibais, talvez. O incêndio aconteceu há tempo suficiente para que as ervas daninhas começassem a aparecer nos destroços. Dois meses atrás? Três? Alguns dos vizinhos distantes poderiam saber. Alguns dos vizinhos distantes podiam ter ateado o fogo.

Não havia como ter certeza, mas eu imaginei que os ossos pertencessem à irmã e à família de Bankole. Acho que ele pensou a mesma coisa, mas não conseguia simplesmente enterrar os ossos e esquecer a irmã. Um dia depois de nossa chegada, ele e Harry foram a Glory, a cidadezinha mais próxima pela qual tínhamos passado, para conversar com os policiais da região. Eles eram, ou diziam ser, policiais da delegacia. Fico me perguntando o que é preciso fazer para se tornar policial. Fico me perguntando o que é um distintivo, além de uma licença para roubar. O que já tinha sido, para fazer com que pessoas da idade de Bankole quisessem confiar nele. Eu sei o que os velhos livros dizem, mas, ainda assim, fico em dúvida.

Os policiais praticamente ignoraram a história e as perguntas de Bankole. Não anotaram nada, disseram não saber nada. Trataram Bankole como se duvidassem que ele tinha uma irmã ou que ele fosse quem dizia ser. Tantas carteiras de identidade roubadas hoje em dia. Eles o revistaram e pegaram o dinheiro que ele levava. Taxas dos serviços da polícia, segundo eles. Ele tomara o cuidado de levar apenas o que pensava ser suficiente para mantê-los simpáticos, mas não o suficiente para deixá-los desconfiados ou mais gananciosos do que já eram. O resto – um pacote considerável – ele deixou comigo. E confiava o suficiente em mim para fazer isso. A arma ele deixou com Harry, que tinha ido fazer compras.

Prisão para Bankole podia ter significado ser vendido para um período de trabalho árduo e sem pagamento – escravidão. Talvez, se ele fosse mais jovem, os policiais poderiam ter pegado seu dinheiro e o prendido de qualquer modo, inventando uma acusação qualquer. Eu havia implorado para ele não ir, para não confiar em *nenhum* policial ou oficial do governo. Para mim, essas pessoas não eram melhores do que as gangues que roubavam e escravizavam.

Bankole concordou comigo, mas insistiu em ir.

— Ela era minha irmã menor — disse ele. — Tenho que pelo menos tentar descobrir o que aconteceu com ela. Preciso saber quem fez isso. Mais do que tudo, preciso saber se um de seus filhos pode ter sobrevivido. Um ou mais daqueles crânios podem ser dos incendiários. — Ele olhou para a coleção de ossos. — Tenho que correr o risco de ir à delegacia — continuou. — Mas você, não. Não quero você comigo. Não quero que eles tenham ideias quando te virem, e podem acabar descobrindo, por acidente, que você é uma compartilhadora. Não quero que a morte de minha irmã custe sua vida ou sua liberdade.

Brigamos por causa disso. Temi por ele, ele temeu por mim, e nós dois ficamos bravos como nunca um com o outro. Eu estava morrendo de medo de ele ser morto ou preso, e de que nunca descobríssemos o que havia acontecido. Ninguém deveria viajar sozinho nesse mundo.

— Olha — disse ele por fim —, você pode ajudar aqui com o grupo. Você ficará com uma das quatro armas restantes aqui, e sabe como sobreviver. Precisam de você aqui. Se os policiais decidirem que me querem preso, você não vai conseguir fazer nada. Pior, se decidirem que querem você, eu não poderei fazer nada além de me vingar e ser morto por isso.

Aquilo fez com que eu me acalmasse – o pensamento de que eu podia causar sua morte em vez de lhe dar suporte. Eu não acreditava muito nisso, mas me acalmou um pouco. Harry se intrometeu naquele momento e disse que iria. Queria ir, de qualquer forma. Podia comprar algumas coisas para o grupo e queria procurar emprego. Queria ganhar uma grana.

— Farei o que puder — disse ele para mim antes de partirem. — Ele não é um velho ruim. Vou trazê-lo de volta para você.

Os dois trouxeram um ao outro de volta, Bankole voltou algumas centenas de dólares mais pobre, e Harry ainda sem emprego – mas trouxeram de volta suprimentos e algumas ferramentas de mão. Bankole não sabia mais do que antes, quando deixara sua irmã e a família dela, mas os policiais disseram que viriam investigar o fogo e os ossos.

Ficamos preocupados pensando que, mais cedo ou mais tarde, eles poderiam aparecer. Ainda estamos de olho para ver se chegam, e escondemos – enterramos – a maior parte das coisas de valor que temos. Queremos enterrar os ossos, mas não ousamos fazer isso. Isso está incomodando Bankole. Incomodando muito. Sugeri que fizéssemos um funeral para enterrar os ossos. Que se danem os policiais. Mas ele se negou. Disse que é melhor provocá-los o menos possível. Se eles viessem, cometeriam danos o suficiente com os roubos. Era melhor não dar a eles motivo para fazer mais.

Há um poço com uma bomba antiga à manivela embaixo dos destroços de uma construção. Ainda funciona. A bomba movida a energia solar perto da casa, não mais. Não poderíamos ficar aqui por muito tempo sem uma fonte de água confiável.

Mas com o poço, é difícil partir – difícil se afastar do possível santuário –, apesar dos incendiários e dos policiais.

Bankole é dono dessa terra, de forma justa e desimpedida. Há um jardim enorme parcialmente destruído, além de árvores cítricas cheias de frutas ainda verdes. Já estamos colhendo cenouras e plantando batatas aqui. Há muitas outras árvores frutíferas e castanheiras, além de pinheiros, sequoias e abetos de Douglas. Nenhuma delas era muito grande. Essa área foi desmatada algum tempo antes de Bankole comprá-la. Ele diz que foi totalmente limpa nos anos 1980 e 1990, mas que podemos usar as árvores que cresceram aqui desde então, e plantar mais. Podemos construir um abrigo, fazer um jardim de inverno com as sementes que trago e coleto desde que saímos de casa. Sim, muitas delas são antigas, eu não as renovei com a frequência com que deveria enquanto estava em casa. Estranho eu não ter feito isso. As coisas foram piorando cada vez mais em casa, mas eu fui prestando cada vez menos atenção ao pacote que serviria para salvar minha vida quando a turba viesse. Havia tantas outras coisas com que nos preocuparmos – e eu acho que estava em uma espécie de negação, tão ruim quanto a de Cory ou a da mãe de Joanne. Mas tudo isso mais parece uma história antiga. Agora tínhamos outras coisas com o que nos preocupar. O que faríamos agora?

— Acho que não conseguiremos sobreviver aqui — disse Harry mais cedo quando nos sentamos ao redor da fogueira.

Deveria haver algo de alegre em se reunir ao redor de uma fogueira com amigos e a barriga cheia. Até comemos carne esta noite, carne fresca. Bankole pegou o rifle e partiu sozinho por um tempo. Quando voltou, trouxe três coelhos que Zahra e eu limpamos e assamos. Também assamos a batata doce que tínhamos colhido da horta. Deveríamos estar satisfeitos. Mas só voltamos ao que havia se tornado uma velha discussão nos últimos dias. Talvez fossem os ossos e as cinzas mais à frente que estavam nos incomodando. Tínhamos acampado fora de vista da área queimada na esperança de recuperar um pouco de paz de espírito, mas não tinha ajudado. Eu estava pensando que deveríamos encontrar uma maneira de pegar alguns coelhos selvagens vivos e criá-los para termos um suprimento certo de carne. Seria possível? Por que não, se ficarmos aqui? E deveríamos ficar.

— Nada que encontremos mais ao norte será melhor ou mais seguro do que isto — falei. — Será difícil viver aqui, mas se trabalharmos juntos e tomarmos cuidado, deve ser possível. Podemos construir uma comunidade aqui.

— Ai, Deus, lá vem ela com a merda da Semente da Terra de novo — disse Allie. Mas ela deu um sorrisinho ao dizer isso. O que foi bom. Ela não vinha sorrindo muito ultimamente.

— Podemos construir uma comunidade aqui — repeti. — É perigoso, com certeza, mas, que inferno, todo lugar é perigoso, e quando mais pessoas estiverem reunidas nas cidades, mais perigoso vai ser. Este é um lugar ridículo para a construção de uma comunidade. É isolado, fica a quilômetros de tudo, sem uma estrada decente que dê acesso a ele, mas para nós, por enquanto, é perfeito.

— Exceto que alguém ateou fogo a este lugar da última vez — disse Grayson Mora. — Qualquer coisa que construirmos aqui se torna um alvo por si só.

— Qualquer coisa que construirmos *em qualquer lugar* se torna um alvo — rebateu Zahra. — Mas as pessoas aqui antes… Sinto muito, Bankole, preciso dizer: elas não tinham como montar guarda direito. Um homem, uma mulher e três crianças. Eles deviam trabalhar muito o dia todo, e então dormiam à noite. Teria sido difícil demais para apenas dois adultos tentarem ficar de guarda, metade da noite para cada um.

— Eles não ficavam de guarda — disse Bankole. — Mas teremos que fazer. E seria bom ter alguns cães. Se conseguirmos pegá-los ainda filhotes e treiná-los para cuidar do terreno...

— Dar carne aos cães? — perguntou Mora, irritado.

— Não logo. — Bankole deu de ombros. — Só quando tivermos o suficiente para nós. Mas se tivermos cães, eles nos ajudarão a manter o resto de nossas coisas.

— Eu não daria nada a um cão além de um tiro ou uma pedrada — disse Mora. — Já vi cães comerem uma mulher.

— Não há empregos naquela cidade à qual Bankole e eu fomos — disse Harry. — Não havia nada. Nem mesmo trabalho em troca de casa e comida. Perguntei na cidade inteira. Ninguém nem sabia de nada.

Franzi o cenho.

— As cidades por aqui são todas próximas da estrada — falei. — Deve ter muita gente passando, procurando um lugar onde se estabelecer, ou talvez um lugar onde roubar, estuprar e matar. Os moradores da região não receberiam bem novas pessoas. Não confiariam em ninguém que não conhecessem.

Harry olhou para mim e então para Bankole.

— Ela tem razão — disse Bankole. — Meu cunhado teve dificuldade antes de as pessoas começarem a se acostumar com ele, e veio para cá antes das coisas ficarem tão ruins. Ele sabia fazer serviço de encanador, carpinteiro, eletricista e mecânico. É óbvio que o fato de ser negro não ajudava. Ser branco pode ajudar você a conquistar as pessoas mais depressa do que ele. Mas acho que qualquer dinheiro que façamos aqui virá da terra. Os alimentos são ouro hoje em dia, e podemos cultivar aqui. Temos armas para nos proteger, então podemos vender nossas plantações em cidades próximas ou na estrada.

— Se sobrevivermos tempo suficiente para cultivar o que quer que seja para vender — murmurou Mora. — Se tivermos água suficiente, se os insetos não comerem nossas plantações, se ninguém nos incendiar como fizeram com aquelas pessoas além dos montes. Se, se, se!

Allie suspirou.

— Porra, vai ser "se, se, se" em qualquer lugar que você vá. Este lugar não é tão ruim.

Ela estava sentada em seu saco de dormir, com a cabeça de Justin, que dormia, no colo. Enquanto falava, acariciava os cabelos do menino. E me ocorreu, não pela primeira vez, que por mais que Allie quisesse parecer durona, aquele menininho era essencial para ela. As crianças eram essenciais para a maioria dos adultos presentes.

— Não existem garantias em lugar nenhum — concordei. — Mas se estivermos dispostos a trabalhar, nossas chances aqui são boas. Tenho algumas sementes em minha bolsa. Podemos comprar mais. O que temos que fazer neste momento é mais parecido com jardinagem do que com agricultura. Tudo terá que ser feito à mão: adubação, irrigação, a retirada de ervas daninhas, a coleta de minhocas, insetos ou qualquer outra coisa das plantações, e teremos que matá-los um a um se for preciso. Quanto à água, se nosso poço ainda tem água agora, em outubro, acho que não precisamos nos preocupar com a falta dela. Não neste ano, pelo menos. E se as pessoas nos ameaçarem ou ameaçarem nossos cultivos, nós as mataremos. É isso. Nós as matamos ou elas nos matam. E se trabalharmos juntos, podemos nos defender e proteger as crianças. A primeira responsabilidade de uma comunidade é proteger suas crianças. As que temos agora e as que ainda teremos.

Fizemos silêncio por um tempo, enquanto as pessoas foram digerindo e talvez fazendo a análise do que deveriam esperar se deixassem esse lugar e seguissem em direção ao norte.

— Deveríamos decidir — falei. — Temos o que construir e plantar aqui. Temos que comprar mais alimentos, mais sementes e ferramentas. — Era o momento de ser direta. — Allie, você vai ficar?

Ela olhou para mim do outro lado da fogueira apagada. Olhou intensamente, como se esperasse ver algo em meu rosto que lhe desse uma resposta.

— Quais sementes você tem? — perguntou ela.

Respirei fundo.

— A maioria delas é de coisas de verão: milho, pimentão, girassol, berinjela, melão, tomate, feijão e abóbora. Mas tenho algumas de inverno: ervilhas, cenouras, repolho, brócolis, moranga, cebola, aspargo, ervas, vários tipos de verduras... Podemos comprar mais, e temos as coisas que restaram nesta horta, além do que podemos colher dos carvalhos, pinheiros e das árvores cítricas. Também trouxe sementes de árvores: mais carvalho, limão, pêssego, pera, nectarina, amêndoa, castanha e algumas outras. Durante alguns anos, não terão nenhuma utilidade, mas são um baita investimento para o futuro.

— Assim como uma criança — disse Allie. — Não pensei que eu fosse tola o suficiente para dizer isso, mas sim, vou ficar. Também quero construir algo. Nunca pude construir nada antes.

Allie e Justin eram um sim, então.

— Harry? Zahra?

— É claro que vamos ficar — disse Zahra.

Harry franziu o cenho.

— Espere aí, não temos que ficar.

— Eu sei. Mas vamos. Se conseguirmos fazer uma comunidade como Lauren diz e se não tivermos que trabalhar para desconhecidos e confiar neles quando não podemos confiar, então devemos montar a comunidade. Se você cresceu onde eu cresci, saberia que devemos fazer isso.

— Harry — falei. — Conheço você desde sempre. Você é o que tenho mais próximo de um irmão. Não está mesmo pensando em ir embora, não é?

Não era o melhor argumento do mundo. Ele tinha sido primo e namorado de Joanne, e a deixou partir quando poderia ter ido com ela.

— Quero algo meu — disse ele. — Terra, uma casa, talvez uma loja ou um pequeno sítio. Algo que seja meu. Esta terra é do Bankole.

— Sim — disse Bankole. — E você vai ter o usufruto dela sem pagar nada, e toda a água de que precisar. Quanto essas coisas custarão no norte? Isso se for possível consegui-las lá, e se conseguir sair da Califórnia.

— Mas não tem trabalho aqui!

— Não tem outra coisa que não seja trabalho aqui, rapaz. Trabalho e muita terra barata. Quanto você acha que a terra vai custar onde você e o resto do mundo querem chegar?

Harry pensou nisso, e então estendeu as mãos.

— Eu me preocupo com a possibilidade de gastarmos todo o nosso dinheiro e então descobrir que não conseguimos sobreviver aqui.

Assenti.

— Também pensei nisso, e me incomoda. Mas é uma possibilidade em qualquer lugar, você sabe. Você poderia se estabelecer em Oregon ou Washington, não conseguir um emprego e ficar sem dinheiro. Ou poderia ser forçado a trabalhar nas condições em que Emery e Grayson viveram. Afinal, com rios de gente seguindo em direção ao norte, procurando trabalho, os empregadores podem escolher e pagar o que sentem vontade de pagar.

Emery abraçou Tori, que estava sonolenta ao seu lado.

— Você pode conseguir emprego dirigindo — disse ela. — Eles gostam de homens brancos para dirigir. Se souber ler e escrever, e se fizer o trabalho direito, pode ser contratado.

— Não sei dirigir, mas posso aprender — disse Harry. — Você está falando sobre dirigir aqueles caminhões grandes e blindados, certo?

Emery parecia confusa.

— Caminhões? Não, eu me refiro a dirigir pessoas. Fazer com que trabalhem. Fazer com que trabalhem mais depressa. Fazer com que façam... o que o dono mandar.

A expressão de Harry passou de esperançosa para horrorizada, e depois indignada.

— Santo Deus, você acha que eu faria isso?! Como pode achar que eu faria algo desse tipo?

Emery deu de ombros. Fiquei assustada por ver que ela podia ser indiferente em relação a algo assim, mas parecia realmente ser.

— Algumas pessoas acham que é um bom trabalho — disse ela. — O último que tivemos, ele fazia alguma coisa com computadores. Não sei o que. A empresa dele faliu e ele conseguiu um trabalho para nos dirigir. Acho que ele gostava.

— Em... — disse Harry. Ele passou a falar mais baixo e esperou até ela olhar para ele. — Está me dizendo que acha que eu gostaria de ter um emprego mandando em escravos e tirando os filhos deles?

Ela olhou para ele, analisando seu rosto.

— Espero que não — disse. — Às vezes, empregos como esse são os únicos: escravo ou quem dirige escravos. Fiquei sabendo que deste lado da fronteira do Canadá, há muitas fábricas com empregos assim.

Franzi o cenho.

— Fábricas que usam trabalho escravo?

— Sim. Os trabalhadores fazem coisas para empresas no Canadá e na Ásia. Não ganham muito dinheiro, por isso entram em dívidas. E se machucam ou adoecem também. A água que bebem não é limpa e as fábricas são perigosas, cheias de veneno e máquinas que machucam ou cortam as pessoas. Mas elas acham que conseguem ganhar um dinheiro e depois parar. Trabalhei com algumas mulheres que tinham ido lá, deram uma olhada e voltaram.

— E você estava indo para lá? — perguntou Harry.

— Não para trabalhar nesses lugares. As mulheres me alertaram.

— Eu ouvi falarem de lugares assim — disse Bankole. — Dizem que dão emprego para aquele rio de pessoas que segue para o norte. O presidente Donner é a favor deles. Os trabalhadores são mais descartáveis do que escravos. Eles inspiram fumaça tóxica, bebem água contaminada ou são feridos em máquinas sem proteção... Não importa. São fáceis de substituir: milhares de desempregados para cada vaga.

— Trabalhos de fronteira — disse Mora. — Nem todos são muito ruins. Soube que alguns pagam salário com dinheiro, não letras de câmbio.

— É o que quer fazer? — perguntei. — Ou quer ficar aqui?

Ele olhou para Doe, que ainda estava mordiscando um pedaço de batata doce.

— Quero ficar aqui — disse ele, surpreendendo-me. — Não sei se existe a menor possibilidade de construirmos alguma coisa aqui, mas você é maluca o suficiente para fazer dar certo.

E se não desse, ele não ficaria pior do que estava quando fugiu da escravidão. Podia roubar alguém e continuar sua jornada em direção ao norte. Ou talvez não. Eu vinha pensando em Mora. Ele se esforçava muito para manter as pessoas longe dele – para impedir que soubessem mais sobre ele, que vissem o que ele estava sentindo, ou soubessem que estava sentindo qualquer coisa que fosse – um compartilhador do sexo masculino, desesperado para esconder sua terrível vulnerabilidade? Compartilhar seria mais difícil para um homem. Como meus irmãos teriam sido como compartilhadores? Estranho eu não ter pensado nisso antes.

— Que bom que você vai ficar. Precisamos de você. — Olhei para Travis e para Natividad. — Também precisamos de vocês. Vão ficar, não vão?

— Você sabe que sim — disse Travis. — Mas acho que concordo mais do que gostaria com Mora. Não sei se temos chance de sucesso aqui.

— Teremos o que pudermos moldar — falei.

Foi quando me virei para olhar para Harry. Ele e Zahra estavam cochichando. Ele olhou para mim.

— Mora tem razão — disse ele. — Você é maluca.

Suspirei.

— Mas estamos em um momento louco — ele continuou. — Talvez você seja o que o momento pede, ou o que precisamos. Vou ficar. Posso me arrepender, mas vou ficar.

Agora a decisão está tomada e podemos parar de discutir sobre isso. Amanhã vamos começar a preparar um jardim de inverno. Semana que vem iremos à cidade comprar ferramentas, mais sementes e equipamentos. Além disso, está na hora de construirmos um abrigo. Há árvores em quantidade suficiente nesta área, e podemos cavar o chão e os montes. Mora afirma que já construiu casas para escravos. Diz que está disposto a construir algo melhor, algo adequado para os seres humanos. Além disso, aqui no norte e tão perto da costa, pode ser que tenhamos chuva.

Domingo, 10 de outubro de 2027

Hoje, fizemos um funeral para os mortos de Bankole – as cinco pessoas que morreram no incêndio. Os policiais não vieram. Por fim, Bankole decidiu que eles não virão e que está na hora de a irmã e a família dela terem um enterro decente. Reunimos todos os ossos que encontramos e, ontem, Natividad os enrolou em um xale que ela havia tricotado anos antes. Era a peça mais linda que ela tinha.

— Uma coisa assim deveria servir aos vivos — disse Bankole quando ela o ofereceu.

— Você está vivo — disse Natividad. — Eu gosto de você. Gostaria de ter conhecido sua irmã.

Ele olhou para ela por um tempo. Em seguida, pegou o xale e a abraçou. E então, começando a chorar, ele foi sozinho até as árvores, fora de vista. Eu o deixei sozinho por cerca de uma hora e então fui atrás dele de novo.

Eu o encontrei, sentado em um tronco caído, secando o rosto. Fiquei sentada com ele, sem dizer nada. Depois de um tempo, ele se levantou, esperou que eu me levantasse e então voltou em direção ao nosso acampamento.

— Gostaria de dar a eles um bosque de carvalhos — falei.
— Árvores são melhores do que pedra: vida comemorando vida.

Ele olhou para mim.

— Está bem.

— Bankole?

Ele parou e olhou para mim com uma expressão que não entendi.

— Nenhum de nós a conhecia — falei. — Gostaria que nós a tivéssemos conhecido. Eu gostaria de tê-la conhecido, por mais que eu a surpreendesse.

Ele conseguiu sorrir.

— Ela teria olhado para você, e então para mim, e depois, bem na sua frente, acho que ela teria dito: "Bom, não existe um tonto maior do que um tonto velho". Depois que desabafasse, acho que ela teria gostado de você.

— Você acha que ela poderia suportar... ou perdoaria se tivesse companhia agora?

— O quê?

Respirei fundo e me perguntei o que estava prestes a dizer. Poderia sair errado. Ele poderia entender errado. Ainda assim, precisava ser dito.

— Vamos enterrar seus mortos amanhã. Acho que você está certo em querer fazer isso. E que devemos enterrar nossos mortos também. A maioria de nós teve que se afastar, ou fugir, dos que não foram incinerados ou enterrados. Amanhã, deveríamos nos lembrar de todos eles, e colocá-los para descansar, se pudermos.

— Sua família?

Assenti.

— A minha, a da Zahra, a de Harry, a de Allie... tanto o filho quanto a irmã dela. Talvez os filhos de Emery, talvez outros sobre os quais eu não saiba. Mora não fala muito sobre si, mas ele deve ter perdas. A mãe de Doe, talvez.

— Como quer fazer isso? — perguntou ele.

— Cada um de nós terá que enterrar os próprios mortos. Nós os conhecíamos. Podemos encontrar as palavras.

— Palavras da Bíblia, talvez?

— Quaisquer palavras, lembranças, frases, pensamentos, canções... Meu pai teve um enterro, apesar de nunca termos encontrado seu corpo. Mas meus três irmãos mais novos e minha madrasta não tiveram nada. Zahra os viu morrer, caso contrário, eu não teria ideia do que havia acontecido com eles. — Pensei por um momento. — Tenho bolotas em número suficiente para que cada um de nós plante carvalhos para nossos mortos. O suficiente para plantar um para a mãe de Justin, também. Estou pensando em uma cerimônia bem simples. Mas todos deveriam ter chance de falar. Até mesmo as duas menininhas.

Ele assentiu.

— Não me oponho de modo algum. Não é uma ideia ruim. — E completou depois de mais alguns passos: — Houve tantas mortes. Há tantas mais para acontecer.

— Não para nós, espero.

Ele passou um tempo sem dizer nada. Então parou e apoiou a mão em meu ombro para me fazer parar. A princípio, só ficou olhando para mim, quase analisando meu rosto.

— Você é tão jovem — disse. — É quase criminoso que seja tão jovem nessa época tão horrorosa. Queria que você tivesse conhecido este país quando ainda tinha chances de ser salvo.

— Pode ser que ele sobreviva — falei. — Mudado, mas ainda o mesmo país.

— Não. — Ele me puxou para ficar ao lado dele e me abraçou. — Os seres humanos sobreviverão, é claro. Alguns outros países sobreviverão. Talvez absorvam o que restou de nós. Ou talvez apenas nos separemos em muitos estados discutindo e brigando uns com os outros pelas migalhas que sobraram. Isso quase aconteceu agora, com os estados que estão se fechando uns dos outros, tratando os limites entre eles como fronteiras de países. Por mais inteligente que seja, não acho que você compreenda o que perdemos. Talvez isso seja uma benção.

— Deus é Mudança — falei.

— Olamina, isso não quer dizer nada.

— Quer dizer tudo. Tudo!

Ele suspirou.

— Olha, por piores que as coisas sejam, ainda não chegamos ao fundo do poço. Fome, doenças, prejuízos causados por drogas e a revolta de hordas acabaram de começar. Os governos federais, estaduais e regionais ainda existem, na teoria, pelo menos, e às vezes eles conseguem fazer algo além de cobrar impostos e mandar o exército. E o dinheiro ainda vale. Isso me surpreende. Por mais dinheiro que precisemos ter para comprar qualquer coisa hoje em dia, ele ainda é aceito. Pode ser um sinal de esperança, ou talvez seja apenas mais evidência do que eu disse: ainda não chegamos ao fundo do poço.

— Bem, nosso grupo aqui não precisa afundar mais — falei.

Ele balançou a cabeça cheia de cabelos desgrenhados, a barba e a expressão séria fazendo com que ele parecesse uma foto antiga que eu tinha de Frederick Douglass.

— Gostaria de acreditar nisso — disse ele. Talvez fosse o luto dele falando. — Acho que não temos a menor chance de sucesso aqui.

Eu o abracei.

— Vamos voltar — falei. — Temos trabalho a fazer.

Então, hoje, nós nos lembramos dos amigos e familiares que perdemos. Falamos nossas lembranças individuais e citamos passagens da Bíblia. Versículos da Semente da Terra e trechos de canções e de poemas que eram os preferidos dos vivos ou dos mortos.

Então, enterramos nossos mortos e plantamos carvalhos.

Depois, nós nos sentamos juntos, conversamos, fizemos uma refeição e decidimos chamar este lugar de Bolota, o fruto do carvalho.

Eis que um semeador saiu a semear. Enquanto lançava a semente, parte dela caiu à beira do caminho; foi pisoteada, e as aves do céu a devoraram. Outra parte caiu sobre as rochas e, quando germinou, as plantas secaram, pois não havia umidade suficiente. Outra parte ainda, caiu entre os espinhos, que com ela cresceram e sufocaram suas plantas. Todavia, uma outra parte caiu em boa terra. Germinou, cresceu e produziu grande colheita, a cem por um.

A Bíblia
Versão King James atualizada
Lucas 8: 5-8

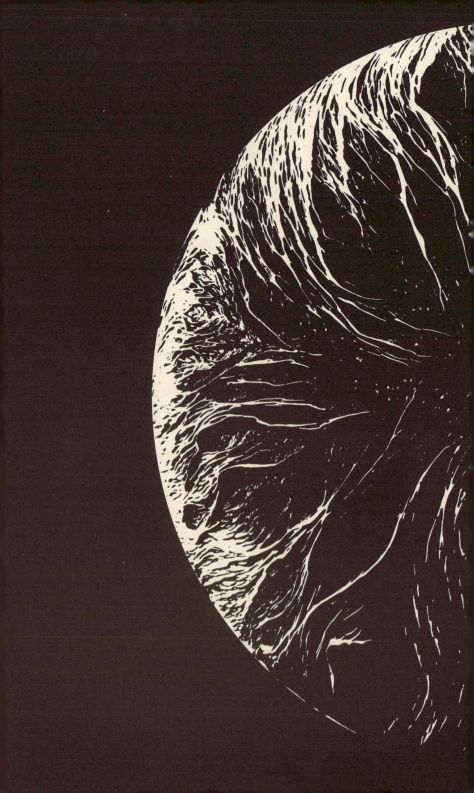

UMA CONVERSA COM OCTAVIA E. BUTLER

1. **O que te atraiu para a escrita?**

Conto histórias para mim mesma desde que tinha quatro anos. Eu era filha única, tímida e frequentemente sozinha. Contar histórias para mim mesma era o meu jeito de me manter entretida. Nunca pensei em colocá-las no papel até os meus dez anos, quando percebi que estava esquecendo algumas das minhas primeiras histórias. Um dia, enquanto minha mãe penteava meu cabelo, fiquei escrevendo em um caderno meio usado. Ela me perguntou o que eu estava fazendo. Quando disse que estava escrevendo uma história, ela respondeu "Oh. Talvez você se torne uma escritora".

Esse foi absolutamente o meu primeiro sinal de que as pessoas podiam ser "escritoras", mas entendi a ideia e a aceitei de uma só vez. As pessoas podem se sustentar escrevendo histórias. Pessoas foram pagas para escrever os livros que eu gostava de ler. A Biblioteca Pública de Pasadena foi um dos meus lugares favoritos por anos. Eu não amava apenas ler livros, mas estar cercada por eles. Pela primeira vez na vida, considerei seriamente que talvez pudesse trabalhar com algo que gostava – e eu realmente gostava de escrever. Minhas histórias eram terríveis, mas me divertia com elas. Até aquele dia, "trabalho" era, para mim, algo cansativo que os adultos me forçavam a fazer. Trabalho adulto era algo ainda mais cansativo que um chefe mandava os adultos fazerem. Trabalho era, por definição, desagradável. Mas se escrever fosse o meu trabalho...!

2. Como você acabou escrevendo ficção científica e fantasia?

Eu nunca contei histórias comuns para mim mesma. Nunca estive interessada em fantasiar sobre o mundo no qual estava presa. Na verdade, fantasiava sobre fugir daquele mundo limitado e sem graça. Eu era uma menininha "de cor" naquela era de conformidade e segregação, os anos 1950, e não importava o quanto eu sonhasse em ser escritora, não podia deixar de ver que meu futuro real parecia sombrio. Deveria me casar e ter filhos, e se tivesse sorte, meu marido me sustentaria e eu poderia ficar em casa, lavar o chão e cuidar das crianças. Se tivesse um pouco menos de sorte, teria que conseguir um trabalho, mas um que me deixasse vestir bem e ficar limpa o dia todo. Me tornaria uma secretária, talvez. Minha mãe, a quem só foram permitidos três anos de estudo, era uma empregada doméstica. Cuidar de casas era tudo o que sabia fazer. O sonho dela era que eu me tornasse secretária. Minha tia, uma enfermeira, achava que eu tinha que ser enfermeira. As outras duas profissões mais abertas a mulheres naquela época eram professora de ensino primário e assistente social. Eu conhecia crianças que queriam ser assistentes sociais, mas eu sequer sabia o que uma assistente social faz. Mas conhecia o suficiente sobre secretárias, enfermeiras e professoras para concluir que, para mim, essas profissões seriam como uma prisão perpétua no inferno.

Eu fantasiava sobre viajar e ver algumas das coisas que encontrava nas revistas *National Geographic* de segunda mão que minha mãe trazia para casa. Fantasiava sobre viver vidas impossíveis, mas interessantes – vidas mágicas em que eu podia voar como o Super-homem, me comunicar com animais, controlar a mente das pessoas. Me tornei um cavalo mágico em uma ilha de cavalos. Meus amigos cavalos e eu enganávamos os homens que vinham nos pegar.

Então, quando eu tinha doze anos, descobri a ficção científica. Me atraia ainda mais que a fantasia, porque exigia mais reflexão, mas pesquisa sobre as coisas que me fascinavam. Eu estava desenvolvendo interesse em geologia e paleontologia – a origem da Terra e o desenvolvimento da vida. O programa espacial tripulado estava começando, e fiquei fascinada com ele. O que mais gostei de estudar na escola foi Ciências na oitava série: outros planetas, evolução biológica, botânica, microbiologia... Eu não era uma aluna particularmente boa, mas era ávida. Queria saber sobre tudo, e enquanto aprendia, queria brincar com o conhecimento, explorá-lo, pensar no que queria dizer, ou para onde podia levá-lo, escrever histórias com ele.

Nunca perdi esse fascínio.

E a ficção científica e a fantasia são tão vastas que eu nunca tive que deixá-las para poder lidar com outras coisas. Não parece ter nenhum aspecto da humanidade ou do universo ao nosso redor que eu não possa explorar.

3. **De onde veio a religião Semente da Terra? O que inspirou o sistema de crenças?**

Semente da Terra é o resultado conjunto de diversos dos meus esforços e interesses. Primeiramente, tive muita dificuldade em começar *A parábola do semeador*. Sabia que queria contar a história, a autobiografia ficcional de Lauren Olamina, que começa uma nova religião e que, algum tempo depois de sua morte – depois que as pessoas tivessem tempo para esquecer quão humana ela era –, podia facilmente ser considerada uma deusa. Queria que fosse uma pessoa inteligente e verossímil. Não queria escrever uma sátira. Queria que ela acreditasse profundamente no que ensinava, e que seus ensinamentos fossem sensatos, intelectualmente respeitáveis. Queria que fossem algo que alguém que eu pudesse admirar realmente acreditasse e ensinasse. Ela não tinha que estar sempre certa, mas tinha que ser sensata.

Eu elaborei Semente da Terra fazendo perguntas a mim mesma e encontrando respostas. Por exemplo, perguntei qual era a força mais poderosa na qual podia pensar? O que não podemos impedir, não importa o quanto tentemos? A resposta que encontrei depois de alguma reflexão foi "a mudança". Podemos fazer muitas coisas para influenciar os constantes processos de mudança. Podemos direcioná-los, alterar sua velocidade ou impacto. Em geral, podemos moldar a mudança, mas não podemos impedi-la, a nenhum custo. Por todo o universo, a realidade constante é a mudança.

Foi por aí que comecei. Fiquei um pouco desconcertada quando estava lendo sobre outras religiões e fui lembrada que no Budismo a mudança também é muito importante, embora de um jeito diferente. De maneira simplificada: no Budismo, já que tudo é impermanente, só podemos evitar sofrimento ao evitar apego, pois tudo a que poderíamos nos apegar está fadado a perecer. Mas Lauren

Olamina diz que, já que a mudança é a única verdade inescapável, mudança é a argila primordial das nossas vidas. Para vivermos de forma construtiva, precisamos aprender a moldar a mudança quando pudermos e a nos render a ela quando necessário. De todo modo, devemos aprender e ensinar, nos adaptar e crescer.

Quando defini Mudança como o deus de Olamina, tive que ser fiel à ideia. Isso significava que tinha de entender o que essa crença significaria nos diversos aspectos da vida. Recorri à ciência, a outras filosofias e religiões e às minhas próprias observações de como as pessoas se comportam, de como o mundo funciona.

Escrever as crenças de Olamina em versos me ajudou a dar continuidade ao romance, de certa forma. Eu não tentava escrever poesia desde que fui obrigada na escola. Não era sequer muito boa, aliás. Mas tentar foi um bom desafio. Tive que me concentrar em aprender um pouco mais sobre esse jeito diferente de escrita, e tive que descobrir como utilizá-la para realizar o trabalho que queria fazer. Meu modelo físico para o livro religioso da minha personagem foi o *Tao de Ching: o livro do caminho e da virtude*. É um livro fino com alguns versos aparentemente simples. Não queria copiar nenhum dos versos taoistas, mas gostei imediatamente de sua estrutura.

4. **Você chamou *A parábola do semeador* de conto admonitório porque o futuro apresentado nele é alarmante, mas possível. Você tem outras ideias sobre o futuro que não entraram no livro?**

A ideia em *A parábola do semeador* e *A parábola dos talentos* é imaginar um possível futuro não afetado por habilidades parapsíquicas como telepatia ou telecinese, intervenção alienígena ou mágica. São livros que olham para onde estamos agora, o que estamos fazendo agora, e para imaginar onde alguns dos nossos comportamentos atuais e problemas negligenciados podem nos levar. Eu considerei drogas e os efeitos de drogas nos filhos de viciados. Olhei para a crescente distância entre ricos e pobres, para o trabalho precarizado, para a nossa disposição de construir e encher prisões, nossa relutância em construir e reformar escolas e bibliotecas, e para o nosso ataque ao meio ambiente. Em especial, olhei para o aquecimento global e nas maneiras que ele provavelmente mudará as coisas para nós. Há a provável inflação acionada pelo preço de alimentos, porque com a mudança climática, algumas culturas que costumamos plantar não crescerão tão bem nos lugares que costumamos plantá-las. Não teremos apenas temperaturas altas demais, não teremos apenas água insuficiente, mas o aumento de dióxido de carbono não afetará as plantas das mesmas formas. Algumas crescerão mais rápido, mas não serão tão nutritivas – exigindo mais energia de si mesmas e que nós precisemos de mais para nos nutrir adequadamente. É um problema bem mais complexo do que um simples aumento de temperatura. Imaginei que a fome crescente provocaria maior vulnerabilidade a doenças. E haveria menos dinheiro para vacinas ou tratamento. Também graças ao aumento de temperatura, doenças tropicais como a malária e a dengue se espalhariam ao norte. Considerei perda de litoral devido ao aumento do nível do mar. Imaginei os Estados Unidos se tornando lentamente, pelos efeitos conjuntos de falta perspectiva e interesses imediatistas e egoístas, um país de terceiro mundo.

E nossa única maneira de limpar, adaptar e compensar isso tudo em *A parábola do semeador* e *A parábola dos talentos* é usar nossos cérebros e mãos – as mesmas ferramentas que usamos para criar toda esta problemática.

Em outros dos meus romances, *Despertar*, *Ritos de passagem* e *Imago*, por exemplo, da série XENOGÊNESE, a resposta vem pela intervenção de alienígenas extrassolares. Nosso problema como espécie, eles nos dizem, vem de termos duas características inerentes que não funcionam bem juntas, especialmente pela pior estar no controle. Elas são: inteligência e comportamento hierárquico – com esta última dominando. Os aliens consertam as coisas nos alterando geneticamente.

Em *Elos da mente*, *Clay's Ark*, e romances relacionados a minha série O PADRONISTA, o futuro é mudado por pessoas com habilidades parapsíquicas. Não é mudado para melhor. Simplesmente coloca outro grupo poderoso no poder e sua falta de perspectiva e interesses obscuros e egoístas trazem mudanças diferentes.

Essas são as ideias que tive sobre o futuro em livros anteriores. Guardo outras possibilidades para os que estão por vir.

5. **Que tipo de pesquisa você fez para *A parábola do semeador*?**

Eu li e escutei aulas gravadas que focavam em religiões. Encontrei livros de religiões africanas e me interessei especialmente pelos Orixás do povo Iorubá. O nome do meio de Lauren Olamina é Oya porque eu gostei tanto do nome como do Orixá que ele representa. Oya é, entre outras coisas, a divindade do rio Níger. Ela é imprevisível, inteligente e perigosa – uma boa xará para Lauren Oya Olamina.

Satisfiz minha fraqueza por enciclopédias e dicionários especializados me apaixonando pelo *The Perenial Dictionary of World Religions* [Dicionário perene de religiões mundiais]. Encontrei esse livro na biblioteca e gostei tanto que o procurei e comprei.

Passei também pela questão das armas. Tinha a pesquisa que fiz para *Clay's Ark* para me basear. Só precisei reencontrá-la e aumentá-la um pouco.

Prendi mapas detalhados de diferentes partes da Califórnia nas minhas paredes. Eu costumava viajar de cima a baixo da Califórnia de ônibus, mas nunca caminhei o estado inteiro. Já que meus personagens teriam que fazer isso, eu precisava entender como o fariam. Também li sobre pessoas que atravessaram o estado a pé, de bicicleta ou a cavalo.

Eu escutei minhas estações locais de rádio públicas e li jornais e revistas. Isso não era uma pesquisa que eu normalmente faço, mas como *A parábola do semeador* e *A parábola dos talentos* são amplamente inspiradas em notícias, nas tendências que pareciam importantes para mim [ver pergunta 4], as notícias que eu lia alimentavam meu livro.

E, finalmente, eu perturbei a minha mãe, que tinha um dedo verde, e li livros de jardinagem. Também fiz anotações nas minhas caminhadas matinais. O que há nas flores? Nas frutas? Quando? Jardinagem é popular na região de Pasadena. A maioria das pessoas que tem

casas mantém grandes jardins, e todo mundo pode cultivar algo. Minha mãe, que sabia reconhecer algo bom de
cara, me colocou para trabalhar – para que eu pudesse
ganhar alguma experiência prática.

6. **A parábola do semeador é, entre outras coisas, um
romance de formação. Quais são as lições mais importantes que Lauren Olamina aprende enquanto
amadurece?**

Um dos primeiros aprendizados de Olamina é valorizar
a comunidade. Ela aprende isso quando jovem, sem perceber que está aprendendo. A comunidade de seu pai é
a sua professora. Ela não consegue concordar com o pai
ou os outros adultos quando se trata de fechar os olhos
com medo, na esperança que os bons e velhos tempos
voltem. Mas consegue ver que as pessoas ao seu redor
não conseguiriam se sustentar se não encontrassem jeitos
de trabalhar juntas.

Quando a comunidade em que Olamina nasceu é de-
vastada, ela começa a construir outra. A princípio, não
sabe que é isso o que está fazendo, e ela está com medo –
apavorada – de desconhecidos potencialmente perigosos.
Mas aprende a se aproximar apesar do medo, a escolher
as melhores pessoas que encontra e a juntá-las. Ao aceitar a Semente da Terra, não espera por nenhuma ajuda sobrenatural. Ela reconhece um deus, mas não uma
entidade senciente, caridosa e antropomórfica. Acredita
que a única ajuda em que podemos confiar é aquela que
vem de nós mesmos e de um para o outro. Nunca desen-
volve uma atitude de "as coisas vão se resolver de algum
modo". Ela aprende a ser ativa.

7. **Quem ou o que foram as influências mais importantes na sua escrita?**

Isso muda de livro para livro. Quando estou trabalhando em um romance, qualquer coisa que chame minha atenção pode acabar afetando o que escrevo. Às vezes há um acontecimento dentro de um ônibus ou na rua ou em outro lugar público, às vezes é algo que alguém diz ou faz, ou algo que leio.

Minhas primeiras influências literárias foram contos de fada, mitologia, quadrinhos e histórias com animais, especialmente as que envolvessem cavalos (*A Forest World, Bambi, Bambi's Children, Black Beauty, Lad, a Dog, King of the Wind, Big Red, The Black Stallion...*).

Mais tarde, li ficção científica indiscriminadamente. Eu gostava particularmente de escritores que criavam personagens interessantes e verossímeis, mas eu lia tudo o que encontrasse na biblioteca e nas revistas que comprava no supermercado. Minhas primeiras revistas de ficção científica foram *Amazing, Fantastic, Galaxy, Analoge The Magazine of Fantasy and Science Fiction.* Alguns dos autores de que eu mais gostava no início da minha adolescência eram Theodore Sturgeon, Eric Frank Russell, Zenna Henderson, Ray Bradbury, J. T. McIntosh, Robert A. Heinlein, Clifford D. Simak, Lester del Rey, Fredric Brown e Isaac Asimov. Depois eu descobri Marion Zimmer Bradley, John Brunner, Harlan Ellison e Arthur C. Clarke. Eu devorei as muitas antologias de Judith Merril e Groff Conklin.

Em resumo, como muitos fãs de ficção científica, eu lia ficção científica demais e pouco de qualquer outro gênero. Como já disse, eu também lia muitos artigos científicos populares. Na escola, eu ia muito bem em Inglês e em História. História também me levava a lugares fascinantemente diferentes e me fazia pensar no jeito que as pessoas se comportam com as outras, nas maneiras que elas lidavam com poder, por exemplo. Essas coisas atraíram o meu interesse e entraram na minha escrita. Escritores usam tudo. Não conseguimos evitar. Tudo o que nos toca, toca a nossa escrita.

8. **O que você gostaria que os leitores entendessem desse livro? No que você gostaria que eles pensassem?**

Eu espero que os leitores de *A parábola do semeador* pensem em para onde estamos caminhando – nós, os Estados Unidos, e até nós, a espécie humana. Para onde estamos indo? Que tipo de futuro estamos criando? É esse o tipo de futuro em que você quer viver? Se não for, o que podemos fazer para criar um melhor? Individualmente e em grupos, o que podemos fazer?

Octavia E. Butler
Pasadena, Califórnia
Maio de 1999

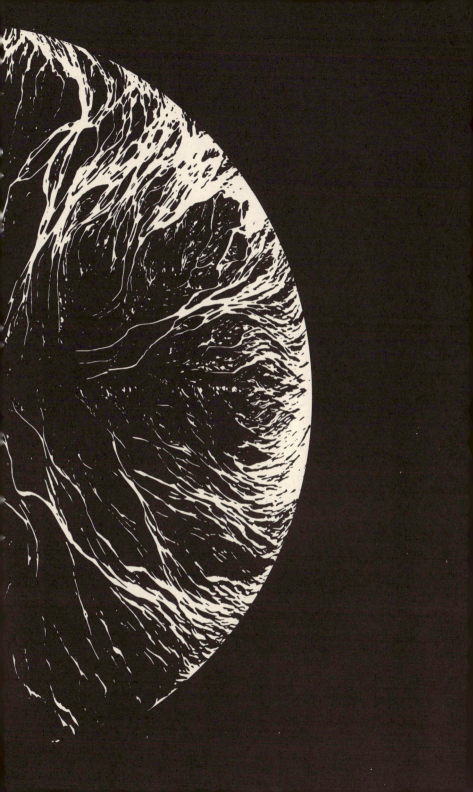

QUESTÕES PARA DISCUSSÃO

1. Lauren Olamina tem a síndrome da hiperempatia, uma doença que gera a ilusão de sentir tanto o prazer como a dor das pessoas ao seu redor. Você acha que o fato de ter essa doença por causa de uma mãe usuária de drogas é significativo? Como essa doença tornou Lauren diferente daqueles de seu convívio? Por que não conseguia falar sobre ela para ninguém? Por que você acha importante para a história que ela tenha essa doença?

2. Por que Jo reage tão negativamente à preocupação de Lauren em estar mais preparada, como comunidade e indivíduos, para enfrentar crises? Você acha que as ideias de Lauren (incluindo as rondas noturnas do bairro, informações de sobrevivência na natureza, estudos de plantas locais para saber quais são comestíveis) são excessivamente paranoicas? O pai de Lauren indicou que a comunidade como um todo tem dificuldade de pensar adiante e em assuntos delicados. Você vê situações da atualidade em que as pessoas têm a mesma dificuldade de pensar adiante?

3. Semente da Terra pode ser descrita como uma religião "fria", já que tem um deus tão impessoal. Há alguma coisa nela que você descreveria como reconfortante? Ou liberadora? Você acredita que Deus tenha uma consciên-

cia? Que seja um ser pensante? Ou Semente da Terra é um sistema de crenças que te atrai? Como você se sente em relação à religião?

4. O futuro próximo de *A parábola do semeador* mostra os Estados Unidos impregnados em caos com pobreza e desordem incessantes. A educação já não é garantida para todos e a violência é crescente. A autora disse que chegou a essa visão do futuro imaginando nossos males atuais se desenvolvendo sem supervisão até seus finais lógicos. Você concorda ou discorda que esse é um futuro possível? Em termos de governo e estabilidade social, bem como de avanços tecnológicos, de que maneiras você acha que as coisas terão mudado até 2025? Você acha que as coisas estarão melhores ou piores do que estão agora? E em 2090?

5. Na Bíblia, a parábola do semeador é recontada em Mateus (13:3-23):

> "Eis que o semeador saiu a semear. Enquanto lançava a semente, parte dela caiu à beira do caminho, e as aves vieram e a comeram. Parte dela caiu em terreno pedregoso, onde não havia muita terra; e logo brotou, porque a terra não era profunda. Mas, quando saiu o sol, as plantas se queimaram e secaram, porque não tinham raiz. Outra parte caiu entre espinhos, que cresceram e sufocaram as plantas, de forma que não deram frutos. Outra ainda caiu em boa terra, germinou, cresceu e deu boa colheita, a trinta, sessenta e até cem por um." E acrescentou: "Aquele que tem ouvidos para ouvir, ouça!". Quando ele ficou sozinho, os Doze e os outros que estavam ao seu redor lhe fizeram perguntas acerca das parábolas. Ele lhes disse: "A vocês

foi dado o mistério do Reino de Deus, mas aos que estão fora tudo é dito por parábolas, a fim de que, 'ainda que vejam, não percebam; ainda que ouçam, não entendam; de outro modo, poderiam converter-se e ser perdoados!'". Então, Jesus lhes perguntou: "Vocês não entendem esta parábola? Como, então, compreenderão todas as outras? O semeador semeia a palavra. Algumas pessoas são como a semente à beira do caminho, onde a palavra é semeada. Logo que a ouvem, Satanás vem e retira a palavra em seus corações semeada. Outras, como a semente lançada em terreno pedregoso, ouvem a palavra e logo a recebem com alegria. Todavia, visto que não têm raiz em si mesmas, permanecem por pouco tempo. Quando surge alguma atribulação ou perseguição por causa da palavra, logo a abandonam. Outras ainda, como a semente lançada entre espinhos, ouvem a palavra; mas, com as preocupações desta vida, o engano das riquezas e os anseios por outras coisas sufocam a palavra, tornando-a infrutífera. Outras pessoas são como a semente lançada em boa terra: ouvem a palavra, aceitam-na e dão uma colheita de trinta, sessenta e até cem por um".

Que relação você vê entre a parábola e este livro? Pensando que Lauren rejeitou os ensinamentos batistas tradicionais de seu pai antes de começar a ensinar a Semente da Terra, é surpreendente que o livro tenha o nome de *A parábola do semeador*. Por que você acha que ele foi escolhido?

6. De acordo com Lauren, "O Destino da Semente da Terra é criar raízes entre as estrelas". Ela acha que devemos ir "além de Marte. Outros sistemas solares. Mundos vivos". Você tem curiosidade sobre o que há no espaço? Acha

que devemos explorar outros mundos? Você acredita que deveríamos tentar viver em outros planetas?

7. Lauren Olamina diz que "Este é o principal objetivo de Semente da Terra e o último recurso humano para driblar a morte. É melhor que persigamos este destino se quisermos ser algo além de dinossauros de pele lisa – aqui hoje, mortos amanhã; nossos ossos misturados com os ossos e cinzas de nossas cidades". O que você acha da possibilidade de os humanos serem extintos? Você acha possível, e se sim, como aconteceria? Acha que é algo sobre o qual temos controle?

8. Uma questão importante nesse livro é quão bem as pessoas se conhecem e quando e como confiar nas pessoas. Lauren está entre seu amor por Curtis e sua preocupação que ele não entenda ou aceite sua hiperempatia ou suas ideias da Semente da Terra. Ela fala da hiperempatia para Harry Balter, que se preocupa com não poder confiar nela, ao sentir que não a conhece realmente. Como você aprende a confiar? O quanto você precisa conhecer de alguém para que possa confiar nela? Que tipo de aprendizado sobre confiança esse livro nos oferece? Acha que é mais fácil ou mais difícil confiar nas pessoas na situação social que temos atualmente?

9. Que aprendizados você tirou da leitura desse livro?

3ª REIMPRESSÃO

Esta obra foi composta pela Desenho Editorial
em Caslon Pro e impressa em papel Pólen
Natural 70g com capa em Cartão 250g pela
Gráfica Corprint para Editora Morro Branco
em janeiro de 2023